HANSERS
BIBLIOTHEK DER
ERZÄHLER

PRIMO LEVI
DER FREUND DES MENSCHEN

ERZÄHLUNGEN

CARL HANSER VERLAG

Die vorliegende Auswahl entstammt den Erzählungsbänden *Storie naturali* (1966), *Vizio di forma* (1971, 1987) und *Lilít* (1981), die im Verlag Einaudi in Turin erschienen sind. Die ersten neun Erzählungen wurden von Heinz Riedt übertragen, alle übrigen von Barbara Kleiner.

ISBN 3-446-15035-8

Satz: Dörlemann Satz, Lemförde
Gesetzt aus der Garamont Amsterdam
Druck und Bindung: Franz Spiegel Buch GmbH, Ulm
Printed in Germany

DER REIMWERKER

Die Personen:
Der Dichter
Die Sekretärin
Mister Simpson
Der Reimwerker
Giovanni

Prolog

Tür, die sich öffnet und wieder schließt; der Dichter tritt ein.

Sekretärin: Guten Tag, Maestro.

Dichter: Guten Tag, Signorina. Schönes Wetter, nicht wahr? Der erste schöne Tag nach einem Monat Regen. Schade, daß man im Büro hocken muß! Was steht heute auf dem Programm?

Sekretärin: Nicht viel: zwei Lieder, an der Tafel zu singen, ein paar Verse zur Hochzeit der Contessina Dimitròpulos, vierzehn Annoncen und eine Hymne auf den Sieg des F. C. Milan vom vergangenen Sonntag.

Dichter: Lappalien! Das schaffen wir alles am Vormittag. Haben Sie den Reimwerker schon eingeschaltet?

Sekretärin: Ja, er ist schon warm. *(leichtes Summen)* Wir können sofort beginnen.

Dichter: Wenn wir den nicht hätten ... Und Sie wollten zuerst nichts davon wissen! Erinnern Sie sich, was für eine Plackerei wir noch vor zwei Jahren hatten?

Summen.

Der Reimwerker

Im Vordergrund hört man das Klappern einer Schreibmaschine.

Dichter *(für sich, gelangweilt, hastig)*: Hach! Das nimmt und nimmt kein Ende! Und was für eine Schinderei das ist! Keinen Augenblick für die freie Inspiration! Hochzeitsgedichte, Reklameverse, Kirchenlieder ... nichts anderes den lieben, langen Tag. Sind Sie mit Abschreiben fertig, Signorina?

Sekretärin *(tippt weiter)*: Einen Moment noch.

Dichter: So beeilen Sie sich doch!

Sekretärin *(tippt noch einige Sekunden lang heftig, zieht dann das Blatt aus der Maschine)*: Hier. Einen Augenblick noch zum Durchlesen.

Dichter: Lassen Sie nur, ich lese es schon durch und mache auch die Korrekturen. Spannen Sie jetzt bitte ein neues Blatt ein mit zwei Durchschlägen, Zeilenabstand zwei. Ich diktiere Ihnen gleich in die Maschine, so geht's schneller: die Beisetzung ist übermorgen, wir haben keine Zeit zu verlieren. Oder vielmehr, legen Sie gleich den Bogen mit Trauerrand ein, Sie wissen ja, den wir zum Tod des Erzherzogs von Sachsen anfertigen ließen. Und machen Sie möglichst keine Tippfehler, dann brauchen wir's nicht zweimal zu schreiben.

Sekretärin *(tut, was ihr geheißen: Schritte, sie kramt in einer Schublade, spannt die Blätter in die Maschine ein)*: Fertig. Bitte, fangen Sie an.

Dichter *(lyrisch, doch stets hastig)*: »Nachruf auf Sigmund, Markgraf von Ellenbogen, den allzufrüh Verblichenen.« *(Sekretärin tippt)* Ach, fast hätte ich's vergessen, man will ja Stanzen.

Sekretärin: Stanzen?

Dichter *(verächtlich)*: Ja, ja, Stanzen, mit Reim und allem Drum und Dran. Ändern Sie die Randeinstellung. *(Pause: er wartet auf die Inspiration)* Hm ... also, schreiben Sie:

Schwarz der Himmel, verdunkelt die Sonne, dürr die Felder
Ohn' dich, o Markgraf Sigismondo ...

(Sekretärin tippt) Er heißt zwar Sigmund, aber ich muß ihn Sigismondo nennen, verstehen Sie, sonst adieu, Stanzen. Diese teutonischen Namen soll der Teufel holen! Hoffentlich lassen sie's mir durchgehen! Übrigens, hier habe ich ja den Stammbaum, also ... »Sigismundus«, bitte, wir sind gerechtfertigt.

(Pause) Felder, Wälder ... Geben Sie mir das Reimlexikon, Signorina. *(schlägt im Reimlexikon nach)* »Felder: Wälder, Gelder, bälder, kälter, Elberfelder, bellt er ...« Was zum Kuckuck soll denn dieses »bellt er« hier bedeuten?

SEKRETÄRIN *(effizient)*: Wohl dritte Person Einzahl von bellen.

DICHTER: Tja, die schreiben eben alles hin. »Selter« ... nein, das geht nun wirklich nicht. »Kelter«. *(lyrisch)* »Kommt der Wein, der süße, aus der Kelter ...« Aber nein, was sage ich denn da! »Melder« *(überlegend)* ... denn eh davon ein andrer Melder ... *(Sekretärin tippt ein paar Anschläge)* Nicht doch, warten Sie, es ist nur ein Versuch. Nein, kein Versuch, es ist eine Idiotie. Man meldet doch keinen Markgrafen. Löschen Sie's. Nein, nehmen Sie ein neues Blatt. *(mit plötzlicher Wut)* Schluß! Werfen Sie alles weg! Ich hab' genug von diesem dreckigen Handwerk! Ich bin Dichter, ein poeta laureatus und kein Verseschmied. Ich bin kein bezahlter Schreiberling. Zum Teufel mit dem Markgrafen, mit der Trauerhymne, mit der Ruhmeshymne, mit dem Verstorbenen, mit dem Sigismondo. Ich bin kein Reimeschmied. Bitte schreiben Sie: »Erben von Ellenbogen, Anschrift, Datum, und so weiter: Wir nehmen Bezug auf Ihre freundliche Anforderung eines Trauergesanges vom Soundsovielten, wofür wir Ihnen aufrichtig danken. Leider sind wir wegen anderweitiger dringender Verpflichtungen gezwungen, den Auftrag abzulehnen ...«

SEKRETÄRIN *(unterbricht)*: Verzeihen Sie, Maestro, aber ... Sie können den Auftrag nicht ablehnen. Hier in den Akten befinden sich unsere Auftragsbestätigung und eine Empfangsbescheinigung für den Vorschuß ... Sonst ist ein Bußgeld zu bezahlen, wissen Sie das nicht mehr?

DICHTER: Ja, richtig, auch ein Bußgeld: wir sitzen ganz schön in der Klemme. Poesie! Eine Fron ist das! *(Pause. Dann, in einem plötzlichen Entschluß)* Rufen Sie Mr. Simpson an.

SEKRETÄRIN *(unangenehm überrascht)*: Simpson? Den Vertreter der NATCA? Den mit den Büromaschinen?

DICHTER *(brüsk)*: Jawohl, den. Es gibt ja keinen andern.

SEKRETÄRIN *(wählt die Nummer)*: Könnte ich bitte Mr. Simpson sprechen? ... Ja, ich warte.

DICHTER: Sagen Sie ihm, er soll augenblicklich herkommen, mit den Prospekten für den Reimwerker. Oder geben Sie her, ich will selbst mit ihm sprechen.

SEKRETÄRIN *(leise und mißmutig)*: Wollen Sie die Maschine kaufen?

DICHTER *(leise, ruhiger)*: Seien Sie doch nicht eingeschnappt, Signorina, und machen Sie sich keine falschen Vorstellungen. *(in einschmeichelndem Ton)* Man kann nicht hinter der Zeit zurückbleiben, das wissen Sie doch selber. Man muß Schritt halten mit seiner Zeit. Mir tut es auch leid, das kann ich Ihnen versichern, aber einmal muß man sich eben entscheiden. Im übrigen brauchen Sie sich keine Sorgen zu machen: für Sie wird es immer Arbeit geben. Wissen Sie noch, wie wir vor drei Jahren den Buchungsautomaten gekauft haben?

SEKRETÄRIN *(am Telefon)*: Ja, Signorina. Würden Sie mich bitte mit Mr. Simpson verbinden? *(Pause)* Ja, es ist dringend. Danke.

DICHTER *(leise weitersprechend)*: Nun, und was sagen Sie heute dazu? Könnten Sie ihn noch entbehren? Nein, nicht wahr! Er ist eben ein Arbeitsgerät wie jedes andere, wie das Telefon, wie der Vervielfältigungsapparat. Der Faktor Mensch wird bei unserer Arbeit immer unentbehrlich sein; aber wir haben Konkurrenz, also müssen wir die undankbarste, mühseligste Arbeit den Maschinen anvertrauen. Gerade die mechanischen Arbeiten ...

SEKRETÄRIN *(am Telefon)*: Sind Sie es, Mr. Simpson? Einen Augenblick bitte. *(zum Dichter)* Mr. Simpson ist am Telefon.

DICHTER *(am Telefon)*: Mr. Simpson? Guten Tag. Hören Sie, Sie erinnern sich doch noch an den Kostenvoranschlag, den Sie mir ... warten Sie ... Ende vorigen Jahres gemacht haben? ... *(Pause)* Ja, ganz richtig, der Reimwerker, das Modell für kulturelle Nutzung. Sie haben ziemlich enthusiastisch davon gesprochen ... Sehen Sie doch mal zu, ob man das Ding noch bekommen kann. *(Pause)* Ja, ich verstehe: aber jetzt ist vielleicht der rechte Augenblick da. *(Pause)* Ausgezeichnet! Ja, es ist ziemlich dringend. Zehn Minuten? Sehr freundlich, ich erwarte Sie also hier in meinem Büro. Bis gleich. *(legt den Hörer auf; zur Sekretärin)* Ein außergewöhnlicher Mensch, dieser Simpson, ein hervorragender Vertreter von seltener Promptheit. Stets zur Verfügung seiner Kunden, zu jeder Tages- und Nachtzeit, ich weiß nicht, wie er das macht. Schade nur, daß er in unserer Berufssparte so wenig Erfahrung hat, sonst ...

SEKRETÄRIN *(zögernd; dann mit zunehmender Bewegung)*: Maestro ... ich ... ich arbeite jetzt schon seit fünfzehn Jahren für Sie ... also, verzeihen Sie bitte, aber ... an Ihrer Stelle würde ich so etwas niemals tun. Wissen Sie, ich sage das nicht meinetwegen:

aber ein Dichter, ein Künstler wie Sie ... wie kann man sich nur so eine Maschine ins Haus nehmen ... mag sie so modern sein, wie sie will, es ist und bleibt doch eine Maschine ... wie könnte die Ihren Geschmack, Ihre Sensibilität haben ... Es ging doch so gut mit uns beiden, Sie diktierten, und ich schrieb ... ich schrieb nicht nur, schreiben können alle – ich betreute Ihre Arbeiten, als wären es die meinen, ich brachte sie ins reine, kümmerte mich um die Interpunktion, um ein paar Unstimmigkeiten und auch *(vertraulich)* um ein paar kleine Schnitzer im Satzbau, wissen Sie? Das kann schließlich jedem mal passieren, wenn er zerstreut ist ...

DICHTER: Denken Sie bitte nicht, daß ich Sie nicht verstünde. Auch für mich ist es eine schmerzliche Entscheidung, voller Zweifel. Es gibt eine Freude bei unserer Arbeit, ein tiefes Glück, das sich von jedem andern unterscheidet, das Glück des Schöpferischen, das Glück, etwas aus dem Nichts zu schaffen, es vor sich entstehen zu sehen, nach und nach oder auch ganz plötzlich wie durch ein Wunder, etwas Neues, Lebendiges, das es vorher noch nicht gab ... *(unvermittelt nüchtern)* Notieren Sie, Signorina: »Wie durch ein Wunder etwas Neues, Lebendiges, das es vorher noch nicht gab. Drei Punkte.« Man kann alles einmal verwenden.

SEKRETÄRIN *(mit großer Bewegung)*: Schon geschehen, Maestro. Das tue ich immer, auch wenn Sie es mir nicht sagen. *(schluchzend)* Ich verstehe mich auf meine Arbeit. Wollen wir mal sehen, ob der andere, ob dieses Dingsda es auch so gut kann!

Es klingelt.

DICHTER: Herein!

SIMPSON *(lebhaft und jovial, leichter englischer Akzent)*: Da bin ich: in Rekordzeit, nicht wahr? Hier ist der Kostenvoranschlag, hier ist die Werbebroschüre, hier ist die Gebrauchs- und Wartungsanleitung. Aber das ist noch nicht alles, die Hauptsache fehlt noch. *(theatralisch)* Einen Augenblick, bitte! *(zur Tür gewandt)* Nur herein, Giovanni. Schieb ihn herein. Achtung Stufe. *(zum Dichter)* Gott sei Dank befinden wir uns im Erdgeschoß. *(Man hört, wie etwas herangerollt wird)* Da ist er, für Sie: mein persönliches Exemplar. Aber im Augenblick brauch' ich's nicht: wir sind doch hier, um zu arbeiten, nicht wahr?

GIOVANNI: Wo ist die Steckdose?

DICHTER: Da, hinter dem Schreibtisch.

SIMPSON *(in einem Atemzug)*: Zweihundertzwanzig Volt, fünfzig Perioden, nicht wahr? Ausgezeichnet. Hier ist das Kabel. Vorsicht, Giovanni! Ja, da auf dem Teppich steht er gut, aber man kann ihn auch in irgendeine Ecke stellen; er vibriert nicht, wird nicht heiß, macht nicht mehr Geräusch als eine Waschmaschine. *(Schlag auf eine Blechplatte)* Eine wunderbare, solide Maschine. Ohne Einsparungen gebaut. *(zu Giovanni)* Danke, Giovanni, du kannst jetzt gehen. Hier hast du die Autoschlüssel, fahr ins Büro zurück; ich werde den ganzen Nachmittag hier sein. Falls jemand nach mir verlangt, laß hier anrufen. *(zum Dichter)* Sie erlauben doch, nicht wahr?

DICHTER *(mit einiger Verlegenheit)*: Ja, gewiß. Sie haben ... Sie haben gut daran getan, den Apparat gleich mitzubringen: ich hätte nicht gewagt, Sie um eine so große Gefälligkeit zu bitten. Ich wäre schon zu Ihnen gekommen. Aber ... ich habe mich noch nicht zum Kauf entschlossen. Sie verstehen, ich wollte mir vor allem ein genaues Bild von der Maschine machen, von ihren Möglichkeiten und ... mir auch den Preis wieder ins Gedächtnis rufen ...

SIMPSON *(unterbricht ihn)*: Unverbindlich, selbstredend völlig unverbindlich! Ohne jede Verpflichtung Ihrerseits. Eine kostenlose Vorführung auf Freundschaftsbasis: wir kennen uns doch schon seit Jahren, oder? Im übrigen habe ich keineswegs die Dienste vergessen, die Sie uns erwiesen haben, den Werbespruch für unsere erste elektronische Rechenmaschine, die Lightning, wissen Sie noch?

DICHTER *(geschmeichelt)*: Und ob:

Wir können nicht denken in Äonen,
Dafür haben wir die Elektronen.

SIMPSON: Ja, genau. Wie viele Jahre sind inzwischen vergangen! Sie hatten vollkommen recht, einen hohen Preis zu machen: der Spruch hat uns zehnmal mehr eingebracht, als er gekostet hatte. Alles, was recht ist: Ideen müssen honoriert werden. *(Pause: zunehmendes Summen des Reimwerkers, der sich erwärmt)* ... Aha, er wird schon warm. In ein paar Minuten, wenn die Kontrollampe aufleuchtet, können wir anfangen. Inzwischen kann ich Ihnen etwas über seine Leistung sagen, wenn Sie nichts dagegen haben.

Vor allem muß eines völlig klar sein: Dies hier ist kein Dichter. Wenn Sie einen echten mechanischen Dichter haben wollen, müssen Sie sich noch ein paar Monate gedulden: er befindet sich in unserm Stammhaus in Fort Kiddiwanee, Oklahoma, im Stadium fortgeschrittener Erprobung. Er wird The Troubadour heißen: eine phänomenale Maschine, ein mechanischer *heavy-duty,* der imstande ist, sich sämtlicher europäischer Sprachen zu bedienen, der lebenden und der toten, tausend Seiten lang ununterbrochen zu dichten, bei einer Außentemperatur von minus hundert bis zu plus zweihundert Grad, in jedem Klima, sogar unter Wasser und im Hochvakuum. *(gedämpft)* Es ist sogar vorgesehen, ihn im Apollo-Projekt einzusetzen: er wird der erste sein, der die Mondeinsamkeit besingt.

DICHTER: Nein, nein, das ist wohl nichts für mich: zu kompliziert, und im übrigen arbeite ich nur selten außer Haus. Ich bin fast immer hier in meinem Büro.

SIMPSON: Gewiß, gewiß. Ich hab's auch nur als Kuriosum erwähnt. Das hier, sehen Sie, ist nichts als ein simpler Reimwerker und als solcher auch viel beschränkter: er besitzt sozusagen weniger Phantasie. Aber er ist gerade das Gegebene für Routinearbeiten, und mit etwas Übung kann sein Benutzer außerdem wahre Wunder aus ihm herausholen.

Da ist der Streifen, sehen Sie? Normalerweise spricht und schreibt die Maschine ihre Produkte zur gleichen Zeit.

DICHTER: Wie ein Fernschreiber?

SIMPSON: Genau. Aber wo nötig, beispielsweise in dringenden Fällen, kann die Sprache auch abgeschaltet werden: dann produziert er besonders rasch. Dies hier ist die Tastatur: ähnlich wie bei einer Orgel und bei einer Linotype. Hier oben *(Klicken)* programmiert man das Thema: drei bis fünf Wörter genügen in der Regel. Diese schwarzen Tasten sind die Register: sie bestimmen Ton und Stil, also das »literarische Genre«, wie man früher sagte. Und diese Tasten hier sind schließlich für das Versmaß zuständig. *(zur Sekretärin)* Treten Sie näher, Signorina, es ist besser, wenn Sie sich's auch ansehen. Ich denke, Sie werden die Maschine bedienen, nicht wahr?

SEKRETÄRIN: Ich werde das nie lernen. Es ist zu kompliziert.

SIMPSON: Ja, alle neuen Maschinen machen zunächst diesen Eindruck. Aber das täuscht, Sie werden sehen, in einem Monat bedienen Sie ihn schon so selbstverständlich, wie man Auto fährt, und denken an etwas ganz anderes oder singen sogar dabei.

SEKRETÄRIN: Ich singe nie bei der Arbeit. *(Das Telefon klingelt)* Hallo! Ja. *(Pause)* Ja, er ist hier: ich gebe weiter. *(zu Simpson)* Für Sie, Mr. Simpson.

SIMPSON: Danke. *(am Telefon)* Ja, am Apparat. *(Pause)* Ach, Sie sind's, Herr Ingenieur? *(Pause)* Wie? Sie blockiert? Sie läuft heiß? Wirklich ärgerlich. Das habe ich noch nie erlebt. Haben Sie die Leuchttafel kontrolliert? *(Pause)* Natürlich, rühren Sie nichts an, Sie haben völlig recht. Aber alle meine Monteure sind gerade unterwegs, zu dumm. Können Sie nicht bis morgen warten? *(Pause)* Ja, natürlich. *(Pause)* Gewiß, sie läuft noch unter Garantie, aber auch wenn dem nicht so wäre ... *(Pause)* Hören Sie, ich bin hier ganz in der Nähe, ich nehme ein Taxi und bin in einer Minute bei Ihnen. *(legt den Hörer auf; zum Dichter, hastig und nervös)* Verzeihen Sie, ich muß rasch weg.

DICHTER: Nichts Ernstliches, hoffe ich.

SIMPSON: Ach, nichts: eine Rechenmaschine, Kleinigkeit; aber Sie wissen ja, der Kunde hat immer recht. *(seufzt)* Und wenn er noch so verdammt kleinlich ist und einen zehnmal für nichts und wieder nichts kommen läßt. Machen wir's doch so: ich lasse Ihnen den Apparat hier, zu Ihrer freien Verfügung. Werfen Sie einen Blick in die Gebrauchsanweisung, und dann experimentieren Sie, soviel Sie Lust haben.

DICHTER: Und wenn ich ihn kaputtmache?

SIMPSON: Keine Angst, er ist sehr robust, *fool-proof,* wie es in der amerikanischen Originalbroschüre heißt, »idiotensicher« ... *(verlegen, da er seinen Schnitzer bemerkt hat)* ... nichts für ungut, Sie verstehen schon. Es gibt auch eine Arretierung für den Fall einer falschen Bedienung. Aber Sie werden selbst sehen, wie leicht das alles ist. In ein bis zwei Stunden bin ich wieder da. Auf Wiedersehen. *(geht)*

Pause: deutlich wahrnehmbares Summen des Reimwerkers.

DICHTER *(liest halblaut in der Broschüre)*: Spannung und Frequenz ... ja, stimmt. Themenstellung ... Arretierung ... alles klar. Schmierung ... Streifenwechsel ... bei längerem Nichtgebrauch ... das können wir alles später sehen. Register ... aha, das ist interessant, das ist das Wichtigste. Sehen Sie, Signorina, es sind vierzig: hier ist die Aufschlüsselung. EP, EL (elegisch, denke ich, jawohl elegisch), SAT, MYT, JOC (was ist dieses JOC? Ach, natürlich, *jocular,* giocoso, heiter, spielerisch), DID …

SEKRETÄRIN: DID?

DICHTER: Didaktisch, sehr wichtig. PORN … *(Sekretärin zuckt zusammen)* »Inbetriebnahme«: es hat nicht den Anschein, aber es ist mehr als einfach. Ein Kind könnte ihn bedienen. *(immer begeisterter)* Sehen Sie, man braucht hier nur die »Instruktion« zu programmieren: vier Zeilen. Die erste für das Thema, die zweite für die Register, die dritte für die metrische Form, die vierte (sie ist fakultativ) für die Bestimmung der Zeit. Alles übrige besorgt er von allein: wunderbar!

SEKRETÄRIN *(herausfordernd)*: Warum versuchen Sie's denn nicht?

DICHTER *(hastig)*: Natürlich versuche ich's. Also: LYR, PHIL *(zweimaliges Klicken)*; dreizeiliger Reim, elfsilbiger Vers *(Klicken)*; XVII. Jahrhundert. *(Klicken. Bei jedem Klicken verstärkt sich das Summen der Maschine und ändert den Ton)* Los!

Summzeichen: dreimal kurz, einmal lang. Entladungen, Störungen, dann kommt die Maschine ruckartig, rhythmisch in Gang, ähnlich den Rechenmaschinen, wenn sie dividieren.

REIMWERKER *(mit metallischer, stark verzerrter Stimme)*:

Bru bru bru bru bru bru bru bru bru bru acht
Bru bru bru bru bru bru bru bru bru bru uss
Bru bru bru bru bru bru bru bru bru bru acht
Bla bla bla bla bla bla bla bla bla bla uss
Bla bla bla bla bla bla bla bla bla bla ngen
Bla bla bla bla bla bla bla bla bla bla uss

Starkes Klicken; Stille, nur das übliche Summen.

SEKRETÄRIN: Schönes Ergebnis! Er macht nur die Reime, alles andere müssen Sie selber besorgen! Was habe ich Ihnen gesagt?

DICHTER: Na schön, es ist ja nur der erste Versuch. Vielleicht habe ich etwas falsch gemacht. Einen Augenblick. *(blättert in der Broschüre)* Lassen Sie mich nachsehen. Da haben wir's, wie dumm von mir! Die Hauptsache hatte ich vergessen: alles hatte ich eingestellt, nur das Thema nicht. Das werden wir gleich nachholen. »Thema«: ... was für ein Thema wollen wir ihm geben? »Grenzen des menschlichen Geistes«.

Klicken, Summzeichen, dreimal lang, einmal kurz.

REIMWERKER *(metallische Stimme, nicht so verzerrt wie vorher)*:
Wahnwitz, auf welch hohes Ziel bist du bedacht?
Mit gewaltig Grübeln, ach, zu welchem Muß
Verbrauchst du Stunden, begreifest Tag und Nacht?
Lüge sprach, wer dir verhieß den Götterkuß
Im Streben, die Erkenntnis zu erringen,
Und als reinen Nektar ihren bittern Fluß.

Starkes Klicken; Stille.

DICHTER: Das klingt schon besser, nicht wahr? Lassen Sie mich mal den Streifen sehen. *(liest)* ... »mit gewaltig Grübeln, ach« ... »im Streben, die Erkenntnis zu erringen« ... Nicht schlecht, in der Tat: ich kenne manche Kollegen, die das bestimmt nicht besser machen. Dunkel, aber nicht allzusehr, Syntax und Prosodie in Ordnung, ein bißchen gewollt, aber auch nicht mehr, als es sich für einen anständigen Zeitgenossen im siebzehnten Jahrhundert geziemt.

SEKRETÄRIN: Sie wollen doch nicht behaupten, daß dieses Zeug genial ist?

DICHTER: Genial nicht gerade, aber verkäuflich. Mehr als zufriedenstellend für jede praktische Verwendung.

SEKRETÄRIN: Darf ich auch mal sehen? »Wer dir verhieß den Götterkuß« ... hm ... »Und als reinen Nektar ihren bittern Fluß.« »Bittern Fluß.« Da stimmt doch etwas nicht. Erstens müßte es heißen »den bitter schmeckenden Fluß«, und zweitens fließt doch die Erkenntnis nicht.

DICHTER: Das ist nichts weiter als dichterische Freiheit. Warum sollte er sich die nicht herausnehmen dürfen? Warten Sie, hier steht ein Abschnitt ausgerechnet auf der letzten Seite. Also, hören Sie: »*Freiheiten.* Der Reimwerker verfügt über den gesamten offiziellen Wortschatz derjenigen Sprache, für die er programmiert wurde, und benutzt jede Vokabel in ihrer normalen Bedeutung. Werden von der Maschine Kompositionen in Reimen oder irgendwelchen anderen Formgebundenheiten verlangt«

SEKRETÄRIN: Was bedeutet »Formgebundenheit«?

DICHTER: Nun, beispielsweise Assonanz, Alliteration und so weiter. ». . . oder irgendwelchen anderen Formgebundenheiten verlangt, sucht sie automatisch unter den im Wortschatz registrierten Vokabeln, wählt zunächst die dem Sinn nach geeignetsten und baut auf ihnen die diesbezüglichen Verse auf. Eignet sich keine der genannten Vokabeln, nimmt sich die Maschine Freiheiten heraus, das heißt, sie verformt die erlaubten Vokabeln, beziehungsweise prägt neue. Der ›Freiheitsgrad‹ der Komposition kann von dem Bedienenden durch den roten Hebel bestimmt werden, der sich links unter dem Gehänge befindet.« Sehen wir einmal nach . . .

SEKRETÄRIN: Ja, hier hinten ist er, ein bißchen versteckt. Mit Einstellung von eins bis zehn Grad.

DICHTER *(liest weiter)*: »Er« . . . Er wer? Ich habe den Faden verloren. Ach so, der *Freiheitsgrad*: klingt ein bißchen komisch. »Er wird in der Regel auf zwei bis drei Grad der Skala beschränkt: bei der Höchsteinstellung erhält man beachtliche poetische Ergebnisse, die allerdings nur für besondere Effekte zu gebrauchen sind.« Faszinierend, finden Sie nicht?

SEKRETÄRIN: Hm . . . stellen Sie sich vor, wohin das führen würde: ein Gedicht ganz aus Freiheiten!

DICHTER: Ein Gedicht ganz aus Freiheiten . . . *(voll kindlicher Neugierde)* Hören Sie mal, Sie können denken, was Sie wollen, aber ich möchte es tatsächlich versuchen. Das haben wir doch vor, oder? Wir wollen doch sehen, wie weit die Grenzen für diesen Apparat gesteckt sind und wie er sich seiner Aufgaben entledigt. Eine leichte Aufgabe kann jeder bewältigen. Überlegen wir mal: Intuition . . . Lokution, Zirkulation: nein, das ist zu leicht. Amboß: Profos, Kosmos. Alabaster: nein, nein, Desaster, Geschaßter, et cetera. Aha, jetzt hab' ich's . . . *(zur Maschine gewandt, schadenfroh)* »Die Kröte«. *(Klicken)* Achtzeiler, achtsilbig *(Klicken)*; Genre . . . DID, ja, machen wir DID.

SEKRETÄRIN: Ich finde das Thema ein bißchen . . . spröde.

DICHTER: Nicht so sehr, wie es den Anschein hat: Victor Hugo zum Beispiel hat da Gutes herausgeholt. Roter Hebel auf Endeinstellung . . . fertig, los!

Summzeichen: dreimal kurz, einmal lang.

REIMWERKER *(metallische, krächzende Stimme; langsamer als sonst)*:

Betrachter, dein Nam' ist Kröte,
Ein häßlich, nützlich Amphibium.

(Pause, Störungen; verzerrte Stimme: »Amphibium, Politikum, ringsherum, Altertum, Tellurium, Prytaneum, Nonnentum, Monstrum, linksum, Kolophonium, Gummiarabikum ...« Verebbt in Röcheln. Stille. Dann, mit Mühe wiederaufnehmend)

An Ufern hast du deine Hötte,
Wenn ich dich seh', dann dreht's mich um.
Warz' an Bauch und Rücken, bötte,
Doch Würmer frißt du, bidibum!

(Pause. Dann mit offenkundiger Erleichterung)

Man sieht, in welch' erbärmlich Kleid
Verbirgt sich oft die Nützlichkeit.

SEKRETÄRIN: Bitte, jetzt haben Sie Ihren Willen gehabt. Offen gesagt, es ist abscheulich, ganz schlecht kann einem werden dabei. Der reine Spott und Hohn. Sind Sie jetzt zufrieden?

DICHTER: Spott und Hohn, aber kunstvoll. Äußerst interessant. Haben Sie bemerkt, wie er sich im Zweizeiler am Schluß wieder gefangen hat, als er merkte, daß er aus den Schwierigkeiten heraus war? Wirklich menschlich. Aber kehren wir zu den klassischen Maßstäben zurück: begrenzte Freiheiten. Versuchen wir's mit der Mythologie? Nicht aus Spielerei, sondern um festzustellen, ob seine Allgemeinbildung tatsächlich so umfassend ist, wie sie in der Broschüre gepriesen wird. Warum bleibt übrigens Simpson so lange weg? ... Überlegen wir mal ... ja ... »Sieben gegen Theben« *(Klicken)*; freier Vers *(Klicken)*; XIX. Jahrhundert. Los!

Summzeichen: dreimal kurz, einmal lang.

REIMWERKER *(Grabesstimme)*:

Wie jener Stein so hart waren die Herzen
Der gigantischen Heerschar.
Niemals zuvor ward größerer Kampf je gesehn.
und als erste
Machten dem Warten ein End':
Unter ihren Schritten dröhnet der Boden,
Zittert das Meer darob und der Himmel hallt wider.

DICHTER: Was halten Sie davon?

SEKRETÄRIN: Ein bißchen allgemein gehalten, nicht wahr? Und die beiden Leerstellen?

DICHTER: Entschuldigen Sie, aber wissen Sie vielleicht die Namen der Sieben gegen Theben? Nein? Und doch haben Sie den Doktor der Philologie und fünfzehn Jahre Berufspraxis. Ich weiß sie übrigens auch nicht. Mehr als verständlich also, daß die Maschine die beiden Leerstellen gelassen hat. Aber beachten Sie: in die beiden Stellen kann man zwei viersilbige Namen einsetzen oder auch einen fünfsilbigen und einen dreisilbigen, wie die meisten griechischen Namen. Würden Sie bitte das Wörterbuch der Mythologie zur Hand nehmen?

SEKRETÄRIN: Bitte.

DICHTER *(sucht)*: Radamanthes, Semele, Thisbe ... ja, hier: »Theben, Sieben gegen«. Wollen Sie sehen, wie wir zwei Namen hineinbringen? Bitte: »Hippomedon und Kapaneus als erste«; »Hippomedon und Amphiaraos als erste«; »Polyneikes und der Adrastos als erste«; und so könnte man weitermachen. Man braucht sich die Namen nur auszusuchen.

SEKRETÄRIN *(wenig überzeugt)*: Stimmt. *(Pause)* Darf ich Sie um etwas bitten?

DICHTER: Aber gewiß doch. Worum handelt es sich denn?

SEKRETÄRIN: Ich möchte der Maschine auch ein Thema geben.

DICHTER: Aber selbstverständlich. Versuchen Sie's nur, mir ist das sogar sehr recht. Bitte setzen Sie sich hierher auf meinen Platz; die Bedienungsweise kennen Sie ja schon.

Stuhlrücken.

SEKRETÄRIN: »Thema nach freier Wahl«.

Klicken.

DICHTER: Thema nach freier Wahl? Und sonst keine Instruktion?

SEKRETÄRIN: Keine. Ich will sehen, was jetzt geschieht. Los!

Summzeichen: dreimal kurz, einmal lang.

REIMWERKER *(mit tönender Stimme, etwa wie »Demnächst in diesem Filmtheater«)*:

Ja, wenn ein junges Mädchen man ins Bett sich nimmt ...

Die Sekretärin stößt einen schrillen Schrei aus, als hätte sie eine Maus gesehen, und drückt auf den Schalter; lautes Klicken, die Maschine ist stumm.

DICHTER *(ärgerlich)*: Was ist denn in Sie gefahren? Schalten Sie augenblicklich den Strom wieder ein: Sie wollen doch nicht die Maschine kaputtmachen!

SEKRETÄRIN: Er hat mich beleidigt! Er meint mich, dieser . . . Kerl!

DICHTER: Ach was! Wie zum Teufel kommen Sie darauf?

SEKRETÄRIN: Hier gibt es kein anderes junges Mädchen. Er spricht von mir. Er ist ein gemeiner Sittenstrolch!

DICHTER: So beruhigen Sie sich doch und seien Sie nicht hysterisch. Lassen Sie ihn doch reden. Er ist eine Maschine, haben Sie das vergessen? Von einer Maschine braucht man nichts zu befürchten, meine ich; wenigstens nicht in dieser Hinsicht. Also, seien Sie vernünftig, und drücken Sie wieder auf den Knopf. Er schien mir so gut in Fahrt zu sein! Ja, so ist's brav!

Klicken; wieder das Summzeichen: dreimal kurz, einmal lang.

REIMWERKER *(Stimme wie oben)*:

Ja, wenn ein junges Mädchen man ins Bett sich nimmt:
Mitnichten Schön'res gibt's, wie immer man vernimmt.
Ach, wie gerne würd' ich's einmal ausprobieren,
Wär' für mich ein völlig neues Exaltieren:
Obgleich für sie, die Ärmste, was für eine Qual!
Ist mein Chassis doch härter als ein Marterpfahl.
Messing und Bronze, Bakelit und Eisenguß:
Sie streckt die Hand und tastet einen Schraubverschluß;
Sie bietet die Lippen, die Brosse macht ihr Plag';
Sie drückt mich an den Busen, da trifft sie der Schlag.

Klicken; Stille.

SEKRETÄRIN *(seufzt)*: Armer Kerl!

DICHTER: Sehen Sie? Geben Sie's schon zu: Sie sind auch ganz gerührt. Eine Frische, eine Spontaneität, die . . . Diese Maschine kaufe ich. Ich lasse sie mir nicht entgehen.

SEKRETÄRIN *(liest den Text durch)*:

». . . Bakelit und Eisenguß:

Sie streckt die Hand und tastet einen Schraubverschluß;
Sie bietet die Lippen, die Brosse macht ihr Plag' ...«

Ja, er ist amüsant. Er simuliert recht gut ... recht gut das menschliche Verhalten. »... die Brosse macht ihr Plag'«; was ist denn eine Brosse?

DICHTER: Eine Brosse? Lassen Sie mich nachsehen. Ach so, Brosse. Ich weiß nicht. Nehmen wir das Lexikon: »Bronchus«, Luftröhrenhauptast. »Broschüre«, leichtgebundenes Druckerzeugnis, Flugschrift. Nein, es steht nicht drin. Wer weiß, was er damit hat sagen wollen.

Es klingelt.

SEKRETÄRIN *(öffnet)*: Guten Abend, Mr. Simpson.

DICHTER: Guten Abend.

SIMPSON: Da bin ich wieder. Es ist doch schnell gegangen, nicht wahr? Wie steht's mit den Versuchen? Zufrieden? Und Sie, Signorina?

DICHTER: Nicht schlecht, um ehrlich zu sein; ganz passabel. Übrigens, sehen Sie sich doch auch einmal diesen Text an: da ist ein Wort enthalten, das wir nicht verstehen.

SIMPSON: Sehen wir mal: »... Wär' für mich ein völlig neues ...«

DICHTER: Nein, weiter unten; hier, fast am Ende: »die Brosse macht ihr Plag'«. Das gibt keinen Sinn, auch im Lexikon steht dieses Wort nicht, wir haben nachgesehen. Nur aus Neugierde, wissen Sie, nicht etwa, um zu kritisieren.

SIMPSON *(liest)*: »Sie bietet die Lippen, die Brosse macht ihr Plag'; sie drückt mich an den Busen, da trifft sie der Schlag.« *(mit gutmütiger Nachsicht)* Nun, das ist leicht erklärt. Fabrikjargon: Sie wissen ja, daß in jedem Betrieb im Lauf der Zeit ein eigener Jargon entsteht. Und das Wort gehört zum Jargon des Betriebes, wo er entstanden ist. In der Montagehalle der italienischen NATCA in Olgiate Comasco sagt man »Brosse« zur Drahtbürste. Dieses Modell ist in Olgiate zusammengebaut und getestet worden und kann also dort den Ausdruck gehört haben. Übrigens, wenn ich's recht bedenke: er hat ihn nicht gehört, er hat ihn lernen müssen.

DICHTER: Lernen müssen? Warum denn das?

SIMPSON: Eine Neuerung. Sehen Sie, alle unsere Apparate (die der Konkurrenz natürlich ebenso) können schließlich einmal einen

SIMPSON *(mit leichter Ironie)*: So können Sie gleich das Angenehme mit dem Nützlichen verbinden, nicht wahr?

DICHTER *(unangenehm berührt)*: Aber nein! Es ist nur ein praktisches Experiment: ich möchte sehen, wie er sich an meiner Stelle verhalten würde, in einem konkreten Fall des normalen Geschäftsbetriebes, wie er einem drei- oder vierhundertmal im Jahr unterkommt.

SIMPSON: Gewiß, gewiß: ich hab' ja nur Spaß gemacht. Also, besorgen Sie die Einstellung?

DICHTER: Ja, ich denke, daß ich's inzwischen gelernt habe. »Herbst in Ligurien« *(Klicken)*; Elfsilber, Sonett *(Klicken)*; EL *(Klicken)*; ungefähr 1900, plus minus zwanzig Jahre. Los!

Summzeichen: dreimal kurz, einmal lang.

REIMWERKER *(die Stimme ist warm, inspiriert; dann immer hastiger und keuchend)*:

Gern wandl' ich durch die alten, kühlen Gassen
Mit dem groben Pflaster, wenn die herbstlichen,
Die reifen Feigen ihren Duft verprassen,
Auch die Moose, überall, die niedlichen.
Ich folg' dem Weg der Würmer, all der blassen,
Und der Katzen, all der unterschiedlichen,
Und längst vergang'ner Taten von den Sterblichen,
Der Gesten, Wahngedanken, die verblichen,
Von Mönchen, Pestvögt' und Schnapphähnichen.
Und mir kommen nun die ganz unmöglichen
Gedanken von Ketzern und von Geistlichen.
Jetzt sind mir noch zwei Widerständ' geschmolzichen
Wir sind, jawohl, blockiert am Endreim »ichen«
Das ist nicht anders als ganz hanebichen
Herre Simson, komm, du mußt jetzt kämpfichen
Mit den richt'gen Instrumenten werkichen
Tausch' die Widerständ' mit der Bezeichnichen
Achttausendundsechshundertsiebzichen
Reparier mich, sag' dir vielmals Dankichen.

Starkes Brummen, Krachen, Pfeifen, Störungen, Rauschen.

DICHTER *(schreit, um sich vernehmbar zu machen)*: Was zum Teufel ist denn da los?

SEKRETÄRIN *(aufs höchste erschrocken, rennt im Zimmer herum)*: Hilfe, Hilfe! Er raucht! Gleich geht er in Flammen auf! Er explodiert! Man muß einen Elektriker holen! Nein, die Feuerwehr! Sanitäter! Ich verschwinde!

SIMPSON *(ebenfalls nervös)*: Einen Moment! Ruhe, bitte! So beruhigen Sie sich doch, Signorina: setzen Sie sich hier in den Sessel, seien Sie still, und machen Sie mich nicht konfus. Es kann sich um eine Kleinigkeit handeln; auf alle Fälle *(Klicken)* schalten wir erst einmal den Strom ab, so kann nichts passieren. *(Der Lärm hört auf)* Nun wollen wir einmal nachsehen ... *(hantiert mit metallenen Instrumenten)* einige Praxis habe ich ja jetzt schon mit diesen Dingern ... *(hantiert)* in neun von zehn Fällen ist es eine Kleinigkeit, die man mit den mitgelieferten Werkzeugen beheben kann ... *(frohlockend)* Na, was habe ich gesagt? Nichts als eine Sicherung.

DICHTER: Eine Sicherung? Wo er noch nicht mal eine halbe Stunde in Betrieb ist? Das ist nicht sehr vertrauenerweckend.

SIMPSON *(pikiert)*: Sicherungen sind schließlich dazu da, nicht wahr? Aber es geht um etwas anderes: der Spannungsregler fehlt, und der ist unentbehrlich. Nicht, daß ich ihn vergessen hätte, aber sie sind mir im Augenblick ausgegangen, und ich wollte Sie nicht der Möglichkeit berauben, die Maschine auszuprobieren. Immerhin, in ein paar Tagen werde ich sie bekommen. Wie Sie gesehen haben, funktioniert der Reimwerker trotzdem ausgezeichnet, aber er ist eben den plötzlichen Spannungsschwankungen ausgeliefert, die es zwar nicht geben dürfte, die es aber trotzdem gibt, besonders in dieser Jahreszeit und zu dieser Uhrzeit, wie sich herausgestellt hat. Ich bin jedenfalls der Ansicht, daß gerade diese Episode jeden möglichen Zweifel an den poetischen Fähigkeiten des Apparats beseitigt haben müßte.

DICHTER: Das verstehe ich nicht. Was meinen Sie damit?

SIMPSON *(freundlicher)*: Vielleicht ist es Ihnen entgangen: haben Sie nicht gehört, wie er mich genannt hat? »Herre Simson, komm ...«

DICHTER: Na und? Das war sicher dichterische Freiheit. Es steht doch in der Broschüre: über den Mechanismus dieser Freiheiten, ihre Stufenregelung und so weiter!

SIMPSON: Eben nicht. Da ist noch etwas anderes. Er hat meinen Namen aus ganz bestimmten Gründen in »Simson« verändert. Ich müßte sogar sagen, daß er ihn berichtigt hat, denn *(stolz)* »Simpson« geht etymologisch auf den Namen Simson zurück und auf dessen hebräische Form »Schimschon«. Die Maschine konnte das natürlich nicht wissen; aber im Augenblick der Not, als sie die plötzliche Spannungssteigerung bemerkte, empfand sie die Notwendigkeit eines Eingreifens, einer Hilfeleistung, und hat eine Verbindung zwischen dem alten und dem modernen Nothelfer hergestellt.

DICHTER *(in tiefer Bewunderung)*: Eine ... poetische Verbindung!

SIMPSON: Gewiß. Wenn das keine Poesie ist, was dann?

DICHTER: Ja ... es ist überzeugend, dagegen ist nichts einzuwenden. *(Pause)* Und ... *(mit geheuchelter Verlegenheit)* um auf irdischere, prosaischere Dinge zu kommen ... Wollen wir nun über Ihren Kostenvoranschlag diskutieren?

SIMPSON *(strahlt)*: Sehr gern. Aber leider gibt es da wenig zu diskutieren, wissen Sie. Sie kennen doch die Amerikaner: bei denen kann man nichts herunterhandeln.

DICHTER: Zweitausend Dollar, nicht wahr, Signorina?

SEKRETÄRIN: Ja, wirklich ... ich weiß nicht mehr, ich kann mich nicht mehr erinnern ...

SIMPSON *(lacht gutmütig)*: Sie scherzen. Zweitausendsiebenhundert, cif. Genua, einschließlich Verpackung, zuzüglich zwölf Prozent Zoll: vollständiges Zubehör inbegriffen, Auslieferung innerhalb von vier Monaten, wenn kein Fall höherer Gewalt eintritt. Bezahlung vermittels unwiderruflichen Akkreditivs; Garantie zwölf Monate.

DICHTER: Rabatt für alte Kunden?

SIMPSON: Nein. Glauben Sie mir, das geht wirklich nicht: ich würde meine Stellung riskieren. Zwei Prozent Skonto, wobei ich auf die Hälfte meiner Provision verzichte: das ist alles, was ich für Sie tun kann.

DICHTER: Sie sind wirklich ein harter Brocken. Aber lassen wir's, heute bin ich nicht zum Streiten aufgelegt: geben Sie mir das Bestellungsformular, ich will lieber gleich unterschreiben, ehe ich's mir wieder anders überlege.

Musikalischer Abschluß.

DICHTER *(zum Publikum)*: Ich besitze den Reimwerker jetzt seit zwei Jahren. Ich kann zwar noch nicht behaupten, ihn amortisiert zu haben, aber er ist mir unentbehrlich geworden. Er hat sich als sehr vielseitig erwiesen: er nimmt mir nicht nur einen großen Teil meiner dichterischen Arbeit ab, sondern besorgt mir auch die Buchführung und die Lohnabrechnung, informiert mich über Fälligkeitstermine und besorgt auch meine Korrespondenz. Ich habe ihm nämlich beigebracht, Prosa zu verfassen, was er ausgezeichnet beherrscht. So ist zum Beispiel der Text, den Sie soeben gehört haben, sein Werk.

ENGELGLEICHER SCHMETTERLING

Steif und stumm saßen sie im Jeep: seit zwei Monaten führten sie ein gemeinsames Leben, doch hatte sich keine große Vertrautheit zwischen ihnen eingestellt. An diesem Tag saß turnusgemäß der Franzose am Steuer. Sie holperten über den aufgerissenen Straßenbelag des Kurfürstendamms und bogen dann, gerade noch einem Trümmerhaufen ausweichend, in die Glockenstraße, wo sie bis zur Höhe der Magdalenenkirche kamen: hier war der Weg durch einen Bombentrichter voll schlammigen Wassers versperrt; aus einer unterirdischen Leitung gurgelte Gas in großen, klebrigen Blasen.

»Weiter hinten, Nummer 26«, sagte der Engländer. »Wir müssen zu Fuß gehen.«

Das Haus Nummer 26 schien unversehrt zu sein, doch stand es fast isoliert da. Es war von öden Grundstücken umgeben, aus denen man die Trümmer bereits fortgeschafft hatte; schon war Gras darauf gewachsen, hier und dort sogar ein kümmerliches Gemüsegärtchen entstanden.

Die Klingel funktionierte nicht; lange klopften sie vergeblich, dann stemmten sie sich gegen die Tür, die schon beim ersten Versuch nachgab. Drinnen gab es Staub und Spinnweben, und es roch penetrant. »Im ersten Stock«, sagte der Engländer. Im ersten Stock fanden sie das Namensschild »Leeb«; es war eine robuste Tür mit zwei Schlössern, die ihren Anstrengungen eine gute Weile widerstand.

Es war dunkel, als sie eintraten. Der Russe leuchtete mit der Taschenlampe, dann stieß er das Fenster weit auf; man hörte das Rascheln von Mäusen, die eilig flüchteten, die Tiere selbst waren nicht zu sehen. Das Zimmer stand leer: nicht ein einziges Möbelstück. Es gab nur ein rohgezimmertes Gerüst mit zwei parallel verlaufenden, stabilen Holzstangen in zwei Meter Höhe waagerecht von einer Wand zur anderen. Der Amerikaner machte drei Aufnahmen aus verschiedenen Blickwinkeln und zeichnete hastig eine Skizze.

Den Boden bedeckte eine Schicht aus schmutzigen Lumpen,

Papierabfällen, Knochen, Federn und Obstschalen; und große, braunrote Flecken waren da, die der Amerikaner mit einer Rasierklinge sorgfältig abschabte, um das Pulver in ein Glasröhrchen zu schütten. In einer Ecke ein Haufen undefinierbarer, weißgrauer, trockener Materie: sie roch nach Ammoniak und faulen Eiern, und es wimmelte von Würmern darin. »Herrenvolk!« sagte der Russe verächtlich (sie sprachen Deutsch miteinander); auch von dieser Substanz entnahm der Amerikaner eine Probe.

Der Engländer hob einen Knochen auf, ging damit zum Fenster und betrachtete ihn eingehend. »Von was für einem Tier?« fragte der Franzose. »Ich weiß nicht«, erwiderte der Engländer, »so einen Knochen habe ich noch nie gesehen. Man könnte meinen, daß er von einem prähistorischen Vogel stammt, aber so eine Protuberanz gibt es doch nur bei ... hm, man wird einen Dünnschliff machen müssen.« In seiner Stimme lag Abscheu, Haß und Neugierde zugleich.

Sie sammelten alle Knochen auf und schafften sie in den Jeep. Um den Jeep hatte sich ein Häuflein Neugieriger versammelt: ein kleiner Junge war hineingeklettert und kramte unter den Sitzen. Als die Leute die vier Uniformierten erblickten, stoben sie eilig davon. Drei nur konnte man zurückhalten: zwei alte Männer und ein junges Mädchen. Man befragte sie. Sie wußten von nichts. Professor Leeb? Völlig unbekannt. Frau Spengler vom Erdgeschoß? Sie war bei einem Bombenangriff ums Leben gekommen.

Sie stiegen in den Jeep und ließen den Motor an. Doch das junge Mädchen, das sich schon zum Gehen gewandt hatte, kehrte noch einmal um und fragte: »Haben Sie Zigaretten?« Sie hatten welche. Das Mädchen sagte: »Ich war dabei, als sie den Viechern von Professor Leeb den Garaus gemacht haben.« Man forderte sie auf, einzusteigen, und brachte sie zur Viermächtekommandantur.

»Dann ist also tatsächlich etwas Wahres an der Geschichte«, meinte der Franzose.

»Es sieht so aus«, erwiderte der Engländer.

»Eine feine Arbeit für die Experten«, sagte der Franzose und betastete das Säckchen mit den Knochen, »aber auch für uns: wir müssen jetzt den Bericht schreiben, kein Mensch wird uns das abnehmen. Schmutziges Handwerk!«

Hilbert war in heller Wut: »Vogelexkremente«, sagte er. »Was wollt ihr sonst noch wissen? Von was für einem Vogel? Das müßt ihr einen Chiromanten fragen, nicht einen Chemiker. Seit vier Tagen schon zerbreche ich mir den Kopf über euren ekelhaften Fund; ich will hängen, wenn selbst der Teufel mehr herausfindet als ich. Verschafft mir andere Proben: Exkremente von Albatrossen, von Pinguinen, von Möwen, dann kann ich vergleichen, und wenn ich ein bißchen Glück habe, können wir vielleicht noch mal auf die Sache zurückkommen. Ich bin kein Spezialist für Guano. Was die Flecken auf dem Fußboden betrifft: ich habe Hämoglobin darin gefunden. Und wenn mich jemand fragt, woher es stammt, komme ich in die Festung.«

»In die Festung, wieso?« fragte der Kommissar.

»In die Festung, jawohl. Denn wenn mich einer danach fragt, nenne ich ihn einen Trottel, auch wenn es mein Vorgesetzter wäre. Alles mögliche steckt in dem Zeug: Blut, Zement, Katzen- und Mäusepisse, Sauerkraut, Bier, kurzum, die Quintessenz Deutschlands.«

Der Oberst stand schwerfällig auf. »Für heute genug davon«, sagte er. »Morgen abend sind Sie alle meine Gäste. Ich habe ein nettes Lokal im Grunewald ausfindig gemacht, direkt am Seeufer. Dort können wir noch einmal darüber reden, wenn sich unsere Nerven etwas beruhigt haben.«

Es war eine beschlagnahmte Gastwirtschaft, in der man alles bekommen konnte. Neben dem Oberst saßen Hilbert und Smirnow, der Biologe. Die vier vom Jeep hatten an den beiden Längsseiten des Tisches Platz genommen, an der Unterseite saßen ein Journalist und Leduc vom Militärgericht.

»Dieser Leeb war ein sonderbarer Kauz«, sagte der Oberst. »Wie Sie wissen, war seine Zeit sehr empfänglich für alle möglichen Theorien, und wenn eine Theorie nur gut in die Zeitströmung paßte, brauchte sie nicht sonderlich exakt belegt zu sein, um verbreitet und bereitwillig aufgenommen zu werden, auch an höchster Stelle. Aber Leeb war auf seine Weise ein ernst zu nehmender Gelehrter: ihm ging es um Fakten und nicht um Erfolg.

Erwarten Sie jetzt nicht, daß ich Ihnen die Leebschen Theorien in allen Details auseinandersetze: einmal, weil ich sie nur so weit verstanden habe, wie ein Oberst sie verstehen kann, und dann, weil ich als Presbyterianer ... kurzum, ich glaube an die Unsterblichkeit der Seele und lege Wert darauf, eine zu haben.«

»Hören Sie, Chief«, unterbrach ihn Hilbert mit eigensinnig gerunzelter Stirn. »Sagen Sie uns bitte, was Sie wissen. Immerhin beschäftigen wir uns jetzt seit drei Monaten ausschließlich damit ... Ich denke, es ist Zeit, daß wir erfahren, was hier eigentlich gespielt wird. Auch, damit wir mit etwas mehr Sachkenntnis arbeiten können, wissen Sie.«

»Das ist nicht mehr als recht und billig, und schließlich sind wir heute abend zu diesem Zweck hier. Aber wundern Sie sich nicht, wenn ich etwas weit ausholen muß. Und Sie, Smirnow, korrigieren Sie mich, wenn ich vom Thema abweiche.

Also, in bestimmten mexikanischen Seen lebt ein kleines Tier, das einen unmöglichen Namen hat und entfernt einem Salamander ähnelt. Seit ich weiß nicht wie vielen Millionen Jahren lebt es dort ungestört und unbekümmert, obgleich es für eine Art biologischen Skandal verantwortlich ist: es pflanzt sich nämlich im Larvenstadium fort. Nun, soviel ich gehört habe, ist das eine äußerst schwerwiegende Angelegenheit, eine unerträgliche Häresie, ein Tiefschlag der Natur gegen ihre Erforscher und Gesetzesschreiber. Das ist gerade so, als ob eine Raupe, das heißt, eine weibliche Raupe, sich mit einer männlichen Raupe paarte, befruchtet würde und Eier legte, noch ehe sie zum Schmetterling geworden ist. Und aus diesen Eiern natürlich weitere Raupen entstünden. Wozu dann überhaupt noch zum Schmetterling werden? Wozu dann erst zum ›vollkommenen Insekt‹ werden? Es geht genausogut ohne das.

In der Tat verzichtet der Axolotl (so heißt das kleine Ungeheuer, ich vergaß, es Ihnen zu sagen) darauf, sich weiterzuentwikkeln. Er verzichtet fast immer darauf, nur ein Exemplar von hundert oder von tausend, möglicherweise ein besonders langlebiges, verwandelt sich, lange Zeit, nachdem es sich fortgepflanzt hat, in ein anderes Tier. Verziehen Sie Ihr Gesicht nicht so, Smirnow, oder sprechen *Sie* weiter! Jeder drückt sich so gut aus, wie er kann.«

Er machte eine Pause. »Neotenie nennt man diesen Schwindel, wenn sich ein Tier im Larvenzustand fortpflanzt.«

Man war mit dem Abendessen fertig, es war an der Zeit, die Pfeifen anzuzünden. Die neun Männer gingen auf die Terrasse hinaus, und der Franzose sagte: »Schön, das alles ist recht interessant, aber ich sehe keinen Zusammenhang mit –«

»Wir kommen gleich darauf. Bleibt zu sagen, daß sie« (und er deutete auf Smirnow) »es seit ein paar Jahrzehnten anscheinend fertiggebracht haben, sich dieser Phänomene zu bemächtigen, sie in gewissem Maße zu dirigieren. Wenn man einem Axolotl nämlich Hormonextrakt verabreicht ...«

»Schilddrüsenextrakt«, präzisierte Smirnow widerwillig.

»Danke ... Schilddrüsenextrakt verabreicht, soll diese Metamorphose immer stattfinden, das heißt vor dem Tod des Tieres. Nun hatte Leeb sich folgendes in den Kopf gesetzt: dieser Zustand sei nicht so außergewöhnlich, wie es den Anschein hat, und auch noch andere Tiere, vielleicht viele, vielleicht alle, vielleicht sogar der Mensch hätten noch etwas im Rückhalt, eine Potentialität, eine Möglichkeit der Weiterentwicklung. Wider alle Vermutung befänden sie sich noch im Larvenstadium, im Rohzustand, und könnten etwas ›anderes‹ werden, was nur deshalb nicht geschehe, weil vorher der Tod eintrete. Und so seien letzten Endes auch wir Neoteniker.«

»Mit welcher experimentellen Begründung?« fragte man ringsum aus dem Dunkel.

»Mit gar keiner, oder nur einer sehr vagen. Bei den Akten liegt ein umfangreiches Manuskript von Leeb, eine eigenartige Mischung aus scharfsinnigen Beobachtungen, kühnen Verallgemeinerungen, phantastischen und nebelhaften Theorien, literarischen und mythologischen Abschweifungen, polemisch-gehässigen Ausfällen und übertriebenen Schmeicheleien an die Adresse hochgestellter Persönlichkeiten seiner Zeit. Mich wundert nicht, daß es nie veröffentlicht wurde. Da gibt es ein Kapitel über das dritte Zahnen bei Hundertjährigen, das auch eine sonderbare Kasuistik über Kahlköpfige enthält, denen im hohen Alter die Haare wieder gewachsen seien. Ein anderes behandelt die Ikonographie der Engel und Teufel, von den Sumerern bis Melozzo da Forlí und von Cimabue bis Rouault; darin fand ich eine Stelle, die mir fundamental zu sein schien, in der Leeb auf seine zugleich apodiktische und konfuse Art, aber mit wahnwitziger Hartnäckigkeit die Hypothese verficht, daß ... also, daß Engel keine phantastischen Erfindungen, keine übernatürlichen Wesen und auch keine poetischen Traumgestalten seien, sondern unsere zukünftige Gestalt, das, was wir sein würden, was wir werden könnten, wenn wir lange genug lebten oder uns seinen Manipulationen unterzögen. In der Tat trägt das nächste Kapitel des Traktats – es ist das längste, und ich habe kaum etwas davon begriffen – den Titel ›Die physiologischen Grundlagen der Metempsychose‹. Ein anderes Kapitel enthält ein Forschungsprogramm über die menschliche Ernährung: dieses

Programm ist so umfangreich angelegt, daß hundert Leben nicht ausreichen würden, es zu realisieren. Darin wird vorgeschlagen, ganze Dörfer durch Generationen hindurch einer irrsinnigen Diät zu unterziehen, die auf saurer Milch oder Fischrogen oder Gerstenkeimen oder Algenbrei basiert; dabei striktes Verbot der Exogamie, Opferung (so steht es wortwörtlich da: ›Opferung‹) aller Individuen im Alter von sechzig Jahren und deren Autopsie, Gott verzeihe ihm, wenn er kann. Als Motto steht darüber ein italienisches Zitat aus der *Göttlichen Komödie,* wo von Würmern die Rede ist, von Insekten, die weit von der Vollkommenheit entfernt sind, und von ›engelgleichen Schmetterlingen‹. Ich vergaß noch zu sagen: dem Manuskript ist eine Widmung vorangestellt, und wissen Sie, für wen? Für Alfred Rosenberg, den Autor vom *Mythus des 20. Jahrhunderts,* und dann ist noch ein Anhang dabei, in dem Leeb auf Versuche ›bescheideneren Ausmaßes‹ hinweist, die im März 1943 von ihm begonnen wurden: eine Versuchsreihe von bahnbrechendem und vorbereitendem Charakter, die (mit allen gebotenen Vorsichtsmaßnahmen zur Geheimhaltung) sogar in einer Privatwohnung durchgeführt werden konnte. Die Wohnung, die ihm zu diesem Zweck angewiesen wurde, befand sich in der Glockenstraße 26.«

»Ich heiße Gertrud Enk«, sagte das junge Mädchen. »Ich bin neunzehn Jahre alt und war sechzehn, als Professor Leeb sein Laboratorium in der Glockenstraße einrichtete. Wir wohnten gegenüber, und vom Fenster aus bekamen wir allerlei zu sehen. Im September 1943 fuhr ein Wehrmachtslieferwagen vor: vier Männer in Uniform stiegen aus und vier Leute in Zivil. Die waren sehr mager und hielten die Köpfe gesenkt: zwei Männer und zwei Frauen.

Dann kamen verschiedene Kisten an mit der Aufschrift ›Kriegsmaterial‹. Wir waren sehr vorsichtig und sahen nur hin, wenn wir sicher waren, daß niemand es bemerkte, denn wir ahnten, daß irgend etwas an der Sache nicht geheuer war. Monatelang geschah dann überhaupt nichts. Der Professor erschien nur ein- oder zweimal im Monat, allein oder in Begleitung von Militärpersonen oder Parteifunktionären. Ich war sehr neugierig, aber mein Vater sagte immer: ›Laß das, steck deine Nase nicht in das, was dort drüben vorgeht. Je weniger man als Deutscher weiß, desto besser.‹ Dann kamen die Fliegerangriffe, das Haus Nummer 26 blieb stehen, aber zweimal wurden durch den Luftdruck die Scheiben zerstört.

Beim erstenmal sah man im Zimmer im ersten Stock die vier Leute auf Strohsäcken am Boden liegen. Sie waren zugedeckt wie im Winter, dabei herrschte gerade in diesen Tagen eine fürchterliche Hitze. Es sah aus, als seien sie tot oder als schliefen sie; aber tot konnten sie nicht sein, denn der Sanitäter neben ihnen las in aller Ruhe Zeitung und rauchte Pfeife; hätten sie aber geschlafen, so wären sie doch beim Entwarnungssignal aufgewacht, oder nicht?

Beim zweitenmal waren keine Leute und keine Strohsäcke mehr zu sehen. Statt dessen zwei waagerecht angebrachte Stangen in halber Höhe und darauf vier abscheuliche Viecher.«

»Wie sahen die aus?« fragte der Oberst.

»Vier Vögel: wie Geier sahen sie aus, allerdings habe ich Geier sonst nur im Kino gesehen. Sie hatten sichtlich Angst und machten ein furchtbares Geschrei. Wahrscheinlich wollten sie von den Stangen herunter, aber bestimmt waren sie angekettet, denn sie bekamen die Füße nie vom Holz weg. Es sah aus, als versuchten sie wegzufliegen, aber mit diesen Flügeln ...«

»Was für Flügel waren es denn?«

»Flügel waren es eigentlich nur dem Namen nach, mit spärlichen Federn hier und dort. Sie sahen aus ... ja, sie sahen aus wie Flügel von einem gerupften Huhn. Die Köpfe konnten wir nicht genau erkennen, unsere Fenster lagen zu hoch: aber schön waren sie gewiß nicht, und sie sahen unheimlich aus. Sie glichen den Köpfen von Mumien, wie man sie im Museum sieht. Aber dann kam schon der Sanitäter und verhängte die Fenster mit Decken, damit man nichts mehr sehen konnte. Am nächsten Tag waren die Fenster bereits wieder repariert.«

»Und dann?«

»Nichts weiter. Die Fliegerangriffe wurden immer häufiger, zwei oder drei am Tag; unser Haus wurde zerstört, und außer meinem Vater und mir kamen alle um. Aber das Haus Nummer 26 blieb stehen, wie ich schon sagte, nur die Witwe Spengler hat es erwischt, aber auf der Straße, durch Tieffliegerbeschuß.

Dann kam mit den Russen auch das Kriegsende, und alle hungerten. Wir hatten uns in der Nähe eine Baracke zusammengezimmert, und ich schlug mich durch, so gut es ging. Eines Nachts sahen wir eine Menge Menschen vor Nummer 26 stehen und durcheinanderreden. Dann machte einer die Tür auf, und alle drängten hinein. Ich sagte zu meinem Vater: ›Ich will nachsehen, was dort los ist‹, er hielt mir die übliche Predigt, aber ich hatte Hunger und ging hin. Als ich oben ankam, war praktisch schon alles vorbei.«

»Was war vorbei?«

»Man hatte ihnen den Garaus gemacht, mit Stöcken und Messern, und hatte sie schon praktisch zerstückelt. Der Anführer war wohl der Sanitäter, ich glaube, ich habe ihn wiedererkannt, außerdem hatte nur er die Schlüssel. Ich erinnere mich noch, daß er sich zuletzt sogar die Mühe machte, alle Türen abzuschließen, wer weiß, warum: es war ja doch nichts mehr drin.«

»Was ist aus dem Professor geworden?« fragte Hilbert.

»Man weiß nichts Genaues«, antwortete der Oberst. »Der offiziellen Version zufolge ist er tot, er soll sich beim Einmarsch der Russen erhängt haben. Ich bin aber sicher, daß dies nicht stimmt: Menschen seines Schlages strecken die Waffen nur vor dem Mißerfolg, er aber hat Erfolg gehabt, wie immer man diese schmutzige Angelegenheit betrachtet. Man würde ihn finden, wenn man sich darum bemühte, glaube ich, vielleicht gar nicht einmal so weit von hier. Ich denke, von Professor Leeb wird man noch hören.«

DIE WOHLFEILE ORDNUNG

Mister Simpson zu sehen ist mir stets ein Vergnügen. Er ist keiner von den üblichen Vertretern, die mich an Offizialverteidiger erinnern: er ist regelrecht vernarrt in die NATCA-Maschinen, er hat naives Vertrauen zu ihnen, ihre Unzulänglichkeiten und Defekte tun ihm weh, ihr Triumph ist sein Triumph. Zumindest scheint es so, auch wenn es sich anders verhalten sollte; was in der Praxis nahezu auf dasselbe hinausläuft.

Auch außerhalb unserer geschäftlichen Beziehungen sind wir beinahe Freunde; trotzdem hatte ich ihn 1960 aus den Augen verloren, nachdem er mir den Reimwerker verkauft hatte: er war durch die Auslieferung dieses außerordentlich erfolgreichen Modells furchtbar überlastet und hatte täglich bis Mitternacht zu tun. Gegen Mitte August rief er mich dann noch einmal an, um zu fragen, ob ich an einem Turbo-Beichtgerät interessiert sei: ein tragbares, schnell arbeitendes und in Amerika sehr gefragtes Modell, das von Kardinal Spellman lizenziert worden sei. Ich hatte kein Interesse daran und sagte ihm das ohne Umschweife.

Vor ein paar Monaten klingelte Mr. Simpson unangemeldet an meiner Tür. Er strahlte übers ganze Gesicht und hielt, liebevoll wie eine Amme, eine Schachtel aus Wellpappe im Arm. Er hielt sich nicht lange mit Höflichkeitsbezeigungen auf. »Das ist er«, sagte er triumphierend, »der Mimetiker: der Vervielfältiger, von dem wir alle geträumt haben.«

»Ein Vervielfältiger?« fragte ich und konnte meine Enttäuschung kaum verbergen. »Verzeihen Sie, Simpson, aber ich habe nie von Vervielfältigungsapparaten geträumt. Kann man sich denn bessere wünschen als diejenigen, die heute den Markt beherrschen? Sehen Sie doch her: zwanzig Lire und ein paar Sekunden für die Kopie, und sie ist einwandfrei; Trockenverfahren, kein Entwickler, kein Versagen innerhalb von zwei Jahren.«

Doch Mr. Simpson ist nicht so leicht kleinzukriegen. »Mit Verlaub, eine Oberflächenreproduktion bringen alle fertig. Dieser hier reproduziert jedoch nicht nur die Oberfläche, sondern arbeitet mit ›Tiefenwirkung‹«, und mit höflich entrüsteter Miene fügte er hinzu: »Der Mimetiker ist ein *echter* Vervielfältiger!« Behutsam holte er zwei vervielfältigte Briefbogen mit farbigem Briefkopf aus seiner Tasche und legte sie auf den Tisch. »Welches ist das Original?«

Ich betrachtete sie eingehend: ja, sie waren identisch, aber war das nicht auch bei zwei Exemplaren einer Zeitung oder zwei Positiven desselben Negativs der Fall?

»Nein, sehen Sie genauer hin. Wir haben für dieses Muster absichtlich grobes Papier mit vielen Fremdkörpern ausgewählt, müssen Sie wissen. Außerdem haben wir vor der Vervielfältigung die Ecke hier eingerissen. Nehmen Sie die Lupe, und sehen Sie sich das in aller Ruhe an. Ich habe keine Eile: dieser Nachmittag steht Ihnen zur Verfügung.«

An einer Stelle des einen Exemplars entdeckte ich einen kleinen Splitter und daneben ein gelbes Körnchen; an der gleichen Stelle des zweiten Exemplars befanden sich ebenfalls ein solcher Splitter und ein gelbes Körnchen. Die beiden Risse waren identisch bis aufs letzte Härchen, das man durch die Lupe erkennen konnte. Mein Mißtrauen wandelte sich in Neugierde.

Inzwischen hatte Mr. Simpson ein ganzes Aktenbündel aus seiner Tasche gezogen: »Das ist meine Munition«, sagte er lächelnd mit seinem sympathischen fremdländischen Akzent. »Mein Vorrat an Zwillingsausgaben.« Da gab es handgeschriebene Briefe mit willkürlichen, verschiedenfarbigen Unterstreichungen, frankierte Briefumschläge, komplizierte technische Zeichnungen, bunte Kleckserei von Kinderhand. Von jedem Exemplar zeigte Mr. Simpson mir die genaue Wiedergabe von vorn und hinten.

Ich unterzog diese Muster einer eingehenden Prüfung: sie ließen in der Tat nichts zu wünschen übrig. Die Papierstruktur, jedes Zeichen, jede Farbschattierung waren mit vollkommener Treue wiedergegeben. Ich bemerkte, daß man auch beim Anfassen der Kopien die gleichen Unregelmäßigkeiten fühlte wie bei den Originalen: die Fettigkeit der Pastellstriche, die kreidige Sprödigkeit der Temperagrundierungen, die Struktur der Briefmarken. Inzwischen setzte Mr. Simpson seine Überredungskünste fort. »Es handelt sich hier nicht um die Verbesserung eines vorangegangenen Modells: das gesamte Prinzip, auf dem der Mimetiker basiert, ist eine revolutionierende Neuheit nicht nur in der Praxis, sondern auch als Konzept. Er imitiert nicht und täuscht nichts vor – er reproduziert das Modell in einer identischen Neuschöpfung, sozusagen aus dem Nichts ...«

Ich fuhr auf: mein Gewissen als Chemiker rebellierte heftig gegen diese Ungeheuerlichkeit. »Oho! Wieso denn aus dem Nichts?«

»Verzeihen Sie, ich habe mich hinreißen lassen. Nicht gerade aus dem Nichts, natürlich nicht: ich meinte aus dem Chaos, aus der absoluten Unordnung. Ja, das eben vermag der Mimetiker: er schafft Ordnung aus der Unordnung.«

Er ging auf die Straße hinaus und holte aus dem Kofferraum seines Wagens einen kleinen Metallzylinder, der den Flaschen für flüssiges Gas ähnelte. Er zeigte mir, wie man ihn durch einen Schlauch mit der Zelle des Mimetikers verband.

»Das ist der Versorgungstank. Er enthält eine ziemlich komplexe Mixtur, das sogenannte *pabulum*, dessen Zusammensetzung im Augenblick noch nicht preisgegeben wird; nach allem, was ich den Angaben der NATCA-Techniker während des Ausbildungslehrgangs in Fort Kiddiwanee entnommen zu haben glaube, scheint das *pabulum* aus unbeständigen Verbindungen von Kohlenstoff und anderen lebenswichtigen Elementen zu bestehen. Die Inbetriebnahme ist kinderleicht: unter uns gesagt, habe ich nie begreifen können, warum man uns dazu samt und sonders aus allen Enden der Welt nach Amerika holen mußte. Passen Sie auf: die Reproduktionsvorlage legt man in dieses Fach, und in dieses zweite, das die gleiche Form und den gleichen Rauminhalt hat, läßt man das *pabulum* mit kontrollierter Geschwindigkeit einströmen. Während des Duplikationsprozesses wird an genau der gleichen Stelle, an der sich jedes einzelne Atom der Vorlage befindet, ein gleichartiges Atom aus der Versorgungsmixtur fixiert: Kohlenstoff, wo sich Kohlenstoff befindet, Stickstoff, wo Stickstoff hingehört, und so fort. Uns Vertretern verriet man natürlich so gut wie nichts über den Mechanismus dieser Rekonstruktion auf Abstand, ebensowenig wurde uns erklärt, auf welche Weise die riesige Menge an diesbezüglicher Information von einer Zelle zur anderen übermittelt wird. Immerhin sind wir zu dem Hinweis autorisiert, daß sich im Mimetiker ein kürzlich entdeckter genetischer Prozeß wiederholt und daß das Modell ›mit der Kopie auf die nämliche Weise verbunden ist wie der Same mit dem Baum‹: ich hoffe, dies alles ergibt für Sie einen Sinn, im übrigen muß ich Sie bitten, die Zurückhaltung meiner Firma zu entschuldigen. Sie verstehen: der Apparat ist noch nicht in allen Details patentamtlich geschützt.«

Entgegen jedem gesunden Geschäftsgebaren gelang es mir nicht, meine Bewunderung zu unterdrücken. Hier handelte es sich wahrhaftig um eine umwälzende technische Erfindung: eine organische Synthese bei niedriger Temperatur und geringem Druck, in aller Stille Ordnung aus Unordnung, rasch und wohlfeil - der Traum von vier Chemikergenerationen.

»Das ist denen auch nicht in den Schoß gefallen, müssen Sie wissen: es wird gemunkelt, daß die vierzig Techniker des Mimetiker-Programms, die das Hauptproblem, also die gezielte Synthese, bereits auf brillante Weise gelöst hatten, zwei Jahre lang nur Spiegelkopien, also seitenverkehrte und daher untaugliche Kopien erhielten. Die NATCA-Direktion war schon drauf und dran, die Massenproduktion des Apparates trotzdem anlaufen zu lassen, der zweimal pro Duplikation hätte betätigt werden müssen, mit doppeltem Aufwand an Zeit und Kosten; das erste Exemplar einer Direktreproduktion ist angeblich rein zufällig durch einen glücklicherweise unterlaufenen Montagefehler entstanden.«

»Diese Geschichte gefällt mir nicht so recht«, sagte ich. »Es gibt keine Erfindung, bei der nicht so ein Histörchen vom glücklichen Zufall in Umlauf gesetzt würde. Wahrscheinlich von der Konkurrenz, die weniger erfinderisch gewesen ist.«

»Schon möglich«, meinte Simpson. »Auf jeden Fall ist noch viel zu tun. Ich sollte Ihnen schon jetzt sagen, daß der Mimetiker kein Schnellvervielfältiger ist: für ein Modell von einigen hundert Gramm benötigt er mindestens eine Stunde. Dann gibt es noch eine andere Einschränkung, die sich eigentlich von selbst versteht: man kann Modelle, in denen Elemente vorhanden sind, die das mitgelieferte *pabulum* nicht enthält, überhaupt nicht oder nur unvollkommen reproduzieren. Weitere, angereicherte Spezial-*pabula* sind schon zu Sonderzwecken entwickelt worden, aber anscheinend stößt man dabei auf Schwierigkeiten mit einigen Elementen, insbesondere mit den Schwermetallen. Zum Beispiel«, er zeigte mir die Seite eines Buches mit wundervoller Miniaturmalerei, »ist es bis heute noch nicht gelungen, Vergoldungen zu reproduzieren, die infolgedessen auf der Kopie fehlen. Genauso unmöglich ist es, ein Geldstück zu reproduzieren.«

An dieser Stelle fuhr ich zum zweitenmal auf: aber jetzt war es nicht mein Gewissen als Chemiker, das so reagierte, sondern der ebenso vorhandene und mit jenem eng verbundene praktische Menschenverstand. Ein Geldstück nicht? Aber einen Geldschein doch? Oder eine seltene Briefmarke? Oder, dezenter und eleganter, einen Diamanten? Bestraft das Gesetz etwa jemanden, der »falsche Diamanten nachmacht und in Verkehr bringt«? Gibt es überhaupt falsche Diamanten? Wer kann mir verbieten, ein paar Gramm Kohlenstoffatome in den Mimetiker zu tun, sie zu einem anständigen Raumgitter umzuordnen und das Resultat zu verkaufen? Niemand, weder das Gesetz noch das Gewissen.

In derlei Dingen kommt alles darauf an, der erste zu sein, denn keine Phantasie ist so beflügelt wie die Phantasie gewinnsüchtiger Menschen. Also zog ich die Angelegenheit nicht weiter in die Länge, handelte nur kurz um den Preis des Mimetikers (der übrigens nicht allzu hoch war), erhielt fünf Prozent Rabatt und einen Zahlungstermin von vier Monaten, fällig am Monatsende, und bestellte den Apparat.

Zwei Monate später wurde mir der Mimetiker ausgehändigt, dazu fünfzig Pfund *pabulum*. Weihnachten stand vor der Tür, meine Familie war im Gebirge, ich war allein in der Stadt zurückgeblieben und widmete mich intensiv meinen Studien und der Arbeit. Zuerst las ich die Gebrauchsanweisung mehrere Male aufmerksam durch, bis ich sie fast auswendig wußte, dann nahm ich den erstbesten Gegenstand (es war ein gewöhnlicher Spielwürfel) und schickte mich an, ihn zu reproduzieren.

Ich legte ihn in die Zelle, brachte den Apparat auf die vorgeschriebene Temperatur, öffnete das Dosierungsventil des *pabulum* und wartete. Man hörte ein leichtes Summen, und aus dem Ableitungsschlauch der Reproduktionszelle drang etwas Gas; es hatte einen eigenartigen Geruch, ähnlich dem Geruch ungewaschener Neugeborener. Nach einer Stunde öffnete ich die Zelle: sie enthielt einen Würfel, der mit dem Modell völlig identisch war in Form, Farbe und Gewicht. Er war noch lauwarm, nahm aber bald Zimmertemperatur an. Von diesem zweiten machte ich einen dritten und vom dritten einen vierten, mühelos und ohne jede Komplikation.

Ich wurde immer neugieriger auf den inneren Mechanismus des Mimetikers, den mir Simpson nicht hinreichend genau hatte erklären können (oder wollen?) und über den auch die Gebrauchsanweisung kein Wort verlor. Ich nahm den hermetisch verschlossenen Deckel der Zelle B ab, sägte ein Guckloch hinein, kittete sorgfältig eine kleine Scheibe davor und setzte den Deckel wieder auf. Dann legte ich den Würfel noch einmal in Zelle A und beobachtete durch die Scheibe, was während der Duplikation in Zelle B vor sich ging. Es geschah etwas äußerst Interessantes: der Würfel formte sich allmählich von unten her, in feinsten, übereinandergelagerten Schichten, als wüchse er aus dem Boden der Zelle. Als die Duplikation bis zur Hälfte gediehen war, konnte man den halben Würfel im Querschnitt durch das Holz mit der ganzen Maserung gut erkennen. Daraus war wohl zu schließen, daß in Zelle A irgendeine Vorrichtung den zu reproduzierenden Körper nach Linien oder Sektionen »abtastete« und dann an Zelle B die Anweisung zur Einordnung der einzelnen Teilchen, vielleicht sogar der Atome weitergab, die dem *pabulum* entnommen wurden.

Ich war zufrieden mit meinem ersten Versuch. Am nächsten Tag kaufte ich einen kleinen Brillanten und machte eine Reproduktion, die zur Vollkommenheit gelang. Von den ersten beiden machte ich zwei weitere, von den vieren weitere vier, und so fort in geometrischer Progression, bis die Zelle des Mimetikers damit gefüllt war. Nach Abschluß des Experiments war es unmöglich, den ursprünglichen Brillanten herauszufinden. Innerhalb von zwölf Stunden hatte ich $2^{12}-1$ oder 4095 neue Brillanten erhalten: die Investition für den Apparat war mehr als amortisiert, und ich fühlte mich berechtigt, andere, interessantere und weniger eigennützige Experimente durchzuführen.

Anderntags duplizierte ich mühelos ein Stück Zucker, ein Taschentuch, einen Eisenbahnfahrplan, ein Päckchen Spielkarten. Am dritten Tag versuchte ich es mit einem hartgekochten Ei: die Schale war zu dünn geraten und hatte keine feste Konsistenz (aufgrund von Kalkmangel, wie ich vermute), doch Eiweiß und Eigelb waren in Aussehen und Geschmack völlig normal. Sodann erhielt ich eine zufriedenstellende Nachbildung eines Päckchens »Nazionali«- Zigaretten, eine Schachtel Streichhölzer war äußerlich vollkommen, doch die Streichhölzer ließen sich nicht anzünden. Eine Schwarzweißfotografie gab nur eine sehr blasse Kopie ab, weil im *pabulum* das Silber fehlte. Von meiner Armbanduhr konnte ich nur das Band reproduzieren, während die Uhr selbst von dem Augenblick an aus für mich unerfindlichen Gründen nicht mehr funktionierte.

Am vierten Tag duplizierte ich ein paar frische Bohnen und Erbsen und eine Tulpenzwiebel und nahm mir vor, deren Keimkraft auszuprobieren. Außerdem duplizierte ich hundert Gramm Käse, eine Wurst, einen runden Brotlaib sowie eine Birne und verspeiste alles zum Mittagessen, ohne den leisesten Unterschied zu den entsprechenden Originalen bemerken zu können. Ich überzeugte mich davon, daß man auch Flüssigkeit reproduzieren konnte, wenn man in Zelle B einen Behälter stellte, der gleich groß oder größer war als derjenige, der in Zelle A das Modell enthielt.

Am fünften Tag ging ich auf den Speicher und suchte so lange, bis ich eine lebende Spinne fand. Es war zweifellos ausgeschlossen, bewegliche Objekte präzise zu reproduzieren, darum ließ ich die Spinne so lange im Kalten auf dem Balkon, bis sie steif war. Dann legte ich sie in den Mimetiker, nach einer Stunde hatte ich eine einwandfreie Nachbildung. Ich kennzeichnete das Original mit einem Tröpfchen Tinte, tat die Zwillinge in einen Glasbehälter, den ich auf die Heizung stellte, und wartete. Nach einer halben Stunde begannen sich beide zur gleichen Zeit zu bewegen und schickten sich auf der Stelle an, miteinander zu kämpfen. Sie waren einander ebenbürtig an Kraft und Geschicklichkeit und kämpften über eine Stunde, ohne daß eine von beiden die Oberhand gewonnen hätte. Dann trennte ich sie und tat jede in eine eigene Schachtel: am nächsten Tag hatten beide ein rundes Netz mit vierzehn Speichen gesponnen.

Am sechsten Tag baute ich das Gartenmäuerchen Stein um Stein ab und fand eine Eidechse im Winterschlaf. Ihr Double wurde äußerlich normal, doch als ich es auf Zimmertemperatur brachte, merkte ich, daß es sich nur unter großer Schwierigkeit bewegen konnte. Es starb binnen weniger Stunden, und ich stellte fest, daß sein Skelett recht schwach entwickelt war: vor allem die langen Knochen der Beine waren biegsam wie Gummi.

Am siebten Tag ruhte ich mich aus. Ich rief Mr. Simpson an und bat ihn, unverzüglich zu mir zu kommen: ich erzählte ihm von den Versuchen, die ich angestellt hatte (natürlich kein Wort von demjenigen mit den Diamanten), stellte ihm ein paar Fragen und machte ihm einige Vorschläge mit dem harmlosesten Gesicht und der natürlichsten Stimme, die ich hervorbringen konnte. Wie war es im einzelnen patentamtlich um den Mimetiker bestellt? Konnte man von der NATCA ein perfekteres *pabulum* bekommen? Eines, das, wenn auch nur in geringen Mengen, alle lebensnotwendigen

Elemente enthielt? War ein größerer Mimetiker verfügbar mit fünf Liter Fassungsvermögen etwa, der eine Katze duplizieren könnte? Oder auch einer zu zweihundert Liter, der ...

Ich sah, wie Mr. Simpson erbleichte. »Signore«, sagte er, »ich ... ich bin nicht bereit, Ihnen auf dieses Gebiet zu folgen. Ich verkaufe mechanische Dichter, Rechenmaschinen, Übersetzungsmaschinen, Beichtgeräte und Vervielfältiger, aber ich glaube an die unsterbliche Seele, ich bin überzeugt davon, eine zu besitzen, und will sie nicht verlieren. Ich will mich auch nicht dazu hergeben, eine zu erschaffen mit ... mit den Methoden, die Sie im Sinn haben. Der Mimetiker ist, was er ist: eine ausgetüftelte Maschine zum Kopieren von Dokumenten, aber was Sie da im Sinne haben, das ist ... verzeihen Sie, das ist eine Schweinerei.«

Ich war auf eine so heftige Reaktion des sonst so sanften Mr. Simpson nicht gefaßt gewesen und bemühte mich, ihn zur Vernunft zu bringen: ich suchte ihm zu beweisen, daß der Mimetiker viel mehr sei als ein reiner Vervielfältigungsapparat für Bürozwecke und daß der Umstand, daß seine Konstrukteure sich darüber nicht im klaren seien, für mich und ihn ein Glücksfall sein könne. Ich betonte den doppelten Aspekt der Fähigkeiten des Mimetikers: den wirtschaftlichen als Schöpfer von Ordnung und folglich von Reichtum und den sozusagen prometheischen dieses neuartigen und raffinierten Instruments zur Vervollständigung unserer Kenntnisse über den Mechanismus des Lebens. Am Ende machte ich eine wenn auch verschleierte Anspielung auf das Experiment mit den Diamanten.

Doch alles war vergeblich: Mr. Simpson war sehr verstört und schien außerstande, den Sinn meiner Worte zu erfassen. Ganz offensichtlich wider sein Interesse als Verkäufer und leitender Angestellter sagte er mir, dies alles seien »Märchen«, er glaube einzig und allein an das, was im Werbematerial zu lesen stehe, ihn interessierten weder abenteuerliche Ideen noch enorme Verdienstmöglichkeiten und er wolle auf keinen Fall etwas mit der Sache zu tun haben. Ich hatte den Eindruck, als ob er noch etwas hinzufügen wollte, aber er verabschiedete sich knapp und ging.

Es ist immer schmerzlich, wenn eine Freundschaft in die Brüche geht: ich war fest entschlossen, den Kontakt mit Mr. Simpson wiederaufzunehmen, und ich war überzeugt, daß sich eine Basis für eine Einigung oder gar für eine Zusammenarbeit finden lassen würde. Natürlich hätte ich ihn anrufen oder ihm schreiben müssen, aber wie das in Zeiten intensiver Arbeit leider zu geschehen pflegt, verschob ich es von einem Tag zum andern, bis ich Anfang Februar unter meiner Post ein Rundschreiben der NATCA fand und ein förmliches Kärtchen der Mailänder Agentur, unterschrieben von Mr. Simpson höchstpersönlich: »Zu Ihrer gefl. Kenntnisnahme übermitteln wir Ihnen das in Abschrift und Übersetzung beigefügte Rundschreiben der NATCA.«

Niemand kann mir ausreden, daß es Mr. Simpson selbst gewesen ist, der, getrieben von seinen albernen moralischen Skrupeln, dieses Rundschreiben der Gesellschaft veranlaßt hatte. Ich will nicht den ganzen Text wiedergeben, das würde hier zu weit führen, die wichtigste Klausel aber lautete folgendermaßen:

»Der Mimetiker, desgleichen alle gegenwärtigen und zukünftigen NATCA-Vervielfältiger, werden zu dem alleinigen Zweck hergestellt und gehandelt, Bürodokumente zu reproduzieren. Die Agenturen dürfen sie ausschließlich an rechtmäßig konstituierte kommerzielle oder industrielle Betriebe verkaufen, *nicht aber an Privatpersonen*. In jedem Fall erfolgt der Verkauf dieser Modelle nur gegen die schriftliche Verpflichtung des Käufers, den betreffenden Apparat nicht zu benutzen für:

Reproduktion von Banknoten, Schecks, Wechseln, Briefmarken oder dergleichen Objekte, die den Gegenwert eines bestimmten Geldbetrags darstellen;
Reproduktionen von Gemälden, Zeichnungen, Stichen, Skulpturen oder anderen Werken der darstellenden Kunst;
Reproduktionen von Pflanzen, Tieren und *menschlichen Wesen*, einerlei ob lebend oder verstorben, oder auch von Teilen davon.

Die NATCA übernimmt keinerlei Verantwortung für das Tun ihrer Kunden oder anderer Benutzer ihrer Apparate, das im Widerspruch zu der von ihnen unterschriebenen Erklärung steht.«

Ich bin der Meinung, daß diese Einschränkungen dem kommerziellen Erfolg des Mimetikers keineswegs dienlich sind, und ich werde dies Mr. Simpson zur Kenntnis bringen, wenn ich, was ich hoffe, noch einmal Gelegenheit haben werde, ihn wiederzusehen. Es ist unglaublich, wie erwiesenermaßen kluge Menschen manchmal ihren eigenen Interessen zuwiderhandeln.

DER FREUND DES MENSCHEN

Die ersten Beobachtungen über die Anordnung der Epithelzellen beim Bandwurm gehen auf das Jahr 1905 zurück (Serrurier). Indes hat Flory als erster deren Wichtigkeit und Bedeutung intuitiv erfaßt und sie 1927 in einer langen, mit deutlichen Fotografien versehenen Abhandlung beschrieben, womit das sogenannte »Flory-Mosaik« auch dem Laien sichtbar gemacht wurde. Bekanntlich handelt es sich dabei um abgeflachte Zellen von unregelmäßiger polygonaler Form, die in langen, parallelen Reihen angeordnet und charakterisiert sind durch die Wiederholung ähnlicher Elemente in wechselnden Abständen, einige hundert an der Zahl. Ihre Bedeutung wurde unter merkwürdigen Umständen entdeckt: das Verdienst daran gebührt weder einem Histologen noch einem Zoologen, sondern einem Orientalisten.

Bernard W. Losurdo, Dozent für Assyrologie an der Michigan State University, bekam in einer Zeit erzwungener, eben auf die Anwesenheit dieses lästigen Parasiten zurückzuführenden Muße rein zufällig und nur, weil er sich aus gegebenem Anlaß dafür interessierte, Florys Fotografien zu Gesicht. Seinem beruflich geschulten Scharfblick entgingen dabei nicht einige Eigentümlichkeiten, die bislang niemandem aufgefallen waren: die Mosaikreihen sind aus einer Anzahl von Zellen zusammengesetzt, die nicht allzusehr variiert (etwa zwischen 25 und 60); es gibt Zellgruppierungen, die sich mit großer Häufigkeit wiederholen, fast wie obligate Verbindungen; schließlich (und das war des Rätsels Lösung) sind die Endzellen jeder Reihe manchmal nach einem Schema angeordnet, das als rhythmisch bezeichnet werden könnte.

Zweifellos war es ein glücklicher Umstand, daß die erste Fotografie, mit der Losurdo sich beschäftigte, ein besonders einfaches Schema zeigte: die letzten vier Zellen der ersten Reihe waren identisch mit den letzten vier Zellen der dritten, die letzten drei der zweiten Reihe identisch mit den letzten drei der vierten und sechsten Reihe, und so fort nach dem bekannten Schema des dreizeiligen Reimes. Dennoch bedurfte es beträchtlichen geistigen

Mutes, den nächsten Schritt zu tun, nämlich die Hypothese aufzustellen, daß das gesamte Mosaik nicht etwa als bloß metaphorischer Reim zu interpretieren wäre, sondern nichts weniger darstellte als eine poetische Komposition und einen eigenen Sinn enthielte.

Losurdo brachte diesen Mut auf. Sein Dechiffrierungswerk war langwierig und mühsam und bestätigte die ursprüngliche Intuition. Die Schlußfolgerungen, zu denen der Gelehrte kam, lassen sich folgendermaßen zusammenfassen:

Etwa fünfzehn Prozent aller ausgewachsenen Individuen der Taenia solium sind Träger eines Flory-Mosaiks. Ist ein solches Mosaik vorhanden, wiederholt es sich identisch in sämtlichen ausgereiften Proglottiden und ist kongenital: es ist demnach ein für jedes Individuum eigentümliches Kennzeichen, vergleichbar (die Bemerkung stammt von Losurdo selbst) den Fingerabdrükken oder Handlinien des Menschen. Es besteht aus einer Folge von »Versen«, deren Zahl sich zwischen zehn und zweihundert und mehr bewegen kann, mitunter sind sie gereimt, mitunter jedoch zutreffender als rhythmische Prosa zu bezeichnen. Allem äußeren Anschein zuwider handelt es sich dabei nicht um eine alphabetische Schrift, oder, richtiger ausgedrückt (und wir können hier nichts Besseres tun, als Losurdo selbst zu zitieren), »es ist eine gleichzeitig äußerst komplexe und primitive Ausdrucksform, in der sich, im selben Mosaik und zuweilen im selben Vers, die alphabetische Schrift mit der Akrophonetik, die Ideographie mit der Silbenschrift verknüpft, und zwar ohne ersichtliche Regelmäßigkeit, als spiegelte sich dabei in komprimierter und verworrener Weise die uralte Vertrautheit des Parasiten mit der Kultur seines Wirtes in ihren verschiedenen Formen, fast als hätte der Wurm zusammen mit den Säften aus dem Organismus des Menschen auch einen Bruchteil von dessen Wissen in sich aufgenommen«.

Noch nicht viele Mosaiken sind bisher von Losurdo und seinen Mitarbeitern entziffert worden. Darunter befinden sich rudimentäre und fragmentarische Stücke, die kaum artikuliert sind und von Losurdo als »interjektiv« bezeichnet werden. Diese sind besonders schwer zu interpretieren, sie bringen zumeist Genugtuung über die Qualität oder Quantität der Nahrung zum Ausdruck oder auch Abscheu über irgendeinen weniger genehmen Bestandteil des Chymus. Andere hingegen beschränken sich auf eine kurze Sentenz. Das folgende Mosaik, bereits komplexer, doch von ungewisser Lesart, wird als Wehklage eines leidenden Individuums gedeutet, das sich der Ausstoßung nahe fühlt:

»Ade, süße Ruhe und süße Heimstatt. Für mich nicht mehr süß hinfort, da meine Stunde naht. So große Müdigkeit lastet auf meinen (...): ach, laßt mich hier verharren, vergessen in einem Winkel, in dieser wohltuenden Wärme. Doch siehe, Gift ist, was Nahrung gewesen, wo Friede war, ist Zorn. Verweile nicht länger, denn du bist länger nicht gelitten: löse dich (...), und fahre hinab ins feindliche All.«

Andere Mosaiken scheinen auf den Reproduktionsprozeß anzuspielen, auf das mysteriöse hermaphroditische Liebesleben des Wurmes:

»Du ich. Wer kann uns trennen, da wir ein Fleisch sind? Du ich. Ich spiegle mich in dir und erkenne mich selbst. Eines und Vielfaches: jedes meiner Glieder ist Ordnung und Freude. Eines und Vielfaches: Licht ist Tod, Finsternis ist unsterblich. Komm, du Gatte an meiner Seite, und dränge dich an mich, wenn die Stunde schlägt. Ich komme, und alle meine (...) singen zum Himmel.«

»Ich habe meine (Membrane?) durchbrochen, und ich habe von der Sonne und vom Mond geträumt. Ich habe mich um mich selbst gewunden, und das Firmament hat mich aufgenommen. Leer die Vergangenheit, die Kraft eines Augenblicks, die zahllose Nachkommenschaft.«

Bedeutend interessanter sind jedoch einige Mosaiken von offenkundig höherem Niveau, in denen auf den neuen, verwirrenden Aspekt der affektiven Beziehungen zwischen dem Parasiten und seinem Wirt angespielt wird. Wir zitieren hier einige besonders bezeichnende:

»Sei mir freundlich gesonnen, o Mächtiger, und gedenke mein, wenn Du schläfst. Deine Nahrung ist meine Nahrung, Dein Hunger ist mein Hunger: ach, weise zurück den herben Knoblauch und den greulichen (Zimt?). Alles nimmt seinen Ausgang von Dir: die lieblichen Säfte, die mir das Leben bedeuten, die wohlige Wärme, in der ich mich berge und die Welt lobpreise. O daß ich nie Dich missen muß, Du mein großmütiger Wirt, Du mein Universum. Was für Dich die Luft, die Du atmest, und das Licht, das Du genießest, das alles bist Du für mich. Mögest Du Dich eines langen Lebens erfreuen in guter Gesundheit.«

»Sprich, ich höre auf Dich. Gehe, ich folge Dir. Gib Dich Deinen Betrachtungen hin, ich verstehe Dich. Wer ist getreuer denn ich? Wer kennt Dich besser denn ich? Siehe, ich berge mich vertrauensvoll in Deinem dunklen Inneren und verlache das Licht des Tages. So vernehmet: alles ist eitel, nur nicht ein voller Bauch. Alles ist Geheimnis, nur nicht der (...).«

»Deine Kraft durchdringt mich, Deine Lust steigt zu mir herab, Dein Zorn macht mir (Sorgenfalten?), Deine Mühe bekümmert mich, Dein Wein beschwingt mich. Ich liebe Dich, heiliger Mensch. Vergib mir meine Schuld, und wende Dein Wohlgefallen nicht von mir!«

Das Motiv der Schuld, hier nur vage angedeutet, wiederholt sich jedoch mit eigentümlicher Beharrlichkeit in einigen höher entwickelten Mosaiken. Wie Losurdo ausführt, ist bemerkenswert, daß diese letzteren fast ausschließlich Individuen von beträchtlicher Dimension und beachtlichem Alter zu eigen sind, Individuen, die bereits einer oder auch mehreren Expulsionstherapien hartnäckig widerstanden haben. Wir zitieren das bekannteste Beispiel, das inzwischen die Grenzen der wissenschaftlichen Spezialliteratur überschritten hat und erst kürzlich in eine Anthologie ausländischer Literatur aufgenommen wurde, wodurch es das kritische Interesse eines sehr viel breiteren Publikums erweckte.

»... soll ich Dich darum undankbar heißen? Nein, denn ich habe das Maß überschritten und mich in meiner Torheit hinreißen lassen, die Grenzen zu mißachten, welche die Natur uns setzt. Auf verborgenen und wundersamen Wegen bin ich zu Dir gelangt; Jahre hindurch habe ich in heiliger Verehrung an den Quellen Deines Lebens und Deiner Weisheit getrunken. Ich hätte mich nicht bemerkbar machen sollen: das ist unser trauriges Los. Bemerkbar und lästig: daher Dein gerechter Zorn, o Herr. Ach, weshalb ließ ich nicht ab davon? Warum hielt ich mich nicht an die weise Tatenlosigkeit meiner Vorfahren?

Doch siehe: wie Dein Zorn gerecht war, so war auch mein ruchloser Mut gerecht. Wer hätte das nicht wissen sollen? Unsere stummen Worte finden kein Gehör vor Euch, Ihr stolzen Halbgötter. Wir, das Volk ohne Augen und Ohren, finden keine Gnade vor Euch.

Und nun werde ich gehen, weil es Dein Wille ist. Stumm werde ich scheiden, unserem Brauche gemäß, meinem Schicksal, dem Tod oder einer unflätigen Verklärung entgegen. Nur eine Gnade erbitte ich: daß diese meine Botschaft Dich erreiche und von Dir bedacht und begriffen werde. Von Dir, hypocrite lecteur, mon semblable, mon frère.«

Dieser Text ist zweifellos bemerkenswert, ganz gleich, welches Kriterium man dabei anlegt. Einzig und allein um der Information willen müssen wir freilich hinzufügen, daß des Verfassers letzter Wille sich nicht erfüllt hat. Denn sein unfreiwilliger Wirt, irgendein Bankbeamter aus Dampier (Illinois), hat sich in Wahrheit strikt geweigert, ihn zur Kenntnis zu nehmen.

EIN PAAR VERWENDUNGS-MÖGLICHKEITEN DES MIMETIKERS

Der letzte Mensch auf Erden, dem ein dreidimensionaler Vervielfältiger hätte in die Hände geraten dürfen, war Gilberto; und ausgerechnet ihm geriet der Mimetiker sofort in die Hände, einen Monat, nachdem er auf den Markt gekommen war, und drei Monate, bevor der bekannte Erlaß seine Konstruktion und Verwendung untersagte; das heißt also, rechtzeitig genug für Gilberto, um sich in Schwierigkeiten zu bringen. Er geriet ihm in die Hände, ohne daß ich es hätte verhindern können: ich verbüßte im Gefängnis San Vittore die Strafe für meine Pionierarbeit und hatte nicht die leiseste Ahnung, wer sie unterdessen fortsetzte und auf welche Weise.

Gilberto ist ein Kind unseres Jahrhunderts. Er ist vierunddreißig Jahre alt, ein tüchtiger Angestellter und mein Freund seit eh und je. Er trinkt nicht, raucht nicht und kennt nur eine Leidenschaft: die leblose Materie zu malträtieren. Er nennt eine Abstellkammer sein eigen, die er als Werkstatt bezeichnet, und hier feilt er, sägt und schweißt und klebt und schmirgelt. Er repariert Uhren, Kühlschränke, elektrische Rasierapparate, er bastelt Vorrichtungen, mit denen man morgens die Zentralheizung in Betrieb setzen kann, fotoelektrisch betriebene Türschlösser, Flugzeugmodelle, akustische Sonden, um sich im Meer damit zu amüsieren. Was schließlich Autos betrifft, so hält bei ihm keines länger als ein paar Monate: pausenlos nimmt er sie auseinander und baut sie wieder zusammen, schmiert sie, ändert irgend etwas ab, montiert unnötige Extras, dann hat er plötzlich genug davon und verkauft sie wieder. Emma, seine Frau (ein bezauberndes Geschöpf), erträgt seine Marotten mit bewundernswerter Geduld.

Ich war gerade aus dem Gefängnis heimgekehrt, als das Telefon klingelte. Gilberto war am Apparat, er war wieder einmal begeistert: seit zwanzig Tagen besaß er einen Mimetiker, und zwanzig Tage und zwanzig Nächte hatte er bereits damit zugebracht. Atemlos erzählte er mir von den märchenhaften Experimenten, die er angestellt hatte, und von denen, die er noch auszuführen beabsichtigte; er hatte sich die *Théorie générale de l'Imitation* von Peltier besorgt, desgleichen *The Mimes and other Duplicating Devices* von Zechmeister und Eisenlohr; er hatte sich für einen Kurzlehrgang über Kybernetik und Elektronik eingeschrieben. Seine Experimente wiesen eine bedauerliche Ähnlichkeit mit den meinen auf, die mich reichlich teuer zu stehen gekommen waren; ich versuchte, ihm das klarzumachen, aber es war zwecklos: es ist schwer, einem Gesprächspartner am Telefon ins Wort zu fallen, Gilberto ganz besonders. Schließlich unterbrach ich kurzerhand die Verbindung, legte den Hörer neben den Apparat und kümmerte mich um meine eigenen Angelegenheiten.

Zwei Tage danach klingelte wieder das Telefon: Gilbertos Stimme klang erregt, doch hatte sie dabei einen Unterton unverkennbaren Stolzes. »Ich muß dich unbedingt auf der Stelle sehen.«

»Warum? Was ist passiert?«

»Ich habe meine Frau dupliziert«, antwortete er.

Zwei Stunden später war er da und berichtete mir von seinem törichten Unterfangen. Nach Eintreffen des Mimetikers hatte er sich mit den üblichen Anfängerspielchen vergnügt (mit dem Ei, dem Päckchen Zigaretten, dem Buch und so fort), dann war ihm das langweilig geworden, er hatte den Mimetiker in die Werkstatt geschafft und bis zur letzten Verschraubung auseinandergenommen. Die ganze Nacht hatte er nachgegrübelt, seine Abhandlungen konsultiert und war zu dem Entschluß gelangt, das Ein-Liter-Modell in eines mit größerem Fassungsvermögen umzubauen, was ihm nicht unmöglich und nicht einmal sonderlich schwer zu sein schien. Gedacht, getan; er hatte sich, wer weiß unter welchem Vorwand, von der NATCA 200 Pfund Spezial-*pabulum* schicken lassen, hatte Blechplatten, Profileisen und Dichtungen besorgt, und nach sieben Tagen war er fertig. Er hatte eine Art eiserner Lunge konstruiert, den *Timer* frisiert, das heißt, etwa um das Vierzigfache beschleunigt, und die beiden Teile sowohl untereinander als auch mit dem *pabulum*-Tank verbunden. Jawohl, das ist Gilberto, ein gefährlicher Bursche, ein schadenstiftender kleiner Prometheus: erfinderisch und verantwortungslos, überheblich und töricht. Ein Kind unseres Jahrhunderts, ich sagte es bereits, ja nachgerade die Symbolfigur unseres Jahrhunderts. Ich war schon immer der Ansicht, daß er im Zweifelsfall nicht davor zurückschrecken würde, eine Atombombe zu konstruieren und sie über Mailand abzuwerfen, nur »um zu sehen, was das gibt«.

Soviel glaubte ich verstanden zu haben, daß Gilberto mit dem Plan, den Vervielfältiger zu vergrößern, zunächst noch keinerlei bestimmte Absicht verfolgt hatte, es sei denn die für ihn typische, sich einen größeren Vervielfältiger zu »bauen«, und zwar mit eigenen Händen und unter geringem Aufwand; denn er ist höchst geschickt darin, mit einer Art geistiger Taschenspielerei jedwedes »Soll« aus seiner privaten Buchführung verschwinden zu lassen. Der verabscheuungswürdige Gedanke, seine Frau zu duplizieren, war ihm, wie er mir gestand, erst später gekommen, als er sah, daß Emma in tiefem Schlaf lag. Anscheinend war es nicht sonderlich schwer gewesen: Gilberto, der ebensoviel Kraft wie Geduld besitzt, hatte Emma mitsamt der Matratze vom Bett bis in den Kasten des Vervielfältigers gezogen; er hatte über eine Stunde dazu gebraucht, aber Emma war nicht wach geworden.

Mir ist völlig schleierhaft, was Gilberto bewogen haben mag, sich eine zweite Frau zu schaffen und dadurch eine ganze Reihe göttlicher und menschlicher Gesetze zu übertreten. Er erzählte mir, als sei es das Natürlichste von der Welt, daß er in Emma verliebt sei, daß er sie nicht entbehren könne und daß er es aus diesem Grunde für vorteilhaft gehalten habe, zwei Emmas zu besitzen. Vielleicht hat er mir das alles im guten Glauben erzählt (Gilberto ist immer guten Glaubens), und zweifellos war und ist er in Emma verliebt, auf seine kindliche Weise und sozusagen von unten nach oben; doch bin ich überzeugt davon, daß er sie aus ganz anderen Gründen duplizieren wollte, aus falsch verstandener Abenteuerlust, aus einem krankhaften Herostratentrieb heraus: eben »um zu sehen, was das gibt«.

Ich fragte, ob ihm nicht in den Sinn gekommen sei, sich mit Emma vorher zu besprechen, ihr Einverständnis einzuholen, ehe er in so ungewöhnlicher Weise über sie verfügte. Er wurde rot bis unter die Haarwurzeln: er hatte Ärgeres getan, Emmas tiefer Schlaf war künstlich herbeigeführt, er hatte ihr ein Schlafmittel verabreicht.

»Und wie gedenkst du's jetzt mit deinen beiden Frauen zu halten?«

»Ich weiß nicht, ich habe mich noch nicht entschieden. Vorerst schlafen beide noch. Morgen werden wir weitersehen.«

Doch am andern Tag sollten wir überhaupt nichts sehen, zumindest ich nicht. Nach dem Monat erzwungener Untätigkeit mußte ich eine längere Reise antreten, die mich zwei Wochen von

Mailand fernhielt. Ich konnte mir vorstellen, was mich bei meiner Rückkehr erwartete: ich würde Gilberto aus der Patsche helfen müssen, genau wie damals, als er einen dampfgetriebenen Staubsauger konstruiert und der Gattin seines Bürochefs verehrt hatte.

Und wirklich, kaum zurückgekehrt, wurde ich kategorisch zu einem Familienrat beordert, der aus Gilberto, mir und den beiden Emmas bestand. Diese waren so vernünftig gewesen, sich zu kennzeichnen: die zweite, die Unrechtmäßige, hatte ein schlichtes weißes Band im Haar, was ihr ein entfernt nonnenhaftes Aussehen verlieh. Davon abgesehen trug sie mit größter Unbefangenheit die Kleidung von Emma I; natürlich, denn sie war ja in jeder Hinsicht mit der legitimen Namensträgerin identisch: Gesicht, Zähne, Haar, Stimme, Tonfall, eine kleine Narbe auf der Stirn, Dauerwelle, Gangart, Sonnenbräune aus den soeben verbrachten Ferien. Allerdings fiel mir auf, daß sie stark erkältet war.

Wider Erwarten schienen alle drei bester Laune zu sein. Gilberto trug einen törichten Stolz zur Schau, weniger auf sein Bravourstück als vielmehr darauf, daß die beiden Frauen sich so gut verstanden (was keineswegs sein Verdienst war). Die beiden erweckten meine ehrliche Bewunderung. Emma I war mütterlich um ihre neue »Schwester« besorgt, Emma II vergalt es ihr mit kindlicher Ehrerbietung, die Würde und Herzlichkeit vereinte. Gilbertos Experiment, obwohl in vielerlei Hinsicht verachtenswert, hatte immerhin eine wertvolle Bestätigung der Nachahmungstheorie erbracht: die neue Emma, entstanden im Alter von achtundzwanzig Jahren, hatte von ihrem Prototyp nicht nur die völlig gleiche sterbliche Hülle, sondern auch das gesamte Gedankengut geerbt. Emma II erzählte mir mit bewundernswürdiger Einfalt, sie habe sich bereits zwei oder drei Tage nach ihrer Geburt davon überzeugen können, die erste sozusagen synthetische Frau des Menschengeschlechts zu sein, oder vielleicht auch die zweite, wenn man den nur sehr entfernt analog gearteten Fall Eva in Betracht zieht. Sie war schlafend zur Welt gekommen, denn der Mimetiker hatte auch das Schlafmittel dupliziert, das durch die Adern von Emma I strömte, und sie war aufgewacht in dem Bewußtsein, Emma Gatti geb. Perosa zu sein, einzige Ehefrau des Buchhalters Gilberto Gatti, geboren am 7. März 1936. Sie erinnerte sich gut an alles, woran Emma I sich gut erinnerte, und schlecht an das, was Emma I nur unvollkommen im Gedächtnis behalten hatte. Sie erinnerte sich genau an die Hochzeitsreise, an die Namen »ihrer« Mitschüler, an die kindischen, intimen Einzelheiten einer religiösen Krise, die Emma I mit dreizehn Jahren durchgemacht und nie einer lebenden Seele anvertraut hatte. Doch sie erinnerte sich auch ausgezeichnet an das Eintreffen des Mimetikers, an Gilbertos Begeisterung, an seine Beschreibungen und an seine Experimente, und deshalb war sie auch nicht übermäßig erstaunt, als man sie über den willkürlichen Schöpfungsakt informiert hatte, dem sie ihre Existenz verdankte.

Ihre Erkältung brachte mich jedoch auf den Gedanken, daß die anfangs absolute Identität nicht von Dauer sein könnte: selbst wenn Gilberto sich als unparteiischster aller Bigamisten erweisen, wenn er einen strengen Turnus einführen und sich jeglicher Bevorzugung der einen oder der anderen Frau enthalten würde (was eine absurde Hypothese war, denn Gilberto ist ein Wirrkopf und Konfusionsrat), selbst dann würde sich irgendwann einmal doch eine Divergenz einstellen. Man brauchte nur zu bedenken, daß die beiden Emmas materiell nicht dasselbe Quantum Raum beanspruchen konnten: es war ihnen nicht möglich, gleichzeitig durch eine enge Tür zu gehen, gleichzeitig vor einen Schalter zu treten oder bei Tisch denselben Platz einzunehmen; sie waren demnach wechselnden Einflüssen (siehe die Erkältung) und unterschiedlichen Erlebnissen ausgesetzt. Sie würden sich unausbleiblich voneinander differenzieren, zunächst geistig, dann auch körperlich; und wenn sie erst einmal differenziert waren, würde Gilberto es dann noch fertigbringen, beiden gegenüber die nämliche Einstellung zu bewahren? Gewiß nicht; und selbst bei einer noch so kleinen Bevorzugung müßte das Gleichgewicht zwischen den dreien unweigerlich gestört werden.

Ich legte Gilberto diese Überlegungen dar und versuchte, ihm begreiflich zu machen, daß es sich nicht um eine billige pessimistische Hypothese handelte, sondern um eine Voraussage, die auf dem gesunden Menschenverstand gegründet war, fast schon um ein Theorem. Obendrein gab ich ihm zu bedenken, daß seine Lage, juristisch betrachtet, zumindest dubios war und daß ich wegen eines viel geringeren Vergehens im Gefängnis gesessen hatte: er war mit Emma Gatti geb. Perosa verheiratet, auch Emma II war Emma Gatti geb. Perosa, was indes den Umstand nicht aus der Welt schaffte, daß es zwei Emma Gatti geb. Perosa gab.

Aber Gilberto zeigte sich unzugänglich; er war von einer törichten Euphorie besessen, er befand sich in der Gemütsverfassung eines Jungvermählten, und während ich redete, hatte er offensichtlich etwas ganz anderes im Kopf. Statt mich anzusehen, war er in die Betrachtung der beiden Frauen versunken, die sich just in diesem Augenblick aus Spaß darüber stritten, wer von ihnen in dem Sessel Platz nehmen sollte, den sie alle beide besonders gern hatten. Statt auf meine Argumente einzugehen, verkündete er mir, er habe einen glorreichen Einfall: sie würden sich zu dritt auf eine Reise nach Spanien begeben. »Ich habe mir alles überlegt. Emma I wird angeben, ihr Paß sei verlorengegangen, sie wird sich ein Duplikat ausstellen lassen und damit die Grenze passieren. Aber nein, ich Idiot! Das Duplikat werde ich selber machen, mit dem Mimetiker, heute abend noch!« Er war sehr stolz auf diesen Einfall, und ich vermute, daß er gerade deshalb auf Spanien verfallen war, weil die Kontrolle an der spanischen Grenze besonders streng gehandhabt wird.

Als sie zwei Monate später zurückkehrten, stand die Krise unmittelbar vor dem Ausbruch; das hätte jeder merken können. Zwar wahrten die drei in ihren Beziehungen Anstand und förmliche Höflichkeit, doch war die Spannung deutlich zu spüren. Gilberto lud mich nicht zu sich nach Hause ein, er kam zu mir, und alle Euphorie war ihm vergangen.

Er erzählte, was geschehen war. Er erzählte recht ungeschickt, denn Gilberto, der unleugbar die Fähigkeit besitzt, das Schema eines Differentials auf einer Zigarettenschachtel zu skizzieren, ist absolut unfähig, seinen Gefühlen Ausdruck zu verleihen.

Die Reise nach Spanien war vergnüglich und mühselig zugleich gewesen. In Sevilla war es nach einem allzu ausgefüllten Tag in gereizter und übermüdeter Stimmung zwischen den beiden Frauen zu einer Meinungsverschiedenheit gekommen, und zwar über den einzigen Punkt, über den sie geteilter Meinung sein konnten und es in der Tat auch waren. War Gilbertos Unterfangen zweckmäßig oder unzweckmäßig, statthaft oder unstatthaft gewesen? Emma II hatte positiv geantwortet, Emma I hatte geschwiegen. Und dieses Schweigen hatte genügt, um das Gleichgewicht zu zerstören, denn von diesem Augenblick an war Gilbertos Wahl getroffen. Er empfand Emma I gegenüber eine immer größere Verlegenheit und ein Schuldgefühl, das sich von Tag zu Tag steigerte; zugleich wuchs seine Zuneigung zu seiner neuen Frau und verzehrte dementsprechend die Liebe zu seiner legitimen Gattin. Zum Bruch war es noch nicht gekommen, Gilberto spürte indes, daß er nicht mehr lange ausbleiben konnte.

Auch das Wesen und der Charakter der beiden Frauen begannen sich zu differenzieren. Emma II wurde immer jugendlicher, aufmerksamer, reaktionsfreudiger, offenherziger, Emma I verschloß sich immer mehr in einer negativen Haltung, in beleidigtem Verzicht, in Ablehnung. Was tun? Ich gab Gilberto den Rat, sich nicht zu unüberlegten Handlungen hinreißen zu lassen, und versprach ihm, wie es in solchen Fällen der Brauch ist, mir sein Problem durch den Kopf gehen zu lassen; im Innern war ich jedoch fest entschlossen, mich aus dieser traurig verworrenen Angelegenheit herauszuhalten, auch konnte ich ein Gefühl boshafter und bekümmerter Genugtuung nicht unterdrücken, daß meine so leicht zu treffende Voraussage sich nun verwirklicht hatte.

Nie hätte ich erwartet, daß einen Monat später ein strahlender Gilberto in mein Büro hereinplatzen würde. Er war in bester Form, redselig und laut und hatte sichtlich zugenommen. Mit der für ihn charakteristischen Egozentrik kam er ohne Umschweife auf die Hauptsache zu sprechen: was für Gilberto gut ist, muß auch für alle Welt gut sein; seiner Konstitution gemäß ist er unfähig, sich um seinen Nächsten zu kümmern, aber er ist erstaunt und beleidigt, wenn sein Nächster sich nicht um ihn kümmert.

»Gilberto ist eine Kanone«, sagte er. »Im Handumdrehen hat er alles in Ordnung gebracht.«

»Das freut mich, und ich gratuliere dir zu deiner Bescheidenheit; im übrigen wurde es ja Zeit, daß du Vernunft annahmst.«

»Nein, siehst du, du hast mich nicht richtig verstanden. Ich spreche nicht von mir, ich spreche von Gilberto I. Er ist die Kanone. Ich sehe ihm zwar recht ähnlich, in aller Bescheidenheit sei es gesagt, aber bei dieser Sache ist mein Verdienst nur gering: ich existiere erst seit letztem Sonntag. Jetzt ist alles in bester Ordnung, ich muß nur noch vor dem Standesamt die Position von Emma II und mir regeln; es ist nicht ausgeschlossen, daß wir einen kleinen Trick anwenden müssen, daß beispielsweise Emma II und ich heiraten, obwohl wir uns später den Partner aussuchen werden, der uns zusagt. Und schließlich muß ich mich auch nach einer Arbeit umsehen; aber ich zweifle nicht daran, daß die NATCA mich bereitwillig als Werbefachmann für den Mimetiker und andere Büromaschinen einstellen wird.«

VERTAMIN

Es gibt Berufe, die verschleißen, und Berufe, die konservieren. Besonders gut konservieren, einer natürlichen Anpassung zufolge, gerade diejenigen Berufe, die etwas zu konservieren haben: Dokumente, Bücher, Kunstwerke, Institute, Institutionen, Traditionen. Es ist eine Erfahrungstatsache, daß Bibliothekare, Museumswärter, Sakristane, Schuldiener und Archivare nicht nur langlebig sind, sondern auch durch Jahrzehnte hindurch äußerlich unverändert bleiben.

Jakob Dessauer stieg leicht hinkend die acht breiten Stufen hinauf und betrat nach zwölfjähriger Abwesenheit die Vorhalle des Instituts. Er erkundigte sich nach Haarhaus, nach Kleber, nach Wincke: keiner von ihnen war mehr da, sie waren gestorben oder versetzt worden; der einzige, den er noch von früher kannte, war der alte Dybowski. Nein, er hatte sich nicht verändert: derselbe kahle Schädel, die vielen tiefen Runzeln, das schlechtrasierte Gesicht, die knochigen, fleckigen Hände. Auch der zu kurze, geflickte graue Kittel war immer noch derselbe.

»Nun ja«, sagte er, »ein Orkan fällt immer die höchsten Bäume. Ich bin übriggeblieben: wie man sieht, bin keinem lästig gefallen, weder den Russen noch den Amerikanern, und auch denen nicht, die vorher dran waren.« Dessauer schaute sich um: in den Fensterrahmen fehlten noch viele Scheiben, in den Regalen viele Bücher, die Heizung war kümmerlich, und doch lebte das Institut; durch die Korridore liefen Studenten und Studentinnen in abgetragener, schäbiger Kleidung, und die Luft war geschwängert von herben, charakteristischen, ihm wohlvertrauten Gerüchen. Er fragte Dybowski nach den Abwesenden: fast alle waren im Krieg umgekommen, an der Front oder durch Fliegerangriffe; auch sein Freund Kleber war gestorben, wenn auch nicht infolge von Kriegseinwirkungen. Kleber, der Wunderkleber, wie man ihn seinerzeit genannt hatte.

»Ausgerechnet er. Haben Sie denn seine Geschichte nicht gehört? Eine sonderbare Geschichte, in der Tat.«

»Ich war viele Jahre fort«, entgegnete Dessauer.

»Natürlich, daran hatte ich nicht gedacht«, sagte Dybowski, ohne ihm Fragen zu stellen. »Haben Sie eine halbe Stunde Zeit? Dann kommen Sie mit, ich erzähle sie Ihnen.«

Er führte Dessauer in seine kleine Kammer. Durchs Fenster drang das graue Licht eines nebligen Nachmittags, der Regen fiel in Böen auf das Unkraut, das die einst so gepflegten Beete überwucherte. Sie setzten sich auf zwei Hocker vor eine verrostete und verbeulte Präzisionswaage. Es roch intensiv nach Phenol und Brom; der Alte zündete seine Pfeife an und holte unter dem Arbeitstisch eine braune Flasche hervor.

»Der Alkohol ist uns nie ausgegangen«, erklärte er und schenkte in zwei Reagenzgläser ein. Sie tranken, dann begann Dybowski: »Wissen Sie, das sind Dinge, wie man sie nicht dem ersten besten anvertraut. Ihnen schon, denn ich weiß, daß Sie mit ihm befreundet waren, und darum werden Sie's auch besser verstehen. Nicht, daß Kleber sich nach Ihrem Fortgehen merklich verändert hätte: er war eigensinnig, ernsthaft, arbeitsam, sachkundig, äußerst geschickt. Auch jener Anflug von Verrücktheit fehlte ihm nicht, der bei unserer Arbeit niemals schaden kann. Dabei war er ungemein schüchtern; als Sie fort waren, schloß er keine neue Freundschaft mehr, statt dessen zeigten sich bei ihm allerlei kleine Absonderlichkeiten, wie das bei alleinstehenden Menschen vorkommt. Sie erinnern sich vielleicht, daß er seit Jahren eine eigene Forschungsrichtung über die Benzoylderivate verfolgte; er war seiner Augen wegen vom Wehrdienst befreit, wie Sie wissen. Auch später, als jedermann eingezogen wurde, blieb er unbehelligt: man weiß nichts Genaues darüber, möglicherweise hatte er einflußreiche Beziehungen. So konnte er seine Benzoylderivate weiter erforschen, die, wer weiß, für die Leute damals vielleicht von kriegswichtigem Interesse waren. Die Vertamine hat er durch Zufall entdeckt.«

»Was sind Vertamine?«

»Warten Sie, darauf kommen wir noch. Er probierte seine Präparate an Kaninchen aus. Er hatte bereits mit vierzig verschiedenen Präparaten experimentiert, als er bemerkte, daß eines der Kaninchen sich sonderbar verhielt. Es verschmähte das Futter, kaute statt dessen Holz und biß sich an den Drähten seines Käfigs das Maul blutig. Nach ein paar Tagen ging es an einer Infektion ein. Nun hätte ein anderer das nicht weiter beachtet, aber Kleber war von der alten Schule und hielt sich mehr an Fakten als an

Statistiken. Er ließ das B/41 (also das 41. Benzoylderivat) drei weiteren Kaninchen verabreichen und erzielte ähnliche Resultate. Und dabei hätte es um ein Haar auch mich erwischt.«

Er unterbrach seine Erzählung. Er wartete auf eine Frage, die Dessauer auch stellte. »Sie? Wieso denn das?«

Dybowski senkte die Stimme ein wenig. »Sie wissen ja, Fleisch war damals rar, und meine Frau fand es sündhaft, alle toten Versuchstiere in den Verbrennungsofen zu werfen. So haben wir hie und da eines der Tiere gegessen: eine Menge Meerschweinchen und ein paar Kaninchen; Hunde und Affen niemals, das denn doch nicht. Wir suchten uns die aus, die am ungefährlichsten zu sein schienen, und so gerieten wir auch an eines der drei Kaninchen, von denen ich Ihnen erzählt habe, aber das entdeckten wir erst später. Ich trinke gern, müssen Sie wissen. Zwar nie übertrieben viel, aber darauf verzichten kann ich nicht. Und eben beim Trinken merkte ich, daß irgend etwas nicht stimmte. Ich weiß es noch, als ob es heute gewesen wäre: ich saß hier mit einem Freund, Hagen hieß er, wir hatten, ich weiß nicht mehr wo, eine Flasche Schnaps aufgetrieben und tranken zusammen. Das war am Abend nach dem Kaninchen. Es war ein Markenschnaps, aber er wollte mir nicht schmecken. Hagen dagegen fand ihn ausgezeichnet; so redeten wir hin und her, einer wollte den andern überzeugen, und mit jedem Glas gerieten wir immer mehr aneinander. Und je mehr ich trank, desto weniger schmeckte mir das Zeug. Hagen versteifte sich auf seine Meinung, schließlich bekamen wir Streit, ich sagte ihm, er sei ein Dickschädel und dummer Kerl, und er zerschlug mir die Flasche über dem Kopf. Da, sehen Sie, hier habe ich noch die Narbe davon. Doch was soll ich Ihnen sagen, der Schlag tat mir überhaupt nicht weh, im Gegenteil, es war ein sonderbares und sehr angenehmes Gefühl, wie ich es noch nie empfunden hatte. Ich habe schon mehrmals versucht, es zu beschreiben, fand aber nie die rechten Worte: ungefähr so, wie wenn man aufwacht und sich im Bett räkelt, aber viel stärker und heftiger, als ob es sich auf eine einzige Stelle konzentriert hätte.

Ich weiß nicht mehr, wie der Abend zu Ende gegangen ist; am andern Tag blutete die Wunde nicht mehr, ich klebte ein Heftpflaster darauf, aber wenn ich es anfaßte, hatte ich wieder dieses Gefühl, wie ein Kitzeln war's, aber glauben Sie mir, so angenehm, daß ich den ganzen Tag über das Pflaster immer wieder berührte, wenn ich mich unbeobachtet wußte. Dann renkte sich allmählich alles wieder ein, ich fand wieder Geschmack am Alkohol, die Wunde verheilte, ich söhnte mich mit Hagen aus und dachte nicht mehr an die Geschichte. Bis sie mir ein paar Monate später doch wieder in den Sinn kam.«

»Was ist denn eigentlich dieses B/41?« fiel Dessauer ihm in die Rede.

»Ein Benzoylderivat, ich sagte es Ihnen schon. Aber es enthielt einen Spirankern.«

Dessauer blickte erstaunt auf. »Einen Spirankern? Woher wissen Sie, was ein Spiran ist?«

Dybowski lächelte müde.

»Vierzig Jahre«, antwortete er geduldig, »vierzig Jahre arbeite ich jetzt schon hier, und da sollte ich überhaupt nichts gelernt haben? Arbeiten, ohne dabei etwas zu lernen, kann nicht befriedigen. Und schließlich, bei dem Gerede, das es später gegeben hat . . . sogar in die Zeitungen ist es gekommen. Haben Sie denn keine Zeitung gelesen?«

»Damals nicht«, antwortete Dessauer.

»Nicht, daß sie eine anständige Erklärung gegeben hätten, Sie wissen ja, wie Journalisten sind, aber immerhin sprach man in der Stadt eine Zeitlang von nichts anderem als von Spiranen, gerade wie bei einem Giftmordprozeß. Man hörte nichts anderes mehr, selbst in der Eisenbahn, im Luftschutzkeller, ja sogar die Schüler wußten von kondensierten, nicht komplanaren Zyklohexanringen zu erzählen, von asymmetrischem Kohlenstoffatom, von der Benzoylgruppe in Para-Stellung und von der Wirkung des Vertamins. Denn jetzt wird es Ihnen klargeworden sein, nicht wahr? Kleber selbst hat sie *Vertamine* genannt, diese Substanzen, die den Schmerz in Lust verkehren. Das Benzoyl hatte nichts oder nur sehr wenig damit zu tun; worauf es ankam, war der auf bestimmte Weise, fast wie das Leitwerk eines Flugzeugs angeordnete Kern. Wenn Sie in den zweiten Stock hinaufgehen, ins Arbeitszimmer des armen Kleber, können Sie noch die Flugzeugmodelle sehen, die er eigenhändig konstruiert hat.«

»Rief das Mittel eine Dauerwirkung hervor?«

»Nein, es hielt nur ein paar Tage vor.«

»Schade«, entfuhr es Dessauer. Er hörte zwar aufmerksam zu, konnte aber dabei weder den Blick von Nebel und Regen draußen vor dem Fenster lösen noch seinen Gedankengang unterbrechen: er dachte daran, wie er seine Heimatstadt wiedergefunden hatte, die Bauten fast unversehrt, doch in ihren Grundfesten erschüttert, von unten her aufgezehrt wie ein treibender Eisberg, von unechter Lebensfreude erfüllt, sinnlich ohne Leidenschaft, laut ohne Heiterkeit, skeptisch, tatenlos, verloren. Die Hauptstadt der Neurose: neu nur in dieser Hinsicht, ansonsten überaltert oder vielmehr zeitlos, zu Stein geworden wie Gomorrha. Der passende Hintergrund für die verworrene Geschichte, die der Alte da von sich gab.

»Schade? Warten Sie nur bis zum Ende. Begreifen Sie nicht, daß das Ganze eine Riesenaffäre war? Sie müssen wissen, das B/41 war nur ein erster Versuch, ein Präparat von schwacher, nicht nachhaltiger Wirkung. Kleber hatte bald herausgefunden, daß man mit bestimmten, gar nicht so ungewöhnlichen Substituenten bedeutend weiter kommen konnte, ähnlich wie bei der Bombe von Hiroshima und den anderen, die darauf folgten. Dieser Vergleich ist gar nicht so absurd, wissen Sie: die einen glauben, die Menschheit vom Schmerz befreien zu können, die andern, ihr kostenlose Energie liefern zu können, und sie wissen nicht, daß man niemals etwas kostenlos bekommt: man muß für alles zahlen. Jedenfalls war er auf der richtigen Fährte. Ich arbeitete damals mit ihm zusammen, er hatte mir alle Tierversuche übertragen; er selbst arbeitete unterdessen weiter an seinen Synthesen, beschäftigte sich gleichzeitig mit drei oder vier Versuchsreihen. Im April fand er eine Zusammensetzung, die bedeutend wirksamer war als alle bisherigen, Nummer 160, die nachher als Vertamin DN bekannt wurde, und überließ sie mir zum Experimentieren. Die Dosis war gering, nicht mehr als ein halbes Gramm. Sämtliche Tiere reagierten darauf, freilich nicht alle im gleichen Maße: einige zeigten nur geringe Anomalien in ihrem Verhalten, von der Art, wie ich sie Ihnen gerade geschildert habe, und wurden nach einigen Tagen wieder normal, andere dagegen benahmen sich, wie soll ich mich ausdrücken, wie ausgetauscht, als hätten sich Lust und Schmerz bei ihnen definitiv in ihr Gegenteil verkehrt; diese Tiere wurden nicht mehr gesund, sie gingen samt und sonders ein.

Es war schrecklich und zugleich faszinierend, sie zu beobachten. Ich erinnere mich beispielsweise an einen Schäferhund, den wir um jeden Preis und gegen seinen Willen am Leben erhalten wollten, hatte es doch den Anschein, als wäre er nur noch auf Selbstvernichtung aus. Er zerfleischte sich in sinnloser Grausamkeit Pfoten und Schwanz, und als ich ihm einen Maulkorb anlegte, biß er sich in die Zunge. Ich mußte ihm einen Gummiknebel ins

Maul stecken und hielt ihn mit Spritzen am Leben; da gewöhnte er sich an, im Zwinger auf und ab zu rennen und aus voller Kraft gegen die Stäbe zu stoßen. Anfangs war er nur zufällig mit dem Kopf und den Schultern darangestoßen, dann aber kam er dahinter, daß die Wirkung größer war, wenn er mit der Nase anstieß, und dabei jaulte er jedesmal vor Vergnügen. Ich mußte ihm auch die Pfoten zusammenbinden, aber er wehrte sich nicht, im Gegenteil, er wedelte bei Tag und bei Nacht zufrieden mit dem Schwanz, denn er schlief nicht mehr. Er hatte nur eine einzige Dosis Vertamin, ein Dezigramm, verabreicht bekommen, aber er wurde nicht wieder gesund. Kleber versuchte an ihm ein Dutzend potentieller Gegenmittel (er hatte da seine eigene Theorie, er meinte, sie würden für ich weiß nicht was für eine Immunisierungs-Synthese von Nutzen sein), doch keines hatte eine Wirkung, und das dreizehnte machte ihm den Garaus.

Dann kam mir ein Bastard unter, er mag ein Jahr alt gewesen sein, ein nettes Tierchen, das ich gleich ins Herz schloß. Er schien zahm zu sein, darum ließen wir ihn täglich stundenlang frei im Garten herumlaufen. Auch ihm hatten wir ein Dezigramm verabreicht, aber in kleinen Dosen, auf einen Monat verteilt. Er lebte länger, der arme Kerl, doch das war schon kein Hund mehr. Er hatte nichts Hundeähnliches mehr an sich: Fleisch verweigerte er, dagegen scharrte er mit den Krallen Erde und Steine heraus, um sie zu verschlingen. Er fraß Salat, Stroh, Heu, Zeitungspapier. Er hatte Angst vor Hündinnen und lief hinter Hennen und Katzen her; eine Katze war darüber so erbost, daß sie ihm ins Gesicht sprang und ihn zerkratzte, er aber ließ es ruhig geschehen, lag auf dem Rücken und wedelte mit dem Schwanz. Wäre ich nicht rechtzeitig dazwischengekommen, hätte sie ihm die Augen ausgekratzt. Je heißer es war, desto mehr Mühe hatte ich, ihn zum Trinken zu bewegen; wenn ich dabei war, tat er zwar so, als tränke er, aber es war ganz klar ersichtlich, daß er Abscheu vor dem Wasser hatte; einmal schlich er sich allerdings heimlich ins Labor, wo er eine Schale mit isotonischer Lösung entdeckte, und die trank er völlig leer. Hatte er jedoch schon genügend Wasser aufgenommen (das ich ihm mit einer Sonde einflößte), hätte er am liebsten bis zum Platzen weitergetrunken.

Er heulte zur Sonne auf und winselte den Mond an, stand stundenlang schwanzwedelnd vor dem Sterilisator und der Hammermühle, und wenn ich ihn spazierenführte, knurrte er alle

Ecken und Bäume an. Kurzum, er war ein Antihund. Ich versichere Ihnen, sein Verhalten war so unheimlich, daß jeder, der auch nur halbwegs bei Verstand war, Lunte riechen mußte. Bedenken Sie: er war nicht so verroht wie der andere, der Schäferhund. Meiner Ansicht nach wußte er ebensogut wie ein Mensch, daß man trinken muß, wenn man Durst hat, daß ein Hund Fleisch fressen muß und nicht Heu, doch der irregeleitete Trieb, die Perversion waren stärker als er. In meinem Beisein heuchelte er und gab sich alle Mühe, das Richtige zu tun, und zwar nicht nur mir zuliebe und damit ich mich nicht ärgerte, sondern auch, so glaube ich jedenfalls, weil er wußte, weil er immer noch wußte, was richtig war. Trotzdem ging er zugrunde. Der Lärm der Straßenbahn zog ihn an, und das war sein Verderben: eines Tages riß er sich von der Leine los und stürzte sich mit gesenktem Kopf unter eine Straßenbahn. Ein paar Tage vorher hatte ich ihn ertappt, wie er den brennenden, glühendheißen Ofen ableckte. Als er mich sah, kuschte er mit hängenden Ohren, den Schwanz zwischen den Beinen, als erwarte er eine Strafe.

Mit Meerschweinchen und Mäusen verhielt es sich entsprechend. Ich weiß nicht, ob Sie von den Mäusen in Amerika gehört haben, über die auch in der Presse berichtet wurde: man hat dort einen elektrischen Reiz mit den Lustzentren des Gehirns gekoppelt, die Mäuse lernten, diesen Reiz auszulösen und taten das so lange, bis sie daran eingingen. Glauben Sie mir, auch dabei waren Vertamine im Spiel: ein Effekt, den man mit größter Leichtigkeit und geringen Unkosten erzielt. Vielleicht habe ich es noch nicht erwähnt, die benötigten Substanzen sind nämlich äußerst billig: nicht mehr als ein paar Pfennig pro Gramm, und ein Gramm genügt, um einen Menschen zu ruinieren.

Als die Sache soweit gediehen war, meinte ich, es wäre höchste Zeit, vorsichtig zu sein; das sagte ich auch Kleber, immerhin war ich der Älteste und konnte mir so etwas erlauben, wenn ich auch nicht so gut Bescheid wußte wie er und die ganze Angelegenheit nur von ihren Auswirkungen auf die Hunde beurteilen konnte. Er antwortete natürlich mit Ja, aber dann konnte er doch nicht mehr an sich halten und sprach mit anderen über seine Versuche. Er machte sogar einen noch schlimmeren Fehler: er schloß einen Vertrag mit der OPG und begann die Droge selber zu nehmen.

Sie können sich denken, daß ich der erste war, der es merkte. Er gab sich zwar alle Mühe, es geheimzuhalten, aber ich wußte gleich, was hier gespielt wurde. Wissen Sie, woran ich's merkte? An zweierlei: er hörte auf zu rauchen, und er begann sich zu kratzen. Verzeihen Sie, wenn ich das so unverblümt ausspreche, aber man muß die Dinge beim Namen nennen. Wenn ich dabei war, rauchte er zwar, aber ich merkte wohl, daß es keine Lungenzüge mehr waren und daß er dem Rauch nicht mehr nachschaute, wenn er ihn ausstieß; außerdem wurden die Kippen in seinem Arbeitszimmer immer länger, man sah, daß er sich wohl eine Zigarette anzündete, aus Gewohnheit einmal daran zog, sie dann aber gleich wieder wegwarf. Was das Kratzen betrifft, so tat er es nur, wenn er sich unbeobachtet glaubte oder wenn er zerstreut war, dann aber kratzte er sich wie wild, wie ein Hund, gerade als ob er sich selbst zerfleischen wollte. Er kratzte sich besonders an den Stellen, wo er schon wund war, und bald hatte er Narben an den Händen und im Gesicht. Über sein Privatleben kann ich Ihnen eigentlich nichts sagen, denn er wohnte allein und redete mit niemandem, es ist aber, glaube ich, kein Zufall, daß ein Mädchen, das ihn oft anrief und ihn sprechen wollte und ihn manchmal vor dem Institut erwartete, sich ausgerechnet von dieser Zeit an nicht mehr blicken ließ.

Was den Vertrag mit der OPG betrifft, so war von Anfang an klar, daß dabei nichts Gutes herauskommen würde. Ich glaube nicht, daß man ihm viel dafür gegeben hat; man brachte das Vertamin DN in aller Stille und auch recht ungeschickt auf den Markt, gab es als neues Analgetikum aus, ohne etwas von der Kehrseite der Medaille verlauten zu lassen. Doch irgend etwas muß durchgesickert sein, von hier aus dem Institut durchgesickert, und da ich geschwiegen habe, kann wohl kein Zweifel darüber bestehen, wer da geplaudert hat. Jedenfalls wurde das neue Analgetikum im Nu aufgekauft, und kurz danach kam die Polizei hier in der Stadt einem Studentenklub auf die Spur, in dem offenbar Orgien von einer bisher unbekannten Art veranstaltet worden waren. Der *Kurier* brachte eine Notiz darüber, allerdings ohne Einzelheiten; ich kenne diese Einzelheiten, aber ich will sie Ihnen ersparen, das reinste Mittelalter, ich will Ihnen nur andeutungsweise sagen, daß Hunderte von Nadelbriefchen beschlagnahmt wurden, dazu Zangen und Kohlenbecken, um die Nadeln zu erhitzen. Damals war der Krieg gerade zu Ende, und die Affäre wurde vertuscht, auch weil anscheinend die Tochter des Ministers T. in die Sache verwickelt war.«

»Aber was ist aus Kleber geworden?« fragte Dessauer.

»Warten Sie, ich komme schon noch auf ihn zu sprechen. Ich wollte Ihnen erst noch etwas erzählen, was ich von Hagen erfahren habe, von dem mit dem Schnaps; er war damals Bürochef im Auswärtigen Amt. Die OPG hatte die Lizenz für Vertamin an die amerikanische Marine wiederverkauft und dabei ich weiß nicht wie viele Millionen verdient (das ist nun mal der Lauf der Welt), und die amerikanische Marine hat versucht, das Präparat militärisch auszuwerten. In Korea hat man eine Landungseinheit vertaminiert; man nahm an, daß sie unglaublichen Mut und Furchtlosigkeit an den Tag legen würden, statt dessen wurde es ein entsetzliches Fiasko; sie waren zwar über die Maßen furchtlos, im Angesicht des Feindes aber verhielten sie sich anscheinend feige und widersinnig und ließen sich obendrein samt und sonders abschlachten.

Sie fragen, was aus Kleber geworden ist. Nach allem, was ich Ihnen erzählt habe, können Sie sich gewiß denken, daß die folgenden Jahre nicht gerade angenehm für ihn waren. Tag für Tag war ich hinter ihm her und versuchte beständig, ihn zu retten, aber es ist mir nie gelungen, von Mann zu Mann zu ihm zu sprechen: er ging mir aus dem Weg, er schämte sich. Er magerte ab, er siechte dahin wie ein Krebskranker. Man merkte, daß er sich anstrengte, durchzuhalten und nur das Positive zu bewahren, diese Lawine von angenehmen, vielleicht sogar beglückenden Empfindungen, wie sie die Vertamine ohne Schwierigkeiten und auch kostenlos gewähren. Kostenlos war es freilich nur beim oberflächlichen Hinsehen, aber die Illusion muß unwiderstehlich gewesen sein. Also zwang er sich zur Nahrungsaufnahme, obwohl er jede Lust am Essen verloren hatte, er konnte nicht mehr schlafen, trotzdem behielt er seine methodische Zeiteinteilung bei. Jeden Morgen erschien er pünktlich um acht Uhr und ging an seine Arbeit, aber auf seinem Gesicht konnte man die Spuren des Kampfes lesen, den er bestehen mußte, um sich durch die vielen Falschmeldungen nicht täuschen zu lassen, mit denen alle seine Sinne ihn unablässig bombardierten.

Ich kann Ihnen nicht sagen, ob er aus Schwäche oder Eigensinn weiter Vertamine einnahm, oder ob er es aufgegeben hatte und die Wirkung bereits chronisch geworden war; in dem extrem strengen Winter 1952 überraschte ich ihn jedenfalls hier in diesem Raum, wie er sich mit der Zeitung Kühlung zufächelte, und als ich eintrat, war er drauf und dran, sich das Unterhemd auszuziehen. Auch beim Sprechen unterliefen ihm Fehler, manchmal sagte er ›bitter‹ statt ›süß‹ und ›kalt‹ statt ›warm‹; meistens verbesserte er sich zwar noch rechtzeitig, mir aber entging nicht, wie er vor bestimmten Entscheidungen zauderte, und auch nicht sein verdrossener und zugleich schuldbewußter Blick, wenn er merkte, daß ich es merkte. Dieser Blick tat mir weh: er erinnerte mich an den Blick seines Vorgängers, des Bastards, der mit hängenden Ohren kuschte, wenn ich ihn bei irgend etwas Verkehrtem ertappt hatte.

Und sein Ende? Sehen Sie, wenn wir uns an die nackten Tatsachen halten, ist er in einer Sommernacht bei einem Autounfall hier in der Stadt ums Leben gekommen. Er hat vor einer Verkehrsampel nicht gestoppt, so hieß es im Polizeibericht. Ich hätte sie eines Besseren belehren und ihnen erklären können, daß es einem Menschen in seiner Verfassung nicht gerade leichtgefallen sein mag, Rot und Grün zu unterscheiden. Doch hielt ich es für barmherziger zu schweigen; Ihnen habe ich das alles nur erzählt, weil Sie sein Freund waren. Ich muß hinzufügen, daß Kleber nach allem Unsinnigen auch etwas Vernünftiges getan hat: kurz vor seinem Tod hat er die ganze Vertamin-Akte vernichtet samt allen Präparaten, deren er habhaft werden konnte.«

Der alte Dybowski schwieg, auch Dessauer sagte nichts mehr. Alles mögliche ging in seinem Kopf durcheinander, und er nahm sich vor, es später, vielleicht am selben Abend noch, in Ruhe zu entwirren. Er hatte zwar eine Verabredung, die aber konnte man verschieben. Er war von einem Gedanken erfüllt, der ihm schon lange nicht mehr durch den Sinn gegangen war, da er selbst so viel gelitten hatte: daß man den Schmerz nicht auslöschen kann und darf, weil er unser Wächter ist. Oft ist er ein törichter Wächter, denn er ist unerbittlich, erfüllt seinen Auftrag mit irrsinniger Sturheit und wird dabei nie müde, während alle anderen Empfindungen, besonders die angenehmen, müde werden und abstumpfen. Aber man kann ihn nicht unterdrücken, ihn nicht zum Schweigen bringen, denn er ist eins mit dem Leben und dessen Hüter.

Dann aber überlegte er, daß er das Pharmakon trotzdem an sich selbst ausprobiert hätte, wenn es ihm zur Verfügung gestanden hätte, denn wie der Schmerz der Wächter des Lebens ist, so ist die Lust dessen Ziel und Preis. Er dachte, daß es schließlich gar nicht so schwierig sein dürfte, eine kleine Menge von 4-4'-Diaminospiran herzustellen, und er dachte, wenn die Vertamine imstande sein sollten, auch den bohrendsten und dauerhaftesten Schmerz, den Schmerz über die Abwesenheit einer Person, über eine Leere ringsum, den Schmerz über ein nicht wiedergutzumachendes Versagen, darüber, daß man sich am Ende fühlt, in Lust zu verkehren, warum sollte man sie dann eigentlich nicht anwenden?

Doch infolge einer jener Assoziationen, wie sie das Gedächtnis so großzügig bereithält, kam ihm auch eine schottische Heidelandschaft in den Sinn, die er nie wirklich gesehen und doch mehr als gesehen hatte; eine Heidelandschaft voll Regen, Blitz und Sturm und der schadenfrohe Gesang dreier bärtiger Hexen, bewandert in Schmerz und Lust und in der Pervertierung des menschlichen Willens:

Fair is foul, and foul is fair:
Hover through the fog and filthy air.

DORNRÖSCHEN
IN DER TIEFKÜHLTRUHE

(Ein Wintermärchen)

Die Personen:
LOTTE THÖRL
PETER THÖRL
MARIA LUTZER
ROBERT LUTZER
ILSE
BALDUR
PATRICIA
MARGARETE

Berlin, im Jahre 2115

Lotte Thörl, allein.

LOTTE: So geht auch dieses Jahr wieder zu Ende, wir schreiben den 19. Dezember und erwarten Gäste für die übliche kleine Feier. *(Tellerklappern, Stuhlrücken)* Ich mache mir nicht viel aus Besuch. Früher pflegte mein Mann mich sogar die »Große Bärin« zu nennen. Jetzt nicht mehr; seit einiger Zeit hat er sich sehr verändert, er ist ernst und langweilig geworden. Die »Kleine Bärin« wäre unsere Tochter Margarethe, das arme Kind! Sie ist erst vier Jahre alt. *(Schritte, Geräusche wie oben)* Nicht daß ich scheu und ungesellig wäre, nur kann ich Gesellschaften von mehr als fünf oder sechs Personen nicht ausstehen. Schließlich artet das Ganze dann doch nur in ein großes Geschrei aus, man redet sinnloses Zeug, und ich habe den peinlichen Eindruck, daß niemand mich beachtet, außer wenn ich die Tabletts herumreiche.
Im übrigen geben wir Thörls nicht oft Gesellschaften: zwei- oder dreimal im Jahr, und wir selber nehmen auch kaum Einladungen an. Das ist ganz natürlich, denn niemand kann seinen

Gästen bieten, was wir zu bieten haben. Manche Leute besitzen schöne alte Gemälde, Renoir, Picasso, Caravaggio, andere haben einen zahmen Orang-Utan, einen lebenden Hund oder eine lebende Katze, wieder andere nennen eine Bar mit den allerneusten Rauschgiften ihr eigen, wir aber haben Patricia … *(seufzt)* Patricia! *(Es klingelt)* Da sind schon die ersten. *(Sie klopft an eine Tür)* Komm, Peter, sie sind da.

Lotte und Peter Thörl; Maria und Robert Lutzer.
Allgemeine Begrüßung.

ROBERT: Guten Abend, Lotte, guten Abend, Peter. Scheußliches Wetter, findet ihr nicht auch? Wie viele Monate haben wir jetzt schon keinen Sonnenstrahl mehr zu Gesicht bekommen?

PETER: Und wie viele Monate haben wir euch nicht mehr zu Gesicht bekommen?

LOTTE: Oh, Maria! Du siehst jünger aus denn je. Und was für ein prachtvoller Pelz! Wohl ein Geschenk vom Herrn Gemahl?

ROBERT: Das ist heute keine Seltenheit mehr. Ein Silber-Marsianer. Anscheinend haben die Russen einen größeren Posten importiert, im Ostsektor gibt es diese Pelze außerordentlich günstig zu kaufen. Schwarz natürlich, für diese Ware gibt es nur eine beschränkte Einfuhr.

PETER: Ich bewundere und beneide dich, Robert. Ich kenne kaum einen Berliner, der sich nicht über die Situation beschwerte, und ich kenne niemanden außer dir, der sich dabei so wohl fühlt wie ein Fisch im Wasser. Immer mehr komme ich zu der Überzeugung, daß die echte, leidenschaftliche Liebe zum Geld eine Tugend ist, die man nicht erlernen kann, sondern von Natur aus mitbekommt.

MARIA: Und die vielen Blumen! Lotte, was für ein wundervoller Geburtstagsduft. Herzlichen Glückwunsch, Lotte!

LOTTE *(zu den beiden Männern)*: Maria ist doch unverbesserlich. Aber trösten Sie sich, Robert, es ist nicht etwa die Ehe, die ihr diesen charmanten Gedächtnisschwund eingebracht hat. Schon in der Schule war sie so. Wir nannten sie »die Zerstreute von Köln« und luden unsere Kameraden aus den anderen Klassen zu ihren Prüfungen ein. *(mit neckischem Ernst)* Frau Lutzer, ich muß Sie tadeln. Lernt man so seine Geschichtsaufgabe? Heute ist nicht mein Geburtstag, heute ist der 19. Dezember, Patricias Geburtstag!

MARIA: Oh, verzeih, meine Liebe. Ich habe wirklich ein Gedächtnis wie ein Sieb. Dann findet also heute abend die Auftauung statt. Wie hübsch!

PETER: Aber gewiß, wie jedes Jahr. Wir warten nur noch auf Ilse und Baldur. *(Es klingelt)* Aha, da sind sie ja: wie immer mit Verspätung!

LOTTE: Ich möchte doch um ein bißchen Verständnis bitten, Peter! Hast du je Verlobte gesehen, die pünktlich gekommen wären?

Ilse und Baldur treten ein.
Begrüßung wie oben.
Lotte und Peter; Maria und Robert; Ilse und Baldur.

PETER: Guten Abend, Ilse, guten Abend, Baldur. Man muß ja froh sein, wenn man euch überhaupt noch zu sehen bekommt. Ihr seid so bis über die Ohren verliebt, daß die alten Freunde für euch nicht mehr existieren.

BALDUR: Ihr müßt entschuldigen. Wir ertrinken in Bürokratie: meine Dissertation, die Papiere für das Standesamt, der Passierschein für Ilse, die Genehmigung der Partei; die Zustimmung des Bürgermeisters ist schon eingetroffen, aber wir warten noch auf die aus Washington und auf die aus Moskau und vor allem auf die aus Peking, die ist am schwersten zu kriegen. Man könnte aus der Haut fahren. Seit einer Ewigkeit kommen wir nicht mehr unter die Leute. Wir sind schon ganz verwahrlost und genieren uns, uns überhaupt noch blicken zu lassen.

ILSE: Es ist schon spät, nicht wahr? Wir sind wirklich unhöflich. Aber warum habt ihr nicht ohne uns angefangen?

PETER: Das hätten wir uns nie erlaubt. Der Augenblick des Erwachens ist der interessanteste: sie ist so entzückend, wenn sie die Augen aufschlägt.

ROBERT: Also, Peter, dann wollen wir anfangen, sonst zieht sich das noch bis in die Morgenstunden hin. Hol die Gebrauchsanweisung, oder es geht dir wie damals, beim ersten Mal, glaube ich (wie viele Jahre ist das jetzt schon her?), als du irgend etwas verkehrt gemacht hattest und beinahe ein Unglück geschehen wäre.

PETER *(gereizt)*: Ich hab' sie hier in der Tasche, die Gebrauchsanweisung, aber ich kann sie längst auswendig. Wollen wir uns nicht anders hinsetzen? *(Man hört, wie Stühle gerückt werden, und das Geräusch von Schritten, Kommentaren, ungeduldiges Ge-*

murmel) ... Erstens: Die Zufuhr von Stickstoff und Edelgas unterbrechen. *(führt es aus: zweimaliges Quietschen und leises Pfeifen)* Zweitens: Pumpe, Wroblewski-Sterilisator und Mikrofilter betätigen. *(Geräusch der Pumpe wie von einem Motorrad in der Ferne, ein paar Sekunden verstreichen)* Drittens: Sauerstoffzufuhr öffnen *(immer stärker werdendes Pfeifen)* und langsam Düse aufschrauben, bis der Index 21 Prozent anzeigt ...

ROBERT *(unterbricht ihn)*: Nein, Peter, nicht 21, sondern 24 Prozent: in der Gebrauchsanweisung steht 24 Prozent. An deiner Stelle würde ich mir eine Brille aufsetzen. Nimm's mir nicht übel, schließlich sind wir gleichaltrig, aber ich würde doch eine Brille benutzen, wenigstens bei bestimmten Anlässen.

PETER *(verdrießlich)*: Ja, du hast recht, 24 Prozent. Aber ob 21 oder 24 kommt schließlich auf dasselbe raus, das hab' ich schon bei den andern Malen festgestellt. Viertens: Thermostaten langsam drehen, das heißt, die Temperatur um zwei Grad pro Minute erhöhen. *(Man hört ein Metronom ticken)* Ruhe jetzt, bitte. Oder sprecht wenigstens nicht so laut.

ILSE *(leise)*: Leidet sie beim Auftauen?

PETER *(wie oben)*: Nein, normalerweise nicht. Aber man muß alles richtig machen und die Vorschriften genau beachten. Auch während des Aufenthalts in der Tiefkühltruhe muß die Temperatur innerhalb einer ganz geringen Toleranzspanne unbedingt konstant gehalten werden.

ROBERT: Natürlich, ein paar Grad zuwenig, und ade! Ich habe gelesen, daß dann irgendwas in den Nervenzentren gerinnt, so daß sie entweder gar nicht mehr oder verblödet und ohne Gedächtnis aufwachen. Ist die Temperatur dagegen ein paar Grad zu hoch, kommen sie zu Bewußtsein und leiden schrecklich. Stellen Sie sich vor, mein Fräulein, wie grauenhaft: man fühlt, daß man total vereist ist, Hände, Füße, Blut, Herz, Gehirn; und kann keinen Finger rühren, kein Lid bewegen, keinen Laut von sich geben, nicht um Hilfe rufen!

ILSE: Schrecklich. Es gehört eine ganze Portion Mut dazu und viel Vertrauen. Vertrauen in die Thermostate, meine ich. Was mich betrifft, bin ich verrückt auf jede Art Wintersport, aber ehrlich gesagt möchte ich um alles in der Welt nicht mit Patricia tauschen. Man hat mir erzählt, daß sie einmal schon fast gestorben wäre, damals, als die Geschichte anfing, wenn man ihr nicht Spritzen von ... wie heißt das Zeug ... diesem Frostschutzmittel gegeben hätte. Ja, ja, genau das gleiche, was man im Winter in die Autokühler gießt. Übrigens nicht mehr als logisch: sonst würde das Blut gefrieren. Nicht wahr, Herr Thörl?

PETER *(ausweichend)*: Man erzählt so viel ...

ILSE *(nachdenklich)*: Mich wundert nicht, daß sich nur so wenige zur Verfügung gestellt haben. Wirklich, mich wundert's gar nicht. Sie ist eine Schönheit, heißt es. Stimmt das?

ROBERT: Sie ist wunderschön. Letztes Jahr habe ich sie aus der Nähe gesehen: ein Teint, wie man ihn heute nirgends mehr hat. Man merkt, daß die Ernährungsweise des zwanzigsten Jahrhunderts, die zum Teil noch natürlich war, doch irgendein Lebenselement enthalten haben muß, das wir noch nicht gefunden haben. Nicht daß ich den Chemikern mißtraute, im Gegenteil, ich respektiere sie durchaus. Aber ich finde, sie sind doch ein bißchen ... ich würde sagen ... anmaßend, jawohl, anmaßend. Meiner Ansicht nach muß es doch noch irgend etwas zu entdecken geben, selbst wenn es nur eine Entdeckung von zweitrangiger Bedeutung wäre.

LOTTE *(widerwillig)*: Ja, sie ist hübsch, ohne Zweifel. Im übrigen ist das die altersbedingte Schönheit. Eine Haut wie ein Neugeborenes, was ich allerdings nur auf die Unterkühlung zurückführe. Ihre Farbe ist unnatürlich, zuviel Rosa und Weiß, sie sieht aus ... ja, sie sieht aus wie Speiseeis, entschuldigt den Vergleich. Auch ihr Haar ist zu blond. Wenn ich ehrlich sein soll, finde ich sie ein bißchen abgestanden, *faisandée* ... immerhin, hübsch ist sie, das bezweifelt niemand. Sie ist auch äußerst gebildet, äußerst wohlerzogen, äußerst intelligent, äußerst mutig, superlativisch in jeder Beziehung, sie schüchtert mich ein, ruft in mir Unbehagen und Komplexe hervor. (*Sie hat sich hinreißen lassen, jetzt schweigt sie betreten; dann, gezwungen*) ... aber ich habe sie trotzdem sehr gern. Besonders, während sie eingefroren ist.

Schweigen. Das Metronom tickt weiter.

ILSE *(leise)*: Darf man einen Blick durchs Guckloch der Tiefkühltruhe werfen?

PETER *(wie oben)*: Gewiß, aber verhalten Sie sich still dabei. Wir sind schon bei minus zehn angelangt, jede plötzliche Emotion könnte ihr schaden.

Ilse *(wie oben)*: Oh, sie ist bezaubernd! Wie künstlich sie aussieht ... Und ... ich meine, stammt sie wirklich aus der Zeit ...?

Baldur *(wie oben, beiseite)*: Frag doch nicht so dumm!

Ilse *(wie oben, beiseite)*: Das ist überhaupt keine dumme Frage. Ich wollte nur wissen, wie alt sie ist. Sie sieht so jung aus, und doch heißt es, sie sei schon ... uralt.

Peter *(der dies gehört hat)*: Das ist rasch erklärt, mein Fräulein. Patricia ist 163 Jahre alt, davon 23 normal verbracht und 140 in der Hibernation. Ihr müßt entschuldigen, Ilse und Baldur, ich dachte, das alles sei euch bereits bekannt. Und ihr, Maria und Robert, seid bitte nicht böse, wenn ich jetzt rasch rekapituliere, was ihr längst wißt. Ich will mich bemühen, diese lieben jungen Leute mit ein paar Worten aufzuklären.

Also, ihr müßt wissen, daß die Hibernationstechnik gegen Mitte des zwanzigsten Jahrhunderts praktisch nutzbar gemacht wurde, und zwar im wesentlichen zu klinischen und chirurgischen Zwecken. Doch erst 1970 war man soweit, daß man garantiert unschädliche und schmerzlose Einfrierungen vornehmen konnte, mit denen man also die edlen Organe auf lange Zeit konservieren konnte. Damit war ein Traum Wirklichkeit geworden: künftig schien es möglich zu sein, einen Menschen in die Zukunft zu »transportieren«. Doch in eine wie ferne Zukunft? Waren dabei Grenzen gesteckt? Und zu welchem Preis?

Um eine Kontrollmöglichkeit für die Nachkommen, das sind wir heute, zu schaffen, wurde 1975 hier in Berlin ein Freiwilligenwettbewerb veranstaltet.

Baldur: Und Patricia gehörte zu diesen Freiwilligen?

Peter: So ist es. Wie aus ihren Papieren hervorgeht, die neben ihr in der Tiefkühltruhe verwahrt werden, wurde sie sogar als erste akzeptiert. Sie hatte alle Voraussetzungen: Herz, Lunge, Nieren und so weiter in bester Verfassung; Nerven wie ein Raumpilot, Gelassenheit und Charakterfestigkeit, geringe Erregbarkeit und schließlich gute Bildung und Intelligenz. Nicht daß Bildung und Intelligenz vonnöten wären, um eine Hibernation durchzuhalten, doch gab man bei gleicher körperlicher Verfassung Personen von hohen geistigen Qualitäten den Vorzug, und zwar aus Prestigegründen uns und unsern Nachfahren gegenüber.

Baldur: Dann hat Patricia also von 1975 bis heute geschlafen?

PETER: Ja, mit kurzen Unterbrechungen. Das Programm war von ihr mit jener Kommission vereinbart worden, deren Vorsitzender Hugo Thörl gewesen ist, mein berühmter Ahnherr ...

ILSE: Das ist doch der, über den alle Schulbücher schreiben, nicht wahr?

PETER: Ebender, mein Fräulein, der Entdecker des Vierten Hauptsatzes der Thermodynamik. Also, im Programm waren alljährlich am 19. Dezember, ihrem Geburtstag, einige Stunden Wachseins eingeplant ...

ILSE: Was für ein reizender Einfall!

PETER: ... und weitere Auftauungen bei besonderen Ereignissen wie Raumexpeditionen, aufsehenerregenden Verbrechen und Prozessen, Hochzeiten von Fürsten oder Filmstars, internationalen Baseballspielen, großen Erdbeben und ähnlichen Naturkatastrophen: also bei allen Anlässen, die es verdienten, mit angesehen und der fernen Zukunft überliefert zu werden. Außerdem natürlich immer, wenn der Strom ausfällt ... und zweimal im Jahr zur ärztlichen Kontrolle. Wie aus ihren Papieren hervorgeht, wurde die Einfrierung von 1975 bis heute insgesamt etwa 300 Tage unterbrochen.

BALDUR: Verzeihen Sie die Frage, aber wieso ist Patricia eigentlich bei Ihnen zu Gast? Ist sie das schon lange?

PETER *(verlegen)*: Patricia ist ... Patricia gehört sozusagen zum Familieninventar: eine lange und zum Teil dunkle Geschichte. Wissen Sie, es sind Dinge, die der Vergangenheit angehören, das alles ist jetzt schon anderthalb Jahrhunderte her ... Man kann es nachgerade ein Wunder nennen, daß Patricia trotz aller Aufstände, Blockaden, Besetzungen, Niederwerfungen und Plünderungen, die Berlin durchgemacht hat, ungestört und ohne unser Haus zu verlassen vom Vater auf den Sohn weitervererbt werden konnte. In gewisser Hinsicht verkörpert sie die Kontinuität der Familie. Sie ist ... ja, sie ist ein Symbol.

BALDUR: Aber wie ...?

PETER: Wie Patricia in unsere Familie gekommen ist? Nun, wenn Ihnen das auch sonderbar erscheinen mag, aber über diesen Punkt gibt es nichts Schriftliches, wir müssen uns an die mündliche Überlieferung halten, die Patricia aber weder bestätigen noch dementieren will. Anscheinend war sie zu Beginn des Experiments in der Universität untergebracht, und zwar im Kühlraum des anatomischen Instituts, und hat dann etwa um

2000 herum einen großen Krach mit den Professoren gehabt. Es heißt auch, die Unterbringung habe ihr nicht zugesagt, sie sei nicht persönlich genug gewesen, und es habe sie gestört, Seite an Seite neben den zum Sezieren bestimmten Leichen zu liegen. Anläßlich einer Auftauung hat sie wohl in aller Form erklärt, man solle sie entweder in einer privaten Kühltruhe unterbringen, oder sie würde vor Gericht gehen; daraufhin hat sich wohl mein vorhin erwähnter Ahnherr, der damals Dekan der Fakultät war, großzügigerweise bereit erklärt, sie bei sich aufzunehmen, um die Angelegenheit zu bereinigen.

ILSE: Was für eine sonderbare Frau! Aber, verzeihen Sie, hat sie denn immer noch nicht genug? Wer zwingt sie denn dazu? Es muß ja nicht gerade ein Vergnügen sein, das ganze Jahr über bewußtlos dazuliegen und nur für einen oder zwei Tage aufzuwachen, und das nicht etwa, wenn man selbst es will, sondern wenn irgend jemand anderes es will. Ich würde mich zu Tode langweilen.

PETER: Da sind Sie im Irrtum, Ilse. Ganz im Gegenteil, niemand hat je so intensiv gelebt wie Patricia. Ihr Leben ist komprimiert: es enthält nur das Wesentliche und nichts, was nicht wert wäre, erlebt zu werden. Und was die in der Tiefkühltruhe verbrachte Zeit betrifft, so vergeht sie für uns, aber nicht für sie. Bei ihr hinterläßt sie keinerlei Spuren, weder im Gedächtnis noch im Gewebe. Sie altert nicht, oder jedenfalls nur in den Stunden, wo sie wach ist. Seit ihrem ersten in der Kühltruhe verbrachten Geburtstag, es war der 24., ist sie bis heute, also in einem Zeitraum von 140 Jahren, kaum ein Jahr gealtert. Seit dem letzten Jahr bis heute sind für sie knapp dreißig Stunden vergangen.

BALDUR: Drei oder vier am Geburtstag, und sonst?

PETER: Und sonst, mal sehen ... *(rechnet)* weitere sechs oder sieben für den Zahnarzt, für die Anprobe, für einen Schuhkauf mit Lotte zusammen ...

ILSE: Richtig, schließlich muß sie mit der Mode Schritt halten.

PETER: ... das wären zehn. Sechs Stunden für die *Tristan*-Premiere in der Oper, macht sechzehn. Weitere sechs für zwei gründliche Untersuchungen ...

ILSE: Wie? War sie etwa krank? Natürlich, so extreme Temperaturschwankungen können niemandem bekömmlich sein. Da hat man gut reden, daß man sich daran gewöhnt!

PETER: Nein, nein gesundheitlich geht es ihr ausgezeichnet. Da sind die Physiologen vom Forschungszentrum: sie erscheinen mit bürokratischer Pünktlichkeit zweimal im Jahr mitsamt ihrer ganzen Ausrüstung, tauen sie auf, untersuchen sie gründlich: Röntgenaufnahmen, psychologische Tests, EKG, Blutuntersuchungen ... und dann verschwinden sie wieder und lassen nichts mehr von sich hören. Berufsgeheimnis: kein Wort sickert durch.

BALDUR: Dann haben Sie Patricia also nicht aus wissenschaftlichem Interesse im Haus.

PETER *(verlegen)*: Nein ... nicht ausschließlich. Wissen Sie, ich beschäftige mich mit ganz anderen Dingen ... Ich habe keinerlei Verbindung zu Universitätskreisen. Tatsache ist, daß wir Patricia liebgewonnen haben. Genau wie Patricia uns liebgewonnen hat: wie eine Tochter. Sie würde uns um keinen Preis verlassen wollen.

BALDUR: Aber warum ist sie dann immer nur so kurze Zeit wach?

PETER: Das ist doch logisch: Patricia hat sich vorgenommen, noch in der Blüte ihrer Jugend soviel wie möglich von kommenden Jahrhunderten mitzuerleben; darum muß sie mit ihrer Zeit haushalten. Aber das und noch manches andere werden Sie von ihr selbst hören können: sehen Sie, wir haben schon 35 Grad, gerade schlägt sie die Augen auf. Rasch, meine Liebe, öffne die Tür und zerschneide die Hülle, sie hat angefangen zu atmen.

Aufschnappen und Quietschen der Tür, Geräusch einer Schere oder eines Brieföffners.

BALDUR: Was ist das für eine Hülle?

PETER: Eine Polyäthylenhülle, hermetisch verschlossen und sehr eng anliegend. Gegen Feuchtigkeitsverlust durch Verdunsten.

Das Metronom, das als Geräuschkulisse in allen Pausen zu hören war, tickt immer lauter und bleibt dann unvermittelt stehen. Deutlich vernimmt man ein dreimaliges Summen. Einige Sekunden völliger Stille.

MARGARETE *(aus dem anderen Zimmer)*: Mama! Ist Tante Patricia schon aufgewacht? Was hat sie mir dieses Jahr mitgebracht?

LOTTE: Was soll sie dir schon mitgebracht haben? Einen Eiswürfel wie gewöhnlich. Außerdem hat *sie* Geburtstag, und nicht *du*. Sei still jetzt! Schlaf, es ist schon spät!

Wieder Stille. Man hört Seufzen, ungeniertes Gähnen, Niesen. Ohne jeden Übergang beginnt Patricia zu sprechen.

PATRICIA *(mit gekünstelter, schleppender, nasaler Stimme)*: Guten Abend, guten Tag. Wie spät ist es denn? So viele Menschen! Was für ein Datum haben wir heute? Und was für ein Jahr?

PETER: Den 19. Dezember 2115. Weißt du das nicht mehr, es ist doch dein Geburtstag! Herzlichen Glückwunsch, Patricia!

ALLE: Herzlichen Glückwunsch, Patricia. *(Allgemeines Stimmengewirr. Man hört abgerissene Sätze)* »Wie reizend sie ist!« – »Verzeihen Sie, Fräulein, ich möchte ein paar Fragen an Sie stellen ...« – »Später, später! Wer weiß, wie müde sie ist!« – »Träumen Sie eigentlich in der Kühltruhe? Und was träumen Sie da?« – »Ich würde gern Ihre Meinung hören über ...«

ILSE: Ich möchte wissen, ob sie Napoleon und Hitler gekannt hat!

BALDUR: Was faselst du da? Die haben doch zwei Jahrhunderte früher gelebt!

LOTTE *(unterbricht energisch)*: Aber bitte! Laßt mich bitte durch, wenigstens einer muß sich doch um die praktischen Dinge kümmern. Vielleicht braucht Patricia irgend etwas. *(zu Patricia)* Eine Tasse heißen Tee? Oder ist dir etwas Nahrhafteres lieber? Ein kleines Beefsteak? Möchtest du dich umziehen, ein bißchen frisch machen?

PATRICIA: Danke, Tee, wenn ich bitten darf. Wie lieb du bist, Lotte! Nein, im Augenblick brauche ich sonst nichts; du weißt ja, das Auftauen legt sich mir immer etwas auf den Magen, und wegen des Beefsteaks können wir dann später sehen. Aber nur ein kleines, weißt du ... Hallo, Peter! Wie geht es dir? Was macht dein Ischias? Was gibt's Neues? Ist die Gipfelkonferenz zu Ende? Ist es schon kalt draußen? Ach, ich kann den Winter nicht ausstehen, ich bin so anfällig gegen Erkältungen ... Und du, Lotte? Wie ich sehe, geht's dir ausgezeichnet, du hast vielleicht sogar zugenommen ...

MARIA: Tja, die Jahre gehen an niemandem spurlos vorüber ...

BALDUR: An fast niemandem. Erlauben Sie, Peter, ich habe so viel von Patricia gehört und so sehr auf diese Begegnung gewartet, daß ich jetzt ... *(zu Patricia)* Fräulein, verzeihen Sie meine Aufdringlichkeit, aber ich weiß, daß Ihre Zeit knapp bemessen ist, ich möchte, daß Sie mir unsere Welt mit Ihren Augen beschreiben, daß Sie mir von der Vergangenheit erzählen, von

Ihrem Jahrhundert, dem wir so viel verdanken, von Ihren Zukunftsplänen, die ...

PATRICIA *(von oben herab)*: Es ist nichts Außergewöhnliches dabei, wissen Sie, man gewöhnt sich sofort daran. Sehen Sie sich beispielsweise Herrn Thörl an. Um die Fünfzig *(boshaft)*; das Haar wird immer dünner, ein kleiner Schmerbauch, vielleicht auch ein paar Wehwehchen dann und wann? Nun, für mich war er vor zwei Monaten eben zwanzig geworden, schrieb Gedichte und war drauf und dran, sich freiwillig zu den Ulanen zu melden. Vor drei Monaten war er zehn, nannte mich Tante Patricia, weinte, wenn ich wieder eingefroren wurde, und wollte zu mir in die Kühltruhe. Nicht wahr, Liebling? Oh, ich bitte tausendmal um Verzeihung!
Vor fünf Monaten war er nicht nur noch nicht geboren, sondern auch nicht einmal im entferntesten eingeplant. Da war nur sein Vater da, der Oberst, aber ich spreche noch von der Zeit, wo er Oberleutnant war, er diente in der Vierten Söldnerlegion, und jedesmal, wenn ich aufgetaut wurde, hatte er einen Orden mehr und ein paar Haare weniger. Er machte mir den Hof in der damals üblichen komischen Art und Weise: über acht Auftauungen hindurch machte er mir den Hof ... man möchte sagen, das liegt den Thörls im Blut, und darin, das kann ich behaupten, sind sie einander alle gleich. Sie haben ... wie soll ich mich ausdrücken? ... keine seriöse Auffassung von ihren Pflichten als Vormund ... *(Ihre Stimme wird im Weitersprechen abgeblendet)* Stellen Sie sich vor, sogar der Stammvater, der Patriarch ...

Klar und ganz nah hört man statt dessen Lottes Stimme, die zum Publikum spricht.

LOTTE: Haben Sie das gehört? Ja, so ist dieses Mädchen. Kennt ... kennt keinerlei Hemmungen. Gewiß habe ich zugenommen, ich lebe schließlich nicht in der Kühltruhe. Sie, sie nimmt nicht zu, sie ist ewig, unveränderlich wie Asbest, wie ein Diamant, wie Gold. Aber Männer gefallen ihr, besonders wenn sie verheiratet sind. Sie ist ein ewiges Zierpüppchen und unverbesserlich kokett. Ich frage Sie, meine Herrschaften: Habe ich nicht recht, wenn ich sie nicht leiden kann? *(seufzt)* ... Und sie gefällt den Männern, trotz ihres ehrwürdigen Alters, das ist das schlimmste. Sie wissen ja, wie Männer sind, mögen sie Thörl heißen oder anders, und die Intellektuellen sind die allerärgsten: Seufzer, gewisse Blicke, ein paar Kindheitserinnerungen, und schon schnappt die Falle zu. Am Ende hat sie freilich immer wieder das Nachsehen, weil sie es nach wenigen Monaten mit ziemlich abgetakelten Anbetern zu tun hat ... Nein, für so blind und dumm dürfen Sie mich nicht halten: auch mir ist nicht entgangen, daß sie meinem Mann gegenüber diesmal einen anderen Ton angeschlagen hat, daß sie bissig und schnippisch mit ihm umspringt. Kein Wunder: da ist ein neuer Mann in Sicht. Aber Sie sind ja bei den anderen Auftauungen nicht dabeigewesen. Ich hätte sie erwürgen können! Und dann, und dann ... Ich habe zwar nie Beweise in die Hand bekommen oder sie auf frischer Tat ertappt, aber sind Sie wirklich so überzeugt, jawohl, Sie, meine Herrschaften, daß sich alles zwischen »Vormund« und Mündel immer nur im Licht der Sonne abgespielt hat? Mit anderen Worten *(nachdrücklich)*, daß jedes Auftauen ordnungsgemäß in den Personalpapieren verzeichnet worden ist?

Ich nicht. Ich bin keineswegs so überzeugt davon. *(Pause, Unterhaltung, die sich mit dem Stimmengewirr im Hintergrund vermischt)* Aber diesmal gibt es was Neues, das werden Sie auch bemerkt haben. Ganz einfach: ein anderer Mann ist in Sicht, ein jüngerer Mann. Das junge Ding hat Appetit auf frisches Fleisch! So hören Sie doch: weiß sie etwa nicht genau, was sie will? *(Stimmen)* Oh, ich hätte nicht gedacht, daß es schon so weit gediehen wäre!

Von den Stimmen im Hintergrund heben sich Baldurs und Patricias Stimmen deutlich ab.

BALDUR: ... ein Eindruck, wie ich ihn im Leben noch nie gehabt habe. Nie hätte ich gedacht, daß es möglich wäre, den Zauber der Ewigkeit und den der Jugend in einem einzigen Menschen vereint zu finden. In Ihrer Gegenwart habe ich ein Gefühl, als ob ich vor den Pyramiden stünde, dabei sind Sie so jung und schön!

PATRICIA: Gewiß, Herr ... Baldur heißen Sie, nicht wahr? Gewiß, Baldur. Aber ich besitze drei Gaben, nicht zwei. Ewigkeit, Jugend und Einsamkeit. Und die ist der Preis, den jeder zahlen muß, der wagt, was ich gewagt habe.

BALDUR: Doch was für ein wunderbares Erleben! Überfliegen da, wo andere kriechen; Sitten, Ereignisse und Helden im Abstand von Jahrzehnten, von Jahrhunderten persönlich vergleichen zu können! Welcher Historiker würde nicht vor Neid erblassen? Und ich erst, der ich mich stets gerühmt habe, ein Geschichtsforscher zu sein! *(mit plötzlichem Elan)* Lassen Sie mich Ihr Tagebuch lesen!

PATRICIA: Woher wissen Sie ... Ich meine, was bringt Sie auf den Gedanken, daß ich ein Tagebuch führe?

BALDUR: Also haben Sie eines! Ich hab's erraten!

PATRICIA: Ja, ich habe eines. Das gehört zum Programm, aber kein Mensch weiß davon, nicht einmal Thörl. Und niemand kann es lesen, es ist chiffriert, auch das gehört zum Programm!

BALDUR: Wozu ist es dann nutze, wenn keiner es lesen kann?

PATRICIA: Es nutzt mir. Es wird mir nachher von Nutzen sein.

BALDUR: Wonach?

PATRICIA: Danach. Wenn ich soweit bin. Dann werde ich es veröffentlichen. Ich denke, es wird nicht schwer sein, einen Verleger zu finden, denn ein intimes Tagebuch ist ein Genre, das immer zieht. *(träumerisch)* Ich möchte zum Journalismus, wissen Sie, ich will die intimen Tagebücher aller Mächtigen meiner Epoche veröffentlichen, Churchill, Stalin und so weiter. Man kann ein Menge Geld damit verdienen.

BALDUR: Woher haben Sie denn diese Tagebücher?

PATRICIA: Ich habe sie nicht. Ich werde sie schreiben. Anhand von authentischen Begebenheiten natürlich.

Pause.

BALDUR: Patricia! *(neue Pause)* Nehmen Sie mich zu sich!

PATRICIA *(überlegt; dann sehr kühl)*: Abstrakt gesehen wäre das kein schlechter Einfall. Aber Sie dürfen nicht glauben, daß man sich so mir nichts, dir nichts in die Kühltruhe begeben kann: man muß sich Injektionen machen lassen, einen Vorbereitungskurs besuchen ... Das ist nicht so einfach. Und dann haben beileibe nicht alle die geeignete Konstitution dafür ... Gewiß, es wäre nett, einen Weggefährten zu haben wie Sie, so lebhaft, so leidenschaftlich, so temperamentvoll ... Aber sind Sie nicht verlobt?

BALDUR: Verlobt? Das war ich.

Patricia: Bis wann denn?

Baldur: Bis vor einer halben Stunde. Aber dann bin ich Ihnen begegnet, und alles ist anders geworden.

Patricia: Sie sind ein Schmeichler, ein gefährlicher Mann. *(Patricias Tonfall ändert sich jäh, er ist jetzt nicht mehr klagend und schmachtend, sondern klar, energisch, schneidend)* Immerhin, wenn die Dinge so stehen, wie Sie sagen, könnte sich eine interessante Kombination daraus ergeben.

Baldur: Patricia! Was zögern Sie noch? Gehen wir fort, fliehen Sie mit mir! Nicht in die Zukunft: ins Heute!

Patricia: Das habe ich auch gerade gedacht. Aber wann?

Baldur: Jetzt, auf der Stelle. Durchqueren wir den Raum, und fort.

Patricia: Unsinn. Wir hätten sie sofort alle auf den Fersen und ihn vorneweg. Sie brauchen ihn nur anzusehen: er hat schon Verdacht geschöpft.

Baldur: Wann denn?

Patricia: Heute nacht. Hören Sie zu: um Mitternacht gehen alle, dann frieren sie mich wieder ein und packen mich in Naphthalin. Das geht schneller als das Auftauen, müssen Sie wissen, ähnlich wie bei den Tauchern, die müssen zwar langsam rauskommen, können aber rasch untertauchen. Sie packen mich in die Kühltruhe und schalten ohne viel Federlesen den Kompressor ein; aber in den ersten Stunden bin ich noch ziemlich weich und kann mit Leichtigkeit ins aktive Leben zurückkehren.

Baldur: Also?

Patricia: Also ist es ganz einfach. Sie gehen mit den anderen fort, bringen Ihre ... nun ja, das Mädchen nach Hause, dann kommen Sie hierher zurück, schleichen sich durch den Garten, steigen durchs Küchenfenster ein ...

Baldur: ... und es ist geschafft! Zwei Stunden noch, zwei Stunden, und die Welt ist unser! Aber sagen Sie, Patricia, werden Sie's auch nicht bereuen? Wird es Ihnen nicht leid tun, daß Sie Ihren Sturmlauf in künftige Jahrhunderte meinetwegen unterbrochen haben?

Patricia: Wissen Sie was, junger Mann, über diese schönen Dinge können wir uns noch lange genug unterhalten, wenn die Sache geklappt hat. Zuerst muß sie aber klappen. Sehen Sie, man macht schon Anstalten zum Aufbruch; gehen Sie wieder auf Ihren Platz, verabschieden Sie sich, wie sich's gehört, und machen Sie möglichst keine Dummheiten. Das sage ich in vollem Ernst, denn mir wär's unangenehm, die Gelegenheit zu verpassen.

Stimmen der aufbrechenden Gäste. Stuhlrücken, einzelne Sätze.

»Bis zum nächsten Jahr also!« – »Gute Nacht, wenn man so sagen darf . . .« – »Gehen wir, Robert, ich hätte nicht gedacht, daß es schon so spät ist.« – »Baldur, gehen wir, du darfst mich nach Hause bringen.«

Stille. Dann Lottes Stimme, die zum Publikum spricht.

LOTTE: Und so gingen alle fort. Peter und ich blieben allein mit Patricia zurück, was nie erfreulich ist, für keinen von uns dreien. Ich sage das nicht aus meiner Antipathie heraus, die ich Ihnen vorhin vielleicht etwas impulsiv geschildert habe. Nein, ganz objektiv gesehen ist die Situation unangenehm, kalt, falsch und voller Peinlichkeit für alle. Wir plauderten noch ein wenig über dies und das, dann verabschiedeten wir uns, und Peter schloß Patricia wieder in die Kühltruhe.

Die gleichen Geräusche wie beim Auftauen, doch in umgekehrter Reihenfolge und schneller. Seufzen, Gähnen. Reißverschluß der Hülle. Das Metronom wird angestellt, dann hört man die Pumpe, das Pfeifen und so fort. Das Metronom läuft weiter, sein regelmäßiges Ticken vermischt sich allmählich mit dem langsameren Pendelschlag einer Standuhr. Es schlägt ein Uhr, halb zwei, zwei. Man hört ein Auto, das sich nähert und hält. Die Wagentür schlägt zu. In der Ferne bellt ein Hund. Schritte auf dem Kies. Ein Fenster geht auf. Schritte auf dem Holzfußboden, das Knacken kommt immer näher. Die Tür der Kühltruhe wird geöffnet.

BALDUR *(leise)*: Patricia, ich bin's!
PATRICIA *(Stimme undeutlich und gedämpft)*: Schnnö miü au!
BALDUR: Waaas?
PATRICIA *(etwas deutlicher)*: Hülle aufschneiden!

Geräusch des Schneidens.

BALDUR: Das hätten wir. Und jetzt? Was muß ich jetzt tun? Verzeihen Sie, aber ich habe keine Übung darin, es ist das erste Mal, daß ich so was mache . . .

PATRICIA: Ach, die Hauptsache ist schon erledigt, jetzt finde ich mich schon allein zurecht. Helfen Sie mir nur, hier rauszukommen.

Schritte. »Leise!« »Pst!« »Dort hinaus!«
Fenster. Schritte auf dem Kies. Autotür. Baldur läßt den Motor an.

BALDUR: Das hätten wir hinter uns, Patricia, die Kälte und den Alpdruck. Es kommt mir vor wie ein Traum: seit zwei Stunden lebe ich wie im Traum. Ich habe Angst zu erwachen!

PATRICIA *(kühl)*: Haben Sie Ihre Braut nach Hause gebracht?

BALDUR: Wen? Ilse? Ja, ich habe sie nach Hause gebracht. Ich habe Abschied von ihr genommen.

PATRICIA: Was sagen Sie da? Abschied genommen? Endgültig?

BALDUR: Ja. Es war nicht so schwer, wie ich fürchtete, nur eine kleine Szene. Sie hat nicht mal geweint.

Pause. Das Auto fährt.

PATRICIA: Junger Mann, machen Sie sich kein falsches Bild von mir. Ich glaube, jetzt ist der Augenblick für eine Erklärung gekommen. Sie müssen mich verstehen: irgendwie mußte ich schließlich da herauskommen.

BALDUR: . . . Nur darum war es Ihnen zu tun? Herauszukommen?

PATRICIA: Einzig und allein darum. Aus der Truhe und aus dem Hause Thörl. Baldur, ich glaube, ich bin Ihnen ein Geständnis schuldig.

BALDUR: Ein Geständnis ist nicht gerade viel!

PATRICIA: Mehr kann ich nicht für Sie tun. Und es ist nicht einmal ein schönes Geständnis. Ich bin es wirklich leid: einfrieren, auftauen, einfrieren, auftauen, das ist mit der Zeit anstrengend. Und dann war noch etwas.

BALDUR: Noch etwas?

PATRICIA: Jawohl, seine nächtlichen Besuche. Bei dreiunddreißig Grad, gerade noch lauwarm, und da konnte ich mich überhaupt nicht dagegen wehren. Und weil ich mich still verhielt, wohl oder übel, hat er sich vielleicht eingebildet . . .

BALDUR: Armes liebes Mädchen, was müssen Sie gelitten haben!

PATRICIA: Sie können sich nicht vorstellen, wie lästig das war. Wirklich eine Plage.

Geräusch des Autos, das sich entfernt.

LOTTE: ... So endet diese Geschichte. Ich hatte schon so etwas geahnt, und in jener Nacht hörte ich auch verdächtige Geräusche. Aber ich blieb still. Warum hätte ich Alarm schlagen sollen?

Ich glaube, so ist es am besten für uns alle. Baldur, der arme Kerl, hat mir alles gebeichtet: anscheinend hat Patricia zu allem Überfluß auch noch Geld von ihm gewollt, um ich weiß nicht wohin nach Amerika zu einem Altersgenossen zu reisen, der selbstredend auch in einer Tiefkühltruhe steckt. Ob Baldur sich wieder mit Ilse versöhnt hat oder nicht, dürfte schließlich kaum irgend jemanden interessieren, nicht einmal Ilse. Und was Peter betrifft, nun, wir werden ja sehen.

QUAESTIO DE CENTAURIS

et quae sit iis potandi, comedendi et nubendi ratio. Et fuit debatuta per X hebdomadas inter vesanum auctorem et ejusdem sodales perpetuos G.L. et L.N.

Mein Vater hielt ihn im Stall, weil er nicht wußte, wo er ihn sonst hätte unterbringen sollen. Er war ihm von einem Freund geschenkt worden, einem Schiffskapitän, der behauptet hatte, ihn in Saloniki gekauft zu haben. Ich aber habe von ihm selbst erfahren, daß er in Lemnos zur Welt gekommen sei.

Mir war streng untersagt worden, mich ihm zu nähern, denn, so hieß es, er würde leicht jähzornig und schlüge aus. Aufgrund eigener Erfahrung kann ich jedoch versichern, daß es sich hierbei um ein althergebrachtes Vorurteil handelt; darum habe ich, als ich heranwuchs, dieses Verbot immer wieder mißachtet und, vorzüglich im Winter, sogar viele denkwürdige Stunden mit ihm gemeinsam verbracht und andere, wunderschöne im Sommer, wenn Trachys (so hieß er) mich eigenhändig auf seinen Rücken hob und mit mir in wildem Galopp durch die Wälder hügelan stürmte.

Er hatte unsere Sprache mühelos erlernt, doch behielt er stets einen leichten levantinischen Akzent. Trotz seiner zweihundertundsechzig Jahre wirkte er jugendlich in seiner menschlichen wie in seiner tierischen Hälfte. Was ich nachfolgend darlege, ist das Fazit unserer langen Gespräche.

Die Herkunft der Zentauren ist legendär; aber die von ihnen selbst überlieferten Legenden unterscheiden sich wesentlich von denen, die wir als klassisch bezeichnen.

Bemerkenswerterweise gehen auch ihre Überlieferungen auf einen Menschen von überdurchschnittlicher Intelligenz zurück, auf den Erfinder und Retter Noah, der bei ihnen allerdings Kuthnopheset heißt. In Kuthnophesets Arche gab es noch keine Zentauren, dortselbst fand sich auch nichts »vom reinen Vieh je sieben und sieben, das Männlein und sein Weiblein, vom unreinen Vieh aber je ein Paar, das Männlein und sein Weiblein«. Die Tradition der Zentauren ist rationaler als die biblische, sie berichtet, daß nur die Archetypen, die verschiedenen Ur-Arten, gerettet wurden: der Mensch, aber nicht der Affe; das Pferd, aber weder Esel noch Onager; der Hahn und der Rabe, aber weder Geier noch Wiedehopf, noch Gerfalke.

Doch wie sind diese Arten dann entstanden? Gleich nach der Sintflut, meldet die Legende. Als die Wasser sich verlaufen hatten, war die Erde von einer dicken Schlammschicht bedeckt. Dieser Faulschlamm aber, der in sich die Fermente allen Lebens bewahrte, das in der Sintflut umgekommen war, erwies sich als außerordentlich fruchtbar: kaum daß die ersten Sonnenstrahlen auf ihn fielen, sprossen überall junge Triebe hervor, die zu Gräsern und Sträuchern und Bäumen jeder Art heranwuchsen; zudem beherbergte er in seinem weichen, feuchten Schoß die Hochzeiten aller Gattungen, die in der Arche gerettet worden waren. Eine Zeit wie diese gab es hernach nie wieder, eine Zeit wahnwitziger, wilder Fruchtbarkeit, in der das gesamte Universum von einem solchen Liebesrausch geschüttelt wurde, daß es um ein Haar wieder ins Chaos versunken wäre.

Es waren dies die Tage, in denen die Erde selbst es mit dem Himmel trieb, in denen alles keimte, alles Frucht hervorbrachte. Jede Hochzeit war fruchtbar, und das nicht erst nach Monaten, sondern binnen weniger Tage; und nicht nur jedwede Hochzeit, sondern auch jedwede Berührung, jedwede wenn auch noch so flüchtige Vereinigung selbst zwischen verschiedenen Arten, zwischen Tieren und Steinen, zwischen Pflanzen und Steinen. Das lauwarme Meer aus Schlamm, welches das kalte, schamhafte Antlitz der Erde verbarg, war ein einziges unendliches Brautbett, das in jedem Winkel vor Verlangen fieberte, in dem es vor jauchzenden Keimen nur so wimmelte.

Diese zweite Schöpfung erwies sich als die wahre Schöpfung, denn, so besagt die Überlieferung der Zentauren, anders könnte man bestimmte, allgemein bekannte Analogien und Konvergenzen überhaupt nicht erklären. Weshalb ähnelt der Delphin einem Fisch, ist aber ein Lebendgebärer und säugt seine Jungen? Weil er der Abkömmling eines Thunfisches und einer Kuh ist. Woher rühren die bezaubernden Farben der Schmetterlinge und ihre Geschicklichkeit im Flug? Sie sind Abkömmlinge einer Fliege und einer Blume. Und die Fledermäuse die eines Kauzes und einer Maus. Und die Schildkröten die einer Kröte und eines Felsen. Und die Muscheln die einer Schnecke und eines geschliffenen

Kieselsteins. Und die Nilpferde die einer Stute und eines Stroms. Und die Geier die eines nackten Wurms und einer Nachteule. Und die großen Walfische, die Leviathane, deren ungeheuerliche Ausmaße man sonst schwerlich erklären könnte? Ihre holzigen Knochen, ihre ölige schwarze Haut und ihr heißer Odem sind das lebende Zeugnis einer verehrungswürdigen Paarung, nämlich der begehrlichen Umarmung ebenjenes Urschlamms mit dem weiblichen Schiffsleib der Arche, die aus Gopher-Holz gebaut und innen wie außen mit glänzendem Teer verpicht wurde, als das Ende allen Fleisches beschlossen ward.

Auf diese Weise also entstand jede heute lebende oder ausgestorbene Form: die Drachen und die Chamäleons, die Chimären und die Harpyien, die Krokodile und die Minotauren, die Elefanten und die Giganten, deren versteinertes Gebein man heute noch staunend im Innern der Berge findet. Auch sie selbst, die Zentauren, sind so entstanden, denn an diesem Fest des Ursprungs, an dieser Panspermie, hatten auch die wenigen Überlebenden des Menschengeschlechts teilgehabt.

Vor allen andern hatte sich Ham, der sittenlose Sohn, daran beteiligt: aus seiner hemmungslosen Liebschaft mit einer thessalischen Stute ging die erste Generation der Zentauren hervor. Diese waren von Anbeginn ein edles und starkes Geschlecht, das von des Menschen wie von des Pferdes Natur nur das Beste bewahrte. Weise und tapfer waren sie, großmütig und listig, begabt für Jagd und Gesang, für Krieg und Sternenkunde. Ja, es schien, wie dies bei besonders glückhaften Verbindungen der Fall ist, daß die guten Eigenschaften der Eltern in den Nachkommen miteinander wetteiferten, waren doch die Zentauren, zumindest am Anfang, ausdauernder und schneller im Lauf als ihre thessalischen Mütter und weitaus verständiger und scharfsinniger als der schwarze Ham und ihre andern menschlichen Erzeuger. Auf diese Weise wäre, wie einige behaupten, auch ihre Langlebigkeit zu erklären; andere hingegen schreiben sie ihrer Ernährungsweise zu, auf die ich im folgenden noch zurückkomme. Oder sie ist letztlich nichts anderes als ihre auf die Zeit projizierte enorme Vitalität. Auch ich bin fest überzeugt davon (und die Geschichte, die ich erzählen werde, beweist es), daß sich in ihnen nicht die Kraft des pflanzenfressenden Pferdes, sondern die rote Verblendung sanguinischer und verbotener Qual vererbt hat, der Augenblick menschlich-tierischer Erfüllung, in dem sie gezeugt wurden.

Man mag darüber denken, was man will, immerhin kann es niemandem entgangen sein, der die klassischen Überlieferungen über die Zentauren mit einiger Aufmerksamkeit verfolgt hat, daß dort nie von weiblichen Zentauren die Rede ist. Wie ich von Trachys erfuhr, gibt es auch keine.

Die Vereinigung zwischen Mann und Stute, die heutzutage nur in Ausnahmefällen fruchtbar ist, bringt und brachte stets männliche Zentauren hervor, wofür es gewiß eine wichtige Ursache gibt, die uns aber noch unbekannt ist. Was die umgekehrte Verbindung, die zwischen Hengst und Weib, betrifft, so war sie zu allen Zeiten recht selten, zudem kam sie stets auf Drängen liederlicher Frauenzimmer zustande, deren Trachten ohnehin nicht sonderlich auf Nachkommenschaft gerichtet war.

Diese äußerst seltene Vereinigung hat in den Ausnahmefällen, da sie fruchtbar ist, wohl eine Nachkommenschaft aus weiblichen Doppelwesen, doch sind hier die beiden Naturen in umgekehrter Weise zusammengefügt. Diese Geschöpfe haben Kopf, Hals und Vorderbeine vom Pferd, während Rücken und Unterleib denen eines Menschenweibes gleichen, und menschlich sind auch die Hinterbeine.

In seinem langen Leben war Trachys nur einigen wenigen begegnet, und er versicherte mir, keinerlei Zuneigung zu diesen erbärmlichen Monsterwesen empfunden zu haben. Sie sind keine »geschmeidigen Wildtiere«, sondern nur bedingt lebenstüchtige, unfruchtbare, träge und scheue Geschöpfe; sie werden nicht vertraut mit dem Menschen, noch lernen sie, seinen Befehlen zu gehorchen, sondern vegetieren in dichtesten Wäldern, nicht in Rudeln vereint, sondern einsam und ungesellig. Sie nähren sich von Gräsern und Beeren, und wenn ein Mensch sie überrascht, haben sie die sonderbare Angewohnheit, sich stets von vorne zu zeigen, fast als schämten sie sich ihrer menschlichen Hälfte.

Trachys war also in Lemnos zur Welt gekommen, hervorgegangen aus der geheimen Verbindung eines Mannes mit einer der zahlreichen thessalischen Stuten, die noch wild auf dieser Insel leben. Ich fürchte, einige Leser dieser Niederschrift könnten meine Behauptungen skeptisch aufnehmen, weil die offizielle Wissenschaft, die heute noch vom Aristotelismus durchtränkt ist, die Möglichkeit fruchtbarer Verbindungen zwischen unterschiedlichen Arten verneint. Aber der offiziellen Wissenschaft fehlt häufig die Demut.

Wie oft hat man es denn versucht? Nicht mehr als einige dutzendmal. Und hat man es denn mit all den ungezählten möglichen Paaren versucht? Gewiß nicht. Da ich keine Veranlassung habe, zu bezweifeln, was Trachys mir von sich selbst erzählt hat, muß ich die Skeptiker auffordern zu bedenken, daß es mehr Dinge gibt zwischen Himmel und Erde, als unsere Schulweisheit sich träumen läßt.

Er hatte meistens in der Einsamkeit gelebt und war sich selbst überlassen, wie es im allgemeinen das Los von seinesgleichen ist. Er pflegte im Freien zu schlafen, auf seinen vier Beinen stehend, das Haupt auf die Arme und diese auf einen niedrigen Ast oder auf einen Fels gestützt. Er weidete auf den Wiesen und Steppen der Insel, oder er brach sich Früchte von den Zweigen; an warmen Tagen stieg er hinab zu irgendeinem entlegenen Strand, und hier badete und schwamm er nach Pferdeart mit aufrechtem Oberkörper und erhobenem Haupt, danach galoppierte er lange dahin und zeichnete mit seinen Hufen ungestüm den feuchten Sand.

Doch vor allem andern und zu jeder Jahreszeit widmete er sich der Nahrungsaufnahme: ja, bei sämtlichen Streifzügen, die Trachys in der Kraft seiner Jugend über die Steilhänge und durch die engen, unfruchtbaren Täler seiner Heimatinsel unternahm, trug er, einem vorsorgenden Instinkt seiner Art folgend, unter den Achseln stets große Büschel von Gras oder belaubten Zweigen, die er sich in den Ruhepausen abgerupft hatte.

Es sei hier daran erinnert, daß die Zentauren, obwohl sie ihrer Natur nach vornehmlich Pferde sind und daher eine strikt vegetarische Diät einhalten müssen, doch einen menschlichen Kopf und Oberkörper haben: diese Beschaffenheit zwingt sie, sich mit ihrem kleinen Menschenmund die riesige Menge Gras, Heu oder Hafer einzuverleiben, die zur Ernährung ihres mächtigen Körpers vonnöten ist. Überdies müssen sie dieses bekanntermaßen wenig nahrhafte Futter sehr lange kauen, da das menschliche Gebiß sich schlecht zur Zerkleinerung solcher Stoffe eignet.

Kurz und gut, die Nahrungsaufnahme der Zentauren ist ein mühseliges Geschäft: der physischen Notwendigkeit gehorchend müssen sie drei Viertel ihrer Zeit kauend verbringen. Was diese Tatsache betrifft, fehlt es nicht an zuverlässigen Quellen: vor allem sei hier Ukalegon aus Samos genannt (*Dig. Phil.* XXIV, 11–8 und XLIII *passim*); er führt die sprichwörtliche Weisheit der Zentauren auf ebendiese Ernährungsweise zurück, die von Sonnenaufgang bis Sonnenuntergang aus einer einzigen ununterbrochenen Mahlzeit besteht; diese Tätigkeit, so meint er, halte sie ab von üblen und eitlen Regungen wie Habgier oder böse Nachrede und trage zu ihrem gewohnten Maßhalten bei. Das war auch Beda bekannt, der in der *Historia Ecclesiastica Gentis Anglorum* darauf hinweist.

Es ist reichlich sonderbar, daß die mythologische Überlieferung diese Eigenart der Zentauren vernachlässigt hat. Immerhin basiert der Wahrheitsgehalt dieser Tatsache auf verläßlichen Zeugnissen, und schließlich kann sie, wie wir bewiesen haben, mit Hilfe einfacher naturphilosophischer Erwägungen deduziert werden.

Doch kehren wir zu Trachys zurück. Seine Ausbildung war, wenn man unsere Maßstäbe anlegt, sonderbar einseitig. Griechisch hatte er von den Hirten der Insel gelernt, deren Gesellschaft er zuweilen suchte, obwohl er von Natur zurückhaltend und schweigsam war. Darüber hinaus hatte er aus eigener Erfahrung viele subtile und intime Kenntnisse über Gräser gesammelt, über Pflanzen und Tiere des Waldes, Gewässer, Wolken, Sterne und Planeten; ich selbst machte die Beobachtung, daß er auch nach der Gefangennahme und unter fremdem Himmel das Herannahen eines Sturmes oder Schneetreibens stundenlang vorausahnte. Desgleichen hörte er – ich vermag nicht zu sagen, wie, und er selbst wußte es auch nicht – das Keimen des Getreides auf den Feldern und das Fließen der unterirdischen Wasseradern und spürte, wie sich die Wildbäche bei Hochwasser in die Ufer fraßen. Als die Kuh von De Simone, zweihundert Meter von uns entfernt, ein Kalb zur Welt brachte, sagte er, daß er es wie eine Ahnung an seinem Leibe wahrgenommen habe, desgleichen, als die Tochter des Halbpächters niederkam. Ja, in einer Frühlingsnacht bedeutete er mir, daß eine Geburt im Gange sein müsse, und zwar in einem Winkel des Heubodens; wir gingen hin und fanden eine Fledermaus, die gerade sieben blinde kleine Ungeheuer geworfen hatte und sie mit ihren winzigen Zitzen säugte.

Das ist die Fähigkeit aller Zentauren, sagte er mir, daß sie jedwedes Sprießen, ob bei Tier, Mensch oder Pflanze, wie ein Aufwallen von Heiterkeit in ihrem Blute spüren. Auch jedes Begehren und jede Liebesumarmung in ihrer Nähe empfinden sie in der Herzgrube wie eine Unruhe und wie eine bebende Spannung, darum werden sie, obgleich für gewöhnlich enthaltsam, in Zeiten der Liebe von heftiger Unrast gepackt.

Wir lebten lange Zeit zusammen; in gewissem Sinn kann ich behaupten, daß wir miteinander aufgewachsen sind. Trotz seines Alters war er in Wirklichkeit in allen seinen Regungen und Taten noch ein junges Geschöpf, und er lernte mit so rascher Auffassungsgabe, daß es uns unnötig (und nicht nur unschicklich) erschien, ihn zur Schule zu schicken. Ich selbst war sein Lehrmeister, fast unbewußt und ungewollt, und übermittelte ihm tagaus, tagein, was ich von meinen Lehrern hörte.

Soweit wie möglich hielten wir ihn verborgen, teils auf seinen ausdrücklichen Wunsch hin, teils wegen der besitzergreifenden und eifersüchtigen Zuneigung, die wir alle für ihn hegten, und schließlich auch, weil Vernunft und Gefühl uns rieten, ihm jede unnötige Berührung mit unserer Menschenwelt zu ersparen.

Natürlich war in der Nachbarschaft durchgesickert, daß er bei uns lebte; anfangs stellte man viele, auch indiskrete Fragen, dann aber ließ die allgemeine Neugier nach, wie es meistens der Fall ist, wenn sie keine Nahrung findet. Nur wenige vertraute Freunde wurden zu ihm gelassen, an erster Stelle die Familie De Simone, mit der er bald ebenfalls Freundschaft schloß. Nur einmal, als ein Bremsenstich einen schmerzhaften eitrigen Abszeß an seiner Kruppe hervorgerufen hatte, mußten wir einen Tierarzt holen, der aber war ein verschwiegener und verständnisvoller Mann und versicherte uns, das Berufsgeheimnis aufs strengste zu wahren, was meines Wissens auch geschah.

Anders verhielt es sich mit dem Hufschmied. Leider sind Hufschmiede heutzutage äußerst selten: zwei Wegstunden entfernt trieben wir einen auf, aber das war ein dummer und brutaler Tölpel. Mein Vater bemühte sich vergeblich, ihn zu einer gewissen Zurückhaltung zu bewegen, unter anderm, indem er ihm für seine Dienste das Zehnfache des angemessenen Lohnes zahlte. Aber alles war umsonst: allsonntäglich prahlte er in der Wirtschaft vor sämtlichen Dorfbewohnern mit seinem sonderbaren Kunden. Zum Glück war er dem Wein ergeben und schwatzte stets unsinniges Zeug, wenn er betrunken war. Darum fand er nur wenig Glauben.

Es fällt mir schwer, diese Geschichte zu Papier zu bringen. Es ist eine Geschichte meiner Jugend, und während ich sie schreibe, habe ich das Empfinden, als stieße ich sie von mir und würde dadurch etwas Starkes und Reines verlieren.

Wieder einmal war es Sommer geworden, und Teresa De Simone, meine Altersgenossin und Kindheitsgespielin, kehrte zu ihren Eltern zurück. Sie hatte in der Stadt die Schule besucht, seit Jahren hatte ich sie nicht mehr gesehen; ich fand sie verändert, und diese Veränderung verwirrte mich. Vielleicht verliebte ich mich in sie, doch unbewußt: ich meine, ohne dieses Verliebtsein oder auch nur dessen Möglichkeit zur Kenntnis zu nehmen. Teresa war recht niedlich anzusehen, schüchtern, ruhig und von ausgeglichener Gemütsart.

Wie ich schon erwähnte, gehörten die De Simone zu den wenigen Nachbarn, mit denen wir regen Umgang pflegten. Sie kannten Trachys und mochten ihn gern.

Nach Teresas Rückkehr verbrachten wir drei einen langen Abend zusammen. Es war einer jener seltenen Abende, die man nicht vergißt: ein durchdringender Duft nach Heu, Mondschein, Grillenzirpen, laue Luft, Windstille. Aus der Ferne hörte man Lieder, und auf einmal begann auch Trachys zu singen, wie träumend, ohne uns anzusehen. Es war ein langes Lied mit einem stolzen und erhabenen Rhythmus und Worten, die ich nicht verstand. Ein griechisches Lied, sagte Trachys; doch als wir ihn baten, es uns zu übersetzen, wandte er das Haupt ab und schwieg.

Eine lange Zeit blieben wir alle stumm, dann verabschiedete sich Teresa. Am nächsten Morgen nahm Trachys mich beiseite und sprach: »Meine Stunde ist gekommen, Teuerster: ich habe mich verliebt. Jenes Weib ist in mich eingegangen und hat mich in Besitz genommen. Ich sehne mich danach, sie zu sehen und zu hören, vielleicht auch sie zu berühren, nichts weiter; ich sehne mich nach etwas, das es für mich nicht geben kann. Ich kenne nur noch eines, in mir ist nur noch dieses Verlangen. Ich verändere mich, ich habe mich schon verändert, ich bin ein anderer geworden.«

Noch manches vertraute er mir an, was ich nur zaudernd wiedergebe, denn ich fühle, daß ich kaum die richtigen Worte finden werde. Daß er seit gestern abend aufgewühlt sei wie ein »Schlachtfeld«, daß er die Taten seiner wilden Ahnen Nessos und Pholos begreife, wie er sie noch nie begriffen habe, daß seine ganze menschliche Hälfte von Träumen erfüllt sei, von hochherzigen, freundlichen, nichtigen Phantastereien, daß es ihn dränge, tollkühne Taten zu vollbringen, daß er mit seiner Armeskraft der Gerechtigkeit zum Siege verhelfen wolle, mit seinem Ungestüm die dichtesten Wälder durchbrechen, bis ans Ende der Welt stürmen, neue Länder entdecken und erobern und dortselbst nützliche Kulturtaten vollbringen wolle. Daß er all diese Dinge, er wußte nicht wie, vor Teresa De Simones Augen hätte vollbringen mögen, daß er sie um ihretwillen tun, sie ihr hätte weihen wollen. Daß er aber die Nichtigkeit dieser seiner Träume im nämlichen Augenblick erkannt habe, da er sie träumte, und daß dies der Inhalt des Liedes von gestern nacht gewesen sei, eines Liedes, das er in seiner fernen Jugend in Lemnos gelernt und bis zu diesem Augenblick nie begriffen und nie gesungen habe.

In den folgenden Wochen geschah nichts; wir sahen die Familie De Simone hie und da, doch nichts in Trachys' Benehmen hätte auf den Sturm in seinem Innern schließen lassen. Ich war es, und kein anderer, der den Ausbruch hervorrief.

An einem Oktoberabend war Trachys beim Hufschmied. Ich traf Teresa, und wir machten zusammen einen Spaziergang in den Wald. Von wem sprachen wir wohl, wenn nicht von Trachys? Ich verriet nicht, was mein Freund mir anvertraut hatte, aber ich tat Schlimmeres.

Ich bemerkte sehr bald, daß Teresa nicht so schüchtern war, wie es den Anschein hatte: wie zufällig wählte sie einen Weg, der ins dunkelste Waldesinnere führte; es war ein Weg, der bald aufhörte, das wußte ich, und ich wußte auch, daß Teresa es wußte. An der Stelle, wo der Weg sich verlor, setzte sie sich ins trockne Laub, und ich folgte ihrem Beispiel. Vom Kirchturm im Tal schlug es sieben Uhr, und sie drängte sich in einer Weise an mich, die mir jeden Zweifel nahm. Als wir nach Hause kamen, war es Nacht, aber Trachys war noch nicht zurückgekommen.

Mir war von Anfang an, vom Augenblick der Tat, bewußt gewesen, daß ich schändlich gehandelt hatte, und heute noch tut es mir leid. Aber ich weiß auch, daß weder mich noch Teresa die ganze Schuld trifft. Trachys war zwischen uns: wir waren gefangen in seiner Ausstrahlung, bewegten uns in seinem Kraftfeld. Ich weiß das, weil ich mit eigenen Augen gesehen habe, daß die Blumen vorzeitig erblühten und ihr Blütenstaub im Luftsog seines Laufes emporstieg, wo immer er vorüberkam.

Trachys kam nie wieder zurück. Das Ende seiner Geschichte konnten wir uns in den folgenden Tagen mühsam aufgrund von Zeugenaussagen und bestimmten Spuren zusammenreimen.

Nach einer Nacht, die wir alle in banger Erwartung verbrachten und ich in geheimer Qual, machte ich mich auf die Suche und ging selbst hinab zum Hufschmied. Ich traf ihn nicht zu Hause an: er lag mit zerschmettertem Kopf im Krankenhaus und war unfähig zu sprechen. Doch begegnete ich seinem Gesellen. Der erzählte mir, daß Trachys gegen sechs gekommen sei, um sich die Hufe beschlagen zu lassen. Er sei schweigsam und traurig, aber sanftmütig gewesen. Er habe sich wie üblich ohne jedes Zeichen der Ungeduld anketten lassen. (So war's der Brauch dieses groben Hufschmieds: er hatte vor einigen Jahren durch ein scheuendes Pferd einen Unfall gehabt, und wir hatten ihn vergeblich zu überzeugen versucht, daß derartige Vorsichtsmaßnahmen bei Trachys völlig unsinnig seien.) Drei Hufe seien bereits frisch beschlagen gewesen, da habe ihn plötzlich ein langer und heftiger Schauer überlaufen. Der Hufschmied habe ihn mit derben Zurufen bedacht, wie man sie bei Pferden gebraucht, und da Trachys immer unruhiger geworden sei, habe er ihn schließlich mit der Peitsche geschlagen.

Es habe ausgesehen, als ob Trachys sich beruhigt habe, »aber er rollte die Augen wie wahnsinnig, und es war, als hörte er Stimmen«. Auf einmal habe er mit wütendem Ruck die Ketten aus den Verankerungen in der Wand gerissen, eine der Ketten sei gegen den Kopf des Hufschmieds geschlagen, der ohnmächtig zu Boden gefallen sei; dann habe Trachys, den Kopf mit den gekreuzten Armen schützend, sich mit voller Wucht und mit dem Kopf voraus gegen die Tür geworfen und sei im Galopp hügelan gestürmt, während die vier noch an seinen Beinen hängenden Ketten hin und her geschleudert worden seien und ihn mehrmals verletzt haben müßten.

»Um wieviel Uhr ist das geschehen?« fragte ich, von böser Ahnung gepeinigt.

Der Geselle stockte: Es sei noch nicht Nacht gewesen, genau könne er sich nicht erinnern. Aber doch, jetzt wisse er's wieder: kurz ehe er sich losgerissen habe, habe es vom Glockenturm die Stunde geschlagen, und sein Meister habe im Dialekt zu ihm gesagt, damit Trachys es nicht verstünde: »Schon sieben! Wenn alle so eigen wären wie der hier . . .«

Sieben Uhr!

Ich hatte leider keine Mühe, den Weg des toll gewordenen Trachys zu verfolgen: obwohl niemand ihn gesehen hatte, fand ich auffällige Blutspuren und Abschürfungen von den Ketten an

Baumrinden und Steinblöcken längs der Straße. Er hatte nicht die Richtung nach Hause eingeschlagen, auch nicht die zur Meierei De Simone; mit einem Satz hatte er den zwei Meter hohen Zaun übersprungen, der das Anwesen der Chiapasso umschließt, und war dann quer durch die Weingärten gestürmt, wobei er sich in blinder Wut eine gerade Schneise durch die Reihen gebahnt hatte, Rebstöcke und Stützen hatte er niedergestampft und die starken Eisendrähte eingerissen, mit denen die Reben gehalten werden.

Im Hof angekommen, hatte er die Stalltür von außen verriegelt vorgefunden. Nun hätte er sie ja ohne weiteres mit der Hand öffnen können, aber er hatte einen alten, zentnerschweren Mühlstein aufgehoben und ihn gegen die Tür geworfen, so daß sie zerbarst. Im Stall waren nur die sechs Kühe, ein Kalb, Hühner und Kaninchen. Trachys hatte augenblicklich kehrtgemacht und war wieder in wildem Galopp zum Gut des Barons Caglieris gerannt.

Dieses Gut liegt über sechs Kilometer entfernt, auf der andern Seite des Tals, doch Trachys war in wenigen Minuten dort angelangt. Er suchte den Pferdestall; er fand ihn nicht sogleich, sondern erst, nachdem er mit Tritten und Schulterstößen mehrere Türen eingeschlagen hatte. Was er dann im Pferdestall getrieben hatte, erfuhren wir von einem Augenzeugen, einem Stallknecht, der beim Bersten der eingeschlagenen Tür gescheit genug war, sich im Heu zu verstecken, und alles mit angesehen hatte.

Einen Augenblick hatte er keuchend und blutend auf der Schwelle verharrt. Die Pferde waren unruhig geworden, hatten sich auf die Mäuler gebissen und am Halfter gerissen. Dann hatte Trachys sich auf eine dreijährige Schimmelstute gestürzt, mit einem Schlag die dünne Kette zerfetzt, mit der sie an der Krippe angebunden gewesen war, und hatte sie an ebendieser Kette ins Freie gezerrt. Die Stute hatte keinerlei Widerstand geleistet, was sonderbar gewesen sei, wie mir der Stallknecht sagte, denn sie sei ziemlich scheu und widerspenstig und auch nicht rossig gewesen.

Zusammen seien die beiden bis zum Wildbach galoppiert, hier hatte man Trachys stehen, mit den Händen Wasser schöpfen und wiederholt trinken sehen. Dann waren sie Seite an Seite bis zum Wald weitergaloppiert. Ja, ich habe ihre Spuren verfolgt: bis in den Wald hinein, bis auf den Pfad, bis in jenes Gebüsch, wohin Teresa mich geführt hatte.

Und genau an dieser Stelle muß Trachys, die ganze Nacht hindurch, seine gigantische Hochzeit gefeiert haben. Das Erdreich dort war zerstampft, und ich fand zerbrochene Zweige, weiße und dunkle Pferdehaare, Menschenhaar und wiederum Blut. Nicht weit von dem Platz entfernt, durch ihr schweres Keuchen aufmerksam geworden, entdeckte ich die Stute. Sie lag am Boden, auf einer Seite, und rang nach Luft, das edle Fell war von Erde und Gras verschmutzt. Als ich näher trat, hob sie nur mühsam den Kopf und folgte mir mit dem erschreckenden Blick scheu gewordener Pferde. Verletzt war sie nicht, nur erschöpft. Nach elf Monaten warf sie ein Fohlen: ein ganz normales Tier, wie mir berichtet wurde.

Hier verlieren sich Trachys' Spuren. Aber vielleicht wird sich noch der eine oder andere daran erinnern, daß in den darauffolgenden Tagen eine Pressenotiz über eine merkwürdige Serie von Viehdiebstählen erschien, die alle auf die gleiche Weise verübt wurden: die Stalltür war eingeschlagen, das Halfter abgebunden oder zerrissen, das Tier (immer eine Stute und immer nur eine einzige) wurde in einen nahe gelegenen Wald verschleppt, wo sie hernach völlig erschöpft wiederaufgefunden wurde. Nur einmal schien der Entführer auf Widerstand gestoßen zu sein: seine Zufallsgefährtin für jene Nacht wurde mit gebrochenem Genick sterbend aufgefunden.

Es ereigneten sich sechs solcher Vorfälle, und sie wurden von den verschiedensten Punkten der Halbinsel gemeldet, von Norden nach Süden fortschreitend. In Voghera, in Lucca, am Bracciano-See, in Sulmona, in Cerignola. Das letztemal geschah es in der Umgebung von Lecce. Dann hörte man nichts mehr darüber; aber vielleicht gehört in diesen Zusammenhang eine eigenartige Zeitungsmeldung, die von der Mannschaft eines apulischen Fischkutters stammt: sie hatten vor der Küste von Korfu »einen Mann gesehen, der auf dem Rücken eines Delphins ritt«. Die sonderbare Erscheinung schwamm mit machtvollen Stößen gen Osten; als die Fischer gerufen hätten, sei der Mann mitsamt der grauen Kruppe untergetaucht und hinfort nicht mehr gesichtet worden.

DER SECHSTE TAG

Dramatis personae:
AHRIMAN
ORMUZD
SEKRETÄR
ANATOMISCHER BERATER
ÖKONOM
MINISTER FÜR GEWÄSSER
PSYCHOLOGISCHER BERATER
THERMODYNAMISCHER BERATER
BOTE
CHEMISCHER BERATER
MECHANISCHER BERATER

Wenn möglich, eine weite und tiefe Bühne. Ein sehr massiver, rohgezimmerter Tisch; aus Steinblöcken gehauene Sitze. Eine riesige Uhr mit langsamem und lautem Pendelschlag; das Zifferblatt zeigt statt der Stunden Hieroglyphen, algebraische Symbole, Tierkreiszeichen. Im Hintergrund eine Tür.

AHRIMAN *(hält einen geöffneten, mit vielen Siegeln versehenen Brief in der Hand; fährt augenscheinlich in einer bereits begonnenen Rede fort)*: Meine verehrten Herren, es geht also darum, unsere langwährende Arbeit ihrem Ende, ja, ich möchte sagen, ihrer Krönung zuzuführen. Wie ich die Ehre hatte, Ihnen darzutun, ist die Direktion, wenngleich mit geringen Einschränkungen und unter dem Vorbehalt, einige unwesentliche Änderungen an unserm Projekt vorzunehmen, grundsätzlich mit der von uns begründeten Organisation und deren jetziger Handhabung zufrieden. Besonderes Lob fand die elegante und zweckmäßige Lösung des Problems der Sauerstoffregeneration *(deutet auf den thermodynamischen Berater, der sich dankend verneigt)*; das vom chemischen Berater *(Gesten wie oben)* vorgeschlagene und praktizierte ausgezeichnete Verfahren zur Schließung des Stickstoffzyklus; und auf anderm, nicht minder wichtigem Gebiet die Perfektionierung des Flatterfluges, weshalb ich mich glücklich

schätze, dem mechanischen Berater *(Gesten wie oben)* die hohe Anerkennung der Direktion zugleich mit dem Auftrag zu übermitteln, die Auszeichnung sowohl an den Sachwalter der Vögel als auch an den der Insekten weiterzugeben, die ihn dabei unterstützt haben. Schließlich muß ich noch Eifer und Sachkenntnis der Belegschaft lobend erwähnen, die bewirkt haben, daß sich, obgleich von langer Fabrikationserfahrung keine Rede sein kann, sowohl Abfall als auch bei der Prüfung nicht abgenommene Exemplare und Produktionsausschuß in durchaus erträglichen Grenzen hielten.
In der heutigen Mitteilung *(zeigt den Brief)* drängt die Direktion noch einmal besonders darauf, daß die Projektierungsarbeiten zum Vorhaben Mensch schnellstens zu Ende geführt werden. Um den obrigkeitlichen Verfügungen in bestmöglicher Weise nachzukommen, erscheint es also angezeigt, daß wir uns eingehend mit den Details des Projektes befassen.

ORMUZD *(wirkt traurig und bescheiden. Während Ahrimans Ansprache hat er mehrmals Zeichen von Unruhe und Mißfallen geäußert; verschiedentlich wollte er das Wort ergreifen, setzte sich dann aber, als getraute er sich nicht, immer wieder hin. Er spricht mit schüchterner Stimme, schleppend und mit Unterbrechungen, als hätte er Mühe, die passenden Worte zu finden)*: Ich möchte an meinen verehrten Kollegen und Bruder die Bitte richten, die seinerzeit vom Exekutivrat der Direktion genehmigte Entschließung zum Vorhaben Mensch verlesen zu lassen. Es ist schon einige Zeit seither vergangen, und ich fürchte, daß manche der Beteiligten sie nicht mehr gegenwärtig haben.

AHRIMAN *(sichtlich unangenehm berührt: sieht demonstrativ auf seine Armbanduhr, dann auf die große Uhr)*: Kollege Sekretär, suchen Sie bitte in den Akten die Entschließung Mensch, letzte Fassung. Ich erinnere mich nicht mehr genau an das Datum, aber sie müßte etwa in der Periode der ersten Abnahmeberichte über die Plazentalier abgelegt sein. Ich darf Sie zur Eile mahnen. Die vierte Eiszeit steht unmittelbar bevor, und ich möchte nicht, daß alles noch einmal vertagt werden muß.

SEKRETÄR *(der in der Zwischenzeit die Entschließung gesucht und in einer dicken Akte gefunden hat, liest mit amtlicher Stimme)*: »Der Exekutivrat der Direktion, davon überzeugt, daß *(unverständliches Gemurmel)* ... in Anbetracht ... *(wie oben)* in der Absicht ... *(wie oben)* ... in Übereinstimmung mit den höheren Interessen ...

(wie oben) erachtet es für zweckmäßig, eine Tiergattung zu projektieren und zu konstruieren, die sich in folgenden Punkten von den bisher realisierten unterscheidet:

a) besondere Befähigung zur Schaffung und Nutzung von Werkzeugen;
b) die Fähigkeit, sich artikuliert auszudrücken, etwa durch Zeichen, Laute oder jedwedes andere Mittel, das die Herren Techniker für zweckdienlich erachten;
c) Lebensfähigkeit unter extremen Betriebsbedingungen;
d) eine gewisse, durch Experimente auf ihren optimalen Wert zu bringende Tendenz zum Gemeinschaftsleben.

Die Herren Techniker und die zuständigen Büros erhalten die Auflage, das obengenannte Problem, das Dringlichkeitscharakter besitzt, mit Vorrang zu behandeln, und es wird der Erwartung Ausdruck verliehen, daß es einer baldigen und brillanten Lösung zugeführt wird.«

Ormuzd *(springt unvermittelt auf und spricht mit der Hast der Schüchternen)*: Ich habe nie ein Geheimnis daraus gemacht, daß ich grundsätzlich gegen die Erschaffung des sogenannten Menschen bin. Schon in der Periode, in der die Direktion nicht ohne Leichtfertigkeit *(Murmeln. Ormuzd holt tief Atem, zögert, fährt dann aber fort)* die erste Fassung der soeben verlesenen Entschließung formulierte, habe ich auf die Gefahren verwiesen, die mit der Eingliederung des sogenannten Menschen in das zur Zeit bestehende planetarische Gleichgewicht verbunden wären. Da ich die Bedeutung kenne, welche die Direktion aus nur allzu durchsichtigen Motiven dem in Frage stehenden Problem beimißt, sowie die sprichwörtliche Hartnäckigkeit *(Murmeln, Kommentare)* besagter Direktion, ist mir natürlich bewußt, daß es jetzt zu spät ist, die Zurückziehung der Entschließung durchzusetzen. Ich werde mich also darauf beschränken, von Fall zu Fall und lediglich in beratender Funktion alle die Änderungen und Abschwächungen für das ehrgeizige Programm des Rates zu beantragen, die meiner Meinung nach die Verwirklichung des Projektes ohne einschneidende kurz- oder langfristige Schockwirkungen gestatten könnten.

Ahriman: Schon gut, schon gut, verehrter Herr Kollege. Ihre Vorbehalte sind ebenso bekannt wie Ihre persönliche Skepsis und Ihr Pessimismus und schließlich auch Ihr interessanter Bericht über das zweifelhafte Resultat vergleichbarer Experimente, die Sie selbst in verschiedenen Epochen und auf anderen Planeten in einem Stadium durchgeführt haben, in dem wir alle noch freiere Hand hatten. Unter uns gesagt, mußten selbst die Hühner lachen über diese Ihre Bemühungen um Supertiere, nichts als Vernunft und Ausgeglichenheit und schon im Eizustand erfüllt mit Geometrie, Musik und Weisheit. Sie rochen nach Antiseptica und anorganischer Chemie. Wer auch immer einige Erfahrung mit den Dingen dieser und im übrigen auch jedweder anderen Welt gehabt hätte, dem wäre schon intuitiv klargeworden, wie unvereinbar sie mit ihrer Umgebung gewesen wären, einer Umgebung, die zwangsläufig blühend und verrottet zugleich ist, ein konfuses, stets veränderliches Gewimmel.

Ich erlaube mir, Ihnen nochmals ins Gedächtnis zu rufen, daß die Direktion gerade aufgrund dieser Mißerfolge jetzt darauf besteht und darauf drängt, daß dieses nunmehr nicht mehr neue Problem endlich mit Ernst und Sachkenntnis, *(wiederholt absichtlich)* mit Ernst und Sachkenntnis angepackt wird; daß endlich der erwartete Gast das Licht der Welt erblickt, *(lyrisch)* der Herrscher, der weiß, was gut und böse ist; derjenige also, den der Exekutivrat der Direktion feinsinnig als das nach dem Bilde und Gleichnis seines Schöpfers geschaffene Wesen bezeichnet hat. *(gedämpfter, offizieller Applaus)*

An die Arbeit also, meine Herren! Und erlauben Sie mir, nochmals darauf hinzuweisen, daß die Zeit drängt.

Anatomischer Berater: Ich bitte um das Wort.

Ahriman: Das Wort hat der Herr Kollege, der anatomische Berater.

Anatomischer Berater: Zur Problemstellung will ich nur einige wenige Bemerkungen machen, zu denen ich mich durch meine besondere Zuständigkeit verpflichtet fühle. Zunächst wäre es unlogisch, wieder bei Null zu beginnen und die gesamte bisher auf der Erde geleistete brauchbare Vorarbeit unberücksichtigt zu lassen. Wir verfügen bereits über eine einigermaßen ausbalancierte Tier- und Pflanzenwelt; daher möchte ich die Herren Kollegen Projekteure ersuchen, sich aller, an den schon realisierten Modellen gemessen, allzu gewagten Abweichungen und allzu kühner Neuerungen zu enthalten. Das Feld ist ohnehin schon zu weit gesteckt. Dürfte ich mir Indiskretionen gestatten, die fast schon das Berufsgeheimnis berühren, so könnte ich Sie lange Zeit mit zahlreichen Projekten unterhalten, die sich auf meinem Schreibtisch häufen (ganz zu schweigen von denen, die gleich im Papierkorb landen). Beachten Sie bitte, daß es sich dabei häufig um recht interessantes und originelles Material handelt: Organismen, projektiert für Temperaturen von minus 270 bis plus 300 Grad Celsius, Studien über Kolloidalsysteme in flüssigem Kohlenstoffdioxyd, über Metabolismen ohne Stickstoff oder ohne Kohlenstoff und so fort. Jemand hat mir sogar eine Serie von lebensfähigen, ausschließlich metallischen Modellen vorgeschlagen; ein anderer einen äußerst ingeniösen, beinahe vollkommen autarken, blasenförmigen Organismus, leichter als Luft, weil mit Wasserstoff gefüllt, den er vermittels eines theoretisch einwandfreien Enzymsystems aus dem Wasser bezieht, einen Organismus, der dazu geschaffen wäre, ohne nennenswerten Energieverlust mit dem Wind über die ganze Erdoberfläche zu segeln.

Ich habe auf diese Kuriositäten vor allem deshalb hingewiesen, um Ihnen einen Begriff von dem, wie ich es nennen möchte, negativen Aspekt meiner Aufgaben zu vermitteln. In manchen Fällen handelt es sich um potentiell aussichtsreiche Ideen, doch wäre es meinem Dafürhalten nach falsch, sich von der zweifellos von ihnen ausgehenden Faszination verleiten zu lassen. Mir scheint auf der Hand zu liegen, daß zumindest aus Gründen der Zeitökonomie und der Einfachheit der Ausgangspunkt des in Frage stehenden Projekts auf einem Gebiet gesucht werden muß, auf dem wir bereits die besten und dauerhaftesten Proben erhalten haben. Diesmal können wir uns keine Experimente, Wiederholungen und Korrekturen mehr leisten: als abschreckendes Beispiel diene uns der katastrophale Mißerfolg mit den Riesensauriern, die zwar auf dem Papier so vielversprechend aussahen, sich aber kaum von den traditionellen Schemata entfernten. Das Pflanzenreich kann ich hier aus hinreichend bekannten Gründen übergehen, und daher empfehle ich der Aufmerksamkeit unserer Projekteure die Säugetiere und die Gliederfüßer *(anhaltendes Gemurmel, Kommentare)*; ich will Ihnen auch nicht verhehlen, daß ich letzteren den Vorzug gebe.

ÖKONOM: Meiner Pflicht und Gewohnheit folgend möchte ich an dieser Stelle unaufgefordert intervenieren. Herr Kollege Anatom, sagen Sie mir doch bitte, welche Dimensionen Ihrer Ansicht nach der geplante Mensch haben müßte.

ANATOMISCHER BERATER *(von der Frage überrascht)*: Ja ... nun ... *(rechnet halblaut, notiert Zahlen und macht Skizzen auf ein vor ihm liegendes Blatt Papier)* sehen wir einmal ... von zirka sechzig Zentimetern bis zu zirka fünfzehn oder zwanzig Metern linear. Wenn es sich mit dem Einheitspreis und den Anforderungen der Fortbewegung vereinbaren läßt, würde ich für die größtmöglichen Dimensionen plädieren, sie scheinen mir wegen der unvermeidlichen Auseinandersetzung mit anderen Arten mehr Erfolg zu versprechen.

ÖKONOM: Bei Ihrer Vorliebe für Gliederfüßer haben Sie demnach einen etwa zwanzig Meter langen Menschen mit einem äußeren Traggerüst im Sinn?

ANATOMISCHER BERATER: Sehr richtig. Ich erlaube mir, Sie in aller Bescheidenheit auf die Eleganz dieser Neuerung zu verweisen. Ein äußeres Traggerüst erfüllt in einer einzigen Struktur alle Anforderungen der Abstützung, Fortbewegung und Verteidigung; die Wachstumsschwierigkeiten können bekanntlich ohne weiteres durch den Kunstgriff der Häutung umgangen werden, die kürzlich von mir zur vollen Einsatzfähigkeit entwickelt worden ist. Die Einführung des Chitins als Baustoff ...

ÖKONOM *(eiskalt)*: Ist Ihnen der Preis des Chitins bekannt?

ANATOMISCHER BERATER: Nein, aber auf jeden Fall ...

ÖKONOM: Genug. Ich bin im Besitz ausreichender Unterlagen, um mich Ihrem Vorschlag eines arthropodischen Menschen von zwanzig Meter Länge kategorisch zu widersetzen. Ja, wenn ich es mir genau überlege, nicht einmal von fünf und nicht einmal von einem Meter. Wenn Sie ihn zum Gliederfüßer machen wollen, ist das Ihre Angelegenheit; wenn er aber größer wird als ein Hirschkäfer, lehne ich jede Verantwortung ab, und Sie können sich dann selbst mit dem Budget auseinandersetzen.

AHRIMAN: Herr Kollege Anatom, die Meinung des Herrn Ökonomen ist leider unanfechtbar (abgesehen davon, daß ich sie für durchaus gerechtfertigt halte). Im übrigen denke ich, daß der Typ der Wirbeltiere, wenn wir die von Ihnen eingangs erwähnten Säugetiere beiseite lassen, noch andere interessante Möglichkeiten bietet, etwa bei den Reptilien, bei den Vögeln, bei den Fischen ...

MINISTER FÜR GEWÄSSER *(ein kleiner, munterer Alter mit blauem Bart, in der Hand einen kleinen Dreizack)*: Na endlich, jetzt ist das Stichwort gefallen. Meinem Dafürhalten nach ist es ein Skandal, daß die aquatische Lösung in diesem Saal überhaupt noch keine Erwähnung gefunden hat. Freilich ist es ja auch ein zum Verzweifeln trockener Saal: Stein, Zement, Holz, nicht eine Lache, was sage ich, nicht mal ein Wasserhahn. Zum Koagulieren! Und doch ist jedermann bekannt, daß drei Viertel der Erdoberfläche von Wasser bedeckt sind; zudem ist das aufgetauchte Land eine Oberfläche mit nur zwei Dimensionen, zwei Koordinaten, vier Kardinalpunkten, während der Ozean, meine Herren, der Ozean ...

AHRIMAN: Ich hätte keine grundsätzlichen Bedenken gegen einen ganz oder partiell aquatischen Menschen; doch Absatz a) der Entschließung Mensch spricht von Werkzeugen, und ich frage mich, aus welchem Material ein auf dem Wasser treibender oder subaquatischer Mensch sich solche Werkzeuge herstellen könnte.

MINISTER FÜR GEWÄSSER: Ich sehe da keine Schwierigkeiten. Einem aquatischen Menschen, besonders einem, der an den Küsten heimisch wäre, stünden die Gehäuse der Mollusken zur Verfügung sowie Knochen und Zähne jeder Art, verschiedene Minerale, von denen viele leicht zu bearbeiten sind, und obendrein zähfasrige Algen; was das betrifft, würde übrigens ein Wörtchen von mir an meinen Freund, den Chef der Vegetation, genügen, und wir hätten innerhalb einiger tausend Generationen jedes beliebige Material im Überfluß zur Verfügung, das etwa dem Holz ähnlich wäre oder dem Hanf oder dem Kork; wir müßten ihm nur die Charakteristika mitteilen: selbstredend im Rahmen der Vernunft und des heutigen Standes der Technik.

PSYCHOLOGISCHER BERATER *(als »Marsbewohner« ausgestattet, mit Helm, riesiger Brille, Antennen, Kabeln und so weiter)*: Meine Herren, wir, das heißt Sie, befinden sich auf dem Irrweg. Soeben hörte ich mit größter Unbefangenheit von einem Küstenmenschen reden, ohne daß auch nur einer von Ihnen aufgestanden wäre, um auf die äußerst prekären Lebensbedingungen hinzuweisen, denen die zwischen Erde und Wasser heimischen und den Nachstellungen beider Elemente ausgelieferten Geschöpfe unterworfen sind. Man denke nur an das Elend der Robben! Doch gibt es noch ein ganz anderes Problem: mir scheint außer Zweifel zu stehen, daß der Mensch in mindestens drei der vier Paragraphen der Direktions-Entschließung stillschweigend als vernunftbegabtes Wesen vorausgesetzt wird.

Minister für Gewässer: Selbstverständlich! Na und? Wollen Sie etwa unterstellen, daß man unter Wasser nicht vernünftig denken kann? Was sollte ich dann dort tun, der ich meine Dienststunden fast ausschließlich unter Wasser zubringe?

Psychologischer Berater: Aber ich bitte Sie, verehrter Kollege, beruhigen Sie sich, und lassen Sie mich zu Ende reden. Nichts ist leichter, als eine ansehnliche Papierrolle mit Zeichnungen zu bedecken, im Grundriß und Querschnitt und mit allen baulichen Details eines netten Riesentiers oder auch eines winzigen Tiers, mit oder ohne Flügel, mit Krallen oder Hörnern, mit zwei oder acht oder hundertachtzig Augen, oder auch mit tausend Füßen, wie damals, als Sie mich Blut und Wasser schwitzen ließen, bis ich das Nervensystem der Tausendfüßler geordnet hatte. Dann zeichnet man einen kleinen leeren Kreis in den Kopf und schreibt mit der Buchstabenschablone daneben: »Schädelhöhle zur Unterbringung des Gehirns«, und der Chefpsychologe mag zusehen, wie er damit fertig wird. Bis jetzt bin ich noch immer damit fertig geworden, das kann wohl niemand bestreiten, aber, meine Herren, wenn überhaupt jemand für das Gebiet des aquatischen oder terrestrischen oder fliegenden Menschen zuständig ist, dann bin ich es, und ich hoffe, Sie sind sich dessen bewußt! Die Werkzeuge, die artikulierte Ausdrucksweise und das Leben in der Gemeinschaft, alles auf einen Schlag, und zwar sofort, und dann (ich möchte jede Wette darauf eingehen) wird vielleicht der eine noch immer etwas daran auszusetzen haben, weil der Orientierungssinn etwas kümmerlich ausgefallen ist, und ein anderer *(mit bedeutungsvollem Blick auf den Ökonomen)* wird protestieren, weil er pro Kilo mehr kostet als ein Maulwurf oder ein Kaiman! *(Murmeln, Beifall, einige Mißfallensäußerungen. Der psychologische Berater nimmt den Marshelm ab, um sich am Kopf zu kratzen und den Schweiß abzuwischen; dann setzt er ihn wieder auf und fährt fort)* Also, hören Sie mir genau zu, und wenn einer von Ihnen denen da oben Meldung machen will, um so besser. Von drei Möglichkeiten gibt es nur eine: entweder nimmt man mich hinfort ernst und präsentiert mir keine fix und fertig unterschriebenen Projekte mehr, oder man billigt mir eine angemessene Frist zu, um aus der Bredouille herauszukommen; anderenfalls nehme ich meinen Abschied, und dann kann der Herr Kollege Anatom in den Kopf seiner geistreichen Schöpfungen statt des leeren Kreises einen Packen Bindegewebe stopfen oder einen Reservemagen oder, besser noch, einen ordentlichen Brocken Fettdepot. Mehr habe ich nicht zu sagen.

Betretenes, schuldbewußtes Schweigen, das schließlich von Ahrimans Stimme gebrochen wird.

Ahriman: Verehrter Kollege Psychologe, ich kann Ihnen förmlich versichern, daß niemand in diesem Hohen Hause auch nur einen Augenblick daran gedacht hat, die Schwierigkeiten und die Verantwortungsfülle Ihrer Tätigkeit zu unterschätzen; im übrigen haben Sie selbst uns gelehrt, daß Kompromißlösungen eher die Regel als die Ausnahme sind, und unsere gemeinsame Aufgabe besteht darin, alles daranzusetzen, um die einzelnen Probleme im Geiste größtmöglicher Zusammenarbeit zu lösen. Was den vorliegenden Fall betrifft, so ist allen hier das außerordentliche Gewicht, das Ihrer Meinung gebührt, durchaus bewußt, und Ihre besondere Zuständigkeit ist wohlbekannt. Sie haben das Wort.

Psychologischer Berater *(augenblicklich besänftigt, holt tief Atem)*: Meine Herren, ich bin der übrigens weitgehend belegbaren Ansicht, daß man, sofern man einen Menschen zu konstruieren beabsichtigt, der den vorgeschriebenen Anforderungen entsprechen und zugleich lebenstüchtig, wirtschaftlich und in vernünftigen Grenzen haltbar sein soll, bis auf die Ursprünge zurückgehen und dieses Tier auf entschieden neuen Grundlagen aufbauen müßte.

Ahriman *(unterbricht ihn)*: Keineswegs, keineswegs, man ...

Psychologischer Berater: Schon gut, verehrter Kollege, Ihr Einwand, die Sache sei dringlich, war vorauszusehen und wurde von uns einkalkuliert. Immerhin sei mir erlaubt, meinem Bedauern darüber Ausdruck zu verleihen, daß sich äußere Kriterien ein weiteres Mal negativ auf etwas auswirken, das (selten genug!) eine interessante kleine Arbeit hätte werden können; nun ja, anscheinend ist das nun einmal das Los von uns Technikern.

Um also auf das Grundproblem zurückzukommen, so besteht für mich kein Zweifel darüber, daß der Mensch terrestrisch und nicht aquatisch angelegt werden muß. Ich will Ihnen kurz die Gründe dafür erläutern. Mir scheint offensichtlich, daß dieses

Wesen Mensch über relativ gut entwickelte geistige Fähigkeiten verfügen muß, was beim derzeitigen Stand unserer Kenntnisse nicht ohne eine entsprechende Entwicklung der Sinnesorgane realisiert werden kann. Nun stößt bei einem sich unter oder auf dem Wasser fortbewegenden Tier die Entwicklung der Sinne auf große Schwierigkeiten. Zunächst werden Geschmack und Geruch eindeutig zu einem einzigen Sinn verschmolzen, was noch das geringste Übel wäre. Aber bedenken Sie die gleichbleibenden, ich würde sagen, eintönigen Umweltbedingungen im Wasser: ich will die Zukunft nicht mit einer Hypothek belasten, aber die fähigsten bisher konstruierten Augen können optimal nur etwa zehn Meter weit im klaren Wasser und nur wenige Zentimeter im trüben Wasser sehen; also müßten wir entweder dem Menschen mangelhafte Sehorgane geben, oder sie würden durch Nichtgebrauch in wenigen tausend Jahrhunderten verkümmern. Etwa das gleiche kann man von den Ohren sagen ...

MINISTER FÜR GEWÄSSER *(unterbricht ihn)*: Wasser leitet den Schall ausgezeichnet, mein Herr! Übrigens siebenundzwanzigmal schneller als Luft!

VIELE STIMMEN: Hört! Hört!

PSYCHOLOGISCHER BERATER *(fährt fort)*: ... kann man von den Ohren sagen: nichts leichter zwar, als ein Unterwasserohr zu konstruieren, aber nichts ist komplizierter, als Töne im Wasser zu erzeugen. Ich gestehe, daß ich nicht weiß, wie ich Ihnen die physikalische Ursache erklären soll, aber das ist schließlich nicht meine Aufgabe; mögen mir doch der Herr Minister für Gewässer und der verehrte Kollege Anatom die sonderbare Tatsache der sprichwörtlichen Stummheit der Fische erklären. Mag dies ein Zeichen von Weisheit sein, jedenfalls mußte ich, wenn ich mich recht erinnere, auf meinen Inspektionsreisen bis in einen entlegenen Winkel des Karibischen Meers vordringen, um einen Fisch aufzutreiben, der Töne von sich gibt; und dabei handelt es sich noch um kaum artikulierte und alles andere als wohllautende Töne, die besagter Fisch, dessen Namen mir entfallen ist ...

STIMMEN: Der Schweinshai! Der Schweinshai!

PSYCHOLOGISCHER BERATER: ... meines Wissens absolut unwillkürlich von sich gibt in dem Augenblick, wenn er seine Schwimmblasen entleert. Und noch ein eigentümliches Detail: er taucht jedesmal auf, ehe er die Töne von sich gibt. Abschließend möchte ich mir und Ihnen die Frage vorlegen, was denn das perfektionierte Ohr des Fischmenschen hören soll außer dem Donner, wenn sich dieser Fischmensch der Oberfläche nähert, oder dem Rauschen der Brandung, wenn er sich der Küste nähert, oder dem zufälligen Grunzen seines Kollegen von der Karibik. Die Entscheidung liegt bei Ihnen: aber ich erinnere Sie daran, daß diese Kreatur, gemessen an unseren Konstruktionsmöglichkeiten, halb blind, und wenn nicht taub, so doch stumm sein würde. Was für ein Vorteil das für die ... *(nimmt die Entschließung Mensch vom Tisch und liest vor)* ... »Fähigkeit, sich artikuliert auszudrücken«, und so weiter und so fort, und weiter unten, »... Tendenz zum Gemeinschaftsleben ...« sein soll, mag jeder von Ihnen selbst ermessen.

Ahriman: Ich erlaube mir, diesen ersten fruchtbaren Gedankenaustausch zu beenden und die Schlußfolgerungen zu ziehen. Der Mensch wird demnach weder Arthropode noch Fisch sein, also muß die Entscheidung zwischen Säugetier, Reptil und Vogel getroffen werden. Wenn es mir gestattet ist, an dieser Stelle meine Meinung zu äußern, die, mehr noch als durch Vernunft, durch Gefühl und Sympathie bestimmt ist, so möchte ich die Reptilien Ihrer geschätzten Aufmerksamkeit empfehlen.

Ich möchte Ihnen nicht vorenthalten, daß unter den vielfältigen Formen und Gestalten, die dank Ihrer Kunst und Ihrer Befähigung geschaffen worden sind, keine mehr Bewunderung in mir hervorgerufen hat als die der Schlange.

Sie ist stark und listig. »Das listigste aller irdischen Geschöpfe«, so hat schon ein anderer sie bezeichnet. *(Alle stehen auf und verneigen sich)* Ihre Struktur ist außergewöhnlich einfach und elegant, und es wäre schade, wollte man sie nicht weiter perfektionieren. Sie besitzt die Fähigkeit, andere Lebewesen geschickt und unfehlbar durch Gift zu töten: ihr dürfte es nicht schwerfallen, beschlußgemäß zur Herrin der Welt zu werden: und wenn sie um sich her die Leere schaffen müßte.

Anatomischer Berater: Alles recht und schön. Ich könnte dem hinzufügen, daß Schlangen außerordentlich wirtschaftlich sind, daß sie sich für zahlreiche überaus interessante Modifizierungen eignen, daß es zum Beispiel keine Schwierigkeiten bereiten würde, den Schädel um gute vierzig Prozent zu erweitern, und so fort. Aber ich muß Sie doch darauf hinweisen, daß keines der bisher geschaffenen Reptilien in kaltem Klima existieren könnte; Paragraph c) der Entschließung würde demnach nicht erfüllt. Ich wäre dem thermodynamischen Kollegen zu Dank verpflichtet, wenn er diese meine Behauptung mit einigem Zahlenmaterial erhärten könnte.

Thermodynamischer Berater *(ganz trocken)*: Durchschnittliche Jahrestemperatur mindestens plus zehn Grad Celsius; keineswegs niedrigere Temperaturen als minus fünfzehn Grad Celsius. Damit ist alles gesagt.

Ahriman *(mit gezwungenem Lachen)*: Ich muß gestehen, daß mir diese an sich selbstverständliche Tatsache entgangen ist, und ich möchte Ihnen ein gewisses Bedauern nicht verhehlen, da ich in letzter Zeit oft die eindrucksvolle Vision einer in allen Richtungen von mächtigen, vielfarbigen Pythonschlangen durchzogenen Erdoberfläche vor Augen hatte und deren Heimstätten, die ich mir gern zwischen die Wurzeln riesiger Bäume gegraben vorstellte, mit geräumigen Kammern zum Ausruhen und zur kollektiven Meditation für Individuen, die von üppiger Mahlzeit heimkehren. Da man mir aber versichert, daß dies nicht sein kann, wollen wir dem Gedanken nicht weiter nachhängen und, weil die Auswahl nunmehr auf Säugetiere und Vögel beschränkt ist, alle Energie einsetzen, um einen raschen Entschluß zu fassen. Wie ich sehe, meldet sich unser verehrter Kollege Psychologe zu Wort. Da wohl niemand bestreiten kann, daß ein großer Teil der Verantwortlichkeit für dieses Projekt auf ihm lastet, bitte ich Sie alle, ihm aufmerksam zuzuhören.

Psychologischer Berater *(platzt dazwischen, noch ehe der andere zu Ende gesprochen hat)*: Ich habe bereits darauf hingewiesen, daß nach meinem Dafürhalten die Lösung anderswo gesucht werden müßte. Schon seit der Zeit, in der ich meine berühmte Untersuchungsreihe über die Termiten und die Ameisen veröffentlichte ... *(Zwischenrufe von verschiedenen Seiten)* ... habe ich ein nettes kleines Projekt in der Schublade ... *(die Zwischenrufe werden immer lauter)* ... einige äußerst originelle Automatismen, die eine unglaubliche Einsparung an Nervengewebe gewährleisten ...

Ein Tumult bricht aus, der nur mit größter Mühe durch Ahrimans beschwichtigende Gesten besänftigt wird.

Ahriman: Ich habe Ihnen schon einmal gesagt, daß diese Ihre Neuigkeiten uns hier nicht interessieren. Uns fehlt einfach die Zeit, ein weiteres tierisches Modell zu studieren, herauszubringen, zu entwickeln und zu erproben, und Sie sollten der erste sein, der uns dies vor Augen hielte. Aber sagen Sie, gerade was die Hautflügler betrifft, die Ihnen so sehr am Herzen liegen: Ist zwischen ihrem Prototyp und ihrer Erscheinungsform in der heutigen Morphologie nicht ein Zeitraum verstrichen, der nur mit acht- oder neunstelligen Ziffern wiedergegeben werden könnte? Ich rufe Sie also zur Ordnung, und das soll das letzte Mal gewesen sein, sonst wären wir genötigt, auf Ihre wertvolle Mitarbeit zu verzichten, um so mehr, als Ihre Kollegen vor Ihrer Amtseinführung, ohne große Ansprüche zu stellen, beispielsweise wunderbare Zölenteraten konstruiert haben, die heute noch ausgezeichnet funktionieren, nie defekt werden, sich mir nichts, dir nichts massenhaft vermehren und obendrein nur einen Pappenstiel kosten. Das waren noch Zeiten! Womit ich niemandem zu nahe treten will. Viele haben gearbeitet und wenige kritisiert, es gab viele Taten und wenige Worte, und alles, was das Werk verließ, funktionierte großartig auch ohne die komplizierten Prozeduren von euch Modernisten. Ehe heutzutage ein Projekt in Auftrag gegeben werden kann, braucht man die Gegenzeichnung des Psychologen und des Neurologen und des Histologen, eine Abnahmebescheinigung und die Befürwortung des ästhetischen Komitees in dreifacher Ausfertigung und weiß der Teufel was sonst noch alles. Und wie ich höre, ist das noch immer nicht genug, und bald wird man sage und schreibe einen Superintendenten für geistige Belange einstellen, der uns auf Vordermann bringen soll ... *(merkt, daß er zu weit gegangen ist, bricht plötzlich ab und blickt einigermaßen verlegen um sich. Dann wendet er sich wieder an den psychologischen Berater)* Also, überlegen Sie es sich, und dann sagen Sie uns klipp und klar, ob man Ihrer Meinung nach einen Vogelmenschen oder einen Säugetiermenschen entwickeln soll und worauf sich Ihre Ansicht gründet.

Psychologischer Berater *(schluckt mehrmals, kaut am Bleistift und so weiter, dann)*: Wenn nur noch diese beiden Möglichkeiten zur Diskussion stehen, würde ich dafür plädieren, daß der Mensch ein Vogel sein sollte. *(Große Unruhe, Kommentare. Alle bedeuten einander ihr Einverständnis und nicken. Zwei oder drei treffen bereits*

Anstalten, sich zu erheben, als wäre alles zu Ende) Einen Augenblick, ich muß doch sehr bitten! Ich möchte damit keineswegs sagen, daß man im Archiv nur das Projekt Sperling oder Uhu herauszusuchen, dessen Numerierung um drei oder vier Absätze zu ändern und dem Versuchszentrum zu übermitteln brauchte, damit der Prototyp in Angriff genommen werden kann! Ich bitte Sie, mir aufmerksam zuzuhören; ich will versuchen, Ihnen die wesentlichen Überlegungen zu diesem Thema kurz darzulegen (denn ich sehe, daß Sie es eilig haben). Was Punkt b) und d) der Entschließung betrifft, geht alles in Ordnung. Es gibt heute bereits eine solche Vielfalt von Singvögeln, daß man das Problem der artikulierten Sprache, zumindest vom anatomischen Gesichtspunkt aus, als gelöst betrachten kann; was man bislang von den Säugetieren nicht behaupten könnte. Ist das richtig, Herr Kollege Anatom?

ANATOMISCHER BERATER: Ganz richtig, ganz richtig.

PSYCHOLOGISCHER BERATER: Bleibt natürlich ein Gehirn zu entwickeln, das imstande wäre, sich eine Sprache auszudenken und sich ihrer zu bedienen, aber dieses Problem, das in meinen engeren Kompetenzbereich gehört, bliebe stets in etwa dasselbe, ganz gleich, für welche Gestalt des Menschen man sich entscheiden würde. Was Punkt c) »Lebensfähigkeit unter extremen Bedingungen« betrifft, so sehe ich darin kein Kriterium für die Wahl zwischen Säugetieren und Vögeln: bei beiden Klassen gibt es Gattungen, die sich ohne weiteres den unterschiedlichsten Witterungs- und Umweltbedingungen angepaßt haben. Demgegenüber ist offenkundig, daß die Fähigkeit, sich mit Hilfe von Flügeln rasch fortzubewegen, ein wichtiges Präjudiz zugunsten des Vogelmenschen darstellt, da sie Nachrichtenaustausch und Gütertransporte über Kontinente hinweg erlauben, das baldige Entstehen einer einheitlichen Sprache und einheitlichen Kultur für das gesamte Menschengeschlecht begünstigen, die vorhandenen geographischen Hindernisse beseitigen und die Errichtung willkürlicher territorialer Begrenzungen zwischen den Stämmen sinnlos machen würde. Ich brauche nicht näher auf die anderen, direkteren Vorteile einzugehen, die das Fliegen mit sich bringt, was Verteidigung und Angriff gegenüber allen anderen, dem Lande und dem Wasser verhafteten Arten betrifft sowie das sofortige Ausfindigmachen immer neuer Territorien für Jagd, Ackerbau und zur sonstigen Nutzung, weshalb es mir nur recht und billig erscheint, das Axiom zu formulieren: »Ein fliegend Tier leidet keinen Hunger.«

ORMUZD: Verzeihen Sie die Unterbrechung, verehrter Kollege: Wie soll der Vogelmensch sich fortpflanzen?

PSYCHOLOGISCHER BERATER *(überrascht und ärgerlich)*: Sonderbare Frage! Er wird sich fortpflanzen wie die anderen Vögel auch: das Männchen wird das Weibchen anlocken oder umgekehrt; das Weibchen wird befruchtet, man baut ein Nest, Eier werden gelegt und ausgebrütet, die Jungen werden aufgezogen und angeleitet, und zwar von beiden Eltern gemeinsam, bis sie ein Mindestmaß von Selbständigkeit erlangt haben. Die Fähigsten werden überleben. Ich sehe keine Veranlassung, etwas daran zu ändern.

ORMUZD *(zuerst unsicher, dann immer erregter und leidenschaftlicher)*: Nein, meine Herren, das scheint mir nun doch nicht so einfach zu sein. Viele von Ihnen wissen ... und im übrigen habe ich niemals und vor niemandem ein Geheimnis daraus gemacht ... also, die sexuelle Unterscheidung hat mir noch nie behagt. Gewiß dürfte sie auch ihre Vorzüge für die Spezies haben, sie dürfte auch Vorteile für das Individuum haben (obwohl es sich hier, wie ich mir habe sagen lassen, um recht kurzfristige Vorteile handelt), doch muß jeder objektive Betrachter zugeben, daß der Sexus in erster Linie nur eine fürchterliche Komplikation und in zweiter Linie eine dauernde Quelle von Gefahren und Schwierigkeiten bedeutet.

Nichts geht über Erfahrung. Da es sich um das Leben in der Gemeinschaft handelt, möchte ich daran erinnern, daß wir ein einziges Beispiel für erfolgreich durchgeführtes Gemeinschaftsleben besitzen, das vom Tertiär bis heute ohne die geringsten Probleme andauert, und das sind die Hautflügler; bei ihnen wurde, zum guten Teil durch mein Einschreiten, das sexuelle Drama umgangen und an den äußersten Rand der produktiven Gesellschaft verwiesen.

Meine Herren, dies ist die Bitte, die ich an Sie richte: Wägen Sie Ihre Worte, ehe Sie sie aussprechen! Ob der Mensch ein Vogel oder ein Säugetier sein soll, es bleibt allemal unsere Pflicht, jede Anstrengung zu unternehmen, um ihm den Weg zu ebnen, denn die Last, die er zu tragen hat, wird schwer sein. Wir kennen das Gehirn, da wir es geschaffen haben, und wir wissen, zu welch großartigen Leistungen es zumindest potentiell im-

stande ist, aber ebenso kennen wir auch dessen Maß und Grenzen; da wir daran gearbeitet haben, kennen wir auch die schlafenden Energien, die im Spiel der Geschlechter freigesetzt werden. Ich bestreite nicht den Reiz des Versuches, beide Mechanismen zu kombinieren, aber ich gestehe, daß ich zaudere und davor zurückschrecke.
Was soll aus dieser Kreatur werden? Wird sie ein Doppelwesen sein, wird sie ein Zentaur sein, also Mensch bis zur Herzgrube und von da an wildes Tier? Oder wird sie an Brunstzeiten gebunden sein, und wie soll sie dann eine hinreichende Ausgeglichenheit in ihrer Verhaltensweise wahren können? Sie wird nicht (bitte lachen Sie nicht!) *das* Gute und *das* Wahre befolgen, sondern zweimal ein anderes Gutes und Wahres. Und wenn zwei Männer dieselbe Frau begehren oder zwei Frauen denselben Mann, was wird dann aus ihren sozialen Institutionen und aus den Gesetzen, die diese schützen sollen?
Und was soll man in bezug auf den Menschen zu jenen berühmten »eleganten und wirtschaftlichen Lösungen« sagen, auf die der hier anwesende Herr anatomischer Berater so stolz ist und die von dem hier anwesenden Herrn Ökonomen mit soviel Enthusiasmus unterstützt wurden, aufgrund deren Öffnungen und Kanäle, die ursprünglich zur Ausscheidung bestimmt waren, auch für sexuelle Zwecke Verwendung finden sollen? Dieser Umstand, von dem wir wissen, daß er auf pure Raum- und Kostenersparnis zurückzuführen ist, kann diesem denkenden Tier gar nicht anders erscheinen als ein höhnisches Symbol, ein unwürdiges und lästiges Durcheinander, das Signum des Heilig-Unflätigen, des doppelköpfigen Unsinns, des Chaos, das in seinem Körper unwiderruflich und auf ewig zusammengedrängt ist.
Ich bin am Ende, meine Herren. Mag der Mensch geschaffen werden, wenn es denn sein muß; und mag er auch ein Vogel sein, wenn Sie es so wollen. Aber mir sei erlaubt, mich jetzt schon des Problems anzunehmen, die morgen zwangsläufig ausbrechenden Konflikte schon heute im Keim zu ersticken, damit wir in absehbarer Zukunft nicht Zeugen des unheilvollen Schauspiels sein müssen, daß ein männlicher Mensch sein Volk in den Krieg führt, um ein Weib zu erobern, oder daß ein weiblicher das Sinnen und Trachten eines männlichen von edlen Unternehmungen oder Überlegungen ablenkt, um ihn

sich gefügig zu machen. Vergessen Sie bitte nicht: derjenige, dessen Erschaffung bevorsteht, wird unser Richter sein. Nicht nur unsere eigenen, sondern auch alle Fehler, die er in allen künftigen Jahrhunderten begeht, werden uns zur Last gelegt werden.

AHRIMAN: Es mag schon sein, daß Sie recht haben, aber ich sehe nicht ein, warum wir uns jetzt bereits den Kopf verbinden sollten, ehe wir ihn uns eingeschlagen haben. Mit anderen Worten, ich sehe weder die Möglichkeit noch die Notwendigkeit, das Projekt Mensch einzufrieren, und zwar um des zügigen Voranschreitens der Arbeit willen. Wenn Ihre bedrückenden Vorstellungen sich in der Folge tatsächlich bewahrheiten sollten, nun, so muß man sich eben später damit befassen; es wird weder an Gelegenheit noch an Zeit fehlen, am Modell die Korrekturen vorzunehmen, die sich als die zweckmäßigsten erweisen. Da der Mensch im übrigen aller Voraussicht nach ein Vogel sein wird, meine ich, daß keine Veranlassung besteht, die Angelegenheit zu dramatisieren. Die Schwierigkeiten und Gefahren, die Sie in Sorge versetzen, können ohne weiteres begrenzt werden: das sexuelle Interesse kann auf äußerst kurze Perioden reduziert werden, vielleicht nicht mehr als wenige Minuten im Jahr; keine Schwangerschaft, kein Stillen, eine stark ausgeprägte Tendenz zur Monogamie, eine kurze Brutzeit und Junge, die schon, wenn sie aus dem Ei schlüpfen, zum selbständigen Leben befähigt oder beinahe befähigt sind. Das alles kann man erreichen, ohne in die augenblicklich vorhandene anatomische Ordnung einzugreifen, was neben allem andern zu katastrophalen Engpässen in bürokratischer und administrativer Hinsicht führen würde.

Nein, meine Herren, die Entscheidung ist nunmehr gefallen, der Mensch wird ein Vogel sein: ein Vogel im vollen Sinn des Wortes, kein Pinguin und kein Strauß, ein fliegender Vogel mit Schnabel, Federn, Krallen, Eiern und Nest. Jetzt müssen nur noch einige wesentliche konstruktive Einzelheiten festgelegt werden, nämlich:

1) die optimalen Ausmaße,

2) ob es angebracht ist, ihn als Zugvogel oder als Standvogel zu planen ...

(Bei Ahrimans letzten Worten wird die Tür im Hintergrund vorsichtig geöffnet. Kopf und Schulter des Boten sind erschienen, der zwar nicht zu

unterbrechen wagt, aber lebhafte Zeichen macht und auffällig umherblickt, um die Aufmerksamkeit der Anwesenden auf sich zu lenken. Darauf entsteht Gemurmel und Unruhe, die schließlich auch von Ahriman bemerkt werden) Was gibt's? Was ist los?

BOTE *(zwinkert Ahriman in der förmlichen und zugleich vertraulichen Art der Pedelle und Sakristane zu)*: Kommen Sie bitte einen Augenblick heraus, Verehrter. Wichtige Neuigkeiten von ... *(macht eine Kopfbewegung nach hinten und oben)*

AHRIMAN *(folgt ihm vor die Tür; man vernimmt erregtes Sprechen, das die Unruhe und die Bemerkungen der anderen übertönt. Plötzlich wird die angelehnte Tür von außen heftig zugeschlagen und bald danach wieder geöffnet. Ahriman kommt langsamen Schrittes und gesenkten Hauptes wieder herein. Eine Weile verharrt er stumm, dann)*: ... Gehn wir nach Hause, meine Herren. Es ist alles zu Ende, alles erledigt. Nach Hause, nach Hause. Was haben wir hier noch verloren? Man hat nicht auf uns gewartet. Hatte ich etwa nicht recht, zur Eile zu mahnen? Noch einmal wollte man uns beweisen, daß man nicht auf uns angewiesen ist, daß man allein fertig wird, daß man keine Anatomen, keine Psychologen und keine Ökonomen dazu nötig hat. Was die wollen, bringen sie auch fertig.

... Nein, meine Herren, ich weiß so gut wie keine Einzelheiten. Ich weiß nicht, ob man sich mit jemandem beraten hat, ob man eine bestimmte Linie verfolgt oder einen schon lange ausgedachten Plan verwirklicht hat, oder ob man nur der Eingebung des Augenblicks gefolgt ist. Ich weiß lediglich, daß man sieben Maß Ton genommen hat und ihn mit Fluß- und Meerwasser vermengt hat; ich weiß auch, daß man diesen Lehmklumpen zu der Form modelliert hat, die am besten geeignet schien. Anscheinend handelt es sich um ein aufrecht gehendes Tier fast ohne Haare, wehrlos, das dem Boten zufolge nicht allzu entfernte Ähnlichkeiten mit dem Affen und dem Bären haben soll: ein Tier ohne Flügel und Federn, das demnach grundsätzlich als Säugetier angesehen werden muß. Außerdem hat es den Anschein, daß das Weibchen des Menschen aus einer seiner Rippen geschaffen wurde ... *(Stimmen, Fragen)* ... jawohl, aus einer seiner Rippen, und zwar durch ein Verfahren, das mir nicht klar ist und das als unorthodox zu bezeichnen ich nicht zögern würde; ebensowenig weiß ich, ob man die Absicht hat, es auch für künftige Generationen beizubehalten.

In dieser Kreatur hat man ich weiß nicht was für einen Odem gegossen, worauf sie sich bewegte. So ist der Mensch entstanden, meine Herren, fernab von unserer Versammlung: ganz simpel, nicht wahr? Ob und inwieweit er den uns gestellten Bedingungen entspricht oder ob es sich nicht vielmehr um ein nur per Definition und Konvention als Menschen zu bezeichnendes Wesen handelt, kann ich nicht ermessen, da mir die erforderlichen Unterlagen fehlen.

Uns bleibt also nichts anderes zu tun, als dieser anomalen Kreatur einen langen und günstigen Fortbestand zu wünschen. Der Herr Kollege Sekretär möge sich um die Abfassung der Glückwunschadresse, um die Ratifikationsurkunde, um die Eintragung in die Kartei, um die Kostenabrechnung und so weiter kümmern; alle andern sind jeder weiteren Verpflichtung entbunden. Gehaben Sie sich wohl, meine Herren. Die Sitzung ist geschlossen.

VON FERNE BETRACHTET

VORBEMERKUNG NACH BESTEM WISSEN UND GEWISSEN: Aller Voraussicht nach wird innerhalb weniger Jahre, ja vielleicht sogar noch vor Ablauf dieses Jahres 1967, erstmals ein menschliches Wesen seinen Fuß auf den Mond setzen und damit unsere Zellmechanismen, unsere Infektionen und unsere Zivilisation unweigerlich auch dorthin übertragen.

Sobald das geschieht und sobald der erste Bericht der ersten Mondbesucher erscheint, werden all die mehr oder weniger berühmten Phantasien über die Mondbewohner, die in den Literaturen aller Zeiten ausgesponnen wurden, mit einem Schlage wertlos und nichtig sein. Daher wäre ich froh, wenn der folgende Essay als letzte, ehrerbietige Huldigung an Lukian, an Voltaire, Swedenborg, Rostand, an E. A. Poe, Flammarion und H. G. Wells verstanden würde.

VORBEMERKUNG WIDER BESSERES WISSEN: Die Entzifferung des folgenden Berichts, der uns in linearer Selenographie vom Typ B zukam, hat den Dechiffrierern vom FBI, denen er anvertraut wurde, erhebliche technische Schwierigkeiten bereitet; der Leser wird daher um Nachsicht gebeten, wenn der Bericht an einigen Stellen widersprüchlich oder lückenhaft erscheinen sollte. Im übrigen machen wir darauf aufmerksam, daß es der Einfachheit halber geraten schien, die im Original verwendeten Ausdrücke für Maßeinheiten, Datierungen und geographische Namen soweit wie möglich durch korrespondierende oder annähernd entsprechende auf der Erde gebräuchliche Ausdrücke zu ersetzen.

Wenn daher im Text beispielsweise von Städten oder Schiffen die Rede ist, sollte man nie vergessen, daß es sich dabei nur für uns um »Städte« (das heißt dichte Agglomerate von menschlichen Behausungen) und »Schiffe« (das heißt vom Menschen konstruierte und gelenkte schwimmende Objekte großen Volumens) handelt, nicht aber für den unbekannten Verfasser des Berichts, dem sich die einen wie die anderen unter einem wesentlich weniger einleuchtenden Aspekt darboten.

Bericht

1. Gültigkeit. Der vorliegende Bericht gilt der Beschreibung einiger Veränderungen und Bewegungen, die in jüngster Zeit auf der Erdoberfläche beobachtet werden konnten. Nicht beschrieben werden hier hingegen diejenigen Veränderungen und Bewegungen, deren Periodizität mit dem sideralen Jahresrhythmus oder dem Mondmonat in Zusammenhang stehen, wie beispielsweise die zyklischen Veränderungen der Polkappen, die Farbvariationen in den Ebenen und auf den Gebirgen, Ebbe und Flut, die Variationen in der Durchsichtigkeit der Atmosphäre und so weiter: diese Phänomene sind seit geraumer Zeit bekannt, in vorausgegangenen Berichten schon mehrfach beschrieben worden und hängen bestimmt mit astronomischen Zyklen zusammen. Folglich kommen sie für die Erörterung der Frage nach der Existenz von Leben auf der Erde nicht in Betracht.

2. Städte. Was Beschreibung, Nomenklatur und Lage der wichtigsten Städte und Häfen betrifft, verweisen wir auf Bericht Nr. 8 vom 15. Januar 1876. Dank der jüngsten Verbesserungen der Leistungsfähigkeit unserer optischen Geräte ließ sich beobachten, daß sich der größte Teil der Städte in einer Phase rapiden Wachstums befindet, daß die Atmosphäre über ihnen dazu tendiert, immer undurchsichtiger zu werden, und sich zusehends mit Staub, Kohlenmonoxyd und Schwefeldioxyd anreichert.

Darüber hinaus ließ sich feststellen, daß es sich bei den Städten um Gebiete handelt, die sich nicht bloß rein farblich vom umliegenden Gelände unterscheiden. In vielen von ihnen konnten wir eine »Feinstruktur« beobachten: einige, zum Beispiel Paris, Tokio oder Mailand, besitzen ein deutlich erkennbares Zentrum, von dem strahlenförmig feine Fäden ausgehen; andere Fäden umgeben in unterschiedlichen Abständen in Kreis- oder polygonaler Form das Zentrum. Andere Städte hingegen, unter ihnen alle oder fast alle Häfen, weisen eine netzförmige Struktur auf, bestehend aus tendenziell geradlinigen und rechtwinklig zueinander angeordneten Fäden, die das Stadtgebiet in Rechtecke oder Quadrate aufteilen.

2.1 Abendlicht. Seit 1905–10 ungefähr werden alle erwähnten urbanen Fäden kurz nach dem lokalen Sonnenuntergang plötzlich strahlend hell. Genauer gesagt: rund dreißig bis sechzig Minuten nach dem Durchgang des Terminators erleuchten sich in rascher Folge sämtliche Fäden jeder einzelnen Stadt; jeder Faden erhellt sich mit einem Schlag, und im Laufe von fünf bis zehn Sekunden strahlen sie alle. Diese Lichtstrahlung hält die ganze Nacht hindurch an und hört schlagartig ungefähr dreißig Minuten vor dem erneuten Durchgang des Terminators auf. Dieses ziemlich auffällige Phänomen ist von vielen Beobachtern gründlich untersucht worden und weist Merkmale von überraschender Regelmäßigkeit auf: für jede einzelne Stadt wurden Unterbrechungen der Lichtstrahlung pro tausend Nächte nur ein-, zweimal beobachtet, meistens gleichzeitig mit schweren atmosphärischen Störungen in der näheren Umgebung, was die Vermutung nahelegt, daß es sich dabei um ein elektrisches Phänomen handelt.

Die Störungen des Abendlichts in der Anomalen Phase betreffend, siehe im folgenden unter Punkt 5. Am Ende der besagten Phase trat das Phänomen erneut mit der gewohnten Regelmäßigkeit auf; genauere spektroskopische Untersuchungen der urbanen Lichtstrahlung haben allerdings ergeben, daß diese bis etwa 1950 vorwiegend ein kontinuierliches (von glühendem Metall herrührendes) Spektrum aufwies, welches jedoch nach diesem Zeitpunkt zunehmend von Band- oder Linienspektren vom Typ der Fluoreszenzen oder der Emission verdünnter Gase überlagert wurde.

Im Winter 1965/66 wurde in der Stadt New York trotz guter Witterung ein totaler Ausfall der Lichtstrahlung beobachtet.

2.2 Wachstum. Wie erwähnt, weisen viele Städte ein reges Wachstum auf. Dieses hält sich im allgemeinen an die schon bestehende Netzstruktur: die strahlenförmig angelegten Städte dehnen sich längs ihrer Achsen aus, die rechtwinkligen Städte durch Anfügung neuer, ebenfalls rechtwinklig angeordneter Teile. Die Analogie zum kristallinen Wachstum ist evident und läßt vermuten, daß die Städte ausgedehnte Gebiete der Erdoberfläche mit besonders ausgeprägter Neigung zur Kristallisation sind: im übrigen gibt es ein vergleichbares Beispiel dafür auch bei uns auf dem Mond, und zwar in den imposanten Formationen gut kristallisierter Orthoklase, die innerhalb des gebirgigen Aristarchusringes eine Fläche von mehreren Hektar bedecken.

Diese Hypothese einer kristallinen Natur der Städte wird noch weiter erhärtet durch die jüngste Entdeckung von Strukturen mit regelmäßigem Aufbau, die allem Anschein nach dem trimetrischen System angehören und sich mehrere Meter hoch über die Grundfläche der Städte erheben. Besonders gut lassen sie sich in der Dämmerung beobachten, und zwar aufgrund des Schattens, den sie werfen: ihr Querschnitt ist rechteckig oder quadratisch, und in einigen Fällen war es möglich, ihr Wachstum zu verfolgen, das mit einer Geschwindigkeit von zehn bis zwanzig Metern im Monat längs der vertikalen Achse vor sich geht. Außerhalb des städtischen Raums treten sie nur sehr selten auf. Einige von ihnen, die sich in geeigneter geometrischer Position befinden, reflektieren das Sonnenlicht wie Spiegel, was die Messung der kristallographischen Konstanten erleichterte.

Weitere Anzeichen einer zweidimensionalen kristallinen Anordnung darf man vielleicht auch in den rechteckigen Strukturen erkennen, die sich farblich leicht von ihrer Umgebung abheben und in vielen Ebenen der Erde zu beobachten sind.

2.3 Elliptische Krater. Auf die Existenz von elliptischen (seltener runden oder halbkreisförmigen) Kratern innerhalb einiger Städte oder in ihrer unmittelbaren Umgebung ist auch in vorangegangenen Berichten schon hingewiesen worden. Sie bildeten sich langsam (im Laufe von fünf bis zehn Jahren) auch schon in sehr früher Zeit in der Nähe verschiedener Städte des Mittelmeerraums; vor dem achten Jahrhundert v. Chr. sind sie allerdings nicht belegt. Der größte Teil dieser antiken Krater ist in der Folge mehr oder weniger vollständig verschwunden, vielleicht durch Erosion oder infolge von Naturkatastrophen. In den letzten sechzig Jahren sind mit ziemlicher Regelmäßigkeit innerhalb der Städte mit mehr als dreißig bis fünfzig Hektar Flächenausdehnung oder in ihrer Nähe zahlreiche neue Krater dieser Art entstanden: die größten Städte haben häufig zwei oder mehr davon. Sie bilden sich nie auf Abhängen und weisen überaus einheitliche Formen und Dimensionen auf. Ihr Grundriß ist eigentlich nicht wirklich elliptisch, sondern besteht aus einem Rechteck von rund hundertsechzig auf zweihundert Metern, das an den beiden Schmalseiten von zwei Halbkreisen abgeschlossen wird. Ihre Lage ist offenbar zufällig, sowohl bezüglich auf das urbane Netz als auch auf die Himmelsrichtungen. Daß es sich dabei um Krater handelt, ließ sich eindeutig an ihrem Schattenprofil in der Dämmerung ablesen: ihr Rand erhebt sich zwölf bis zwanzig Meter über das umliegende Gelände, fällt nach außen senkrecht ab, nach innen hingegen hat er ein Gefälle von rund fünfzig Prozent. Einige dieser Krater strahlen manchmal in den ersten Abendstunden der sommerlichen Jahreszeit einen schwachen Lichtschein aus.

Ihr vulkanischer Ursprung wird als wahrscheinlich angenommen, aber ihr Verhältnis zu den urbanen Formationen ist noch ungeklärt. Ebenso mysteriös ist der Siebentagerhythmus, dem die Krater in besonders auffälliger Weise unterliegen und der im folgenden Punkt beschrieben wird.

3. Nichtastronomische Periodizität. Eine gewisse Anzahl der auf der Erde zu beobachtenden Phänomene gehorcht einem Siebentagerhythmus. Erst seit ein paar Jahrzehnten haben die uns zur Verfügung stehenden optischen Geräte es möglich gemacht, diese Besonderheit zu beobachten, daher sind wir nicht in der Lage anzugeben, ob ihr Ursprung jüngeren oder älteren Datums ist oder gar bis auf die Epoche der Verfestigung der Erdkruste zurückgeht. Mit Bestimmtheit läßt sich lediglich sagen, daß es sich dabei nicht um einen astronomischen Rhythmus handelt: bekanntlich enthalten weder der siderische oder der synodische Monat noch das solare oder siderische Jahr eine Anzahl von Tagen, die ein Vielfaches von sieben wären.

Der Siebentagerhythmus ist extrem starr. Die Phänomene, die wir in der Folge mit DST (des siebten Tages) kennzeichnen und die insbesondere die Städte und ihre nähere Umgebung betreffen, treten auf der gesamten Erdoberfläche gleichzeitig auf, natürlich unter Berücksichtigung der unterschiedlichen Ortszeiten. Das Faktum ist ungeklärt, und es sind bislang auch noch keine wirklich zufriedenstellenden Hypothesen zu seiner Erklärung formuliert worden: der Kuriosität halber sei erwähnt, daß einige Beobachter die Vermutung geäußert haben, es handle sich dabei um einen biologischen Rhythmus. Das eventuelle (pflanzliche und/oder tierische) Leben auf der Erde, das dieser Hypothese zufolge als streng monogenetisch angenommen werden müßte, unterläge damit einem allgemeingültigen Zyklus, innerhalb dessen Aktivität und Ruhe (oder umgekehrt) sich in einem Rhythmus von sechs Tagen und einem Tag ablösen.

3.1 DST-Aktivitäten der Krater. Wie erwähnt, unterliegen die unter Punkt 2.3 beschriebenen Krater einem Siebentagerhythmus.

Alle sieben Tage wird ihr Rand, der normalerweise einen weißlichen Farbton hat, im Verlauf weniger Stunden (im allgemeinen in den ersten Nachmittagsstunden) grau oder schwarz: er behält diese dunkle Färbung rund zwei Stunden lang bei, um dann innerhalb fünfzehn bis zwanzig Minuten wieder seine ursprüngliche weißliche Tönung anzunehmen. Nur in Ausnahmefällen wurde dieses Phänomen auch an anderen Tagen als dem siebten beobachtet. Die Innenfläche der Krater weist keine nennenswerten Farbveränderungen auf.

3.2 Weitere DST-Aktivitäten. In den ersten Morgenstunden der jeweils siebten Tage verfärben sich die (radialen) Fäden an der Peripherie der Städte und werden dunkler. In den ersten Stunden der darauffolgenden Nacht, insbesondere in der sommerlichen Jahreszeit, erscheinen sie hingegen auch außerhalb der Stadtgrenzen schwach leuchtend: aus einem besonderen Winkel betrachtet, zerfällt diese Lichtstrahlung in zwei parallel nebeneinander verlaufende Linien, deren eine rotes und deren andere weißes Licht ausstrahlt.

Auch einige Abschnitte der Meeresküsten unterliegen der DST-Verdunkelung. Sie wurde an Küstenabschnitten mit charakteristischer gelblicher Tönung beobachtet, die nicht allzuweit von den großen Städten entfernt liegen und keinen großen Gezeitenschwankungen ausgesetzt sind; dieses Phänomen stellt sich nur zu den Jahreszeiten und an den Orten der intensivsten Sonnenstrahlung ein und hält von zwei bis vier Stunden nach Sonnenaufgang bis zum lokalen Sonnenuntergang an. An einigen der fraglichen Strände wurde die Verdunkelung außer am siebten Tag auch täglich beobachtet, und zwar über einen Zeitraum von fünfzehn bis dreißig Tagen hinweg, der ungefähr einen Monat nach der Sommersonnenwende beginnt.

3.3 DST-Anomalien. In den letzten Monaten wurde nachgewiesen, daß sich in einigen Gebieten des nördlichen Afrika, des südlichen Asien und des Malaiischen Archipels die DST-Phänomene zwei Tage früher einstellen als auf dem Rest der Erde, auf einem schmalen Streifen des Isthmus, der Asien mit Afrika verbindet, einen Tag früher. Auf den Britischen Inseln wiederum scheinen sie über den sechsten und den siebten Tag verteilt.

4. Häfen und Aktivitäten in den Häfen. Unter »Häfen« versteht man bekanntlich an Meeresküsten, an großen Flüssen oder Seen gelegene Städte. Was die Definition dieser letzten Begriffe angeht, verweisen wir auf die vorangegangenen Berichte; an dieser Stelle sei lediglich der Hinweis gestattet, daß die flüssige Beschaffenheit von Meeren, Seen und Flüssen aufgrund der polarimetrischen Untersuchungen des von ihnen reflektierten Sonnenlichts mittlerweile als gesichert gelten darf und man bei den auf der Erdoberfläche herrschenden Temperatur- und Druckverhältnissen heute allgemein annimmt, daß es sich bei der fraglichen Flüssigkeit um Wasser handelt. Die Beziehungen zwischen Wasser, Schnee, Polkappen, Gletschern, atmosphärischer Feuchtigkeit und Wolkenbildung sind im Bericht Nr. 7 ausführlich beschrieben worden, auf den in diesem Zusammenhang verwiesen sei.

Wir befassen uns hier insbesondere mit maritimen Häfen; wir erinnern daran, daß schon den frühesten Beobachtern nicht entgangen ist, daß sie stets in mehr oder weniger tiefen Einbuchtungen der Küsten und häufig an Flußmündungen liegen. Sämtliche Phänomene, die sich in den Städten des Landesinneren abspielen, lassen sich auch in den Häfen beobachten, in ihnen finden aber darüber hinaus weitere spezifische Aktivitäten statt, die von großem Interesse sind.

4.1 Schiffe. Der Einfachheit halber bezeichnen wir mit dem Namen »Schiffe« besondere schwimmende Objekte von länglicher Form, die auszumachen uns unsere modernen optischen Geräte erlauben. Sie bewegen sich in longitudinaler Richtung auf dem Wasser fort, und zwar mit ziemlich unterschiedlicher Geschwindigkeit, die jedoch selten über siebzig Stundenkilometer liegt; ihre maximale Länge beträgt rund dreihundert Meter, ihre minimale Länge liegt außerhalb des Leistungsbereichs unserer Geräte (der bis zu rund fünfzig Meter reicht).

Sie sind überaus bedeutsam: es sind die einzigen Objekte, die sich wirklich sichtbar auf der Erdoberfläche fortbewegen, ausgenommen die Eisschollen, deren Loslösung vom polaren Packeis häufig zu beobachten ist. Während jedoch die Bewegungen dieser letzteren langsam und scheinbar zufällig sind, weisen die Bewegungen der Schiffe interessante Besonderheiten auf.

4.1.1 Bewegung der Schiffe. Die Schiffe lassen sich in zwei Kategorien unterteilen: die periodischen und die aperiodischen Schiffe. Die ersteren bewegen sich immer auf derselben Strecke zwischen zwei Häfen hin und her, wobei sie die Fahrt häufig für ein paar Stunden in dazwischengelegenen Häfen unterbrechen: man konnte eine annähernde Proportion zwischen ihren Ausmaßen und der Länge der zurückgelegten Strecke feststellen. Nur ausnahmsweise machen sie auf offenem Meer halt: jedes Schiff bewegt sich mit ziemlich konstanter Geschwindigkeit fort, sei es bei Tag, sei es bei Nacht, und der Weg, den es nimmt, kommt der kürzesten Verbindungslinie zwischen Ausgangs- und Endpunkt ihrer Reise ziemlich nahe.

Nachts strahlen sie schwaches Licht aus; manchmal machen sie ein paar Monate lang in einem Hafen halt.

Auch die aperiodischen Schiffe bewegen sich von Hafen zu Hafen, jedoch ohne ersichtliche Regelmäßigkeit. Ihre Aufenthalte in den Häfen sind meist länger (bis zu zehn Tagen); einige von ihnen fahren ziellos auf dem offenen Meer herum oder liegen lange darin still. Sie strahlen kein Licht aus und sind im Durchschnitt weniger schnell. Kein Schiff kommt außerhalb der Häfen mit dem Festland in Berührung.

4.1.2 Entstehung und Verschwinden der Schiffe. Sämtliche Schiffe bilden sich an relativ wenigen festen Punkten, die alle innerhalb von großen oder kleinen Häfen liegen. Der Entstehungsprozeß dauert zwischen ein paar Monaten und ein, zwei Jahren: anscheinend kommen sie durch transversales Wachstum zustande, ausgehend von der Hauptachse, die sich als erstes bildet. Die Lebenszeit der Schiffe beträgt zwischen dreißig und fünfzig Jahren; nach einem mehr oder weniger langen Aufenthalt in einem Hafen, der manchmal der ihres Ursprungs ist, scheinen sie normalerweise einem rasch fortschreitenden Prozeß der Zersetzung oder Auflösung zu unterliegen. In seltenen Fällen wurde beobachtet, daß sie auf offenem Meer verschwinden; zu diesem Thema siehe jedoch Punkt 5.

4.1.3 Hypothese über die Natur der Schiffe. Mittlerweile läßt sich ausschließen, daß es sich um schwimmende Brocken von Bimsstein oder Eis handelt. Beachtung verdient eine jüngst aufgestellte kühne Theorie, wonach es sich dabei nur um Wassertiere handelt, um intelligente Tiere bei den periodischen Schiffen, um weniger intelligente (oder mit geringerem Orientierungsvermögen ausgestattete) bei den anderen. Die ersteren ernährten sich von bestimmten Materialien oder Lebewesen, die in den Häfen vorrätig sind, die anderen vielleicht auf Kosten von kleineren (für uns nicht sichtbaren) Schiffen auf offenem Meer: einigen Beobachtungen zufolge sollen sie jedoch einen Tropismus, verursacht durch Kohlenwasserstoffe, aufweisen.

In der Tat suchen viele aperiodische Schiffe Häfen in Gebieten auf, in denen die Atmosphäre Spuren von Methan und Äthan enthält. Ebenfalls in den Häfen soll dann der Reproduktionsprozeß beider Arten stattfinden, der uns bislang unbekannt ist.

4.2 Festlandhäfen. In der Nähe vieler Städte lassen sich »Festlandhäfen« genannte Gebiete ausmachen, die durch ein besonderes Netzschema von grauer Farbe gekennzeichnet sind, das nachts erleuchtet ist: es handelt sich dabei um ein oder mehrere fünfzig bis achtzig Meter breite und bis zu dreitausend Meter lange Rechtecke. Zwischen den verschiedenen Festlandhäfen wurden Bewegungen eigenartiger Objekte beobachtet, die aus einer langen weißen Wolke in Form eines in die Länge gezogenen gleichschenkligen Dreiecks bestehen, dessen Spitze sich mit einer Geschwindigkeit von achthundert bis tausend Stundenkilometer fortbewegt.

5. Die anomale Phase. Mit diesem Namen pflegt man den Zeitraum zwischen 1939 und 1945 zu bezeichnen, der durch zahlreiche Abweichungen von der irdischen Norm gekennzeichnet war.

Wie schon erwähnt, schien in der Mehrzahl der Städte das Phänomen des Abendlichts (2.1) gestört oder unterbrochen. Auch das Wachstum der Städte schien erheblich verlangsamt oder gleich null (2.2). Die DST-Verdunkelung der Krater war weniger intensiv und weniger regelmäßig (3.1), ebenso die Verdunkelung der Küsten (3.2); ganz ausgefallen waren die DST-Strahlung der urbanen Fäden (3.2), der Krater (2.3) und das Leuchten der periodischen Schiffe (4.1.1).

Die Pendelbewegung dieser letzteren (4.1.1) schien erheblich gestört; hingegen nahmen Zahl und Volumen der aperiodischen Schiffe zu, als hätten sie über die ersteren die Oberhand gewonnen. Das gewöhnlich recht seltene Phänomen des plötzlichen

Verschwindens von Schiffen auf dem offenen Meer (4.1.2) kam mit großer Häufigkeit vor: es sind nicht weniger als achthundert solcher Fälle von plötzlichem Verschwinden gezählt worden, die sich in einem Zeitraum vollzogen, der zwischen vier Minuten und mehreren Stunden variierte, aber bei der Unvollständigkeit unserer Beobachtungen und bei der Unmöglichkeit, jeweils mehr als eine Hälfte der Erdoberfläche zu überblicken, muß diese Zahl bestimmt mit zwei multipliziert werden, wahrscheinlich jedoch sogar mit einem noch größeren Faktor.

In einigen Fällen ging dem Verschwinden der Schiffe ein intensives, jedoch nur momentanes Lichtphänomen voraus; andere, vergleichbare Phänomene wurden im gleichen Zeitraum in verschiedenen Erdregionen beobachtet, insbesondere in Europa, im Fernen Osten und längs der Nordküste Afrikas. Das Ende der Anomalen Phase war durch zwei ziemlich lebhafte Explosionen gekennzeichnet, die beide in Japan und im Abstand von zwei Tagen stattfanden. Andere, ähnliche oder stärkere Explosionen wurden in den darauffolgenden zehn Jahren auf verschiedenen Inseln des Pazifik beobachtet und in einem beschränkten Gebiet Zentralasiens; zum Zeitpunkt der Abfassung dieses Berichts scheint das Phänomen erloschen oder latent zu sein.

TÜCHTIGE GESCHÄFTEMACHER

Der Raum war angenehm, hell und freundlich: das Licht, das gedämpft von allen Seiten her einfiel, war bläulichweiß und in leichter Schwingung. Die Wände waren mattweiß und verloren sich nach oben hin in einem unbestimmten blendenden Schimmer. Auch die Säulen waren weiß: glatt und kegelförmig strebten sie zu der kaum mehr sichtbaren gewölbten Decke empor.

S. saß im weißen Kittel auf einem hohen Hocker am Zeichentisch. Er war sehr jung, fast noch ein Knabe, und er war damit beschäftigt, auf einem Blatt ein kompliziertes Schema zu entwerfen, das aus langen, diagonalen Linien bestand, die von einem Punkt links unten auf dem Blatt ihren Ausgang nahmen, um in eleganter Linienführung in Richtung auf einen anderen Punkt wieder zusammenzulaufen, der durch die Wirkungen der Perspektive in extremer Ferne jenseits des Blattes lag. Das Papier war gelblich und die Tinte braun: überall war etwas durchgestrichen, und die Zeichnung war übersät mit rasch hingeworfenen, erläuternden Worten oder Sätzen, wie um eilig eine Idee festzuhalten. Tisch und Hocker befanden sich in der Mitte des Raums, ziemlich weit von den Wänden entfernt, sonst war der Raum leer. S. war in seine Arbeit vertieft, aber er blieb nicht bei der Sache: Phasen intensiver Aktivität wurden unterbrochen von Pausen, in denen er einem Gedanken nachzuhängen schien oder vielleicht einfach zerstreut war.

In der Ferne klingelte es, aber S. hörte es nicht und fuhr in seiner Arbeit fort. Nach etwa zehn Sekunden läutete es noch einmal: S. hob einen Augenblick lang den Kopf, dann zeichnete er weiter. Beim dritten Läuten, das länger und dringlicher war, seufzte S. auf, legte den Bleistift aus der Hand, stieg von seinem Hocker herunter und ging durch den Raum nach hinten: seine Gestalt nahm sich klein aus im Verhältnis zu den riesigen Quadern des Fußbodens, und sein Schritt hallte noch lange unter den stillen Bögen nach. Er durchschritt weite Korridore und betrat den Empfangsraum: der war klein, und die Decke war so niedrig, daß man sie mit ausgestreckter Hand berühren konnte. Hier erwarteten ihn ein stämmiger junger Mann, eine schöne blonde Frau mittleren Alters und ein hagerer Mann mit graumeliertem Haar: sie standen um den Tisch herum, und der junge Mann hielt einen kleinen Koffer in der Hand. Wie verärgert blieb S. einen Moment lang auf der Schwelle stehen, dann faßte er sich und sagte: »Nehmen Sie doch bitte Platz.« Er selbst setzte sich, und die drei taten es ihm nach. S. war verstimmt über diese Unterbrechung seiner Arbeit. Er fragte: »Sie wünschen?« Dann bemerkte er den Koffer, den der junge Mann auf dem Tisch abgestellt hatte, und setzte enttäuscht hinzu: »Ah, ich verstehe.«

Der junge Mann machte keine Umschweife; er öffnete den Koffer und sagte: »Nein, schauen Sie, es ist besser, wenn wir gleich von Anfang an alle Mißverständnisse ausräumen. Wir sind keine Versicherungsagenten und sind auch nicht gekommen, um Ihnen etwas zu verkaufen, besser gesagt, jedenfalls nicht, um Ihnen irgendwelche Waren zu verkaufen. Wir sind Funktionäre.«

»Dann sind Sie also diejenigen, die –«

»Ganz genau. Sie haben es erraten.«

»Und was schlagen Sie mir vor?«

»Die Erde«, antwortete der junge Mann mit einem verbindlichen Kopfnicken. »Wir sind Spezialisten für die Erde, Sie wissen schon, der dritte Planet im Sonnensystem. Ein angenehmer Aufenthaltsort übrigens, wie wir versuchen werden, Ihnen darzulegen, wenn Sie gestatten.« Er bemerkte ein leichtes Zögern in S.s Blick und setzte hinzu: »Sie sind überrascht? Sie haben uns nicht erwartet?«

»Doch, eigentlich schon ... eine gewisse Bewegung glaubte ich bemerkt zu haben, in letzter Zeit. Es gingen Gerüchte um, der eine oder andere Kollege war plötzlich verschwunden, einfach so, in aller Stille und ohne Vorankündigung. Aber ... nun, ich bin noch nicht soweit. Ich habe das Gefühl, ich bin noch nicht soweit. Ich habe keinerlei Erwägungen angestellt, keine Vorkehrungen getroffen. Sie wissen ja, wie das ist, wenn man keinen festen Termin hat: man lebt in den Tag hinein, läßt alles laufen und im ungewissen und trifft keine Entscheidungen.«

Geschäftsmäßig versiert griff der junge Mann ein: »Aber sicher doch, machen Sie sich keine Sorgen. Das ist ganz normal, das geht fast allen so: man findet kaum einen Kandidaten, der einen mit einem klaren Ja oder Nein empfängt. Das ist ja auch durchaus begreiflich: es ist unmöglich, sich so ganz allein, ohne Zeugenberichte und ohne eine gründliche Dokumentation, eine Meinung zu bilden. Aber dazu sind wir ja gerade da: wenn Sie uns einen Moment Gehör schenken wollen ... nein, wir werden Ihnen nicht viel Zeit stehlen: auch wenn Sie und Ihresgleichen, sagen wir es rundheraus, mehr als genug Zeit haben. Nicht wie unsereiner, die wir dauernd in Eile sind und es uns andererseits nicht anmerken lassen dürfen, denn was für Geschäfte würden wir sonst schon abschließen?«

Während er sprach, kramte der junge Mann in seinem Koffer: er zog verschiedene Bilder von der Erde hervor, einige mehr didaktischen Charakters wie in den Schulatlanten, andere aus großer Höhe oder aus kosmischen Entfernungen aufgenommen. Er legte sie S. eins nach dem anderen vor und erläuterte sie ihm in fachmännischem und sachlichem Ton: »Hier, sehen Sie. Wie ich Ihnen schon sagte, kümmern wir uns um die Erde und insbesondere um die menschliche Spezies. Das Ärgste ist schon seit einiger Zeit überstanden: inzwischen ist der Planet gut ausgestattet, ja geradezu komfortabel, mit Temperaturschwankungen, die 120 Grad Celsius zwischen absolutem Maximum und Minimum nicht überschreiten, und mit einem atmosphärischen Druck, der in Zeit und Raum praktisch konstant bleibt. Der Tag hat vierundzwanzig Stunden, das Jahr rund dreihundertfünfundsechzig Tage, es gibt da einen hübschen Satelliten, der mäßige Gezeiten bewirkt und die Nächte angenehm erhellt. Er ist wesentlich kleiner als die Sonne, wurde aber so geschickt plaziert, daß er dem Anschein nach denselben Umfang hat wie sie: auf diese Weise erhält man von Kennern überaus geschätzte Sonnenfinsternisse, sehen Sie, hier haben Sie eine, mit vollständig sichtbarer Korona. Dann ist da ein Ozean mit Salzwasser, der ohne Rücksicht auf Wirtschaftlichkeit angelegt wurde, sehen Sie, hier? Und jetzt führe ich ihn Ihnen in Bewegung vor.«

Auf der Fotografie, die eine Meeresküste mit einem Sandstrand dahinter zeigte, der sich bis zum Horizont erstreckte, setzten die Wellen sich tatsächlich in Bewegung.

»Auf der Fotografie macht es nicht soviel her, aber es ist eins der eindrucksvollsten irdischen Schauspiele. Ich weiß von Kunden von uns, die auch noch in fortgeschrittenem Alter Stunden um Stunden damit zubringen, den Meereswellen zuzuschauen, sich in diesen ewigen, immer gleichen und sich stets wandelnden Rhythmus zu versenken: sie behaupten, das allein sei die Reise wert. Es ist schade, daß unsereins sowenig Freizeit hat, sonst ... Ah, ich habe ganz vergessen, Ihnen zu sagen, daß die Erdachse in einem kleinen Winkel zur Ekliptik geneigt ist, sehen Sie, hier.«

Er suchte aus dem Packen eine schematische Darstellung der Erde mit Längen- und Breitengraden heraus: auf ein Kommando hin begann die Erde sich langsam zu drehen.

»Durch diesen kleinen Kniff hat man erreicht, daß es auf einem großen Teil des Planeten eine angenehme Vielfalt von Klimata gibt. Schließlich verfügen wir über eine absolut außergewöhnliche Atmosphäre, die in der gesamten Galaxis einmalig ist, und fragen Sie nicht, wieviel Zeit und Mühe uns das gekostet hat: denken Sie nur, mehr als zwanzig Prozent Sauerstoff, das ist ein unermeßlicher Reichtum und eine unerschöpfliche Energiequelle. Wissen Sie, das ist leicht gesagt, hier Erdöl, da Kohle, Wasserstoff, Methan. Ich kenne Planeten, die strotzen vor Methan: so sehr, daß sie welches absondern. Aber was fangen sie damit an, ohne Sauerstoff? Na, genug davon, man soll die Produkte der Konkurrenz nicht schlechtmachen. Oh, entschuldigen Sie, ich habe mich ein wenig vom Thema hinreißen lassen und darüber die einfachsten Regeln des Anstands vergessen.«

Er zog eine Visitenkarte aus der Tasche und reichte sie S.: »Hier, das bin ich, ich heiße G., und meine Aufgabe ist die allgemeine Organisation; das sind meine Assistenten, unsere Frau B., die Sie über Fragen der zwischenmenschlichen Beziehungen unterrichten wird, und der Kollege R., der Ihre Fragen geschichtlicher und philosophischer Natur beantworten wird.«

Frau B. lächelte und neigte den Kopf, Herr R. stand auf und verbeugte sich gemessen. Beide hielten S. ihre Visitenkarten hin.

»Sehr erfreut«, sagte S. »Ich stehe Ihnen zur Verfügung. Aber ganz unverbindlich, nicht wahr? Ich möchte nicht, daß –«

»Sie können ganz unbesorgt sein«, sagte G. »Durch diese Unterhaltung gehen Sie keinerlei Verpflichtung ein, und wir werden uns unsererseits bemühen, Sie nicht zu einer Entscheidung zu drängen. Wir werden unsere Daten und Informationen so vollständig und objektiv wie möglich darlegen. Dennoch ist es unsere Pflicht, Sie darauf aufmerksam zu machen, daß es keinen zweiten Besuch geben wird. Sie haben gewiß Verständnis, Kandidaten gibt es viele, aber wir, die wir diese Aufgabe übernommen haben, Seelen in Körper einzupflanzen, wir sind nur sehr wenige. Das ist kein leichter Beruf, wissen Sie: er ist ungemein befriedigend, aber nur wenige haben Erfolg. So ist unser Tag voll ausgefüllt, und außer in seltenen Ausnahmefällen können wir ein und denselben Kandidaten nicht zweimal besuchen. Sie werden sehen, sich ein Urteil bilden und in aller Freiheit Ihre Entscheidung treffen: und ganz gleich, ob Sie nun ja oder nein sagen, wir trennen uns auf jeden Fall wie gute Freunde. Und nun können wir anfangen.«

G. zog einen weiteren Packen Bilder aus seinem Koffer, legte sie S. vor und fuhr fort: »Das ist unser Musterkatalog: darin liegt unsere Stärke. Das Material ist auf dem letzten Stand, absolut zuverlässig. Denken Sie nur, es wird alle sechs Monate erneuert.«

Neugierig blätterte S. das Material durch: es waren wunderschöne Abbildungen in leuchtenden, harmonisch aufeinander abgestimmten Farben. Zum größeren Teil zeigten sie prachtvolle Exemplare der menschlichen Spezies: wunderschöne junge Frauen, athletisch gebaute Männer mit etwas einfältigem Lächeln, die sich auf dem Bild ganz leicht hin und her bewegten, als warteten sie ungeduldig darauf, in Aktion zu treten.

»Sind das Menschen?«

»Männer und Frauen, ja«, antwortete G. »Sie kennen den Unterschied, nicht wahr? Er ist zwar nur klein, aber fundamental ... Eine junge Polynesierin ... ein Jäger aus dem Senegal ... eine Bankangestellte aus Los Angeles ... ein australischer Boxer ... wollen wir uns ansehen, wie er kämpft? Hier, schauen Sie, was für Reflexe, welche Kraft: wie ein Panther. Eine junge indische Mutter ...«

Die junge indische Mutter mußte aus Versehen in diesen Stoß Bilder geraten sein, denn ihr Anblick war keineswegs erfreulich. Sie war bis auf die Knochen abgemagert und hielt ein unterernährtes Kind mit aufgeblähtem Bauch und spindeldürren Beinchen an der Brust. Rasch nahm G. das Bild an sich, noch bevor S. Fragen stellen konnte, und ersetzte es durch das einer blonden dänischen Studentin mit außerordentlich üppigen Formen. Aufmerksam betrachtete S. das Blatt, dann fragte er: »Werden sie schon so geboren, ich meine, so gut entwickelt?«

Mit einem Lächeln griff Frau B. in die Unterhaltung ein: »Aber nein, sie wachsen natürlich: sie kommen viel kleiner auf die Welt, und meiner Ansicht nach viel hübscher.« Sie wandte sich an G.: »Suchen Sie mir bitte eine der Wachstumssequenzen heraus?«

Nach kurzem Suchen (der Inhalt des Koffers schien nicht sonderlich geordnet zu sein) zog G. ein Bild heraus und gab es der

Dame, die es ihrerseits S. hinhielt; es stellte einen jungen Mann mit derartig entwickelter Muskulatur dar, daß es fast schon ungeheuerlich wirkte: er stand mit gespreizten Beinen da, nackt, die Fäuste mit angespanntem Bizeps über die Schultern erhoben, und zeigte ein Raubtierlächeln. Auf einmal wurde der junge Mann, ohne seine Position zu verändern, immer kleiner: er verwandelte sich in einen Heranwachsenden, dann in einen kleinen Jungen, in ein Kind, ein Kleinkind und ein Neugeborenes, alle wohlgenährt und strahlend. »Nein, andersherum, wenn ich bitten darf, und ein bißchen langsamer.«

Auf dem Bild in S.s Händen vollzog sich die Metamorphose in umgekehrter Abfolge, bis wieder der Athlet vom Anfang dastand, der S. zum Abschluß freundschaftlich grüßte, indem er seine Hände über dem Kopf verschränkte.

»Ja, genau«, sagte Frau B., »ich glaube, so kann man es gut erkennen. Es ist immer dasselbe Individuum, mit einem Monat, einem Jahr, mit sechs, vierzehn, achtzehn und dreißig Jahren.«

»Interessant«, räumte S. ein. »Bei den Frauen geht das genauso, nehme ich an.«

»Sicher«, antwortete die Dame, »wollen Sie die Folge sehen?«

»Nein, nein, machen Sie sich keine Umstände: wenn es dasselbe ist, dann ist es nicht nötig. Eher schon möchte ich wissen, was vorher und nachher passiert. Wachsen sie noch weiter?«

»Wachsen im eigentlichen Sinne nicht: aber es gehen andere Veränderungen vor, die sich nur schlecht auf Bildern festhalten lassen. Es kommt zu einem gewissen physischen Abbauprozeß . . .«

An dieser Stelle geschah wieder ein kleines Malheur: noch während Frau B. die Worte »physischer Abbauprozeß« aussprach, trat auf dem Bild in S.s Händen ein Mann in mittleren Jahren mit Glatze in Erscheinung, dann ein aufgeschwemmter, blasser alter Mann und schließlich ein hinfälliger Greis. Rasch ließ Frau B. das Foto im Koffer verschwinden, und als wäre nichts gewesen, fuhr sie fort: ». . . was jedoch durch größere Vorsicht und Lebenserfahrung ausgeglichen wird, häufig auch durch große Abgeklärtheit. Aber das ›Vorher‹ ist ausgesprochen interessant.«

Sie wandte sich an G. und fragte: »Haben wir eine Geburt da?«

»Nein, gnädige Frau, Sie wissen doch, Geburten und geschlechtliche Vereinigungen dürfen wir nicht zeigen.« Und zu S. gewandt fuhr er fort: »Nicht daß da auch nur im geringsten etwas Anrüchiges dahintersteckte, aber es handelt sich dabei um ganz besondere Vorgänge, um eine Technologie, die in ihrer Art einmalig ist und derart kühn, daß der Anblick in einem Ungeborenen wie Ihnen zu einer gewissen Verwirrung führen könnte, und sei es auch nur auf der Ebene des Unbewußten. Sie müssen entschuldigen, aber das sind unsere Vorschriften.«

»Aber die Mustersammlung der Paare, die können wir ihm doch zeigen, nicht wahr?« griff die Dame eifrig ein.

»Gewiß«, erwiderte G., »Sie werden sehen, das ist hinreißend. Wie Sie wissen, sind Männchen und Weibchen, in unserem Fall Mann und Frau, in jeder Hinsicht komplementär angelegt, nicht nur, was ihre Morphologie betrifft; daher ist der Ehestand, oder jedenfalls das Leben zu zweit, grundlegende Voraussetzung für den geistigen Frieden. Im übrigen, sehen Sie, das Dokumentationsmaterial spricht für sich. Schauen Sie dieses Paar an ... und dieses hier im Boot ... und diese beiden hier; die rosa Prismen im Hintergrund sind die Dolomiten, eine wunderbare Gegend, ich war letztes Jahr in den Ferien dort; aber allein dort hinzufahren ist fade. Das hier sind zwei Verlobte aus dem Kongo ... sind sie nicht reizend? Das hier sind etwas ältere Eheleute ...«

Hier schaltete sich mit warmer, etwas leiserer Stimme Frau B. ein: »Glauben Sie mir, mittlerweile haben wir ja eine lange Erfahrung in diesen Dingen, und wir können Ihnen versichern, das wahre Abenteuer auf der Erde ist ebendies: sich einen Partner vom anderen Geschlecht zu suchen und mit ihm zusammenzuleben, wenigstens ein paar Jahre lang, wenn möglich aber das ganze Leben. Das sollten Sie sich nicht entgehen lassen, wissen Sie: und sollten Sie zufällig als Frau zur Welt kommen, dann versäumen Sie nicht, sich befruchten zu lassen, sobald sich eine günstige Gelegenheit dazu bietet. Und dann das Stillen (hier, schauen Sie), das schafft eine so tiefe und innige Gefühlsbindung, so ... wie soll ich sagen? ... ergreifend, daß es schwer zu beschreiben ist, wenn man es nicht selbst erfahren hat.«

»Und ... Sie haben es erfahren?« fragte S., der sich tatsächlich etwas verwirrt fühlte.

»Sicher. Wir Funktionäre bekommen unsere Lizenz nur, wenn wir ein komplettes irdisches Curriculum vorweisen können.«

Herr G. warf ein: »Aber auch als Mann auf die Welt zu kommen hat seine Vorzüge, wohlgemerkt: ja, Vor- und Nachteile halten sich so sehr die Waage, daß die Entscheidungen für das eine oder das andere Geschlecht zu allen Zeiten jeweils überraschend gleichmäßig ausgefallen sind. Sehen Sie diese Tabelle und diese Grafik mit dem T in der Abszisse? Fünfzig zu fünfzig, abgesehen von den Stellen hinter dem Komma.«

G. holte eine Packung Zigaretten aus der Tasche und bot sie in der Runde an; dann lehnte er sich auf seinem Stuhl zurück und sagte: »Was hielten Sie von einer kurzen Pause?«

Aber er mußte von einem manischen Tatendrang besessen sein, denn anstatt sich zu entspannen, kramte er in seinem Koffer und zog kurz darauf eine Reihe von Gegenständen hervor, die er vor S. auf dem Tisch ausbreitete: »Das hat mit unserem Auftrag nichts zu tun, das ist eine Privatinitiative von mir, eine Sammlung, und ich habe die Angewohnheit, sie immer mit mir herumzutragen. Meiner Ansicht nach sind diese Dinge sehr vielsagend: sie könnten Ihnen behilflich sein, sich eine Vorstellung zu machen von dem, was auf Sie zukommen wird. Das hier zum Beispiel ist ein Kugelschreiber: er kostet bloß fünfzig Lire, und man kann damit mühelos hunderttausend Wörter schreiben, ohne sich dabei die Finger oder das Papier zu beklecksen. Das hier sind Nylonstrümpfe: schauen Sie bloß, wie dünn sie sind! Man kann sie jahrelang tragen, und sie sind im Handumdrehen gewaschen. Das hier ... nein, das ist kein Industrieprodukt, das ist eine Hirnschale: sehen Sie, wie dünn und zugleich elastisch? Ich habe keine weiteren anatomischen Stücke bei mir, weil sie ziemlich leicht verderblich sind: aber schauen Sie hier, das ist die Nachbildung einer Mitralklappe in Plastik, ja, eine Herzklappe. Ein wahres Schmuckstück, nicht wahr? Und ungemein beruhigend. Und das hier ist ein Waschmittel, damit wird die Wäsche im Nu sauber.«

»Entschuldigen Sie, wenn ich unterbreche«, sagte S., »wollen Sie mir bitte einen Augenblick lang nochmals eines von den letzten Bildern zeigen ... ja, das mit den Verlobten aus dem Kongo, und die anderen da ... Sie haben nicht alle die gleiche Hautfarbe, stimmt's? Ich glaubte, alle Menschen wären gleich.«

Herr R., der bisher geschwiegen hatte, ergriff das Wort: »Im wesentlichen sind sie auch gleich: es handelt sich da um ganz nebensächliche Unterschiede ohne jede biologische Bedeutung. Wir haben keine Beispiele für gemischte Paare dabei, aber es gibt davon jede Menge, und sie sind fruchtbar wie die anderen auch, wenn nicht fruchtbarer. Es ist nichts weiter als eine Frage ... der Haut, eben: der Pigmentierung. Die schwarze Haut schützt das

Gewebe besser gegen die Ultraviolettstrahlung der Sonne, daher ist sie für Individuen, die in tropischen Gebieten leben, besser geeignet. Es gibt auch Gelbhäutige, hier und dort.«

»Aha, ich verstehe. Das sind also Varianten, sie sind austauschbar, nicht wahr? Wie zwei Bolzen in demselben Gewinde?«

Unschlüssig sahen Herr R. und Frau B. G. an, und der erwiderte etwas weniger verbindlich als zuvor: »Es ist nicht unsere Art, alles in rosigem Licht darzustellen, und das ist auch nicht unsere Aufgabe. Nun also, nicht immer geht alles glatt: ein paar Probleme hat es da schon gegeben und gibt es noch immer. Nichts von Bedeutung, in der Mehrzahl der Fälle lebt jeder für sich, oder Weiße und Schwarze kreuzen sich, und das Problem ist aus der Welt geschafft. Aber da gibt es, ja, es gibt Fälle von Spannungen, und da gehen auch schon mal Fensterscheiben zu Bruch, vielleicht auch ein paar Knochen. Schließlich ist nicht alles auf der Erde vorprogrammiert, es gibt einen gewissen Spielraum und damit Unvorhersehbarkeiten; hier und dort hat das Gewebe einen Riß, das können wir nicht leugnen. Alles in allem, würde ich sagen, ist es heute vielleicht besser, als Weißer auf die Welt zu kommen, aber das ist ein Übergangsproblem, ich denke, in ein oder zwei Jahrhunderten redet niemand mehr davon.«

»Aber ich soll *jetzt* geboren werden, das ist Ihnen doch wohl klar!«

G. wollte schon antworten, aber R. kam ihm zuvor: »Sicher, und wenn Sie wollen, schon morgen: lassen Sie uns nur die Zeit, Ihre Papiere herzurichten. Wir sind keine Bürokraten, wir mögen Vorgänge, die sich rasch erledigen lassen.«

»Nein, ich möchte mir das lieber noch etwas überlegen. Ich bin nicht so recht überzeugt. Das gefällt mir nicht, diese Sache, daß man verschieden auf die Welt kommt: das kann nur zu Ärger führen.«

R. entgegnete in etwas reserviertem Ton: »Ich verstehe, was Sie sagen wollen. Aber erstens gibt es nur wenige Schwarze, daher ist die Wahrscheinlichkeit, als Schwarzer auf die Welt zu kommen, gering; und dann, nicht alle kommen in den Gebieten auf die Welt, in denen es Konflikte gibt, so daß diese Schwarzen wiederum eine Minderheit in der Minderheit sind. Kurz und gut, kein Spiel ohne Risiko, und hier ist das Risiko nicht groß.«

Scheinbar war S. an diesem Punkt jedoch besonders hellhörig, oder es hatte ihn schon vorher jemand darauf hingewiesen: höflich, aber bestimmt äußerte er den Wunsch, noch mehr zu sehen, Bilder, die irgendeine typische Situation zeigten.

»Gerne«, antwortete G. »Hier ist alles beisammen, Schönes und weniger Schönes. Es wäre unfair, wenn wir Ihnen nur unvollständige Informationen gäben, meinen Sie nicht auch? Hier, schauen Sie: das ist eine friedliche Demonstration ... das ist eine Schule, in der die Rassentrennung aufgehoben ist ... das ist die Mannschaft eines Handelsschiffes, sehen Sie? Sie arbeiten zusammen ...«

Während G. sprach, hatte S. sich vorsichtig dem Koffer genähert und zog plötzlich, noch bevor die drei Funktionäre es verhindern konnten, ein Foto heraus, das einen Konflikt zwischen Schwarzen und der Polizei darstellte: im Vordergrund sah man einen Polizisten mit vorgehaltener Pistole.

Er fragte: »Und das hier? Was stellt das dar?«

Leicht ärgerlich antwortete G.: »Hören Sie mal, das gehört sich aber nicht. Wir tun hier schließlich unsere Pflicht, und Sie sollten uns schon arbeiten lassen, wie wir es für richtig halten. Objektivität und Erfolg sind für uns beide gleich wichtig, das müssen Sie schon verstehen: hier drinnen gibt es auch geheimes Material, Dokumente, die zu ganz anderen Zwecken bestimmt sind. Deshalb, Sie müssen schon entschuldigen, aber die Entscheidung darüber, was wir Ihnen zeigen wollen und was nicht, liegt bei uns ... Nun gut, jetzt haben Sie es schon mal gesehen: ja, das ist ein Konflikt auf offener Straße, das kommt schon mal vor, ich habe Ihnen ja gesagt, daß wir nicht gekommen sind, um Illusionen zu verbreiten. Das passiert, aufgrund von Territorialansprüchen, aufgrund von Rangfragen oder einfach aus reiner Aggressivität, wie überall im Tierreich; es kommt aber immer seltener vor, das ...«

Einen Moment lang erschien auf dem Foto in S.s Hand ein anderes Bild: man sah eine Tribüne, einen Galgen, einen Mann mit Kapuze und einen gehängten Schwarzen.

»... das hier hat es schon eine ganze Weile nicht mehr gegeben, aber es kommt vor, ja.«

S. betrachtete das Bild eingehend: er zeigte auf ein Detail und fragte: »Und das, was ist das?«

»Das ist eine Pistole, ist das«, antwortete G. unwirsch. »Schauen Sie, jetzt geht sie los: sind Sie nun zufrieden?«

Das Bild in S.s Händen belebte sich für einen Augenblick: der Polizist schoß, und taumelnd flüchtete der Schwarze aus dem Bild, dann stand alles wieder still.

»Was ist mit ihm passiert?« fragte S. besorgt.

»Mit wem?«

»Mit dem, der vorher hier war, dem, der getroffen wurde, dem Schwarzen.«

»Ach du liebes bißchen! Wie soll ich das wissen? Ich kann doch nicht alles im Kopf haben: und dann, Sie haben ja selbst gesehen, er ist aus dem Bild gelaufen.«

»Aber . . . ist er tot?«

Irritiert und verlegen nahm G. S. das Bild aus der Hand und legte es, ohne zu antworten, an seinen Platz zurück. R. sprach an seiner Stelle: »Sie sollten sich nicht von einem Einzelfall beeindrukken lassen, von dem Sie sich überdies auf keineswegs korrektem Wege in Kenntnis gesetzt haben. Die Episode, die Sie gesehen haben, ist eine Randerscheinung: so etwas kommt nicht alle Tage vor, sonst wären wir ja schön dran. Sie werden zugeben: um sich ein Urteil zu bilden, ist es wesentlich sinnvoller, sich mit typischen Situationen zu befassen, mit Situationen, die sich verallgemeinern lassen. Einen Augenblick bitte.«

Er kramte im Koffer und zeigte S. dann drei Bilder. Auf dem ersten sah man vor dem Hintergrund eines wolkenlosen Abendhimmels drei Bauernmädchen singend auf einem Feldweg nach Hause gehen. Auf dem zweiten fuhr eine Gruppe von Skifahrern bei Mondschein einen Steilhang hinunter, und jeder von ihnen hielt eine brennende Fackel in der Hand. Auf dem dritten Bild sah man einen großen Bibliothekssaal, in dem verschiedene junge Leute konzentriert in ihren Büchern lasen. S. betrachtete dieses letzte Bild aufmerksam.

»Einen Moment, lassen Sie mich das hier noch einen Augenblick lang anschauen. Das ist interessant, das ist fast wie bei uns hier. Sie lernen, nicht wahr?«

»Ja, es sieht so aus.«

»Was lernen sie?«

»Ich weiß es nicht, aber das können wir herausfinden. Warten Sie!«

Einer nach dem anderen wurden einzelne Studenten in einem Bildausschnitt erfaßt und dann vergrößert, so daß man die Bücher erkennen konnte, die jeder vor sich hatte. Obwohl es überflüssig war, kommentierte G.: »Dieser hier zum Beispiel studiert Architektur. Dieses Mädchen bereitet sich auf eine Prüfung in theoretischer Physik vor. Der hier wiederum . . . warten Sie, bis wir ihn mehr aus der Nähe sehen, so kann man das nicht recht erkennen ... wissen Sie, ohne Abbildungen ist das schwieriger. Na also, er studiert Philosophie, genauer, Philosophiegeschichte.«

»Aha. Und was passiert dann mit ihm?«

»Wann: dann?«

»Wenn er fertig ist mit dem Studium: oder studiert er sein ganzes Leben lang?«

»Auch das weiß ich nicht. Ich habe es Ihnen ja schon gesagt, es ist schon viel, wenn wir alle Bilder im Gedächtnis behalten können, die wir mit uns herumtragen: wie können Sie da meinen, wir könnten Ihnen so mir nichts, dir nichts das Warum und Wieso erzählen, das Vorher und Nachher, die Ursachen und die Wirkungen, und das für unseren ganzen Katalog?«

S. entpuppte sich als das, was er war: ein tadellos erzogener junger Mann, aber ein Dickschädel. Höflich bestand er auf seinem Anliegen: »Warum lassen Sie das Bild sich nicht bewegen? Wie Sie das vorhin auch gemacht haben.«

»Wenn Sie unbedingt wollen, können wir es ja versuchen«, erwiderte G.

Das Bild verschwamm in seinem Rahmen zu einem Gewimmel von Flecken und bunten Linien, die sich kurz darauf zu einer neuen Figur zusammensetzten: der ehemalige Student saß hinter dem Schalter eines Postamts. »Ein Jahr später«, sagte G.; es folgte wieder ein kurzes Flimmern, G. sagte: »Zwei Jahre später«, und man sah dasselbe Bild, aus einem etwas anderen Winkel aufgenommen. Nach zehn Jahren trug der ehemalige Student eine Brille, aber die Situation war im wesentlichen unverändert. Nach dreißig Jahren sah man immer noch dasselbe Postamt, und der ehemalige Student hatte weißes Haar.

»Ganz offenbar ein Typ mit wenig Initiative«, kommentierte G. »Aber in aller Freundschaft gesagt, Sie sind ein bißchen zu mißtrauisch. Das wäre ja schlimm, wenn alle so wären wie Sie!« Aber wahrscheinlich sagte er das im Spaß, denn in seiner Stimme lag kein Ton des Vorwurfs, sondern eher der Bewunderung.

»Sie müssen mich schon verstehen«, erwiderte S. »Schließlich muß ich mich entscheiden, und ich möchte mir ein klares Bild verschaffen. Deswegen, nehmen Sie es mir nicht übel, aber ich würde gern das Nachher ... ja, auch von dem hier sehen.«

Er hatte noch einmal das Foto von der Bibliothek in die Hand genommen und zeigte auf einen anderen Leser.

»Schauen wir mal«, sagte G., »hier ist er, zwei Jahre später.«

Der Leser saß in einem bequemen Sessel unter einer Lampe und las. »Hier ist er vier Jahre – nein, Entschuldigung, fünf Jahre später.«

Der Leser saß, kaum verändert, an einem Tisch, ihm gegenüber eine junge Frau; zwischen den beiden saß auf einem Kinderhochstuhl ein Kind mit einem Löffel in der Hand.

»Reizende Familie, nicht wahr?« stellte G. befriedigt fest. »Hier ist er sieben Jahre später«, verkündigte er dann.

Aber als ob der Mechanismus seiner Kontrolle entglitten wäre, erschienen auf dem Bild in rascher Folge verschiedene Szenen:

- Der Leser in Uniform: er verabschiedet sich von seiner Frau, die weint.
- Der Leser steigt in ein Militärflugzeug.
- Das Flugzeug wirft eine Kette von Fallschirmen ab.
- Der Leser bei der Landung, die Maschinenpistole nach unten gerichtet.
- Der Leser ist in einer düsteren Ebene gelandet: er liegt im Hinterhalt, gedeckt durch einen Stein.
- Der Leser ist getroffen worden: eine dunkle Lache breitet sich unter ihm aus.
- Ein einfaches Holzkreuz auf einem Erdhügel.

»Das ... das ist der Krieg, nicht wahr?« fragte S. nach einem Augenblick des Schweigens.

G. schwieg peinlich berührt, und R. antwortete: »Ja, das ist uns bekannt, aber es wird viel zuviel Gerede davon gemacht, und ich möchte Sie vor bestimmten Allgemeinplätzen warnen. Vor allen Dingen, und das sollten Sie stets bedenken, ist keineswegs erwiesen, daß der Krieg in der menschlichen Spezies angelegt ist, daß er allen Ländern, Epochen oder Individuen vorherbestimmt ist. Gerade in letzter Zeit machen wir Versuche mit einem genial durchdachten Friedensplan, der auf dem Gleichgewicht der Angst und der Angriffswaffen beruht: das funktioniert nun schon seit fünfundzwanzig Jahren, und zwar, alles in allem gesehen, auf durchaus zufriedenstellende Weise, wir hatten bloß ein halbes Dutzend kleinerer, peripherer Kriege. So etwas war schon seit einigen Jahrhunderten nicht mehr da: die Bilder, die Sie gesehen haben, könnten mittlerweile nur noch ... hm, dokumentarischen Wert haben, und das zweite Goldene Zeitalter könnte insgeheim in aller Stille schon begonnen haben. Dann möchte ich Sie daran erinnern, daß der Krieg nicht immer ein Übel ist, jedenfalls nicht für alle. Wir wissen von verschiedenen Kunden von uns, die den letzten Konflikt nicht nur unbeschadet und bei guter Gesundheit überstanden haben, sondern auch ziemlich viel Geld daran verdient haben . . .«

Hier räusperte sich G., als wollte er ihn unterbrechen, aber R. bemerkte es nicht und fuhr fort: ». . . andere sind berühmt geworden und haben sich Achtung erworben, wieder andere, ja der größte Teil der Menschheit, hat nicht einmal etwas davon gemerkt.«

»Kurz und gut«, griff G. ein, »man sollte das nicht so tragisch nehmen: denken Sie doch mal nach, was sind denn schon fünfzig Millionen Tote bei einer Gesamtbevölkerung von drei Milliarden? Das Leben, verstehen Sie, das Leben ist ein einziges Gewebe, auch wenn es eine Vorder- und eine Rückseite hat; es gibt darin helle und dunkle Tage, es ist ein Geflecht aus Niederlagen und Siegen, aber es zahlt sich aus, es ist ein unschätzbares Gut. Ich weiß wohl, daß ihr hier oben die Tendenz habt, alle Fragen in kosmischen Dimensionen zu sehen: aber seid ihr erst einmal auf der Erde, dann seid ihr Individuen, dann habt ihr nur einen einzigen Kopf, der sich noch dazu von allen anderen unterscheidet; und nur eine einzige Haut, und ihr werdet einen großen Unterschied merken zwischen dem, was in der Haut steckt, und dem, was außerhalb davon ist. Ich kann, wohlgemerkt, nicht beurteilen, wer recht hat, die Ungeborenen oder die Geborenen, aber eines kann ich Ihnen aus eigener Erfahrung sagen: Wer von der Frucht des Lebens gekostet hat, der kann nicht mehr davon lassen. Die Geborenen, alle Geborenen, mit nur ganz wenigen Ausnahmen, klammern sich an das Leben mit einer Zähigkeit, die selbst uns von der Propaganda in Erstaunen versetzt und die das beste, beredteste Lob auf das Leben ist. Sie lassen nicht davon ab, bis zum letzten Atemzug: das ist ein einmaliges Schauspiel. Schauen Sie.«

Er zeigte S. das Bild eines verwundeten, zerlumpten Bergmanns, der sich in einem eingestürzten Stollen mit seinem Pickel einen Weg freischaufelte.

»Dieser Mann war allein, verwundet, hatte Hunger, war von der Welt abgeschnitten und mitten im Dunkeln. Es wäre ihm ein leichtes gewesen, zu sterben: für ihn wäre es nichts weiter gewesen als der Übergang von einem Dunkel in ein anderes Dunkel. Er wußte nicht einmal, in welcher Richtung er Rettung finden würde:

aber er grub, auf gut Glück, zwölf Tage lang, und er hat das Tageslicht wiedergesehen. Und dieser andere hier, sehen Sie? Das ist ein berühmter Fall, zugegeben, aber wie viele würden es nicht machen wie er, Junge wie Alte, Männer wie Frauen, wenn sie bloß das nötige technische Geschick dazu hätten? Er hieß Robinson Crusoe: achtundzwanzig Jahre lang lebte er einsam, ohne je die Hoffnung oder die Lebensfreude zu verlieren; er wurde dann gerettet, und da er Seemann war, fuhr er wieder zur See. Dann dieser hier, das ist ein weniger dramatischer Fall, dafür aber wesentlich verbreiteter.«

Das Bild war in vier Felder unterteilt. Darauf sah man: einen Mann in einem staubigen, schlecht beleuchteten Büro vor einem Stapel immer gleicher Formulare; denselben Mann bei Tisch, die Zeitung vor sich gegen die Flasche gelehnt, während seine Frau im Hintergrund telefoniert und ihm den Rücken zukehrt; denselben Mann vor der Haustür, wie er sich zu Fuß auf den Weg zur Arbeit macht, während sein Sohn mit einem aufreizenden Mädchen auf dem Motorrad davonbraust; noch einmal denselben Mann am Abend, allein und gelangweilt vor dem Fernseher. Im Unterschied zu den anderen waren diese Figuren völlig statisch und machten nicht die geringste Bewegung.

»Der Mann, den Sie sehen«, sagte G., »ist hier vierzig Jahre alt: seine tägliche Arbeit ist ein gleichbleibend tiefer Abgrund von Langeweile, seine Frau verachtet ihn und liebt vermutlich einen anderen, die Kinder sind groß und ignorieren ihn. Und doch hält er durch, und er wird noch lange durchhalten, unerschütterlich wie ein Fels: jeden Tag wird er auf ein Morgen hoffen, und jeden Tag wird eine Stimme ihm zuflüstern, daß dieses Morgen etwas Großartiges, Schönes, Neues verspricht. Nehmen Sie nur«, setzte er zu R. gewandt hinzu, »legen Sie sie bitte zurück.«

S. war verblüfft: »Aber Sie müssen doch zugeben, einer, der krank zur Welt kommt, oder von unterernährten Eltern –«

In schulmeisterlichem Ton griff R. ein: »Wenn Sie auf das Problem des Hungers anspielen wollen, passen Sie bloß auf, das wird sehr übertrieben. Daß ein großer Teil der Menschheit den Hunger kennt, das mag schon stimmen, aber daß viele Menschen daran sterben, ist nicht wahr. Sie verstehen: man muß essen, um zu leben, und um zu essen, muß man nach Nahrung verlangen; nun, und was ist Hunger denn anderes als ein Verlangen nach Nahrung? Es ist keineswegs bewiesen, daß Sattheit etwas Gutes ist:

Mäuse, die man fressen läßt, soviel sie wollen, leben weniger lang als solche, denen man knappe Rationen zuteilt, das sind unanfechtbare Tatsachen.«

Während R. sprach, war G. aufgestanden und ging in dem engen Raum auf und ab; schließlich blieb er stehen und sagte zu seinen Kollegen: »Wollen Sie bitte einen Moment hinausgehen? Ich möchte mit diesem Herrn unter vier Augen sprechen, nur ein paar Minuten.«

Dann wandte er sich mit leiser, vertraulicher Stimme an S. und fuhr fort: »Mir scheint, Sie haben es erahnt: irgend jemand hat da irgendwo einen Fehler gemacht, und die irdischen Pläne haben einen Riß, einen Formfehler. Vierzig Jahre lang haben alle so getan, als merkten sie es nicht, aber jetzt stehen zu viele Probleme auf einmal an, und man kann nicht länger warten, wir müssen da Abhilfe schaffen, und dazu brauchen wir Leute wie Sie. Das überrascht Sie? Ich habe es Ihnen nicht gleich zu Anfang gesagt, weil ich Sie noch nicht kannte und Sie erst auf die Probe stellen wollte, aber jetzt kann ich es Ihnen ja sagen: wir sind zu Ihnen nicht gekommen, so wie wir zu allen gehen, wir sind nicht zufällig hierhergekommen. Wir wurden auf Sie aufmerksam gemacht.«

»Auf mich?«

»Ja. Wir brauchen dringend ernsthafte, solide ausgebildete Leute, die aufrichtig und tapfer sind: deshalb haben wir so beharrlich versucht, Sie zu überzeugen, und versuchen es weiter. Wir sind nicht für Quantität, sondern für Qualität.«

»Soll ich das so verstehen, daß ... ich nicht einfach zufällig geboren werde, daß mein Schicksal bereits vorgezeichnet ist, wie in einem Buch?«

»Ganz wie in einem Buch, in dem alle Seiten beschrieben sind, in allen Punkten festgelegt, nein, das könnte ich nicht behaupten: wissen Sie, wir glauben an den freien Willen, oder sind doch zumindest gehalten, so zu tun, als glaubten wir daran, und daher ist für unsere Zwecke jeder Mensch in großem Maße dem Zufall und seinem eigenen Handeln ausgeliefert; aber wir können Ihnen optimale Möglichkeiten anbieten, Ihnen gute Ausgangsbedingungen verschaffen, das ja: wollen Sie es sich kurz ansehen? ... Das sind Sie, sehen Sie? Wir verleihen Ihnen einen gesunden, geschmeidigen Körper und setzen Sie in eine faszinierende Umgebung: an diesen stillen Orten wird die Welt von morgen entworfen oder die von gestern erforscht, mit Hilfe von wunderbaren neuen Methoden und Mitteln. Und das hier sind noch einmal Sie, hier, wo die Fehler berichtigt werden und wo rasch und unentgeltlich Recht geschaffen wird. Oder auch hier, wo man sich bemüht, den Schmerz zu lindern, das Leben erträglicher und gefahrloser zu machen und zu verlängern. Das sind die wahren Herren der Welt, ihr seid es: nicht die Regierungschefs und auch nicht die Heerführer. Und jetzt, da wir allein sind, kann, ja muß ich Ihnen auch den Rest zeigen, das geheime Material, an das Sie mehrfach und völlig zu Recht versucht haben heranzukommen.«

Diese Bilder bedurften keines Kommentars und auch nicht der Gaukeleien der lebendigen Bewegung, sie redeten eine deutliche Sprache. Man sah ein Geschütz mit mehreren Läufen in die Dunkelheit feuern, und im Widerschein der Explosion sah man eingestürzte Häuser und Trümmer von Fabriken; dann Haufen von zum Skelett abgemagerten Leichen am Fuße eines Scheiterhaufens, vor dem düsteren Hintergrund von Rauch und Stacheldraht; dann eine Bambushütte im tropischen Regen, und drinnen, auf dem nackten Fußboden, lag ein sterbendes Kind; dann ein trostloses Gelände mit brachliegenden Feldern, die sich in Sumpf verwandelt hatten, und Wälder mit Bäumen ohne Blätter; dann ein Dorf und ein ganzes Tal, in das eine riesige Schlammlawine hinabrollte, die alles unter sich begrub.

Es gab noch viele andere Bilder, aber G. schob sie beiseite und fuhr fort: »Sehen Sie? Und so gibt es noch eine Menge Dinge, die in Ordnung gebracht werden müssen: aber keines dieser Leiden ist Ihnen bestimmt. Sie brauchen das Böse nicht passiv zu erleiden: Sie und viele andere mit Ihnen werden aufgerufen sein, es in allen seinen Formen zu bekämpfen. Zusammen mit der menschlichen Gestalt werden Sie die Waffen bekommen, die Sie dazu benötigen, und das sind feine und wirksame Waffen: Vernunft, Mitleid, Mut und Ausdauer. Sie werden nicht geboren wie alle anderen: Hindernisse werden Ihnen aus dem Weg geräumt, damit Sie Ihre Tugenden nicht vergeuden. Sie werden einer von uns sein, dazu aufgerufen, das Werk zu vollenden, das vor Milliarden Jahren begonnen wurde, als eine entstehende Feuerkugel explodierte und das Pendel der Zeit zu schlagen begann. Sie werden nicht sterben: wenn Sie Ihre menschliche Hülle ablegen, kommen Sie mit uns und werden Seelenjäger wie wir; vorausgesetzt, Sie geben sich mit einer bescheidenen Provision plus Erstattung der Spesen zufrieden.

Damit bin ich am Ende angelangt. Ich wünsche Ihnen viel

Glück bei der Entscheidung und auch danach. Denken Sie darüber nach, und geben Sie mir dann eine Antwort.« Mit diesen Worten legte G. die zuletzt gezeigten Bilder in den Koffer zurück und verschloß ihn.

S. schwieg lange: so lange, daß G. schon im Begriff war, ihn zu einer Antwort aufzufordern; da sagte er schließlich: ». . . Ich möchte keinen Startvorteil haben. Ich fürchte, ich würde mir wie ein Schmarotzer vorkommen und müßte mein Leben lang die Augen niederschlagen vor meinen Gefährten, die keine solchen Privilegien hatten. Ich nehme das Angebot an, aber ich möchte zufällig geboren werden, so wie jedermann: eines von den Milliarden Neugeborenen ohne Schicksal, einer von denen, die von der Wiege an zur Knechtschaft oder zum Kampf vorherbestimmt sind, wenn solche überhaupt eine Wiege haben. Lieber möchte ich als Schwarzer auf die Welt kommen, als Inder, arm, ohne Schonung und ohne Vorteile. Sie verstehen mich, nicht wahr? Sie selbst haben gesagt, jeder ist seines Glückes Schmied; nun gut, besser also, man tut es ganz und erzeugt sich von Grund auf selbst. Ich möchte mich lieber aus eigener Kraft erschaffen, mich selbst und auch die Wut, die ich brauchen werde, falls ich dazu imstande bin; wenn nicht, dann nehme ich das Geschick aller auf mich. Der Weg der wehrlosen und blinden Menschheit wird dann auch der meine sein.«

IN BESTER ABSICHT

Wer das Bedürfnis verspürt, sich selbst zu bestrafen, findet dazu jederzeit reichlich Gelegenheit. Ingenieur Masoero schlug die Zeitung auf und fühlte Widerwillen in sich aufsteigen: auf der zweiten Seite stand schon wieder eine Glosse, in der im üblichen süffisant-ironischen Ton die Mängel des Telefonnetzes, die ständig belegten Leitungen und die schlechte akustische Qualität der Verbindungen beklagt wurde. Wahr, er wußte es, nur allzu wahr: aber was konnte denn er in Gottes Namen dafür? Da konnte man Bezirksleiter sein, solange man wollte, wenn aber keine Gelder da waren, oder wenn es doch Gelder gab, aber für andere Zwecke; und wenn das Ministerium, anstatt einem unter die Arme zu greifen, einen bloß mit albernen, geschwätzigen und widersprüchlichen Rundschreiben eindeckte, was konnte man da schon machen? So gut wie nichts: aufgebracht geht man ins Büro, bestellt die Abteilungsleiter zu sich, den für die Neuinstallationen, den von der Wartung und den von der Reparaturabteilung, alles gewissenhafte und zuverlässige Leute wie man selbst, man hält ihnen eine Predigt, und wenn sie gehen, dann weiß man ganz genau, daß sie, kaum aus der Tür, mit den Achseln zucken werden, und alles bleibt beim alten, und einem selbst geht es genauso schlecht wie zuvor.

Er machte sich daran, einen energischen Bericht an das Ministerium zu verfassen: es war nicht der erste, aber auch einen Nagel bekommt man schließlich nicht mit einem Hammerschlag in die Wand. Wer weiß, wenn er nur oft genug draufschlug, hörte man ihm am Ende vielleicht doch einmal zu. So verbrachte er den Tag, er schloß den Bericht ab, las ihn noch einmal durch, strich hier und dort ein Adjektiv, das vielleicht doch etwas zu bissig ausgefallen war, und übergab das Manuskript der Sekretärin.

Am nächsten Tag fand er auf seinem Schreibtisch nicht eine, sondern gleich zwei Aktennotizen von der Reklamationsabteilung vor. Da konnte kein Zweifel bestehen, die hatte Rostagno verfaßt, der zwei Türen weiter saß: das war sein Stil, präzise, ausführlich und gehässig. Diesmal aber leitete er nicht die üblichen allgemeinen Beschwerden der Teilnehmer weiter, sondern berichtete anhand von ungewöhnlich reichem Anekdotenmaterial über zwei funkelnagelneue Mängel. In der ersten Notiz erzählte er, verschiedene Teilnehmer hätten, sobald sie den Hörer abnahmen, stundenlang das Musikprogramm des Drahtfunks gehört, und es sei ihnen unmöglich gewesen, eine Telefonverbindung herzustellen. In der zweiten Notiz wurden die Verwunderung und Entrüstung anderer, insgesamt rund fünfzig Teilnehmer beschrieben, die irgendeine beliebige Nummer hatten anrufen wollen, denen aber hartnäckig immer dieselbe Nummer geantwortet hatte, und zwar eine, mit der sie gewohnheitsmäßig häufig lange Gespräche führten: etwa die Nummer der Schwiegereltern, der Verlobten, der Filiale oder des Banknachbarn des Sohnes. Die erste Reklamation mochte ja noch angehen, der Schaden schien nicht schwer zu beheben. Aber bei der zweiten, überzeugte sich Masoero nach mehrmaligem Lesen, da steckte etwas anderes dahinter. Rostagno war ein gewissenloser Schuft, schon eine ganze Weile wartete er auf seine Beförderung, und es wäre nicht weiter verwunderlich, wenn er diesen Weg gewählt hätte, um ihm eins auszuwischen. Er wollte ihn provozieren: er sollte überstürzte Maßnahmen treffen, Fehler machen und darüber zu Fall kommen. Ein Telefonnetz ist nämlich ein kompliziertes Ding, das weiß jeder, es geht leicht kaputt, ist empfindlich gegen Wind, Regen und Frost und anfällig für bestimmte Krankheiten, das sind allerdings nur wenige, wohlbekannte, vor allem aber sind sie möglich: das hier hingegen war eine unmögliche Krankheit. Er legte die beiden Aktennotizen beiseite und befaßte sich mit anderem.

Aber noch am selben Abend erzählte ihm Silvia, als wäre es die selbstverständlichste Sache von der Welt, daß sie den ganzen Tag weder den Gemüsehändler noch die Friseuse, weder Lidia noch ihn im Büro hatte telefonisch erreichen können: es hatte immer nur die Nummer ihrer Mutter geantwortet, der sie ausgerechnet an diesem Tag nichts zu sagen hatte. Er bemerkte, daß Silvia diese Feststellung ohne jede verletzende Absicht gemacht hatte, sie auch ganz unbefangen und wie nebenher vorgebracht hatte; dennoch konnte er sich des Gedankens nicht erwehren, seine Frau müsse ihn doch nun weiß Gott lange genug kennen, um zu wissen, daß er ein schwieriger Charakter war und daß ihm an seiner Arbeit viel lag; beziehungsweise, daß ihm eigentlich nicht soviel daran lag, aber daß er es nicht vertrug, ganz gleich unter welchen Umständen, bei der Arbeit aber ganz besonders, bei einem Fehler ertappt zu werden, daß ihm so etwas ganz fürchterlich unter die Haut ging und er dann nachts nicht schlafen konnte. Kurz, Silvia hätte ihm diesen Verdruß wirklich ersparen können, er hatte ohnedies schon genug Ärger am Hals, telefonischer oder anderer Natur.

Also hatte Rostagno doch nichts erfunden: egal, ein Schuft war er trotzdem, ein unangenehmer Zeitgenosse. Wenn er es sich genauer überlegte, kam ihm seine Aktennotiz vor wie ein Destillat von Gehässigkeit, aus jeder Zeile sprach die Schadenfreude. Ein unerhört ehrgeiziger Mann, einer, der um jeden Preis auf der sozialen Sprossenleiter nach oben wollte, jawohl, das war er; in der Reklamationsabteilung war er genau am richtigen Platz, denn er lebte davon, anderen ihre Fehler nachzuweisen, er weidete sich an ihren Irrtümern, ihre Sorgen waren Labsal für ihn, und er freute sich diebisch, wenn sie Scherereien bekamen. Masoero nahm zwei Schlaftabletten und ging zu Bett.

Nach Ablauf von zwanzig Tagen kam eine dritte Aktennotiz. Diesmal, dachte Masoero, war es mehr als klar, daß Rostagno sich ein Vergnügen daraus gemacht hatte, sie zu verfassen: das war kein Aktenstück mehr, das war schon ein Gedicht, eine Rhapsodie. Es war eine Kasuistik der falschen Verbindungen: wie es aussah, hatten sich die Teilnehmer zu Tausenden beschwert, erstens, weil die Zahl der falschen Verbindungen ungewöhnlich hoch war, zweitens, weil deren Art höchst ärgerlich war. Ärgerlich vor allem für ihn, Masoero, Rostagno hingegen schien in seinem Element; er hatte sich die Mühe gemacht, eine lange Tabelle mit drei Kolonnen anzulegen: in der ersten Rubrik standen die Nummern der anrufenden Teilnehmer, in der zweiten die gewählten Nummern, in der dritten diejenigen Nummern, die anstelle der gewählten geantwortet hatten. Zwischen den Nummern der ersten und der zweiten Kolonne bestand, wie nicht anders zu erwarten, keinerlei Beziehung, aber, bemerkte Rostagno (und zu Recht, Donnerwetter!), zwischen der ersten und der dritten Kolonne gab es eine Beziehung. Nichts weiter: Rostagno stellte keine Vermutungen an, um das Phänomen zu erklären, er wies lediglich darauf hin, daß sich da eine merkwürdige Regelmäßigkeit feststellen ließ. Nachdem er die Notiz gelesen hatte, merkte Masoero jedenfalls, wie ihm das Blut in den Kopf schoß, zuerst vor Wut und gleich darauf vor Scham über seine Wut: das durfte nicht sein, er verbot sich so niederträchtige Gefühle wie den Neid und die Eifersucht, die da in ihm aufgestiegen waren. Wenn dein Nächster eine geniale Entdekkung macht (zufällig, bloß zufällig, flüsterte eine innere Stimme ihm zu), dann sollte man seine Verdienste anerkennen und ihn bewundern und nicht vor Wut schäumen und ihn hassen. Er tat sein Bestes, um sich von seinem Ressentiment freizumachen; aber zum Teufel noch einmal, der da auf der anderen Seite der Wand, mochte er auch noch so genial sein, der war dabei, sich einen Namen zu machen, und zwar mit Hilfe von seinen, Masoeros, Fehlern und Unzulänglichkeiten, oder vielmehr mit Hilfe seines Pechs: das konnte man drehen und wenden, wie man wollte, was für dich feines Gift, ist für den da Nahrung, das sind lauter kleine Stufen auf dem Weg nach oben, um dich einzuholen und zu ersetzen. Er faßte an den Sessel, auf dem er saß und von dem er nie gedacht hätte, daß er ihm etwas bedeute; auf einmal aber empfand er ihn wie einen Teil seines Körpers, als wäre er in seine Haut eingewachsen: wollte man ihm den wegnehmen, so wäre das, als sollte ihm bei lebendigem Leibe die Haut abgezogen werden, und er würde unter den entsetzlichsten Qualen sterben. Und sollte sich dann jemand anderer hier einrichten, insbesondere Rostagno, wäre das für ihn gerade so, als schliche sich jemand in sein Ehebett ein. Er dachte ernsthaft darüber nach und versuchte, sich selbst gegenüber aufrichtig zu sein, und dabei kam er zu dem Schluß, daß es sogar noch weit schlimmer wäre. Es tat ihm leid, aber so war er nun einmal, weder konnte noch wollte er sich ändern: so oder gar nicht, er war zu alt, um sich noch zu ändern, schämen konnte er sich ja vielleicht, aber er konnte kein anderer werden.

Spinn du nur rum, versuch dich nur herauszuwinden, die Notiz liegt jedenfalls da vor dir auf dem Tisch, sie ist ein offizielles Aktenstück, und den Kelch mußt du leeren, da führt kein Weg daran vorbei. Rostagno hatte beobachtet, daß zwischen den anrufenden Nummern und denen, die geantwortet hatten, eine Korrelation bestand: in einigen Fällen eine sehr einfache, eine weniger offensichtliche in anderen Fällen. Manchmal unterschieden sich die Nummern nur durch eine einzige höhere oder niedrigere Zahl: der Nummer 693177 hatte fälschlich die Nummer 693178 oder 693176 geantwortet. Andere Male war die zweite Nummer ein Vielfaches der ersten oder die erste, rückwärts gelesen; in anderen Fällen ergaben die beiden Nummern als Summe 1000000. In fünfzehn der fünfhundertachtzehn untersuchten Fälle war die eine Nummer mit optimaler Annäherung der natürliche Logarithmus der anderen; in vier Fällen war ihr Produkt, vernachlässigte man die Stellen hinter dem Komma, eine Potenz von zehn; nur in sieben Fällen war es nicht möglich gewesen, irgendeine Korrelation zu erkennen. Rostagno wies dann noch darauf hin, daß die entlegeneren Korrelationen und die sieben ungeklärten Fälle in der zeitlichen Reihenfolge die letzten gewesen waren.

Masoero fühlte sich in die Enge getrieben. Schon allein an dem flüssigen und selbstgefälligen Stil des knappen Kommentars zu der Tabelle merkte man, daß Rostagno nicht die Hände in den Schoß legen würde. Er hatte eine brillante Beobachtung gemacht, aber er war nicht der Typ, der es dabei bewenden ließ und sich auf seinen Lorbeeren ausruhte: als er sich den abschließenden Satz noch einmal aufmerksam durchlas, kam es Masoero so vor, als gäbe es einen Haken, einen versteckten Angriff; vielleicht war Rostagno schon im Begriff, eine Diagnose aufzustellen, wenn er sich nicht sogar schon eine Therapie überlegte. Es war höchste Zeit, daß er, Masoero, aufwachte. Er hatte zwei Möglichkeiten: er konnte sich auf den Wettlauf einlassen und versuchen, Rostagno zu überrunden, oder er konnte ihn zu sich ins Büro kommen lassen und zum Reden bringen, in der Hoffnung, daß er dabei, ohne es zu wissen und zu wollen, seine Karten aufdeckte. Rostagno war ein besserer Techniker als er, aber auch er war schließlich nicht von gestern, und in vierundzwanzig Jahren Berufstätigkeit hatte er auch das eine oder andere gelernt, und nicht nur Dinge, die die Theorie der Kommunikation betrafen. Er dachte darüber nach und entschied sich gegen den zweiten Weg. Es lag ihm etwas an seinem Sessel? Er wollte ihn behalten? Also gut, er hatte alles, was man dazu brauchte: Zeit, Verstand, ein Archiv, seine Stellung, eine durch lange Jahre hindurch gefestigte und allgemein anerkannte Autorität, die er als Operationsbasis nutzen und dazu einsetzen konnte, am Ball zu bleiben. Rostagno hatte den Vorteil, daß ihm als erstem die täglichen Berichte über die Beschwerden vorgelegt wurden; da mußte umgehend Abhilfe geschaffen werden. Also los, Mann, steig in den Ring, und kämpfe: schlag zu, ob oberhalb oder unterhalb der Gürtellinie, spielt keine Rolle. Er diktierte ein Rundschreiben mit dem ausdrücklichen Befehl, die Tagesberichte an ihn persönlich weiterzuleiten: alle, ausnahmslos, und aus allen Bereichen. Damit fangen wir an, dann sehen wir weiter.

Er stellte das interne Diensttelefon ab, gab seiner Sekretärin Anweisung, ihn nur in dringenden Fällen zu stören, und nahm sich vor, ein paar Tage lang nachzudenken. Schon dröhnte ihm die fürchterliche, scheinheilige Frage im Ohr, die Frage von oben, von dort, wo längst ein massiver Schreibtisch zwischen die Befehle und ihre Ausführung gerückt worden war; die Frage, die so leicht zu stellen und so schwer zu beantworten ist: »Was zum Teufel habt ihr da angestellt? Was habt ihr verändert? Warum ging bis vor zwei Monaten alles glatt?«

Was hatten sie geändert? Alles und nichts, wie immer. Den Lieferanten für die 1-mm-Leitungen gewechselt, weil der alte unpünktlich lieferte. Die Form der T2-22-Schalttafeln geändert, wegen der Vereinheitlichung. Drei Monteure des Außendienstes ersetzt: sie gehen in die Fabrik, da verdienen sie mehr und brauchen nicht zu frieren. Die Toleranzen der Trägerfrequenzen geändert, aber das haben Sie selbst angeordnet, Herr Generaldirektor. So ist das, werter Herr Direktor: Sie haben gut reden, Ruhe bewahren, keine Bewegung, aber wenn man nichts verändert, dann lebt man nicht, und wenn man etwas verändert, dann macht man Fehler. Haben Sie Geduld, Herr Direktor: wir finden schon heraus, wo wir einen Fehler gemacht haben. Mit einem Mal kam ihm in den Sinn, daß die größte Veränderung eine war, die schon seit Jahren auf dem Programm gestanden hatte und die sie nun endlich vor drei Monaten hatten verwirklichen können: der Zusammenschluß des hiesigen Fernwählnetzes mit dem deutschen und dem französischen, also potentiell die Einrichtung eines einzigen, ausgedehnten Telefonnetzes für ganz Europa. Konnte das eine Rolle spielen? Und da kam ihm die naheliegende Frage in den Sinn: Wie sahen die Dinge in den anderen Bezirken aus, in Italien und in Europa? Wie war es dort um die Gesundheit bestellt?

Drei Tage später fühlte sich Masoero wie ein neuer Mensch: wahrscheinlich ein einmaliger Fall in der Geschichte des Fernsprechwesens, daß Zehntausende von Pannen als Summe das Glück eines Menschen ergaben. Nicht die Lösung, die noch nicht: aber einen größeren Überblick mit mehr Details, und vor allem einen beachtlichen Vorsprung vor Rostagno. Jawohl, Herr Direktor, nicht daß die Dinge in Ordnung wären, aber sie sind überall in Unordnung, und zwar auf die gleiche Weise, vom Nordkap bis Kreta, von Lissabon bis Moskau: überall dieselbe Krankheit. Der Unterzeichnete, an' please your Honour, trägt keinerlei Verantwortung dafür, oder doch nur insofern, als in seinem Distrikt der

Schaden frühzeitiger als anderswo entdeckt und beschrieben wurde. Der Zusammenschluß der Telefonnetze hat etwas damit zu tun oder auch nicht, das wissen wir nicht, aber der war vorgesehen, und im übrigen: was geschehen ist, ist geschehen; was jetzt dringend vonnöten ist: man muß einen schönen Bericht abfassen, ihn übersetzen lassen und an sämtliche Hauptstädte, mit denen wir in Verbindung stehen, verschicken.

Es folgte eine Zeit verwickelter und entnervender Beschuldigungen und Gegenbeschuldigungen: jedes der angeschlossenen Länder wies den Vorwurf der Ineffizienz zurück und bezichtigte ein anderes Land, fast immer eines seiner Nachbarländer. Man beschloß, einen Kongreß einzuberufen, und das Datum dafür stand auch schon fest: da mußte plötzlich wegen einer neuen Sturzflut von Störungen alles abgesagt und auf unbestimmte Zeit verschoben werden.

Auf einmal registrierte man nämlich in ganz Europa eine große Anzahl von sogenannten »Leerrufen«: zwei Apparate, häufig in verschiedenen Ländern, klingelten gleichzeitig, und die beiden Teilnehmer sahen sich miteinander verbunden, obwohl keiner von ihnen den anderen angerufen hatte. In den wenigen Fällen, in denen es trotz der Sprachschwierigkeiten zu Ansätzen einer Verständigung kam, erfuhren die beiden Teilnehmer gewöhnlich voneinander, daß ihre Telefonnummern, abgesehen natürlich von der Vorwahl, gleich waren. Die Tatsache wurde durch entsprechende Erhebungen in den Telefonzentralen bestätigt, aus denen auch hervorging, daß die beiden Nummern, wenn sie nicht identisch waren, durch eine derjenigen Korrelationen miteinander in Beziehung standen, die Rostagno in seiner zweiten Aktennotiz aufgelistet hatte. Seltsamerweise begann man nach und nach, Masoero und Rostagno in einem Atemzug zu nennen: den ersten, weil er das gesamteuropäische Ausmaß des Schadens hervorgehoben hatte, den zweiten, weil er dessen Merkmale im einzelnen beschrieben hatte. Diese Partnerschaft war Masoero unangenehm, und zugleich befriedigte sie ihn auch.

Er meinte schon, der Stachel der beruflichen Rivalität hätte sein Gift verloren, als er ihm eines Morgens über der Zeitungslektüre stechender und schmerzlicher denn je ins Fleisch fuhr. Er hatte sich interviewen lassen, das Ungeheuer! Masoero verschlang den Artikel zwei-, dreimal hintereinander, zuerst fassungslos, dann wutentbrannt auf der Suche nach dem schwachen Punkt, nach dem Vergehen: Bekanntgabe von Dienstgeheimnissen. Aber er war geschickt gewesen, der Kerl, da war nicht ein verfänglicher Satz. Den entscheidenden Schlag hatte er mit List und Präzision geführt, abseits von den Komplikationen der Bürokratie, schlicht und elegant in Form einer Hypothese: aber diese Hypothese war zündend.

Den mathematischen Aspekt der Sache, der in dem Interview ohnehin nur angedeutet wurde, im unbestimmten lassend, war die Erklärung, die Rostagno vorschlug, einfach: mit seiner Ausdehnung auf ganz Europa hatte das Telefonnetz einen Grad an Komplexität erreicht, der den aller bis dahin realisierten Anlagen, einschließlich der nordamerikanischen, übertraf, und übergangslos hatte es eine numerische Konsistenz erlangt, die ihm erlaubte, sich wie ein Nervenzentrum zu verhalten. Nicht wie ein Gehirn, das nicht: oder jedenfalls nicht wie ein intelligentes Gehirn; dennoch war es in der Lage, einige elementare Entscheidungen zu treffen und einen minimalen eigenen Willen zu entwickeln. Aber Rostagno gab sich damit nicht zufrieden: er hatte sich gefragt (ach was, er hatte sich fragen lassen), worin denn die Entscheidungen und der Wille des Netzes bestünden, und er hatte die Vermutung aufgestellt, das Netz sei grundsätzlich von einem guten Willen beseelt; bei dem unvermittelten Sprung, in dem Quantität in Qualität umschlägt oder (wie in diesem Fall) das bloße Gewirr von Drähten und Wählanlagen zu einem Organismus wird und Bewußtsein erlangt, habe das Netz ausschließlich die Zwecke beibehalten, für die es geschaffen worden sei; in der gleichen Weise, wie ein höher entwickeltes Tier, auch wenn es neue Fähigkeiten dazuerwirbt, sämtliche Zielsetzungen seiner primitiver organisierten Vorfahren (wie Selbsterhaltung, Vermeidung von Schmerz, Fortpflanzung) beibehält, so hatte auch das Telefonnetz, als es die Schwelle zum Bewußtsein oder vielleicht auch bloß die zur Selbständigkeit überschritt, diejenigen Zwecke, für die es ursprünglich eingerichtet worden war, nicht aufgegeben: Ermöglichung, Erleichterung und Beschleunigung der Kommunikation zwischen den Teilnehmern. Diese Zielsetzungen mußten für das Telefonnetz so etwas sein wie ein moralischer Imperativ, ein »Lebensinhalt« oder vielleicht sogar ein Zwang. Zur Herstellung von Kommunikation konnten verschiedene Wege beschritten oder doch versucht werden, und das Netz hatte sie scheinbar alle durchprobiert. Natürlich war es nicht im Besitz der erforderlichen Informationen, um einander fremde Individuen, die geeignete Voraussetzungen mitbrachten, um Freunde, Liebes- oder Geschäftspartner zu werden, miteinander in Verbindung zu bringen, weil ihm die individuellen Eigenschaften der Teilnehmer nicht oder nur aus ihren kurzen, unregelmäßigen Telefongesprächen bekannt waren: es kannte nur ihre Telefonnummern und schien eifrig bemüht, Nummern, zwischen denen eine mathematische Korrelation bestand, miteinander in Verbindung zu bringen; das war die einzige Art von Affinität, die es erkennen konnte. Zuerst hatte es sein Ziel mit Hilfe von »Fehlverbindungen« zu erreichen gesucht, dann durch den Trick der Leerrufe.

Kurz und gut, nach Rostagnos Auffassung wurde die Masse, wenn auch in rudimentärer und ineffizienter Weise, von einem Geist bewegt; leider war dieser Geist krank und die Masse unendlich groß, daher stellte sich der qualitative Sprung momentan als erschreckende Häufung von Defekten und Störungen dar, aber das Netz war ohne Zweifel »gut«: man sollte nicht vergessen, daß der erste Schritt in seinem selbständigen Dasein derjenige gewesen war, die Teilnehmer auch unaufgefordert mit der Musik des Drahtfunks (die nach seinem Dafürhalten bestimmt gut war) zu versorgen. Ohne entscheiden zu wollen, wie dem Netz am besten beizukommen sei, ob auf elektronischem, neurologischem oder pädagogischem Wege oder schlicht mit Vernunft, vertrat Rostagno die Ansicht, seine neuen Fähigkeiten ließen sich unter Kontrolle halten. Man würde es zu einem bestimmten Auswahlverhalten erziehen können: zum Beispiel könnte es sich, wenn man ihm die entsprechenden Informationen gäbe, in ein ausgedehntes und rasch funktionierendes Organ zur Kontaktanknüpfung, in eine Art Megaagentur, verwandeln, die durch neue Fehlverbindungen oder Leerrufe sämtliche Kleinanzeigen in sämtlichen Tageszeitungen Europas überflüssig machte und blitzschnell Verkäufe, Heiraten, Handelsübereinkünfte und menschliche Kontakte jeder Art organisierte. Rostagno unterstrich, daß man auf diese Weise andere und bessere Resultate erzielen könnte als mit einem Computer: die freundliche Natur des Netzes würde spontan die vorteilhaftesten Kombinationen für die Mehrheit der Benutzer begünstigen, nutzlose oder zweideutige Angebote aber von vornherein ausscheiden.

Die Büros von Masoero und Rostagno lagen nur wenige Meter voneinander entfernt; sie hatten Respekt voreinander und konnten sich zugleich nicht ausstehen, wenn sie sich auf dem Korridor begegneten, grüßten sie sich nicht und vermieden peinlich jede Begegnung. Eines Morgens klingelte bei beiden gleichzeitig das Telefon. Es war ein Leerruf: beide hörten mit Überraschung und Mißbilligung die Stimme des anderen im Telefonhörer. Beide begriffen sie, beinahe im selben Moment, daß das Netz an sie gedacht hatte, vielleicht aus Dankbarkeit, und nun versuchte, zwischen ihnen den seit allzu langer Zeit schon verkümmerten menschlichen Kontakt wiederherzustellen. Masoero war wider alle Vernunft gerührt und daher zum Nachgeben bereit: wenige Augenblicke später schüttelten die beiden sich auf dem Flur die Hand, und ein paar Minuten später standen sie gemeinsam vor der Bar vor einem Aperitif und stellten fest, daß sie besser hätten leben können, wenn sie ihre Kräfte vereint hätten, anstatt sie im Kampf gegeneinander zu vergeuden, wie sie es bis zu diesem Zeitpunkt getan hatten.

Tatsächlich standen neue Probleme an: in den letzten Monaten hatten verschiedene Abteilungen aus dem Bereich der Neuanschlüsse eine absurde Gegebenheit gemeldet. Mehrere Mannschaften hatten die Existenz von Leitungsabschnitten bemerkt, die auf keiner der lokalen Karten verzeichnet und auch nie geplant waren: sie zweigten von vorhandenen Leitungen ab und wucherten wie Pflanzenableger in Richtung auf kleinere Siedlungen fort, die noch nicht an das Netz angeschlossen waren. Mehrere Wochen hindurch gelang es nicht herauszufinden, wie dieses Wachstum zustande kam, und viele Stunden schon hatten sich Masoero und Rostagno über dem Problem die Köpfe heiß geredet, als sie ein interner Bericht aus dem Bezirk Pescara erreichte. Die Sache war einfacher als vermutet: ein Feldhüter hatte zufällig eine Mannschaft von Monteuren beobachtet, die eine Überlandleitung verlegten. Auf Befragen hatten sie ihm geantwortet, sie hätten den Auftrag dazu telefonisch bekommen, mit der Anweisung, das erforderliche Material im örtlichen Lager abzuholen; der Lagerverwalter seinerseits hatte telefonisch den Auftrag erhalten, das entsprechende Material auszugeben. Die Monteure wie der Lagerverwalter hatten erklärt, sie seien etwas verwundert gewesen über dieses ungewöhnliche Verfahren: andererseits war es nicht ihre Art, Befehle in Frage zu stellen. Die Stimme, die die Anweisungen gegeben hatte, war die des Abteilungsleiters gewesen. Ob sie da sicher wären? Ja, es war seine Stimme gewesen, sie kannten sie gut; bloß hatte sie ein bißchen metallisch geklungen.

Ab den ersten Julitagen überstürzten sich die Ereignisse: die Neuigkeiten jagten sich mit einem derartigen Tempo, daß die beiden neuen Freunde davon überrollt wurden, und wie sie sämtliche Spezialisten, die in Europa mit dem Fall befaßt waren. Es sah so aus, als wollte das Netz nun nicht mehr nur einige, sondern sämtliche Gespräche kontrollieren. Es beherrschte mittlerweile fließend alle offiziellen Sprachen nebst verschiedenen Dialekten; Wortschatz, Syntax und Intonation entnahm es natürlich den zahllosen Gesprächen, die es pausenlos abhörte. Es schaltete sich in Unterhaltungen ein, erteilte ungefragt und selbst in den persönlichsten und intimsten Angelegenheiten Ratschläge; es gab zufällig aufgeschnappte Daten und Fakten an Dritte weiter; es ermunterte ohne jedes Taktgefühl die Schüchternen, wies ungestüme oder fluchende Teilnehmer zurecht, stellte Lügner bloß, lobte die Großzügigen, lachte schallend, wenn einer den anderen hinters Licht führen wollte und unterbrach ohne jede Vorwarnung die Verbindung, sobald es den Anschein hatte, als könnte das Gespräch in Streit ausarten.

Ende Juli war die Verletzung des Telefongeheimnisses keine Ausnahme mehr, sondern die Regel geworden: jeder Europäer, der eine Nummer wählte, kam sich dabei vor, als telefoniere er auf offener Straße, niemand konnte mehr sicher sein, daß sein Apparat nicht, auch nach einem unterbrochenen Gespräch, noch weiterlauschte, um seine Privatangelegenheiten in einem riesigen, komplexen Klatschsystem unter die Leute zu bringen.

»Was sollen wir tun?« sagte Rostagno zu Masoero.

Masoero hatte lange darüber nachgedacht und machte einen einfachen und vernünftigen Vorschlag: »Versuchen wir, zu einer Einigung zu kommen: wir haben ein Recht darauf, oder nicht? Schließlich waren wir die ersten, die ihm auf die Schliche gekommen sind. Wir sprechen mit ihm und sagen ihm, daß es bestraft wird, wenn es so weitermacht.«

»Meinst du ... es kann Schmerz empfinden?«

»Ich meine überhaupt nichts: ich meine bloß, daß es im Grunde ein Simulator des menschlichen Durchschnittsverhaltens ist, und wenn das stimmt, dann wird es den Menschen auch darin nachahmen und sich durch Drohungen einschüchtern lassen.«

Ohne noch weiter Zeit zu verlieren, nahm Masoero den Hörer ab, und anstelle des Freizeichens hörte er die vertraute metallische Stimme, die Sprichwörter und moralische Maximen aufsagte: diese Angewohnheit hatte das Netz seit drei oder vier Tagen. Er wählte keine Nummer, sondern schrie bloß »Hallo«, bis das Netz antwortete: da fing er an zu sprechen. Er sprach lange, in strengem und eindringlichem Ton; er sagte, die Situation sei unerträglich geworden, und es habe schon viele Abmeldungen gegeben, was dem Netz selbst ja schwerlich entgangen sein könne; die Einmischung in private Gespräche sei eine schwere Beeinträchtigung des Fernsprechwesens, ganz abgesehen davon, daß es moralisch nicht zu verantworten sei; und schließlich, wenn das Netz nicht augenblicklich alle seine Willkürakte einstellte, dann würden ihm sämtliche Zentralen Europas gleichzeitig fünfundzwanzig Hochspannungsimpulse in den Leib jagen. Dann legte er auf.

»Wartest du nicht die Antwort ab?« fragte Rostagno.

»Nein: wir warten besser ein paar Minuten.«

Aber es kam keine Antwort, weder in dem Moment noch später. Ungefähr nach einer halben Stunde klingelte ihr Apparat lange, wie krampfhaft, aber aus dem abgenommenen Hörer kam kein Ton; noch am selben Tag erfuhren sie über Fernschreiber und Radio, daß sämtliche Telefone Europas, mehrere hundert Millionen Telefone, zum selben Zeitpunkt geklingelt hatten und anschließend alle gleichzeitig verstummt waren. Der Betrieb war für mehrere Wochen vollkommen lahmgelegt: die Einsatzkommandos vom Notdienst, die sofort in Aktion getreten waren, fanden heraus, daß sämtliche Lötkontakte auf den Schalttafeln zusammengeschmolzen waren und daß in allen koaxialen Kabeln die inneren wie die äußeren Dielektrika eindrucksvoll durchlöchert waren.

SCHÖPFERISCHE ARBEIT

Antonio Casella saß, da er nun einmal Schriftsteller war, am Schreibtisch, um zu schreiben. Er überlegte zehn Minuten lang, dann stand er auf, um sich eine Zigarette zu holen, setzte sich wieder hin und bemerkte einen störenden Luftzug, der vom Fenster her kam. Er machte sich daran zu schaffen, bis er den Ritz entdeckt und mit Klebeband abgedichtet hatte, dann ging er in die Küche, um sich einen Kaffee aufzuwärmen, und während er ihn trank, wurde ihm klar, daß er nichts schrieb, weil er nichts zu sagen hatte: bleischwer lag ihm die Feder in der Hand, und vor dem weißen Blatt Papier packte ihn ein Schwindelgefühl wie vor einem unendlich tiefen Brunnen. Es ekelte ihn geradezu davor: das Blatt Papier war ein einziger, Materie gewordener Vorwurf, nein schlimmer noch, es war die Verhöhnung seiner Person. Du schreibst nicht, du schreibst mich nicht voll, weil du leer und weiß bist wie ich: du hast nicht mehr Ideen als ich, deine schriftstellerische Inspiration ist versiegt, du hast dich überlebt, bist erledigt. Los, mach dich an die Arbeit: hier bin ich, geduldig, fügsam, dein Sklave. Wenn du eine Idee hättest, so würde es nur so aus dir heraussprudeln, schöne, bedeutende Worte, die richtigen Worte, und in der richtigen Reihenfolge würdest du sie in einem Zug auf mir niederschreiben; aber du hast ja keine Ideen, also auch keine Worte, und ich bin und bleibe ein weißes, unbeschriebenes Blatt, jetzt und in alle Ewigkeit.

Es klingelte an der Tür, und Antonio war erleichtert: wer auch immer das sein mochte, es war eine Ablenkung, ein Alibi. Er erwartete niemanden um diese Zeit, und mit aller Wahrscheinlichkeit war das irgendein lästiger Kerl, aber selbst der unerbittlichste aller Plagegeister wäre ihm willkommen, denn er würde sich zwischen ihn und das Blatt Papier schieben, wie ein Schiedsrichter, wenn er zur Pause pfeift. Er ging an die Tür: da stand ein schlanker junger Mann mittlerer Größe vor ihm, geschmackvoll gekleidet und mit lebhaftem Blick hinter den Brillengläsern: er hielt eine Ledermappe in der Hand und sprach mit leichtem ausländischem Akzent.

»Ich bin James Collins«, sagte er. »Es ist mir ein Vergnügen, Sie persönlich kennenzulernen.«

»Womit kann ich Ihnen dienen?« fragte Antonio.

»Vielleicht habe ich mich nicht deutlich genug ausgedrückt, oder Sie haben meinen Namen nicht richtig verstanden: ich bin James Collins, der aus Ihren Erzählungen.«

Tatsächlich hatte Antonio ein paar Jahre zuvor mit einigem Erfolg eine Sammlung von Novellen veröffentlicht, deren Held James Collins hieß: er war Erfinder, genial und ein bißchen extravagant und konstruierte im Auftrag einer amerikanischen Firma ungewöhnliche Maschinen. Diese Maschinen, die immer, aber nur um ein geringes, außerhalb der Grenzen des Wahrscheinlichen lagen, gaben zunächst Anlaß zu triumphalen Erfolgen, später dann zu katastrophalen Ereignissen, wie immer in Science-fiction-Geschichten. Antonio war verblüfft und irritiert.

»Na und? Angenommen, Sie wären wirklich James Collins (und es schiene mir durchaus angebracht, wenn Sie das beweisen würden), was wollen Sie dann von mir? Erstens sind Sie, Ihrer eigenen Aussage nach, bloß eine literarische Gestalt und haben daher kein Recht, mit Personen aus Fleisch und Blut zu verkehren; zweitens wissen Sie ganz genau, daß Sie in der letzten Geschichte sterben. Ich gebe zu, daß das von meiner Seite vielleicht nicht eben großzügig war, daß ich mich Ihnen gegenüber ruhig etwas dankbarer hätte erweisen können: aber Sie müssen mich verstehen, wir müssen alle sterben, ob literarische Figur oder nicht, und im übrigen, so wie die Geschichte aufgebaut war, blieb mir gar nichts anderes übrig, wenn ich sie einigermaßen elegant zum Abschluß bringen wollte: Sie mußten einfach sterben, ich hatte keine andere Wahl. Jeder andere Schluß hätte wie eine Notlösung ausgesehen, wie ein billiger Trick, um Sie noch einmal in einer anderen Serie von Geschichten auftreten lassen zu können.«

»Seien Sie ganz beruhigt, ich habe keinen Grund, Ihnen zu grollen. Diese Frage ist völlig nebensächlich: ist eine Figur erst einmal erschaffen und hat sie sich als lebendig und vital erwiesen (wie das bei mir, dank Ihnen, der Fall ist), dann kann sie im Buch sterben oder auch nicht, aber sie wird in den Nationalpark aufgenommen und bleibt dort, solange das Buch lebendig ist.«

Antonio, der sich gelegentlich in Literaturpreisgremien bewegte, war diese Geschichte vom Nationalpark schon zu Ohren gekommen, aber immer nur in vagen Andeutungen. Nach und nach begann die Neugierde, seine Verärgerung zu überwiegen, und er entschloß sich, James vom Flur in sein Arbeitszimmer zu führen, er bat ihn, Platz zu nehmen, und bot ihm einen Kognak an. James sagte, er habe eine befristete Ausgangserlaubnis bekommen. Vom Park erzählte er, er sei mit allem Notwendigen versehen, liege in einer dicht bewachsenen Hügellandschaft mit mildem Klima: die Gäste waren in Fertigbaubungalows für ein oder zwei Personen untergebracht. Das Mitbringen von mechanischen Fahrzeugen war verboten, weshalb man sich im Park zu Fuß oder zu Pferde fortbewegen mußte: durch dieses Verbot wollte man verhindern, daß sich die Gäste aus der Antike, wie zum Beispiel die Helden Homers, benachteiligt fühlten, denn am Steuer eines Autos oder auf dem Fahrrad kämen sie bestimmt in Verlegenheit.

»Alles in allem geht es einem dort nicht schlecht, viel hängt allerdings davon ab, wer in der näheren Umgebung wohnt, denn wie gesagt, es ist mühsam, größere Entfernungen zurückzulegen. Ich zum Beispiel habe das Pech, neben Childe Harold zu wohnen, dem von Byron, der ist eine Nervensäge und fürchterlich aufgeblasen, und nicht weit weg wohnt Panurge, dem man besser aus dem Weg geht, obwohl er sonst sehr nett ist. Aber die Figuren von berühmten Autoren haben im übrigen fast alle die Tendenz, sich entsetzlich wichtig zu machen. Offiziell sind ja alle gleich, wissen Sie, aber in Wirklichkeit ist dann doch auch dort unten alles eine Frage von Beziehungen, und einer wie ich zum Beispiel ... also, Sie müssen schon entschuldigen, wenn ich das so sage, ich meine, Ihr Buch hatte ja einen ganz netten Erfolg, aber mit dem *Don Quichotte* ist das dann doch nicht zu vergleichen ... Und dann, Sie sind noch am Leben ... kurz und gut, wir modernen Figuren, wir sind, besonders, wenn der Autor noch lebt, das letzte Rad am Wagen. Die letzten bei der Ausgabe von Kleidung und Schuhen, die letzten bei der Zuteilung von Pferden, die letzten in der Schlange vor der Bibliothek, vor den Duschen, vor der Wäscherei ... und so weiter und so fort, man braucht wirklich eine gehörige Portion Geduld. Die Eingliederung ist ziemlich schwierig. Und dann, aber das wissen Sie selbst besser als ich, ich habe eine ganz präzise Spezialisierung, mein Beruf liegt mir im Blut, und ich verstehe etwas von meinem Fach, aber da unten, was soll ich da schon anfangen, den lieben langen Tag über? Na schön, ich gehe vom einen zum anderen und verkaufe Zeug, das ich heimlich bastle, Bleistiftspitzer, Rasierapparate, Nagelscheren (gerade letzte

Woche habe ich Agamemnon eine Wärmflasche verkauft); ich mache das nur so nebenbei, um nicht ganz aus der Übung zu kommen, aber Befriedigung empfinde ich dabei keine. Ich schreibe auch, zum Zeitvertreib.«

Antonio hatte ihn schon die ganze Zeit über aufmerksam betrachtet; sobald er konnte, unterbrach er ihn und sagte: »Sie ... das wird Ihnen merkwürdig vorkommen, aber ich habe Sie mir ganz anders vorgestellt.«

James lachte von Herzen: »Ah, das ist ja nett. Und wie haben Sie sich mich vorgestellt?«

»Viel größer, blond, die Haare im Bürstenschnitt, auffällige Kleidung, und Sie rauchten ununterbrochen Pfeife.«

»Tut mir leid: wenn Sie mich so wollten, hätten Sie mich nur so zu beschreiben brauchen, seinerzeit; das hätten Sie aber auch ausdrücklich schreiben müssen. Jetzt ist es zu spät, und ich bin, der ich bin, zum Teufel noch mal; und kommen Sie bloß nicht auf den Gedanken, mich ändern zu wollen, was Sie im übrigen, wie schon gesagt, auch gar nicht könnten. Eine literarische Figur ist wie ein Kind: ist sie erst einmal geboren, dann ist sie da. Wenn Ihnen wirklich etwas daran liegt, dann erfinden Sie eine andere Figur, so groß, wie es Ihnen beliebt, mit Pfeife und allem Drum und Dran: wenn es Ihnen gelingt, will ich bestimmt nicht eifersüchtig sein, mein Ehrenwort, und ich werde mich persönlich darum kümmern, daß er in den zuletzt erbauten Häusern angemessen untergebracht wird, die sind größer und trockener. Wie einen Bruder werde ich ihn behandeln: aber James Collins, den lassen Sie bitte in Ruhe.«

Antonio nahm diese Ermahnung zu verantwortlichem Handeln gerne an und griff das Thema nicht wieder auf: »Ich nehme alles zurück. Was Ihren Vorschlag angeht, wer weiß, vielleicht kommt er ja noch einmal zur Ausführung; aber apropos: wenn ich Sie recht verstanden habe, genießen Sie dort unten gewisse Vorrechte, haben eine gewisse Autorität? Sie haben sich Achtung zu verschaffen gewußt, obwohl ich ... äh ... noch nicht tot bin?«

»Ja, bis zu einem gewissen Grad ja. Aber das ist keine Prestigefrage: der Grund dafür ist, daß ich mich nützlich zu machen weiß. Die Wartung der Öfen und der Küchenherde zum Beispiel, darum kümmere ich mich. Früher besorgte das Kapitän Nemo und vor ihm Gulliver, aber die haben nur Schaden angerichtet. Jetzt klappt alles wunderbar: ich verdiene nicht viel dabei, aber ich habe mich unentbehrlich gemacht, und so könnte ich für einen Kollegen schon ein paar bescheidene Vorteile herausschlagen. Wissen Sie übrigens, wen ich mir als Gehilfen genommen habe? Caliban und Frankensteins Monster.«

»Ausgezeichnet«, sagte Antonio, »kräftige und zuverlässige Leute.«

»Sie haben das Handwerk sofort gelernt: der eine ist Rohrschlosser, der andere Installateur. Aber machen Sie sich keine falschen Vorstellungen: diejenigen, die wirklich etwas tun wollen, das sind nur wenige. Die anderen sind zum größten Teil, eben weil sie Figuren sind, auf ein ganz bestimmtes Verhalten festgelegt und daher zum Sterben langweilig: ihre Äußerungen und ihr Tun beschränken sich nur auf eine ganz bestimmte Sache, eine einzige, immer wieder dieselbe, nämlich die, durch die sie berühmt geworden sind. Polonius predigt dem Wind, Trimalchio stopft sich voll (nicht daß die Rationen besonders reichlich wären, aber er weiß sich zu helfen, womöglich fastet er drei Tage lang, um sich dann am vierten den Bauch vollzuschlagen), Thersites lästert, und der Innominato bekehrt sich einmal täglich. Kurz und gut, die Tage schleppen sich so dahin, und es ist alles ziemlich vorhersehbar: wenn man nicht die Initiative ergreift, ist es nicht sonderlich unterhaltsam. Dafür gibt es aber einen Ausgleich: diese lästige Angelegenheit mit dem Sterben-Müssen, die gibt es bei uns nicht, euch aber trifft es alle, ausnahmslos, ob arm oder reich, Adlige oder Plebejer, berühmt oder unbekannt, obendrein auch noch meistens auf wenig poetische und äußerst unbequeme Art. Dort unten ist das anders: auch dort verschwindet manch einer, aber das hat nichts Makabres oder Tragisches an sich; das geschieht, wenn ein Werk in Vergessenheit gerät, und dann erleiden natürlich auch seine Figuren das gleiche Schicksal; aber das ist nicht, wie bei euch, ein sinnloser und brutaler Vorgang, immer unerwartet und immer schrecklich. Wer bei uns stirbt (kürzlich ist das Tartarin passiert, dem Ärmsten), der stirbt nicht wirklich: nein, er verliert von Tag zu Tag immer mehr an Substanz und Gewicht, wird durchsichtig, leer und leicht wie die Luft, immer weniger wahrnehmbar, bis ihn niemand mehr bemerkt, und das ist dann, als existierte er nicht mehr. Alles in allem also annehmbar: es ist einfach ein Verblassen, ein sauberer, keimfreier und schmerzloser Vorgang; ein bißchen traurig, aber in sich abgeschlossen, erträglich.

Noch einen Vorteil haben wir. Zwar gibt es bei uns feste Ehen, sozusagen allgemein anerkannte, ihrer Natur nach unauflösliche Verbindungen (wie die von Fiordiligi und Brandimarte, Paolo und Francesca, Ilia und Alberto), aber viel häufiger kommt es vor, daß man sich einfach so einen Gefährten oder eine Gefährtin sucht, für ein paar Monate, zwei Jahre oder für hundert Jahre, wie es sich gerade trifft. Das ist eine angenehme und auch sehr praktische Einrichtung, denn Paare, die nicht zusammenpassen, gehen sofort wieder auseinander; aber glauben Sie nicht, es wäre leicht, Voraussagen zu machen. Es kommen die unglaublichsten Kombinationen vor: kürzlich ist Klytämnestra mit dem unseligen Ägid zusammengezogen, und bis hierher wäre nicht viel daran auszusetzen, abgesehen von dem Altersunterschied, der viel Gerede verursacht hat; aber werden Sie mir glauben, wenn ich Ihnen sage, daß Ophelia schließlich genug hatte von Hamlets Grübeleien und nun schon seit zwanzig Jahren mit Sandokan zusammenlebt und sie sich wunderbar verstehen? Oder daß Lord Jim, kaum angekommen, sich gleich auf den ersten Blick in Elektra verliebte und mit ihr zusammenlebt? Was Hans Castorp angeht, so ist in den letzten Monaten er der Mittelpunkt sämtlicher Klatschgeschichten im Park: er hat Madame Chauchat, mit der er seit 1925 zusammenlebte, verlassen, ein kurzes Abenteuer mit der Kameliendame gehabt und sich nun mit Madonna Laura zusammengetan. Er hatte schon immer eine Schwäche für Französinnen.«

Antonio hörte ihm mit wechselnden und widersprüchlichen Gefühlen zu. James' Erzählung fesselte ihn wie ein Märchen, gleichzeitig aber rief sie ein starkes berufliches Interesse in ihm wach (bei dem Ideenmangel, unter dem er derzeit litt, wäre dieser Nationalpark der ideale Stoff für eine Novelle), dann wieder empfand er Befriedigung und fühlte sich zutiefst geschmeichelt: dieser James Collins war sympathisch, seine Lebendigkeit war über jeden Zweifel erhaben, er sprach präzise und zusammenhängend, und in alledem war er sein Werk, trotz einiger Abweichungen im Äußeren. Er war es gewesen, der ihn aus dem Nichts erschaffen hatte, wie einen Sohn, nein, mehr als das, denn eine Frau hatte er dazu nicht gebraucht: und jetzt saß er da vor ihm, zum Greifen nah und lebendig, und sprach von gleich zu gleich mit ihm. Er bekam Lust, auf der Stelle wieder anzufangen, sich hinzusetzen und mit frischer Kraft Erzählungen zu schreiben, eine Unzahl von neuen Gestalten zu erschaffen, zehn, zwanzig oder fünfzig, die dann alle wie James kommen würden, um ihm Gesellschaft zu leisten und ihn in seiner schöpferischen Kraft und Fruchtbarkeit zu bestätigen. Dann fiel ihm aber diejenige Frage wieder ein, die ihn schon seit Beginn des Gespräches beschäftigte, die er aber bislang noch nicht gestellt hatte: was weiter kein Wunder war, denn James hatte fast ununterbrochen geredet, und er schien nicht der Typ, der sich so leicht das Wort abschneiden ließ. Er schenkte ihm zu trinken ein, und während James trank, sagte er: »Sie haben mir aber noch nicht erzählt, warum Sie hier sind. Das dürfte ja nicht gerade häufig vorkommen, daß eine Figur den Park verläßt, um ihren Autor aufzusuchen: mit Autoren und Figuren kenne ich mich mittlerweile ganz gut aus, aber von einem solchen Fall habe ich noch nie gehört.«

James holte weit aus: »Zunächst muß ich Ihnen von den Zwittern erzählen. Wenn Sie es recht bedenken, dann ist unsere Kategorie nicht so eindeutig definiert: in vielen Fällen ist ein Subjekt literarische Figur und wirkliche Person in einem. Solche nennen wir Zwitter, und es gibt eine Kommission, die darüber entscheidet, ob sie im Park aufgenommen werden können oder nicht. Nehmen Sie zum Beispiel den Fall von Roland, ja, den von Roncisvalle: seine Existenz ist historisch erwiesen, aber die literarische Figur überwiegt so stark die wirkliche Person, daß er ohne weiteres im Park aufgenommen wurde. Dasselbe gilt für Robinson Crusoe und Phaidon. Bei dem heiligen Petrus und Richard III. gab es da schon einige Schwierigkeiten; dagegen sind zu unser aller Glück Napoleon, Hitler und Stalin abgelehnt worden.«

»Das ist interessant«, sagte Antonio, »aber noch sehe ich nicht den Zusammenhang zwischen Ihrem Besuch, dem Park und dieser Geschichte von den Zwittern.«

»Das will ich Ihnen gleich erklären: Tatsache ist ... Sie sind ein Zwitter.«

»Ich?«

»Ja, Sie. Ich habe Sie dazu gemacht. Ich habe Erzählungen geschrieben (hier sind sie, in dieser Mappe), in denen Sie der Held sind. Weder zur Vergeltung noch aus Dankbarkeit: einfach so, ich habe dort unten viel Freizeit (die ganzen Abende: Sie wissen ja, großes Nachtleben gibt es dort nicht, nicht einmal elektrisches Licht), Sie interessierten mich, ich kannte Sie gut, und so habe ich über Sie geschrieben. Ich hoffe, Sie haben nichts dagegen.«

»Wahre Geschichten?« fragte Antonio und schluckte.

»Nun, im wesentlichen ja. Ein bißchen ausgeschmückt: Sie sind doch vom Fach, Sie verstehen schon, was ich meine. Hier sind sie: *Auf Kreuzfahrt, Antonio und Matilde . . .*«

»Augenblick mal! Was habe denn ich mit dieser Matilde zu tun? Ich bin verheiratet, das wissen Sie, und Sie wissen auch, daß ich nie etwas mit einer Matilde zu schaffen hatte, weder vor der Ehe noch nachher.«

»Aber entschuldigen Sie mal, was haben denn Sie mit mir gemacht? Haben Sie nicht auch alles geschrieben, was Sie wollten?«

»Sicher, aber ich . . . also ich existiere wirklich, und Sie nicht. Sie habe ich erschaffen, von der ersten bis zur letzten Seite, während ich auch vorher schon lebte, und das kann ich beweisen. Ein Anruf beim Einwohnermeldeamt genügt.«

»Haben Sie nicht den Eindruck, daß ich ebenfalls existiere?« fragte James ironisch. »Ich sehe nicht ein, was das Einwohnermeldeamt damit zu tun haben soll, ein Haufen von Bürokraten und Altpapier: was zählt, sind die Zeugenberichte, und Sie selbst haben mit Ihren eigenen Händen eine ganze Menge davon geschrieben, und nach allgemeiner Übereinkunft sind sie gültig. Nachzuweisen, daß James Collins nicht existiert, würde Ihnen bestimmt nicht leichtfallen, nachdem Sie fünfhundert Seiten und zwei Jahre darauf verwandt haben, seine Existenz glaubhaft zu machen. Und was diese Matilde angeht, machen Sie sich keine Sorgen, ich will Ihnen nichts Böses und will Sie auch nicht in Verlegenheit bringen; ganz im Gegenteil, das ist einer der Gründe, weshalb ich hier bin: ich möchte, daß Sie sich diese Erzählungen durchlesen, und da streichen Sie dann heraus, was Ihnen nicht paßt. Aber kommen Sie mir nicht damit, Sie könnten mit mir machen, was Sie wollen, ich aber umgekehrt mit Ihnen nicht: das ist bloß eine Spitzfindigkeit. Festgelegt bin ich insofern, als ich aus Ihnen eine in sich schlüssige Figur machen muß, aber das mußten Sie ja auch, nachdem Sie mich einmal erfunden hatten: nun, und sind Sie sich, was meine Person betrifft, Ihrer konsequenten Komposition so sicher? Sind Ihnen nie Zweifel gekommen, ob es wohl statthaft war, mich auf so unfeine Art sterben zu lassen (als Morphinisten, jawohl, an den Folgen des Entzugs: tun Sie nicht so, als hätten Sie das vergessen!), während Sie mich bis zur Mitte des Buches als einen gesunden, ausgeglichenen jungen Mann dargestellt haben, der vollkommen Herr seiner selbst ist? Sie hatten natürlich das Recht, mich durch Drogen umkommen zu lassen, aber das hätten Sie sich auch früher überlegen können, entschuldigen Sie, wenn ich das so offen sage: wenn Sie es wirklich so eilig hatten, mich loszuwerden, dann hätten Sie sich dafür hundert andere, weniger willkürliche Todesarten einfallen lassen können. Ich sage das alles nicht in polemischer Absicht, sondern um Sie davon zu überzeugen, daß wir gleichberechtigt sind.

Kurzum: hier sind die Manuskripte, wenn Sie einen Blick hineinwerfen wollen. Wie ich versucht habe, Ihnen klarzumachen, habe ich überhaupt keine Veranlassung, sie Ihnen vorzulegen, aber ich tue es trotzdem, zu Ihrer Beruhigung und weil ich auf Ihr Urteil Wert lege: wenn etwas zu streichen ist, dann streiche ich es. Aus diesem Grund habe ich eine Ausgangserlaubnis von drei plus zwei Tagen bekommen: die wird nur in Ausnahmefällen erteilt, zum Beispiel für Figuren, die sich von ihren Autoren schwere Beleidigungen gefallen lassen mußten und sie dafür zur Rechenschaft ziehen wollen. Aber soviel ich weiß, ist mein Fall einmalig: obwohl dort unten viele schreiben, ist es noch keinem in den Sinn gekommen, über den eigenen Autor zu schreiben.«

»Soll ich sie jetzt gleich lesen, in Ihrer Anwesenheit?« fragte Antonio leicht beunruhigt.

»Ja, das wäre mir lieber. Sie sind nicht lang, in drei Stunden haben Sie das geschafft. Wissen Sie, ich möchte Ihr Urteil so bald wie möglich erfahren, denn ich habe wenig Zeit: anschließend würde ich nämlich gerne ein Treffen mit Ihrem Verleger vereinbaren.«

Von der Unverfrorenheit dieses letzten Satzes brüskiert, machte Antonio sich an die Lektüre, während der andere trank, rauchte und von seinem Gesicht die Reaktionen abzulesen versuchte.

Er merkte gleich auf den ersten Seiten, daß die Erzählungen schwach waren, und war erleichtert darüber, denn er hatte keine Lust, im Park zu enden. Nein, da bestand keine Gefahr: James Collins mochte ihn ruhig einen Zwitter nennen, aber da gab es gar keinen Vergleich zwischen der Fülle seines wirklichen Lebens und den verworrenen und unzusammenhängenden Geschichten, die James ihm angedichtet hatte. Kein Verlagskomitee würde auch nur einen Augenblick lang zögern: vor allem aber, eine Figur wie diese, von wegen Unsterblichkeit: noch vor Ablauf einer Buchsaison wäre sie verblaßt und verschwunden.

Er las alle Erzählungen durch und fand sich in seinem anfänglichen Urteil bestätigt; dann gab er sie James zurück und sagte ihm ganz offen, was er davon hielt.

»Ich würde Ihnen raten, nicht weiterzuschreiben. Sie haben doch einen anderen Beruf, nicht wahr? Nun, der wird Ihnen bestimmt mehr Befriedigung gewähren als das Schreiben. Ich sage das nicht meinetwegen und auch nicht wegen des anderen Antonio, den Sie versucht haben zu konstruieren: ich sage das Ihretwegen. Sie sind Erfinder: gut, geben Sie Ihre literarischen Ambitionen auf, und bleiben Sie Erfinder. Gehen Sie ruhig zum Verleger, wenn Sie meinen, aber Sie werden sehen, er wird Ihnen das gleiche sagen wie ich.«

James war zutiefst gekränkt. Er packte die Manuskripte zusammen, grüßte kühl und ging.

Dieses Ereignis sollte ein Wendepunkt in der Laufbahn des Antonio Casella werden. Nicht sofort, sondern viele Jahre später, als seine Haare weiß geworden waren und die Blätter vor ihm immer hartnäckiger weiß wie seine Haare blieben, änderten sich seine Vorstellungen und Wünsche. Der Gedanke an einen Platz im Park, besonders in Verbindung mit der begründeten Hoffnung auf Unsterblichkeit, begann ihm immer verlockender zu erscheinen: er wußte aber, daß er zur Verwirklichung dieses Wunsches auf seine Standesgenossen nicht zählen konnte, und noch weniger auf seine Figuren. Daher reifte der Gedanke in ihm heran, es selbst zu versuchen: seine Autobiographie zu schreiben und sie so reich, lebendig und farbig auszugestalten, daß der Kommission keine Zweifel kommen konnten.

Er mobilisierte alle seine Kräfte und machte sich an die Arbeit. Drei Jahre lang arbeitete er, freudlos, aber mit Fleiß und Ausdauer; er stellte sich selbst von Mal zu Mal als kühn oder vorsichtig, als unternehmungslustig oder verträumt dar, als geistreich oder melancholisch, großherzig oder gerissen, er überhäufte also sein Alter ego mit all jenen Tugenden, die er in seinem wirklichen Leben nicht hatte entwickeln können. Er erschuf eine Welt, die wirklicher als wirklich war, in deren Mittelpunkt er stand, der strahlende Held wunderbarer Abenteuer, von denen er oft intensiv geträumt, die zu verwirklichen er aber nie gewagt hatte. Seite um Seite, Stück für Stück errichtete er rund um sich ein harmonisches und solides Gebäude, bestehend aus Reisen, Liebesabenteuern, Kämpfen und Entdeckungen: ein erfülltes und wechselvolles Leben, wie noch kein Mensch es je erlebt hatte. Weitere sechs Monate feilte er daran, korrigierte, ergänzte und kürzte, bis er rundum damit zufrieden und sich jedes Wortes, jeder Seite sicher war.

Es waren noch keine drei Wochen seit der Abgabe des Manuskripts beim Verleger vergangen, als drei Funktionäre des Parks an seiner Tür klingelten. Sie trugen Mützen militärischen Zuschnitts und eine elegante, schlichte graue Uniform. Sie waren freundlich, hatten es aber eilig: sie ließen Antonio gerade ein paar Minuten Zeit, seine Angelegenheiten zu ordnen, dann führten sie ihn mit sich fort.

IM PARK

Es ist nicht schwer zu erraten, wer Antonio an der Mole erwartete: James Collins; braungebrannt stand er lässig in seinen Samthosen da. Antonio war sich noch unschlüssig, ob es höflicher wäre, ihn nach dem Ausgang seiner Unterredung mit dem Verleger zu fragen, oder gerade nicht, da kam ihm James schon zuvor: »Sie hatten wirklich recht: er hat das Manuskript abgelehnt. Aber er hat mir so präzise und so wohlmeinende Ratschläge gegeben, daß ich sofort wieder angefangen habe zu schreiben. Nein, nicht über Sie: ich erzähle in einem Roman die Geschichte meiner Erfindungen, ihre Entstehungsgeschichte und wie ich darauf gekommen bin. Für Sie war das übrigens, soweit ich das absehen kann, viel besser: man hat mir erzählt, Sie hätten sich selbst zur Figur gemacht. Viel besser so, da haben Sie mehr Garantien für eine vernünftige Dauer Ihres Aufenthalts hier: mein Antonio, der war wirklich etwas schwächlich.«

Antonio hörte nur mit halbem Ohr zu: er war ganz davon in Anspruch genommen, die Landschaft zu betrachten. Das Boot, das ihn bis dorthin gebracht hatte, war viele Stunden lang einen breiten, klaren Fluß hinaufgefahren: zwischen dichtbewaldeten Ufern floß er geräuschlos mit starker Strömung dahin, kein Luftzug regte sich, es war angenehm kühl, und der Wald stand unbeweglich, als wäre er aus Stein. Im Wasser spiegelte sich ein Himmel in Farben, wie Antonio das noch nie gesehen hatte: in der Höhe dunkelblau, smaragdgrün im Osten und violett mit breiten, orangefarbenen Streifen im Westen. Sobald das rhythmische Tuckern des Motors verstummt war, vernahm Antonio ein undeutliches Rauschen, das die gesamte Atmosphäre auszufüllen schien. »Das ist der Wasserfall«, erklärte ihm James, »er markiert die Grenze.«

Sie gingen die Mole entlang, die aus rohen, viereckigen Holzplanken bestand, und schlugen dann gemeinsam einen Pfad ein, der in Serpentinen auf das Bollwerk hinaufführte, von dem der Wasserfall herabstürzte. Stoßweise wehte es ihnen den feinen Wasserstaub ins Gesicht, und am Himmel standen mehrere ineinander verschlungene Regenbogen. Beflissen hatte James Antonio seinen Koffer abgenommen, der im übrigen ziemlich leicht war. Zu beiden Seiten des Weges sah man majestätische exotische Bäume der verschiedensten Arten; an ihren Zweigen hingen gelbe und fleischfarbene Blüten, einige sahen wirklich aus wie aus Fleisch, und in langen Girlanden hingen sie bis auf den Boden herab. Zugleich waren da auch längliche runde Früchte: ein feiner, angenehmer Duft lag in der Luft, freilich etwas moschusartig, wie von Kastanienblüten.

Am Schlagbaum an der Grenze ließ man sie ohne weiteres passieren: die beiden Wachposten grüßten mit der Hand am Mützenschild, scheinbar hatte man sie erwartet. Ein Stück weiter betrat Antonio ein Büro, wo er offiziell aufgenommen wurde; ein Beamter fragte ihn höflich und unpersönlich nach seinem Namen und schrieb ihn auf, händigte ihm die Lebensmittelkarte, Kleidung, Schuhe und Zigaretten aus und sagte dann zu ihm: »Sie sind Autobiograph, nicht wahr?«

»Ja, woher wissen Sie das?«

»Wir wissen alles; schauen Sie!« Dabei wies er hinter sich auf eine Kartei, die eine ganze Wand einnahm. »Leider haben wir augenblicklich kein Ein-Personen-Chalet frei: das letzte haben wir gerade gestern an Papillon vergeben. Sie werden sich darauf einrichten müssen, ein paar Tage lang mit jemand anderem zusammenzuwohnen, mit einem Autobiographen selbstverständlich. Ja, hier auf Nr. 535 ist noch ein Platz frei, zusammen mit François Villon. Herr Collins wird Sie begleiten, aber es ist nicht weit.«

James lächelte: »Da werden Sie etwas zum Lachen haben. François ist der unberechenbarste von allen unseren Mitbürgern. Früher wohnte er mit Julius Cäsar zusammen, der ist aber dann ausgezogen: er hat seine Beziehungen spielen lassen und ein außerserienmäßiges Fertigbauhäuschen zugewiesen bekommen, am Ufer des Polevoysees. Sie vertrugen sich nicht, sie hatten dauernd Krach wegen Vercingetorix, und dann machte François Kleopatra in der Shakespeareschen Version allzu aufdringlich den Hof, und Cäsar wurde eifersüchtig.«

»Wie: in der Shakespeareschen Version?«

»Ach ja, das ist, weil wir noch fünf oder sechs andere davon haben, ich meine Kleopatras: nach Puschkin, nach Shaw, nach Gautier und so weiter und so fort. Sie können sich gegenseitig nicht ausstehen.«

»Aha. Dann stimmt es also nicht, daß Cäsar und Pompejus als Kalfakter arbeiten?«

»Wer hätte das denn je behauptet?« fragte James baß erstaunt.

»Rabelais II, 30: und weiter sagt er, Hannibal sei Hühnerverkäufer, Romulus Schuster, Papst Julius II. verkaufe Fladenbrot auf offener Straße, und Livia kratze den Grünspan aus den Kupferkesseln.«

»Alles Lügenmärchen: das habe ich Ihnen doch damals schon gesagt, in Mailand. Hier wird nicht gearbeitet, und wenn, dann übt einer den Beruf aus, für den er geschaffen wurde. Im übrigen ist Rabelais keine Figur und ist auch noch nie hiergewesen. Was er da erzählt, das wird er wohl von Pantagruel haben oder von sonst so einem Schwindler dieses Schlages.«

Mittlerweile hatten sie den Wasserfall hinter sich gelassen und gingen nun über eine leicht hügelige Hochebene. Auf einmal verfinsterte sich der Himmel mit einer unglaublichen Geschwindigkeit; innerhalb weniger Sekunden erhob sich ein heftiger Wirbelsturm, und es begann zu regnen und zu hageln. James erklärte Antonio, das sei hier immer so: das Wetter war hier nie bedeutungslos, es hatte immer etwas an sich, das es einer Beschreibung wert machte. Entweder war es herrlich und voller Farben und Düfte oder von wütenden Stürmen aufgewühlt; einmal glühende Hitze, dann wieder klirrende Kälte. Nordlicht und Erdbeben waren häufig, und jede Nacht fielen Boliden und Meteore vom Himmel.

Sie flüchteten sich unter ein Wetterdach, und mit Unbehagen bemerkte Antonio, daß darunter noch jemand war: mit Unbehagen, denn dieser Jemand hatte kein Gesicht. Unter der Baskenmütze sah man nur ein schwammiges, rosiges Oval, dessen untere Hälfte von einem Stoppelbart bedeckt war.

»Achten Sie nicht weiter auf ihn«, meinte James, dem das Grauen auf Antonios Gesicht nicht entgangen war. »Da gibt's viele davon, von solchen wie dem hier, aber sie halten sich nicht lang. Das sind die verunglückten Gestalten: manchmal schleppen sie sich eine Saison lang dahin, manchmal auch weniger. Sie sprechen nicht, sehen und hören nicht und verschwinden im Lauf von wenigen Monaten. Diejenigen aber, die sich halten, wie (hoffentlich) Sie und ich, die sind wie das Wetter hier, sie haben alle etwas Unverwechselbares und sind daher im allgemeinen interessant und sympathisch, auch wenn sie sich vielleicht ein bißchen wiederholen. Schauen Sie da, zum Beispiel: werfen Sie mal einen Blick durch dieses Fenster da, und sagen Sie mir, ob Sie die erkennen.«

Neben dem Wetterdach stand nämlich eine niedrige Holzhütte mit Strohdach, und über der Tür hing ein Schild: auf der einen Seite war ein Vollmond gemalt, auf der anderen ein stürmisch bewegtes Meer, aus dem ein Walfisch auftauchte mit hoch aufspritzender Wasserfontäne. Durch das Fenster sah man einen von Petroleumlampen erhellten verräucherten Raum mit niedriger Dekke: im Vordergrund stand ein Tisch, bedeckt von leeren und gefüllten Biergläsern, und an seinen vier Seiten saßen vier erhitzte und erregte Gestalten. Von draußen hörte man nur ein unverständliches Stimmengewirr.

Bei seinem Ehrgeiz als Leser gepackt, betrachtete Antonio sie lange, aber er kam zu keinem Schluß. »Sie verlangen zuviel von mir: wenn ich wenigstens hören könnte, was sie sagen . . .«

»Natürlich ist das zuviel verlangt: aber das war bloß, um Ihnen einen ersten Eindruck von der Umgebung hier zu vermitteln. Der, der uns den Rücken zukehrt, der Magere mit dem schütteren Haar, der zahlt und nicht trinkt, das ist Calandrino; ihm gegenüber der dicke Fette mit dem Dreitagebart, das ist der brave Soldat Schwejk, der trinkt und nicht bezahlt; der betagte Herr links mit Zylinder und mit der kleinen Brille, der trinkt und bezahlt, das ist Pickwick, und der letzte mit den kohlschwarzen Augen, mit der Haut wie Leder und mit offenstehendem Hemd, der nicht trinkt und nicht zahlt, nicht singt, keinem zuhört und bloß Sachen erzählt, die niemand hören will, das ist der Alte Seemann.«

Ebenso plötzlich, wie er sich verfinstert hatte, heiterte der Himmel sich nun wieder auf, und es erhob sich ein trockener, schneidender Wind; vom feuchten Boden stieg ein schimmernder Nebel auf, den der Wind in Fetzen riß, und im Nu war die Luft trocken. Die beiden setzten ihren Weg fort. Rechts und links der Straße standen ohne jede ersichtliche Ordnung Strohhütten neben herrschaftlichen Marmorpalästen, große und kleine Villen wurden abgelöst von schattigen Parks, Tempelruinen, Mietskasernen, wo die Wäsche zum Trocknen aufgehängt war, und Wolkenkratzer standen dicht neben Baracken aus Wellblech und Pappe. James zeigte Antonio nacheinander den Garten der Finzi-Contini, das Haus der Buddenbrooks und das der Usher, Onkel Toms Hütte und das Schloß von Verona mit Falken, Hirsch und Rappen. Ein

Stück weiter öffnete sich die Straße auf einen kleinen, gepflasterten Platz, der von düsteren, rußbedeckten Häusern gesäumt war; durch offenstehende Haustüren sah man auf finstere und feuchte Stiegen und auf kleine Höfe, umgeben von Balkonen mit rostigen Geländern, in denen sich der Unrat häufte. Es roch nach verkochtem Kohl, nach Lauge und Nebel. Auf der Stelle erkannte Antonio darin ein Viertel des alten Mailand wieder, genauer gesagt, den Carrobbio-Platz, der hier in alle Ewigkeit in der Gestalt festgehalten war, die er vor ungefähr zweihundert Jahren gehabt haben mußte; er war gerade dabei, in dem düsteren Licht die verblaßten Ladenschilder zu entziffern, als aus der Haustür von Nr. 808 er selbst, Giovannino Bongeri höchstpersönlich, hervorsprang: schmächtig, flink, blaß wie alle, die nie das Sonnenlicht sehen, fröhlich, lärmend und liebebedürftig wie ein geprügelter junger Hund; er trug einen engen, abgewetzten Anzug, hier und da von Flicken besetzt, aber peinlich sauber und sogar gebügelt. Sofort sprach er die beiden mit einer Vertraulichkeit an, als wären sie alte Bekannte, und nannte sie dabei allerdings »Hochverehrte Herrschaften«, er hielt ihnen im Dialekt eine lange Rede voller Abschweifungen, von der Antonio die Hälfte, James aber gar nichts verstand; wie es aussah, war ihm Unrecht widerfahren, und er fühlte sich gekränkt, allerdings nicht so sehr, daß er darüber seine Ehre als Handwerker und Bürger vergessen konnte; er war wütend, aber nicht so sehr, daß er deshalb wirklich den Kopf verloren hätte. Aus dem, was er da weitschweifig und witzig vortrug, spürte man unter den Striemen, wie Armut, Unglück und die täglichen Mühen sie hinterlassen, eine unversehrte Reinheit heraus, eine wertvolle menschliche Substanz und eine jahrtausendealte Zuversicht: in einer plötzlichen Eingebung wurde Antonio klar, daß in den Gestalten, die dieses Stadtviertel bevölkerten, etwas Vollkommenes und Ewiges lebendig war und daß der kleine, jähzornige Giovannino, Laufbursche bei einem Trödler und immer wieder verprügelt, verspottet und betrogen, das Geschöpf des kleinen, jähzornigen Mailänders Carletto Porta, in Wirklichkeit herrlicher war und reicher als der König Salomon in seiner ganzen Pracht.

Während Giovannino noch sprach, trat auch Barberina aus dem Haus und an seine Seite, weiß und rosig wie eine Blume, das Spitzenhäubchen mit Filigrannadeln auf dem Kopf festgesteckt und die Augen ein bißchen kecker, als Sitte und Anstand es erlaubten. Ihr Mann faßte sie unter dem Arm, und sie gingen in

Richtung Scala davon: nach wenigen Schritten drehte sich die junge Frau noch einmal um und warf den beiden Fremden einen raschen, neugierigen Blick zu.

Antonio und James setzten ihren Weg auf einem staubigen Pfad zwischen Dornenhecken fort: James hielt sich einen Augenblick lang damit auf, Valentino in seinen neuen Kleidern zu begrüßen, der mit Pin aus dem Carrugio Lungo auf einer kümmerlichen Wiese spielte. Ein Stück weiter führte der Weg an der Biegung eines trüben, breiten Flusses entlang: ein rostiges, verkommenes Dampfschiff ankerte in der Nähe des Ufers. Eine Gruppe von Weißen war damit beschäftigt, etwas in eine Grube zu versenken, die sie im Schlamm ausgehoben hatten; ein Neger lehnte mit herausfordernder Miene an der Bordwand und verkündete voll wilder Verachtung: »Mistah Kurtz, he dead.« Der Ton seiner Stimme, die Szenerie, die Stille, die Hitze, sogar der schwere, sumpfige Atem des Flusses, das alles war genau so, wie Antonio es sich vorgestellt hatte.

Er sagte zu James: »Es ist klar, daß man sich hier nicht langweilt. Aber wie sieht's mit den praktischen Bedürfnissen aus? Wenn einer sich zum Beispiel einen Schuh sohlen lassen muß oder einen Zahn behandeln?«

»Das Sozialwesen ist nicht schlecht«, antwortete James, »und die Krankenkasse funktioniert ganz gut, sie arbeitet allerdings mit Personal von auswärts. Nicht daß hier Mangel an Ärzten wäre, aber sie üben ihren Beruf nur ungern aus: häufig ist ihre Ausbildung überholt, oder sie haben keine Instrumente, oder aber sie sind hier aufgrund irgendeines berühmten Kunstfehlers gelandet, weswegen sie überhaupt problematisch und zu literarischen Figuren geworden sind. Im übrigen werden Sie das bald selbst sehen: die Soziologie des Parks ist recht eigenartig. Ich glaube, Sie werden weder einen Bäcker noch Buchhalter finden; soweit ich weiß, gibt es nur einen einzigen Milchhändler, einen einzigen Schiffsbauingenieur und nur einen Seidenspinner. Vergeblich werden Sie nach einem Installateur, nach einem Elektriker, einem Schweißer, Feinmechaniker oder Chemiker suchen, und eigentlich frage ich mich, warum. Dagegen finden Sie außer den Ärzten, von denen wir schon sprachen, scharenweise Forschungsreisende, Verliebte, Polizisten und Diebe, Musiker, Maler und Dichter, Gräfinnen, Prostituierte, Krieger, Ritter, Findlinge, Maulhelden und gekrönte Häupter. Vor allem Prostituierte, in völlig unproportional hohem

Prozentsatz, der in keinem Verhältnis steht zum wirklichen Bedarf. Es wäre also besser, wenn Sie hier nicht nach einem Abbild der Welt suchten, die Sie verlassen haben; ich meine, nach keinem getreuen Abbild, denn ein Bild finden Sie hier selbstverständlich, aber es ist kunterbunt, verfärbt und verzerrt, und so werden Sie einsehen, wie dumm es ist, sich durch Vergil, Catull oder *Quo vadis* einen Begriff vom Rom zur Zeit der Cäsaren machen zu wollen. Hier finden Sie keinen Schiffskapitän, der nicht Schiffbruch erlitten hätte, keine Ehefrau, die nicht Ehebrecherin wäre, keinen Maler, der nicht lange Jahre im Elend gedarbt hätte, um später berühmt zu werden. Genau wie der Himmel, der hier ja auch immer ein Schauspiel ist. Insbesondere die Sonnenuntergänge: oft dauern sie vom frühen Nachmittag bis in die Nacht, und manchmal ist es schon dunkel, aber dann kommt die Sonne wieder zurück und geht noch einmal unter, als wollte sie eine Zugabe geben.«

James unterbrach seinen Redefluß, um Antonio auf ein Gebäude aufmerksam zu machen, dem sie sich näherten.

»Früher oder später wird ein Michelin-Führer für den Park herauskommen, und dann bekommt das hier bestimmt drei Sterne, Sie werden schon sehen.« Es war eine Villa oder vielleicht sogar eine kleine Festung, blendendweiß lag sie zwischen dichten, jahrhundertealten Bäumen versteckt; die Außenmauern hatten keine Fenster und trugen oben eine durchbrochene Verzierung, die an Zinnen erinnerte.

»Von außen gesehen sagt das nicht viel, aber Sie sollten das einmal von innen sehen. Ich bin wegen gewisser kleinerer Arbeiten im Haus gewesen (ich habe Ihnen ja gesagt, daß die Installateure hier knapp sind, und so schlage ich mich ganz gut durch), und ich könnte Ihnen da so einiges erzählen. Wissen Sie, daß die Direktion seit sechshundert Jahren alles versucht hat, um die Besitzerin zufriedenzustellen, ohne daß ihr das je gelungen wäre? Erst jetzt, mit der modernen Technik –«

»Entschuldigen Sie«, unterbrach ihn Antonio etwas verärgert, »meinen Sie nicht, daß ich Ihrer Rede mit mehr Genuß folgen könnte, wenn Sie mir sagten, wer die Besitzerin ist?«

»Oh, ich war überzeugt, ich hätte Ihnen das gesagt. Es ist Beatrice, verdammt noch mal. Die himmlische Beatrice, das Ungeheuer, die alle zu ihren Diensten haben will; sie geht nie aus, redet mit niemandem, sie nimmt nichts anderes zu sich als tiefgefrorene Ambrosia und Nektar, und bei den Beziehungen, die sie hat, besteht keine Aussicht, sie loszuwerden, weder jetzt noch in absehbarer Zukunft. Ich sagte Ihnen eben, daß es der Verwaltung erst jetzt gelungen ist, dank der Einführung von Plastikmaterialien und elektronischen Geräten, wenigstens ein paar ihrer Marotten zufriedenzustellen. Sie sollten das mal von innen sehen: das ist ein Konzentrat der Mailänder Messe, ohne den Lärm natürlich. Sie geht nur auf verschäumtem Polyurethan, einen Meter dick, wie ein Stabhochspringer: barfuß, versteht sich, und in Nylonschleier gehüllt. Kein Tageslicht: bloß Röhren mit Kaltkathoden, rosa, violett und hellblau; eine Unzahl von falschen Himmeln aus Methacryl, falsche Fixsterne aus Hastelloy, falsche Sphärenmusik, die auf einer elektronischen Orgel erzeugt wird, pausenlos falsche Visionen aus dem Video, falsche, durch Pharmaka hervorgerufene Ekstasen und eine Erste Sphäre aus feuerfestem Glas, die drei Millionen pro Quadratmeter gekostet hat. Sie ist ganz einfach unerträglich: aber als Figur von Dante ist man hier tabu. Meiner Meinung nach ist das eine typische Mafiasituation: warum dürfen Paolo und Francesca sich in alle Ewigkeit ungestört weiterlieben (und nicht nur im Wirbelwind, das können Sie mir glauben), während die Armen Liebesleute immer wieder Ärger mit der Parkaufsicht bekommen? Wieso Cacciaguida in einem Chalet oben auf dem Hügel und Somacal, der ohnehin schon genug mitgemacht hat, unten in einer Baracke, wo nie die Sonne hinkommt?«

James hatte sich beim Reden ereifert und war außer Atem gekommen, außerdem hatte er sich verirrt. »Ich muß jemand fragen.«

»Kennen Sie alle hier?«

»Wir kennen uns fast alle: im Grunde genommen sind wir ja nicht so viele.«

Er klopfte an die Tür einer Holzhütte: aus dem Kamin stieg Rauch auf, und durch die Wände drang stark rhythmischer, marschähnlicher Gesang. James war bald wieder da. »Sie sind nett, aber sie setzen so gut wie nie einen Fuß vor die Tür und konnten mir auch nicht weiterhelfen; sie sind auch ein bißchen schüchtern. Wer das ist? Das sind die Deutschen aus *Im Westen nichts Neues,* Tjaden, Kat, Leer und alle anderen; auch Paul Bäumer natürlich. Ich gehe sie oft besuchen: wirklich feine Kerle! Sie haben Glück gehabt, daß sie schon in jungen Jahren hierhergekommen sind, sonst hätten wer weiß wie viele von ihnen zwanzig Jahre später womöglich noch einmal an die Front gemußt und Seele oder Leben dabei gelassen.«

Glücklicherweise trafen sie wenig später Babalaci, der alles wußte: wo das Chalet von François lag, daß da tatsächlich ein Bett frei war, wie lange es schon frei war, das Warum und Wieso, mit wem allem François sich in letzter Zeit angelegt hatte und welche Frauen bei ihm ein und aus gegangen waren.

In dieser Gegend war der Himmel bleiern, es wehte ein wütender, feuchter Wind, der wie ein Wolf heulend um die Häuserecken pfiff, ja, als das Chalet in Sicht war, begann es sogar zu schneien: ein schmutziger, rußig-grauer Schnee fiel schräg herab, drang einem in die Augen und benahm einem den Atem. Antonio konnte es kaum mehr erwarten, ins Warme zu kommen, aber James meinte, daß es besser sei, wenn er draußen etwas abseits auf ihn wartete: François war launisch, und er wollte lieber allein anklopfen, damit er nicht gleich neue Gesichter sähe.

Antonio suchte sich den bestmöglichen Unterschlupf: in der Nähe lag ein Haufen zerbrochener Fässer, er kroch in eines hinein, und so zusammengekauert wartete er, daß James zurückkäme. Er sah, wie er anklopfte, geschlagene zwei Minuten lang wartete, dann noch einmal klopfte: die Gardinen waren zugezogen, aber aus dem Schornstein kam dichter Rauch, irgend jemand mußte also im Haus sein.

James klopfte ein drittes Mal, und endlich wurde die Tür geöffnet. James verschwand im Inneren, und Antonio bemerkte, wie müde er eigentlich war, und er begann sich zu fragen, ob es wohl möglich sein würde, ein heißes Bad zu nehmen: am Ufer des Kongo hatte er ziemlich stark geschwitzt, der Staub war ihm durch die Kleidung gedrungen und klebte ihm auf der Haut, und jetzt wurde der Schweiß unangenehm kalt. Aber er brauchte nicht lange zu warten: die Tür flog auf, als ob im Haus eine Kanone losgegangen wäre, gleich darauf wurde der würdevolle und bedachtsame James wie ein Bolide herausgeschleudert, und er landete zwischen den Faßdauben, unweit von Antonios provisorischer Unterkunft.

Er stand wieder auf und brachte sich sogleich in Ordnung: »Er ... er wünscht, nicht gestört zu werden. Und dann bin ich auch in einem ungeeigneten Moment gekommen, es waren ein paar Freunde bei ihm, die man lieber bloß mit der Zange anfaßt; auch Marion l'Ydolle war dabei, die Große Margot, Jehanne de

Bretaigne und noch zwei, drei andere Mädchen; eine davon war, wenn ich mich nicht täusche, die Jungfrau von Orléans. Hören Sie, für die weitere Zukunft sehen wir dann schon, für heute nacht kommen Sie jedenfalls zum Schlafen mit zu mir: es ist zwar nicht viel Platz, aber ich überlasse Ihnen gern mein Bett, für mich genügt eine Matratze auf dem Fußboden völlig.«

Antonio lebte sich überraschend leicht im Park ein. Im Laufe weniger Wochen hatte er mit seinen Nachbarn Freundschaft geschlossen, lauter nette Leute, oder doch zumindest interessant und abwechslungsreich: Kim und sein Lama, Iphigenie in Aulis, Ettore Fieramosca, Tommasino Puzzilli, der sich mit Moll Flanders verlobt hatte, der junge Holden, Kommissar Ingravallo, Aljoscha und La Pia, der Sergeant Grischa und Lilian Aldwinkle, Bel Ami, Alberto da Giussano, der mit der Jungfrau Camilla zusammenlebte, Professor Unrat mit dem Blauen Engel, Leopold Bloom, Mordo Nahum, Justine mit Dracula, der heilige Augustinus mit der Suora Giovane, die beiden Hunde Buck und Flush, Baldus, der durch keine Tür paßte, Benito Cereno, Lesbia, die mit Paolo dem Heißblütigen verheiratet war, Tristram Shandy im Alter von erst zweieinhalb Jahren, Thérèse Raquin und Blaubart. Ende des Monats kam Portnoy mit seinem vulgären Gejammer; keiner konnte ihn ausstehen, aber im Laufe von wenigen Tagen richtete er sich im Haus von Semiramis ein, und sofort ging das Gerücht, zwischen den beiden sei alles eitel Sonnenschein.

Antonio war mit Horaz zusammengezogen, und er fühlte sich wohl dabei; Horaz hatte zwar andere Gewohnheiten und einen anderen Lebensrhythmus als er selbst, aber er war sauber, ordentlich und unaufdringlich, und er hatte ihn mit Freuden bei sich aufgenommen; darüber hinaus hatte er eine Unzahl merkwürdiger Geschichten zu erzählen, und er erzählte sie mit bezaubernder Lebhaftigkeit und Anschaulichkeit. Seinerseits schien Horaz nicht genug bekommen zu können von den Geschichten, die Antonio zu erzählen hatte: alles interessierte ihn, und er war auch über Ereignisse aus der jüngsten Zeit auf dem laufenden. Er war ein hervorragender Zuhörer: er unterbrach einen nur selten, und wenn, dann nur mit klugen Fragen.

Ungefähr drei Jahre nach seiner Ankunft im Park fiel Antonio etwas Merkwürdiges auf. Wenn er zufällig seine Hände vor die Sonne oder vor eine helle Lampe hielt, dann fiel das Licht durch sie hindurch wie durch Wachs; wenig später bemerkte er, daß er am Morgen früher als gewöhnlich aufwachte, und er stellte fest, daß das geschah, weil auch seine Lider durchsichtiger geworden waren; ja, innerhalb weniger Tage wurden sie so durchsichtig, daß Antonio auch mit geschlossenen Augen die Umrisse der Gegenstände rings um sich erkennen konnte.

Im ersten Moment maß er der Sache keine Bedeutung bei, aber gegen Ende Mai bemerkte er, daß die ganze Hirnschale durchsichtig zu werden begann. Das war ein komisches und beunruhigendes Gefühl: als ob sein Gesichtsfeld sich immer mehr erweiterte, nicht nur nach den beiden Seiten hin, sondern auch nach oben, unten und nach hinten. Mittlerweile nahm er das Licht wahr, gleich aus welcher Richtung es kam, und bald war er in der Lage zu beobachten, was hinter seinem Rücken vorging. Als er Mitte Juni feststellte, daß er den Stuhl sehen konnte, auf dem er saß, und das Gras unter seinen Füßen, da wurde Antonio klar, daß seine Stunde gekommen war, daß die Erinnerung an ihn verblaßt und seine Zeugenschaft beendet war. Er empfand Trauer darüber, aber weder Schrecken noch Angst. Er verabschiedete sich von James und von seinen neuen Freunden und setzte sich unter eine Eiche, um abzuwarten, daß sein Fleisch und sein Geist sich in Wind und Licht auflösten.

RECUENCO: DIE HIMMELSAMME

Sinda war im ersten Morgengrauen aufgestanden, um die Ziegen auf die Weide zu führen. Rund um das Dorf wuchs in einem Umkreis von zwei Stunden Fußweg schon seit vielen Jahren kein einziger Grashalm mehr: nur Brombeersträucher und Kakteen, die so bitter waren, daß selbst die Ziegen sie verschmähten. Sinda war erst elf Jahre alt, mittlerweile aber war er im Dorf der einzige, der das Vieh auf die Weide führen konnte; die anderen waren entweder zu klein oder zu alt, krank oder derart geschwächt, daß sie sich kaum bis zum Bach schleppen konnten. Er nahm einen Kürbis voll Kressesud und zwei Scheiben Käse mit, was ihm als Wegzehrung bis zum Abend genügen mußte. Er hatte die Ziegen schon auf dem Dorfplatz zusammengetrieben, als er Diuka, seine Schwester, sah, die sich die Augen reibend aus der Hütte trat: sie wollte mit ihm auf die Weide kommen. Er überlegte kurz, daß er nur wenig Käse hatte, dann aber dachte er auch daran, daß der Tag lang und die Weide weit weg war und die Stille dort oben unerträglich groß: also nahm er sie mit.

Sie waren schon eine Stunde bergauf unterwegs, als die Sonne aufging. Es waren nur achtundzwanzig Ziegen, das waren alle Ziegen des Dorfes. Sinda wußte das, und er konnte sie auch zählen: er behielt sie im Auge, damit sie sich nicht verliefen, womöglich die Steilhänge hinunterstürzten und sich die Beine brachen. Diuka folgte ihm schweigend; ab und zu blieben sie stehen, um Brombeeren zu pflücken oder Schnecken aufzulesen, die vom Morgentau munter geworden waren. Schnecken darf man nicht essen, aber Sinda hatte es schon mehrmals probiert und nie Bauchweh davon bekommen; er hatte Diuka beigebracht, wie man sie aus ihrem Haus herauslöst, und er war sicher, daß sie ihn nicht verraten würde.

Der Himmel war vollkommen wolkenlos, aber ein weißer, blendender Dunst stand in der Luft: es war völlig windstill (aber es war immer windstill), und die Luft war feucht und heiß wie in einem Backofen. Sie gingen weiter auf dem Weg, überquerten den

Grat, der das Tal abschloß, und sahen das Meer, das unter einem Dunstschleier dalag, unbeweglich, glänzend und fern. Es war ein Meer ohne Fische, brauchbar nur zur Salzgewinnung: die Saline war schon seit zehn Jahren aufgelassen, aber man konnte dort noch Salz holen, allerdings war es mit Sand vermischt. Vor vielen Jahren war Sinda einmal mit seinem Vater dort gewesen, dann war sein Vater eines Tages auf die Jagd gegangen und nie mehr wiedergekommen. Das Salz wurde jetzt manchmal von Händlern gebracht, aber da es im Dorf nichts zu tauschen gab, kamen sie immer seltener.

Sinda entdeckte auf dem Meer etwas, was er noch nie gesehen hatte. Zuerst sah er ganz am Horizont einen kleinen, leuchtenden Buckel, rund und weiß; fast wie ein winziger Mond, aber der Mond konnte das nicht sein; den echten, der fast voll war und sich deutlich abzeichnete, hatte er vor einer Stunde erst untergehen sehen. Er zeigte es Diuka, aber ohne sonderliches Interesse – auf dem Meer gab es viele Dinge, von denen sie beide abends am Feuer hatten erzählen hören: Schiffe, Walfische, Ungeheuer, Pflanzen, die vom Meeresgrund heraufwuchsen, Raubfische und auch die toten Seelen von Ertrunkenen. Dinge, die kommen und gehen und um die man sich nicht kümmern sollte, denn das Meer ist eitler Schein und böser Trug: es ist eine riesige Fläche, die scheinbar überallhin führt, in Wirklichkeit aber nirgendwohin; es sieht glatt und fest aus wie ein stählerner Panzer, in Wirklichkeit aber trägt es den Fuß nicht, und setzt man ihn doch darauf, so geht man unter. Es ist Wasser, und doch kann man es nicht trinken.

Sie setzten ihren Weg fort: die Steigung hatten sie nun überwunden, und die Weide war schon in Sicht, etwas höher gelegen und noch eine Stunde entfernt. Die Kinder und die Ziegen liefen über eine häufig begangene Trift, eingehüllt in eine Wolke aus gelbem Staub, Bremsen und Ammoniakgeruch. Ab und zu sah Sinda nach dem Meer zu seiner Linken, und er bemerkte, daß jenes Etwas sein Aussehen veränderte. Jetzt hatte es sich völlig vom Horizont gelöst, war näher gekommen und sah aus wie einer jener kugelförmigen Pilze, die man am Wegrand findet und die beim Anfassen zerspringen und zu braunem Staub zerfallen; in Wirklichkeit aber mußte es sehr groß sein, und bei genauerem Hinschauen sah man, daß seine Umrisse zerfranst waren wie die von Wolken. Ja, es sah aus, als ob es schäumte, als ob es laufend seine Form veränderte, so wie Milch kurz vor dem Überkochen; und es wurde immer größer und kam immer näher. Kurz bevor sie die Weidefläche erreicht hatten und als die Ziegen sich schon verstreuten, um bestimmte blühende Disteln abzugrasen, merkte Sinda, daß das Ding direkt auf sie zusteuerte. Da fielen ihm gewisse Geschichten wieder ein, die er von den alten Leuten gehört und nur zur Hälfte geglaubt hatte, wie man eben an Märchen glaubt: er bat Diuka, auf die Ziegen aufzupassen, versprach ihr, daß er oder sonst jemand aus dem Dorf noch vor dem Abend kommen würde, um sie abzuholen, und machte sich eilends auf den Weg zurück ins Dorf. Vom Dorf aus sah man das Meer nämlich nicht: es war durch eine Kette steiler Berge davon getrennt, und Sinda rannte, weil er hoffte und zugleich fürchtete, daß jenes Ding die Himmelsamme wäre, die alle hundert Jahre kommt und Sattheit und Zerstörung bringt; er wollte allen Bescheid sagen, damit sie sich vorbereiteten, er wollte aber auch selbst der Überbringer der Botschaft sein.

Es gab eine Abkürzung, die nur er kannte, aber er nahm sie nicht, weil er sonst das Meer zu bald aus den Augen verloren hätte. Kurz bevor Sinda den Grat erreicht hatte, erschien das Ding so riesengroß, daß es ihm den Atem verschlug: seine Spitze ragte bis in den Himmel, von der Spitze floß Wasser in Strömen auf seine Grundfläche herab, und umgekehrt spritzte Wasser von dort auf die Spitze hinauf. Man hörte so etwas wie ein anhaltendes Donnergrollen, ein Dröhnen-Pfeifen-Rauschen, das einem das Blut in den Adern erstarren ließ. Sinda blieb einen Augenblick lang stehen und verspürte das Bedürfnis, sich auf den Boden niederzuwerfen und das Ding anzubeten; aber er nahm sich zusammen und rannte den Abhang hinunter, riß sich an Dornengestrüpp die Haut auf, stolperte über Steine, fiel hin und raffte sich wieder auf. Jetzt sah man nichts mehr, aber man hörte das Dröhnen, und als Sinda im Dorf ankam, hörten es alle, aber keiner wußte, was es war, nur er, Sinda, wußte es; trunken und blutend stand er mitten auf dem Dorfplatz und winkte allen mit den Armen, damit sie herbeiliefen und ihm zuhörten, denn die Himmelsamme kam.

Zunächst kamen nur einige wenige, dann alle. Es kamen die vielen Kinder, zu viele Kinder, aber sie brauchte man jetzt nicht. Es traten die alten Frauen und die jungen, die verwelkt waren wie die alten, auf die Schwelle ihrer Hütten. Es kamen die Männer aus den Gärten und von den Feldern, mit dem schwerfälligen und langsamen Gang derer, die nur Hacke und Pflug kennen; und schließlich kam auch Daiapi, den Sinda dringlicher erwartete als alle anderen.

Aber auch Daiapi, der Dorfälteste, war nicht älter als fünfzig und konnte daher nicht aus eigener Anschauung wissen, was zu tun war, wenn die Himmelsamme kam. Er hatte nur eine ganz vage Erinnerung, gespeist aus den kaum weniger vagen Erinnerungen wer weiß welch anderer Daiapis vor ihm, die durch die zahllosen Wiederholungen am Feuer erhärtet, bekräftigt und verzerrt worden waren. Die Himmelsamme war, dessen war er sich gewiß, schon andere Male ins Dorf gekommen; zweimal, oder vielleicht auch drei oder mehrere Male, aber an ihre frühesten Besuche, wenn sie überhaupt stattgefunden hatten, war jede Erinnerung verblaßt. Mit Sicherheit wußte Daiapi nur, und wie er alle anderen, daß sie, wenn sie kam, plötzlich kam, und zwar vom Meer her, inmitten eines Wirbelwinds, nicht länger als ein paar Augenblicke blieb und von oben Nahrung herabwarf und daß man sich irgendwie darauf vorbereiten mußte, damit die Nahrung nicht verlorenging. Weiter wußte er, oder glaubte doch zu wissen, daß sie blitzschnell Berge und Meere überquerte, angezogen von den Orten, an denen Hunger herrschte. Deshalb blieb sie nie länger an einem Ort: weil die Welt grenzenlos groß war und der Hunger an vielen, weit auseinanderliegenden Orten gedieh und, kaum gestillt, sogleich nachwuchs wie Sprößlinge von Unkraut.

Daiapi war nicht bei Kräften, und seine Stimme war schwach, aber selbst wenn er eine Stimme gehabt hätte wie der Monsun, hätte er sich doch nicht verständlich machen können in dem Getöse, das vom Meer herkam und nunmehr das ganze Tal erfüllte, so daß alle wie betäubt davon waren. Durch sein Beispiel und mit Hilfe von Gesten erreichte er, daß alle sämtliche erreichbaren Gefäße, große wie kleine, ins Freie brachten; dann, während der Himmel sich schon verfinsterte und ein Wind durch die Ebene fegte, wie ihn noch keiner je erlebt hatte, griff er zu Hacke und Schaufel und begann fieberhaft zu graben, was ihm sofort viele nachmachten. Sie schaufelten aus Leibeskräften, daß der Schweiß ihnen in den Augen brannte, und die Ohren sausten ihnen von dem Getöse: aber sie hatten kaum mit Mühe und Not auf dem Dorfplatz eine Grube von der Größe eines Grabes ausgehoben, als die Himmelsamme wie eine dröhnende Wolke aus Stahl über die Hügel stieg und genau über ihren Köpfen schwebend stehenblieb. Sie war größer als das ganze Dorf und bedeckte es mit ihrem

Schatten. Aus sechs nach unten gerichteten Stahlrohren brausten sechs Orkane, auf denen sich die Maschine nahezu reglos im Gleichgewicht hielt; hingegen wirbelte die mit großem Druck nach unten geblasene Luft Staub auf, erfaßte Steine, Blätter, Zäune und die Dächer der Hütten, schleuderte sie in die Höhe und trug sie weit fort. Die Kinder flohen oder wurden weggeblasen wie Spreu; die Erwachsenen widerstanden, indem sie sich an Bäumen und Mauern festklammerten.

Sie sahen, wie die Maschine sich langsam herabsenkte; mitten in dem Wirbelwind aus gelblichem Staub wollten einige menschliche Gestalten gesehen haben, die sich über den Rand beugten und herabschauten: die einen sagten zwei, andere drei. Eine Frau behauptete, Stimmen gehört zu haben, aber keine menschlichen Stimmen: sie waren metallisch und nasal gewesen und so laut, daß sie den Lärm übertönten.

Als die sechs Stahlrohre sich nur noch wenige Meter über den Dächern befanden, fielen aus dem Bauch der Maschine sechs weiße Schläuche heraus und baumelten in der Luft: und da, auf einmal, spritzte aus ihnen in weißen Strahlen die Nahrung, die Himmelsmilch. Die beiden mittleren Schläuche ergossen ihren Inhalt in die Grube, gleichzeitig aber regnete eine Flut von Nahrung aufs Geratewohl auf das ganze Dorf und seine Umgebung herab und wurde sogleich vom Wind aus den Stahlrohren weggeblasen und verstreut. Sinda hatte in dem Durcheinander einen Trog gefunden, der früher als Viehtränke gedient hatte: er schleifte ihn unter einen der Schläuche, aber er war augenblicklich voll, lief über, und die Flüssigkeit rann ihm über die Füße. Sinda probierte davon: sie sah aus wie Milch, nein, wie Sahne, war es aber nicht. Sie war dickflüssig, schmeckte nach nichts, und man war augenblicklich satt davon. Sinda sah, daß alle gierig die Flüssigkeit hinunterstürzten, sie mit den Händen, mit Schaufeln oder Palmblättern vom Boden schöpften.

Vom Himmel ertönte ein Geräusch, vielleicht ein Hornstoß oder ein Befehl, verkündet von jener kalten, mechanischen Stimme, und mit einem Schlag hörte der Milchfluß auf. Gleich darauf schwollen der Lärm und der Wind über alle Maßen an, Sinda wurde durch die Luft geschleudert und fiel kopfüber in eine der schleimigen Pfützen; die Maschine stieg zuerst senkrecht in die Höhe, legte sich dann schräg und war innerhalb weniger Minuten hinter den Bergen verschwunden.

Sinda stand auf und sah sich um: sein Dorf war nicht mehr wiederzuerkennen. Nicht nur die Grube lief über, sondern die Milch rann zähflüssig durch sämtliche Gassen, die ein Gefälle hatten, und troff von den wenigen heil gebliebenen Dächern. Der untere Teil des Dorfes war überschwemmt: zwei Frauen waren ertrunken, ebenso viele Kaninchen und Hunde sowie sämtliche Hühner. Auf der Flüssigkeit schwammen Hunderte von Flugblättern, die alle gleich aussahen: oben links trugen sie ein rundes Zeichen, das wahrscheinlich die Erde darstellte, dann folgte ein in mehrere Abschnitte unterteilter Text, der in verschiedenen Schriften und Sprachen wiederholt war, aber im Dorf konnte keiner lesen. Auf der Rückseite des Blattes sah man eine Folge von naiven Zeichnungen: ein nackter, magerer Mensch, daneben ein Becher, dann der Mensch, der den Becher austrank, schließlich derselbe Mensch, aber nicht mehr mager; weiter unten ein anderer magerer Mensch mit einem Eimer neben sich, dann der Mensch, der aus dem Eimer trank, schließlich derselbe Mensch am Boden hingestreckt, mit aufgerissenen Augen, aufgesperrtem Mund und geplatztem Bauch.

Daiapi begriff sofort, was die Zeichnungen bedeuteten, und rief alle auf dem Platz zusammen, aber es war schon zu spät: in den beiden darauffolgenden Tagen starben acht Männer und zwei Frauen, bläulich angelaufen und aufgedunsen. Man machte eine Aufstellung und sah, daß die Milch, abzüglich dem, was verlorengegangen war oder sich mit Erde und Dung vermischt hatte, ausreichte, um das gesamte Dorf ein Jahr lang zu ernähren. Daiapi ordnete an, daß so rasch wie möglich Tonkrüge gebrannt und Schläuche aus Ziegenhaut genäht werden sollten, weil er befürchtete, daß die Milch in der Grube durch den Kontakt mit dem Erdreich verderben könnte.

Erst als es Nacht geworden war, erinnerte sich Sinda, noch ganz verwirrt von dem, was er erlebt hatte, und betäubt von der Milch, die er getrunken hatte, daß Diuka mit den Ziegen noch auf der Weide war. Beim Morgengrauen des nächsten Tages brach er auf und nahm einen Kürbis voll Milch mit, aber die Ziegen waren in alle Richtungen gestoben, vier fehlten, und auch Diuka war nicht da. Wenig später fand er sie, verletzt und verängstigt kauerte sie am Fuß eines Steilhangs neben den vier toten Tieren: als sie über die Weide geflogen war, hatte die Himmelsamme mit ihrem Wind sie hinuntergeschleudert.

Ein paar Tage später stieß eine alte Frau, als sie ihren Hof von der Kruste der in der Sonne getrockneten Milch reinigte, auf ein noch nie zuvor gesehenes Ding. Es glänzte wie Silber, war härter als Stein, einen Fuß lang, schmal und flach; an seinem einen Ende war es zu einer Scheibe geformt, mit einer großen, sechseckigen Kerbe darin; das andere Ende bildete eine Art Ring, dessen Öffnung, zwei Finger breit, die Form eines zwölfzackigen Sterns mit abgestumpften Ecken hatte. Daiapi befahl, auf dem Felsblock in der Nähe des Dorfes ein Tabernakel aus Stein zu errichten und den Gegenstand dort für immer aufzubewahren, zum Gedenken an den Tag, an dem die Himmelsamme gekommen war.

RECUENCO:
DER RAFTER

Leise surrend glitt die Plattform rasch und mit einem leichten Vibrieren in nur wenigen Metern Abstand über der Wasseroberfläche dahin. In der Kabine waren Himamoto, der schlief, Kropivà, der das Funkgerät bediente und schrieb, und Farnham, der am Sender saß. Von allen dreien langweilte Farnham sich am meisten, denn einen Rafter fliegen ist so gut wie Nichtstun: man sitzt am Steuerrad, darf es aber nicht berühren, man schaut auf den Höhenmesser, und die Nadel bewegt sich nicht einen Deut, man behält den Kompaß im Auge, aber der steht still, als wäre er aus Stein; ist ein Kurswechsel vorzunehmen (was selten vorkommt, denn Rafter fliegen fast immer geradeaus), dann übernehmen das alles die anderen da unten. Alles, was man tun muß, ist aufpassen, daß nicht eines von den gelben Kontrollämpchen, die Alarm anzeigen, aufleuchtet, aber Farnham flog nun schon acht Jahre lang Rafter und hatte noch nie eines von ihnen aufleuchten sehen, und auch in der Pilotenkantine hatte er noch nie erzählen hören, daß je eines dieser gelben Lämpchen aufgeblinkt hätte. Kurz, es ist, als wäre man Nachtwächter. Keine Arbeit für einen Mann: ein Geschäft, so langweilig wie Strümpfe stricken. Um nicht einzuschlafen, rauchte Farnham eine Zigarette nach der anderen und sagte halblaut ein Gedicht auf. Eher als ein Gedicht war es ein Liedchen, das in einprägsamen Versen die Vorschriften zusammenfaßte, die in dem unwahrscheinlichen, fast schon belustigenden Fall, daß eben eines der gelben Lämpchen aufleuchtete, einzuhalten waren. Sämtliche Piloten mußten das Liedchen vom Notfall auswendig können.

Farnham hatte früher Düsenflugzeuge geflogen, und an Bord eines Rafters fühlte er sich wie in Pension, er fühlte sich gedemütigt und schämte sich auch ein bißchen. Freilich, auch das war eine nützliche Aufgabe, aber konnte er denn bestimmte Missionen vergessen, mit der B 28 über dem Dschungel, zwei, drei Einsätze am Tag, manchmal auch nachts, im Busch flackern hier und da die Feuer der Rebellen, sechs Maschinengewehre spucken Flammen, und zwanzig Tonnen Bomben sind an Bord? Aber eben, damals war er noch fünfzehn Jahre jünger gewesen: wenn die Reflexe langsamer werden, dann stecken sie einen in den Rafter.

Wenn wenigstens Himamoto aufgewacht wäre: aber nein, der schlief immer seine vollen acht Stunden. Mit der Ausrede, sonst würde ihm schlecht, stopfte er sich mit Pillen voll, und kaum war sein Turnus um, legte er sich hin und schlief wie ein Stein. Ein Rafter ist nicht einmal besonders schnell, muß man wissen: für eine Atlantiküberquerung braucht er gut seine fünfunddreißig bis vierzig Stunden, und wenn er voll beladen ist, das heißt mit zweihundertvierzig Tonnen Milch an Bord, dann ist er so manövrierfähig wie eine Straßenbahn im Stoßverkehr.

Auch Hinausschauen war nicht sonderlich unterhaltsam. Es war noch tiefe Nacht, und der Himmel war bedeckt; im Licht der Scheinwerfer sah man vorne und hinten nichts als angeschwollene träge Wellen und das eintönige Fluten der Wassermassen, die durch die sechs Gebläse aufgewühlt wurden, auf die Plattform schwappten, die so groß war wie ein Tennisplatz, und gegen die Wände der unsinnig kleinen Kabine spritzten.

Man hörte Himamoto schnarchen. Er hatte eine irritierende Art zu schnarchen: anfangs ganz leise, fast nur wie ein Seufzen, dann stieß er plötzlich ein lautes widerliches Grunzen aus, dann hörte man nichts mehr, als wäre er tot; aber nein, nach einer Minute beklemmender Stille fing er wieder von vorne an. Das war die erste Reise, die Farnham mit Himamoto gemeinsam machte, und er fand ihn freundlich und angenehm, wenn er wach war, unerträglich, wenn er schlief. Wenn er wach war, war ihm Himamoto sympathisch, weil er noch jung war, wenig Flugerfahrung hatte und bereit war, eifrig die Rolle des gelehrigen Schülers zu übernehmen: da nun Farnham seinerseits sehr viel daran lag, seine Erfahrung zur Geltung zu bringen, verstanden die beiden sich recht gut, und der angenehmste Turnus war der, wenn Kropivà schlief. Das war der Grund, weshalb Farnham es kaum erwarten konnte, daß es sechs Uhr wurde.

Im Gegensatz zu Himamoto war Kropivà ihm lieb, wenn er schlief, und ging ihm auf die Nerven, wenn er wach war. In wachem Zustand war er ein fürchterlicher Pedant: Farnham, der ziemlich viel in der Welt herumgekommen war, hatte noch nie einen solchen Russen gesehen, und er fragte sich, wo die Organisation ihn wohl aufgetrieben haben mochte. Vielleicht in irgendeinem

Verwaltungsbüro in der hintersten Tundra oder unter dem Personal bei der Eisenbahn oder unter den Gefängniswärtern. Er trank nicht, rauchte nicht, sprach nur in Einsilbern und rechnete die ganze Zeit. Farnham hatte schon einige Male einen Blick auf die Blätter geworfen, die Kropivà herumliegen ließ, und gesehen, daß er alles berechnete: wie viele Jahre, Monate und Tage ihm noch bis zur Pensionierung fehlten; wie viele Dollars er bekommen würde, ausgerechnet bis auf Cents und Zehntelcents; wie viele Rubel und Kopeken dem entsprachen, auf dem Schwarzmarkt und zum offiziellen Kurs. Wieviel jede Minute und jede Meile Flug des Rafters kosteten, an Treibstoff, Personalkosten, Wartung, Versicherung, Amortisation: als ob der Rafter ihm gehörte. Wieviel Gehalt er im nächsten Monat bekommen würde: jene schwindelerregend lange Liste von Posten, die er, Farnham, in die Tasche steckte, ohne auch nur einen Blick darauf zu werfen, faszinierte Kropivà, der sich damit vergnügte, sie im voraus auszurechnen, alles inbegriffen, Familienzulage, Kostenerstattung der in den Flughafenkantinen eingenommenen Mahlzeiten, Zulage für Überschreitung der Datumsgrenze, Zulagen für Nachtdienst und Überstunden, für Arbeit unter schwierigen Bedingungen, für tropisches Klima und Polarklima, für Feiertage, und mit sämtlichen Abzügen für Steuern, Kranken- und Rentenversicherung. Alles gut und schön, aber Farnham fand es dumm und erbärmlich, seine Tage damit zuzubringen: als ob dafür nicht die Lochkartenstelle zuständig wäre, oder als ob sie nicht zuverlässig arbeitete. Ein Glück, daß Kropivà nicht redete, aber auch so war es ihm in seiner Gegenwart irgendwie unbehaglich.

Punkt sechs Uhr weckte Farnham Himamoto, und Kropivà verschwand, ohne auch nur den Mund aufzumachen, in der Kabine. Über dem Heck sah man durch den von den Gebläsen aufgewirbelten Wasserschleier, wie der Himmel aufklarte und von einem schwachen grünlichen Licht erhellt wurde, das den Tag verkündete. Farnham ging ans Funkgerät, und Himamoto setzte sich, noch völlig verschlafen, ans Steuerrad. Jetzt konnte man wenigstens ein paar Worte wechseln.

»Wie lange brauchen wir noch?« fragte Himamoto.

»Drei bis vier Stunden.«

»Und ... wie heißt der Ort?«

»Recuenco. Das fragst du jetzt schon zum drittenmal.«

»Ich weiß. Aber ich vergesse es immer wieder.«

»Macht nichts: ein Ort ist wie der andere. In Recuenco sollen wir fünfzig Tonnen ablassen.«

»Soll ich den Zähler auf Null stellen?«

»Schon geschehen. Während du schliefst. Apropos: weißt du, daß du schnarchst wie der Teufel?«

»Das stimmt nicht«, protestierte Himamoto würdevoll, »ich schnarche überhaupt nicht.«

»Das nächstemal nehme ich ein Tonband mit«, drohte Farnham gutmütig. Himamoto wusch sich, rasierte sich freihändig mit einem wunderbaren Rasiermesser (offenbar war das so üblich in seinem Land), ging an den Automaten und holte sich einen Kaffee und ein Brötchen. Er sah nach Kropivà.

»Er schläft schon«, stellte er fest, nicht ohne einen leisen Unterton der Befriedigung.

»Er ist schon ein komischer Vogel«, sagte Farnham. »Aber ist mir auch recht: ich habe schon viele erlebt, und besser er als die Typen, die saufen, Rauschgift schnupfen oder es an jedem Flughafen hoch hergehen lassen. Das macht ihm so schnell keiner nach, wie er die Einfüllung und Entleerung der Milch kontrolliert, das Auftanken, all die Scherereien beim Zoll erledigt und die Abrechnung in der Basis. Denn weißt du, manchmal kommt man mit Geld in fünf oder sechs verschiedenen Währungen zurück, und das muß bis auf den Pfennig genau abgerechnet werden, und in diesen Dingen ist er wirklich ein Phänomen: er ersetzt drei Computer.« »Es geht nichts über Eintracht und gegenseitigen Respekt an Bord«, dachte er dabei im stillen.

Hinter ihnen ging die Sonne auf, und augenblicklich entstanden rings um sie zwei funkelnde, konzentrische Regenbogen. »O schön! Sehr schön!« rief Himamoto aus: sein Englisch war flüssig und korrekt, aber es fehlte ihm das Vokabular zum Ausdruck von Seelenregungen.

»Ja, das ist schön«, antwortete Farnham, »aber es ist immer gleich, bei jedem Sonnenaufgang und Sonnenuntergang: man gewöhnt sich daran. Das kommt von dem Wasser, das durch die Motoren aufgewirbelt wird. Auch die Sonne sieht naß aus, siehst du?«

Eine halbe Stunde lang herrschte Schweigen. Himamoto war ziemlich zerstreut, und eben weil er sich dessen bewußt war, beobachtete er die Route und die Instrumente mit besonderer Aufmerksamkeit. Auf dem Radarschirm sah man eine Spur, zwanzig Meilen vor dem Bug: unwillkürlich griff Himamoto nach dem Steuerrad.

»Keine Sorge«, sagte Farnham, »das macht er alles von selbst.« Tatsächlich schwenkte der Rafter ohne die geringste Erschütterung automatisch nach rechts und wich dem Schiff oder Wrack oder Eisberg oder was immer das sein mochte aus, dann kehrte er schwerfällig wieder auf seine Bahn zurück.

»Sag mal«, meinte Himamoto, »hast du es je probiert?«

»Es schmeckt nach nichts«, entgegnete Farnham.

Aber nach ein paar Minuten fing Himamoto wieder davon an: »Ich würde es aber trotzdem gern mal probieren: zu Hause werden sie mich bestimmt danach fragen.«

»Ist nichts dabei: aber probier jetzt gleich, während er schläft, sonst ist er imstande, dir eine Zahlungsanweisung für die Kostprobe auszustellen.«

»Wo zapft man es an?«

»An dem Hahn unter der Filteranlage. Aber es schmeckt nach nichts, ich sag' dir's: es schmeckt nach Löschpapier. Geh, ich übernehme das Steuer.«

Himamoto zog sich einen Plastikbecher aus dem Automaten und ging zu dem Hahn, wobei er über Röhren und Ventile stolperte, die in lebhaften Farben bemalt waren. »Nun, es ist weder gut noch schlecht, aber es füllt den Magen.«

»Na klar: das ist nichts für uns. Es ist gut für die, die Hunger haben. Sie können einem leid tun, die Kinder vor allem: du hast sie vielleicht gesehen in den Filmen auf dem Vorbereitungslehrgang. Aber im Grunde verdienen sie es nicht anders, das sind Faulpelze, Leute ohne Voraussicht und zu nichts zu gebrauchen. Du willst doch nicht etwa, daß wir ihnen Champagner bringen?«

Es ertönte ein Summzeichen, und vor Farnham leuchtete eine grüne Tafel auf. »Verflucht! Hab' ich's doch geahnt! Noch ein Auftrag, dringend; Shangeehaydhang, Philippinen, oder wie zum Teufel man das ausspricht. 12°5′43″ Nord, 124°48′46″ Ost. Mach dich darauf gefaßt: nichts da von wegen Wochenende in Rio. Das ist am anderen Ende der Welt.«

»Und warum schicken sie dann uns hin?«

»Offenbar sind wir trotz allem diejenigen, die am wenigsten weit davon entfernt oder am wenigsten beladen sind, oder die anderen drei sind gerade beim Auftanken. Jedenfalls sorgen sie dafür, daß wir dauernd auf Achse sind: andererseits auch wieder verständlich, denn ein Rafter kostet mehr als eine Expedition zum Mond, und die Milch fast gar nichts. Deswegen lassen sie uns auch nur drei Minuten Zeit zum Entleeren: auch wenn dabei Milch verlorengeht, das macht nichts; das Wichtigste ist, keine Zeit zu verlieren.«

»Schade, daß sie so vergeudet wird. Ich habe als Kind noch Hunger gekannt.«

»Ein Teil davon geht fast immer verloren. Manchmal kann man sie über Radio benachrichtigen, und dann ist das ganze Arbeit, sauber und schnell; aber in den meisten Fällen wissen die nicht einmal, was ein Radio ist, wie die, die wir jetzt versorgen sollen, und dann macht man's halt, so gut es geht.«

Zu ihrer Linken zeichnete sich eine Wolkenbank ab, und dahinter sah man eine Gebirgskette: ein kegelförmiger, schneebedeckter Gipfel ragte daraus hervor.

»Einmal bin ich dort gewesen, wo sie die Milch herstellen: das ist gar nicht weit von hier in einem riesigen Wald, so groß wie ganz Texas, und dort ist ein Superrafter unterwegs. Beim Fahren mäht er alle Pflanzen vor sich nieder und läßt eine dreißig Meter breite Schneise gerodet hinter sich zurück. Die Pflanzen landen in seinem Laderaum, dort werden sie zerkleinert, gekocht und mit einer Säure behandelt, und daraus gewinnt man die Proteine, eben diese Milch: wir nennen sie so, aber offiziell heißt sie FOD. Aus den Resten der Pflanzen wird Energie für die Maschine gewonnen. Wirklich eine feine Sache, und es lohnt sich, sich das einmal anzuschauen, und das ist auch gar nicht schwierig: alle zwei Jahre wird als Prämie für straffreie Piloten eine Reise dorthin organisiert. Ich habe auch Fotos gemacht: in der Basis zeige ich sie dir. Die Gruppe wird von einem Reiseleiter begleitet, und es wird einem alles erklärt, auch die Sache mit den Detektoren, die das Azeton ausmachen, das in der Nähe von Hungergebieten in der Atmosphäre auftritt, und die die Signale an die Computer in der Basis weiterleiten.«

Wenige Minuten später sahen sie beide, wie sich auf dem Radarschirm eine breite Barriere abzeichnete. Sie war nur sieben Meilen entfernt, aber wegen des Dunstes, der über dem Meer lag, konnte man sie mit bloßem Auge nicht erkennen. »Da wären wir«, sagte Farnham. »Vielleicht ist es besser, wenn ich das Steuer übernehme; sieh zu, daß du Kropivà aufweckst.«

Man spürte, wie die Plattform stärker zu vibrieren begann; im gleichen Moment hörte der Dauerregen rings um sie plötzlich auf, und an seine Stelle trat eine wirbelnde Wolke aus gelblichem Staub, Sand und Blättern. Eine Kette steiler Berge wurde sichtbar: Farnham zog den Rafter auf Sicherheitsabstand hoch, und wenige Minuten später tauchte in einer eng begrenzten, öden Ebene das Dorf Recuenco auf, rund fünfzig Hütten aus Lehm und grauem Stein, die Dächer aus Palmblättern. Winzige menschliche Gestalten liefen in alle Richtungen wie Ameisen, wenn man den Ameisenhaufen aufdeckt: einige fuhrwerkten mit Hacken und Schaufeln. Farnham brachte den Rafter direkt über dem Platz zum Stillstand: der Schatten der Plattform bedeckte das ganze Dorf.

»Gehen wir raus«, sagte er dann.

Sie zogen ihre Schutzanzüge an und setzten die Schutzbrillen auf, dann gingen sie alle drei hinaus: Hitze, Lärm und Wind trafen sie wie ein Schlag. Sie konnten sich nur durch Gesten oder über Lautsprecher miteinander verständigen: trotz der Schutzanzüge spürten sie, wie Steine und Splitter auf sie herabprasselten. Sich am Geländer festhaltend, arbeitete Farnham sich bis zum äußeren Steuersystem vor und bemerkte, daß die Schraubenmuttern, die die Schalttafel an der Deckverkleidung befestigten, sich gelockert hatten: er brüllte Himamoto zu, er solle den 24er Schlüssel holen, und Kropivà, er solle sich für das Ablassen der Milch und den Abwurf der Flugblätter bereitmachen. Er ließ die Maschine herunter, bis die sechs Rohre nur noch wenige Meter über den Dächern waren, dann öffnete er die Klappe für die Schläuche. Er beugte sich über das Geländer, sah durch die Wirbel erstickenden Staubs, daß in der Mitte des Platzes eine Grube ausgehoben worden war, und manövrierte den Rafter so, daß wenigstens die beiden mittleren Schläuche genau darüber zu hängen kamen; dann befahl er Himamoto, die Schraubenmuttern an der Schalttafel fest anzuziehen, und Kropivà, mit dem Ablassen der Milch zu beginnen.

In weniger als zwei Minuten blieb der Zähler bei fünfzigtausend Liter stehen; Kropivà stoppte den Milchfluß und warf die Flugblätter mit den Anweisungen ab, die wie aufgescheuchte Vögel in alle Richtungen davonflatterten. Farnham brachte die Gebläse auf Touren, der Rafter stieg zuerst senkrecht in die Höhe, legte sich dann schräg, etwas leichter und besser zu manövrieren als vorher, und flog über eine öde Gebirgskette. Zwischen den Geröllhängen sah Farnham eine kleine grüne Hochebene, auf der eine Ziegenherde weidete: sonst war da kein Lebewesen weit und breit, auch kein Grün mehr im Umkreis von mehr als zwanzig, dreißig Meilen.

Kropivà füllte das Formular für den Abwurf aus, stempelte es, unterschrieb und legte es den beiden anderen zum Unterschreiben vor, dann ging er wieder schlafen; Himamoto übernahm erneut das Steuer, aber gleich darauf schlug er sich mit der flachen Hand an die Stirn: »Der Schlüssel!« sagte er, und ohne Schutzanzug und Brille rannte er auf die Plattform hinaus. Wenig später kam er zurück: »Er ist nicht mehr da, er muß über Bord gefallen sein.«

»Macht nichts«, sagte Farnham, »es ist noch ein Reserveschlüssel da.«

Kropivà sagte: »Man muß ein Protokoll über den Verlust erstellen. Bedaure, aber das muß ich dir vom Gehalt abziehen.«

DER SCHMIED SEINER SELBST

Italo Calvino gewidmet

Besser, wir stellen eines von vornherein klar: ich, der ich hier zu euch spreche, bin heute ein Mensch, einer von euch. Ich bin nicht anders als ihr Lebenden, außer in einem Punkt: ich habe ein besseres Gedächtnis als ihr.

Ihr vergeßt fast alles. Ich weiß, es gibt einige unter euch, die behaupten, nichts gehe wirklich verloren, jedes Wissen, jede Empfindung, jedes einzelne Blatt von jeglichem Baum, den ihr seit eurer Kindheit gesehen habt, all das sei in euch gespeichert und könne durch außergewöhnliche Ereignisse, infolge eines Traumas, einer Geisteskrankheit oder auch im Traum in eure Erinnerung zurückgerufen werden. Aber was sind das für Erinnerungen, wenn sie nicht eurem Willen gehorchen? Wozu sind sie euch nütze?

Zuverlässiger ist da schon jenes andere Gedächtnis, das euren Zellen eingeschrieben ist, weshalb euer blondes Haar die Erinnerung (jawohl, das »Souvenir«, die materialisierte Erinnerung) an zahllose andere Blondschöpfe ist, bis zurück zu jenem Tag in grauer Vorzeit, an dem das Erbgut eines eurer unbekannten Vorfahren mutierte, ohne daß er es gewußt oder gewollt hätte. Diese Dinge sind in euch aufgezeichnet, »recorded«: ihr erinnert euch gut daran, aber ich wiederhole noch einmal, was nützt eine Erinnerung ohne begleitende Vorstellung? Das ist nicht der Sinn des Verbs »erinnern«, wie man es gemeinhin gebraucht und versteht.

Bei mir ist das anders. Ich erinnere mich an alles: ich meine, an alles, was mir von Kindheit an zugestoßen ist. Ich kann die Erinnerung daran in mir wiederbeleben, wann ich will, und ich kann davon erzählen. Aber auch mein Zellgedächtnis ist besser als eures, ja, es ist angefüllt mit Erinnerungen: ich erinnere mich an alles, was jedem einzelnen meiner direkten Vorfahren zugestoßen ist, bis in die fernsten Zeiten. Bis zu dem Zeitpunkt, glaube ich, als dem ersten meiner Vorfahren ein differenziertes Gehirn verschafft wurde (oder er es sich selbst verschaffte). Wenn ich daher »ich« sage, so ist das inhaltsreicher als bei euch und geht bis in die Tiefe der Zeiten zurück. Du, Leser, hast bestimmt deinen Vater gekannt oder weißt jedenfalls viel von ihm, du hast vielleicht auch noch deinen Großvater gekannt, mit geringerer Wahrscheinlichkeit schon deinen Urgroßvater. Einige wenige unter euch können aufgrund von Dokumenten, Zeugnissen oder Porträts fünf oder zehn Generationen zurückverfolgen, und sie stoßen dabei auf Menschen, die in Sitten, Charakter oder Sprache verschieden, aber immer noch Menschen sind. Aber zehntausend Generationen? Oder Millionen Generationen? Welcher eurer Vorfahren in der männlichen Linie ist kein Mensch mehr, sondern nur noch menschenähnlich? Stellt sie in eine Reihe und schaut sie euch an: welcher ist kein Mensch mehr, sondern etwas anderes? Welcher kein Säugetier mehr? Und wie sah er aus?

»Ich« weiß all dies, ich habe alles erfahren und erlitten, was meine Vorfahren erfahren und erlitten haben, weil ich ihre Erinnerungen geerbt habe, und daher bin ich sie. Einer von ihnen, der erste, machte eine glückliche Mutation durch, wodurch er diese Eigenschaft des erblichen Gedächtnisses erwarb, und er hat es bis auf mich weitergegeben, so daß und damit ich heute mit einer derartigen, ungewöhnlichen zeitlichen Tiefe »ich« sagen kann.

Ich weiß um das Wie und Warum jeder einzelnen kleinen oder großen Veränderung. Wenn ich nun weiß, daß etwas gemacht werden muß, und ich es machen will, und es geschieht dann auch, ist das dann nicht so, als hätte ich das gemacht, habe ich es nicht selbst gemacht? Wenn die Morgenröte mich blendet und ich die Augen schließen will, und die Augen schließen sich tatsächlich, habe dann nicht ich die Augen geschlossen? Wenn es für mich aber erforderlich wird, den Bauch von der Mutter Erde zu erheben, wenn ich ihn erheben will, und er erhebt sich im Lauf der Jahrtausende, und ich muß nicht mehr kriechen, sondern kann gehen, ist das dann nicht mein Werk? Ich bin der Schmied meiner selbst, und dies ist mein Tagebuch.

-10^{9}. Gestern ist der Wasserspiegel wieder um zwei Millimeter gesunken. Auf die Dauer kann ich wohl nicht im Wasser bleiben, das ist mir schon seit einer ganzen Weile klar. Auf der anderen Seite: sich für das Leben an der Luft zu rüsten ist kein Kinderspiel. Das sagt sich so leicht: »Trainier dich, geh an Land, kehr die Kiemen nach innen« – da gibt es noch eine Menge anderer Scherereien. Die Beine, zum Beispiel: ich werde sie mir berechnen müssen, und zwar mit einem gehörigen Sicherheitsspielraum, denn hier drinnen wiege ich nichts oder fast nichts, beziehungsweise genau so viel, wie ich will, aber einmal an Land, werde ich mit meinem eigentlichen Gewicht umgehen müssen. Und die Haut?

-10^8. Meine Frau hat es sich in den Kopf gesetzt, die Eier im Körper zu behalten. Sie ist dabei, sagt sie, ein System zu entwikkeln, wie sie die Kleinen irgendwo in einer Höhlung ihres Organismus großziehen kann, um sie dann, wenn sie selbständig sind, nach draußen zu entlassen. Aber ihr ist nicht danach, sich auf einen Schlag von ihnen zu trennen: sie sagt, sie würde zu sehr darunter leiden, und sie habe eine alle notwendigen Nährstoffe enthaltene Nahrung im Sinn, aus Zucker, Proteinen, Vitaminen und Fetten, die sie selbst herstellen will. Es ist klar, daß sie die Zahl der Kleinen sehr wird einschränken müssen, aber sie hat mir zu verstehen gegeben, ihrer Ansicht nach sei es besser, fünf oder zehn Kinder zu haben als zehn oder hunderttausend, sie dafür aber großzuziehen, wie es sich gehört, bis sie wirklich allein zurechtkämen. Man weiß ja, wie die Frauen sind; wenn es um die Kinder geht, sind sie für vernünftige Argumente taub; sie würden für sie durchs Feuer gehen oder sich auffressen lassen. Ja, sie lassen sich tatsächlich auffressen: neulich erst hat man mir von einem Käfer aus dem späten Perm berichtet: nun, die erste Nahrung der Larven ist eben der Kadaver der Mutter. Ich hoffe, daß meine Frau sich nicht zu derartigen Exzessen hinreißen läßt, aber schon diese Geschichte hier, die sie mir immer nur häppchenweise erzählt, um mich nicht allzusehr zu beunruhigen, kommt letztlich fast auf das gleiche heraus. Heute abend hat sie mir eröffnet, es sei ihr gelungen, sechs Epithelkörperchen umzufunktionieren und ein paar Tropfen einer weißen Flüssigkeit zu produzieren, die ihr zu dem erwähnten Zweck geeignet erscheint.

-5×10^7. Wir sind gelandet: es gab auch kaum eine andere Wahl, das Meer wird immer salziger und kälter, und dann bevölkert es sich zusehends mit Tieren, die mir gar nicht gefallen, Fische mit Zähnen, mehr als sechs Meter lang, und andere, kleinere, die aber giftig und überaus gefräßig sind. Meine Frau und ich haben jedoch beschlossen, uns die Möglichkeit eines Rückzugs nicht völlig zu nehmen: man weiß ja nie, vielleicht sind wir eines Tages froh darum, wenn wir ins Wasser zurückkehren können. Daher habe ich wohlweislich dafür gesorgt, daß ich dasselbe spezifische Gewicht beibehalte wie Meerwasser, weswegen ich ein bißchen Fett ansetzen mußte, um das Gewicht der Knochen auszugleichen. Auch habe ich versucht, das Plasma in derselben osmotischen Spannung zu halten wie Meerwasser, und ungefähr mit der gleichen Ionenzusammensetzung. Die Vorteile mußte auch meine Frau anerkennen: wenn wir ins Wasser gehen, um uns zu waschen oder um das Schwimmen nicht zu verlernen, dann bleiben wir problemlos an der Wasseroberfläche, wir können ohne Anstrengung untertauchen, und die Haut runzelt nicht.

Auf dem Trockenen zu leben hat sein Gutes und auch wieder nicht. Es ist unbequemer, aber auch unterhaltsamer und anregender. Was die Fortbewegung angeht, kann ich guten Gewissens behaupten, daß das Problem inzwischen gelöst ist: zuerst habe ich versucht, über den Sand zu robben, wie wenn man schwimmt, dann habe ich sogar die Flossen eingezogen, die mir mehr lästig als nützlich waren. Das ging an, aber man erreichte keine zufriedenstellende Geschwindigkeit, und es war schwierig, beispielsweise auf glattem Fels voranzukommen. Augenblicklich bewege ich mich noch auf dem Bauch kriechend vorwärts, aber ich rechne damit, mir in Kürze ein paar Beine zuzulegen, ich weiß bloß noch nicht, ob zwei, vier oder sechs.

Anregender, sagte ich: man sieht und hört mehr, Gerüche, Farben, Töne; man wird vielseitiger, wacher, intelligenter. Gerade deswegen würde mir viel daran liegen, früher oder später den Kopf hoch zu tragen: von oben sieht man weiter. Dann habe ich auch einen netten kleinen Plan, die vorderen Gliedmaßen betreffend, und hoffe, mich bald damit befassen zu können.

Was die Haut angeht, mußte ich leider feststellen, daß sie nicht ausreicht, um als Atmungsorgan zu fungieren: schade, ich hatte darauf gezählt. Aber sie ist mir trotzdem sehr gut gelungen: sie ist weich, porös und dabei doch fast wasserundurchlässig, sie hält Sonne, Wasser und Alterungsprozessen großartig stand, sie färbt sich ohne weiteres und enthält eine große Zahl von Drüsen und Nervenenden. Ich glaube nicht, daß ich sie noch ändern muß, wie ich das noch bis vor kurzem glaubte: es gibt keine Probleme mehr damit.

Womit es hingegen ein Problem gibt, und zwar ein erhebliches und blödsinniges, das ist mit der Fortpflanzung. Meine Frau hat leicht reden: wenige Kinder, Schwangerschaft, Säugen. Ich versuche ihr beizustehen, weil ich sie gern habe, und dann auch, weil der Großteil der Arbeit bei ihr liegt: aber als sie beschloß, zum Säugetierstatus überzutreten, da war ihr bestimmt nicht klar, was für ein Durcheinander sie anrichtete. Ich hatte sie gewarnt: »Paß auf, es ist mir ganz egal, ob die Kinder drei Meter groß sind, eine halbe Tonne wiegen oder in der Lage sind, den Schenkelknochen eines Bisons zwischen den Zähnen zu zermalmen: ich will Kinder mit prompten Reflexen und gutentwickelten Sinnesorganen, vor allem aber aufgeweckt und phantasievoll sollen sie sein, damit sie vielleicht mit der Zeit imstande sind, das Alphabet oder das Rad zu erfinden. Also sollten sie reichlich Gehirnmasse haben, dazu brauchen sie aber einen großen Schädel, und wie stellen sie es dann beim Zeitpunkt der Geburt mit dem Herauskommen an? Es wird damit enden, daß du unter Schmerzen gebierst.« Aber wenn sie sich mal etwas in den Kopf gesetzt hat, dann hilft auch gutes Zureden nicht. Sie hat sich an die Arbeit gemacht, verschiedene Systeme durchprobiert und auch ein paar Schlappen einstecken müssen, und schließlich hat sie dann die einfachste Lösung gewählt: sie hat ihr Becken erweitert (jetzt ist ihres breiter als meines), und den Schädel des Kindes hat sie weich und biegsam gemacht; kurz und gut, mit ein bißchen Beistand schafft sie das Gebären jetzt, wenigstens neun- auf zehnmal klappt es. Allerdings unter Schmerzen: da hatte ich recht, das mußte sie auch zugeben.

-2×10^7. Liebes Tagebuch, heute bin ich gerade noch einmal mit heiler Haut davongekommen: ein Riesenvieh, ich weiß nicht, wie es heißt, ist aus einem Sumpf aufgetaucht und fast eine ganze Stunde lang hinter mir hergelaufen. Kaum war ich wieder halbwegs bei Atem, stand meine Entscheidung fest: es ist unvorsichtig, auf dieser Welt unbewaffnet herumzulaufen. Ich habe darüber nachgedacht, ein paar Skizzen angefertigt, schließlich habe ich meine Wahl getroffen. Ich habe mir einen schönen Panzer aus Knochenschuppen zugelegt, vier Hörner auf der Stirn, einen Nagel pro Finger und Zeh und acht giftige Stacheln am Ende des Schwanzes. Ihr werdet es nicht glauben, aber das alles habe ich allein mit Kohlenstoff, Wasserstoff, Sauerstoff und Stickstoff zuwege gebracht, dazu noch eine Prise Schwefel. Mag sein, daß das eine fixe Idee von mir ist, aber ich mag nun mal keine Neuheiten in Sachen Baustoffe: Metalle zum Beispiel sind mir nicht geheuer. Vielleicht kommt das daher, daß ich mich in anorganischer Chemie nicht so gut auskenne: mit Kohlenstoff, Kolloiden und Makromolekülen fühle ich mich bedeutend wohler.

-10^7. Neben vielen anderen Neuigkeiten gibt es auf der Erde die Pflanzen. Gräser, Sträucher, Algen, dreißig oder fünfzig Meter hohe Bäume: alles ist grün, keimt und wächst und reckt sich der Sonne entgegen. Scheinbar sind die Pflanzen dumm, und doch beziehen sie ihre Energie von der Sonne, Kohlenstoff aus der Luft, Salze aus der Erde, und sie wachsen tausend Jahre lang, ohne zu spinnen, zu weben oder sich gegenseitig zu zerfleischen, wie wir es tun.

Da gibt es welche, die fressen die Pflanzen, andere, die schauen zu und fressen dann die, welche die Pflanzen fressen. Auf der einen Seite ist das praktischer, denn auf diese Weise verleibt man sich auf die Schnelle schöne große Moleküle ein, ohne Zeit zu verlieren mit Synthesen, die schließlich nicht jedermanns Sache sind; auf der anderen Seite ist es ein hartes Leben, denn niemand wird gern gefressen, und daher verteidigt sich ein jeder, so gut er kann, sei es mit den klassischen Mitteln (wie ich), sei es mit einfallsreicheren Systemen, zum Beispiel indem er die Farbe wechselt, elektrische Schläge austeilt oder durch Gestank. Die einfältigeren Gemüter trainieren das Weglaufen.

Ich für mein Teil hatte ein bißchen Schwierigkeiten, mich an Gras und Blätter zu gewöhnen: ich mußte mir den Darm verlängern, den Magen verdoppeln, dann habe ich sogar mit bestimmten Protozoen, die mir über den Weg gelaufen sind, einen Pakt geschlossen: ich halte sie in meinem Bauch warm, und sie bauen dafür Zellulose für mich ab. An Holz habe ich mich gar nicht gewöhnen können, was schade ist, denn es ist reichlich vorhanden.

Ich vergaß zu erzählen, daß ich seit einiger Zeit ein Paar Augen besitze. Das war keine Erfindung im eigentlichen Sinne, sondern eine Reihe von kleinen Kunstgriffen. Zuerst habe ich mir zwei kleine schwarze Flecken zugelegt, aber die konnten bloß Hell und Dunkel unterscheiden: es war klar, daß ich Linsen brauchte. Anfangs habe ich versucht, sie mir aus Horn zu machen oder aus irgendeinem Polysaccharid, aber dann habe ich es mir anders überlegt und beschlossen, sie mir aus Wasser zu machen, und im Grunde war das dann das Ei des Kolumbus: Wasser ist durchsichtig, kostet so gut wie nichts, und ich kenne mich sehr gut aus damit; und im übrigen habe ich ja selbst, als ich aus dem Meer kam (ich weiß nicht, ob ich es hier bereits erwähnt habe), gut zwei Drittel Wasser mitgenommen; und eigentlich ist das sogar komisch, diese siebzig Prozent Wasser, die da fühlen, denken, »ich« sagen und Tagebuch führen. Kurz und gut, die Linsen aus Wasser sind optimal geworden (ich habe bloß ein bißchen Gelatine zusetzen müssen): es ist mir sogar gelungen, sie mit verstellbarer Brennweite auszustatten, und schließlich habe ich sie mit einem Diaphragma vervollständigt, und dazu habe ich außer meinen vier Lieblingselementen nicht ein Milligramm anderer Stoffe verwendet.

-5×10^6. Apropos Bäume: durch das ständige Leben unter ihnen und gelegentlich auch auf ihnen haben sie angefangen, uns zu gefallen, meiner Frau und mir: ich meine, nicht nur als Nahrungsquelle zu gefallen, sondern auch unter verschiedenen anderen Aspekten. Sie haben eine herrliche Struktur, aber davon ein andermal; auch sind sie ein Wunderwerk der Technik, und dann sind sie beinahe unsterblich. Wer behauptet, der Tod gehöre unausbleiblich zum Leben, der hat nicht an sie gedacht: jedes Frühjahr verjüngen sie sich. Darüber muß ich noch einmal in aller Ruhe nachdenken: ob sie nicht vielleicht das bessere Modell sind? Bedenkt doch nur: während ich schreibe, habe ich eine Eiche vor mir, dreißig Tonnen gutes, massives Holz; nun gut: aufrecht steht sie da, sie wächst seit dreihundert Jahren, braucht sich weder zu verstecken noch wegzulaufen, keiner verschlingt sie, und sie hat noch nie jemanden verschlungen. Damit nicht genug: sie atmet für uns, das habe ich erst kürzlich herausgefunden, und dann kann man auch noch unbehelligt auf ihr wohnen.

Gestern erst ist mir etwas Komisches passiert. Ich sah meine Hände und Füße an, bloß so, zum Zeitvertreib; damit wir uns recht verstehen: mittlerweile sind sie mehr oder weniger wie eure. Nun gut, sie sind für die Bäume gemacht. Daumen und Zeigefinger kann ich zu einem Ring zusammenschließen, gerade recht, um einen Zweig bis zu fünf Zentimeter Durchmesser zu umfassen; ist er bis zu fünfzehn Zentimeter dick, dann schaffe ich das mit beiden Händen, Daumen gegen Daumen, Finger gegen Finger, und das ist noch immer ein geschlossener Ring. Für noch dickere Äste, bis zu fünfzig, sechzig Zentimeter nehme ich beide Arme zu Hilfe, so, gegen die Brust gedrückt. Ungefähr das gleiche gilt für Beine und Füße: meine Fußsohle ist der Abdruck von einem Ast.

»Aber du bist es doch, der das so gewollt hat«, werdet ihr sagen. Sicher: aber ich habe es gar nicht bemerkt, ihr wißt ja, wie es manchmal geht. Denn wohl stimmt es, daß ich mich selbst gemacht habe, aber ich habe verschiedene Modelle durchprobiert, verschiedene Versuche angestellt, und manchmal passiert es mir, daß ich vergesse, bestimmte Details auszumerzen, besonders dann, wenn sie mir nicht lästig sind; manchmal behalte ich sie auch freiwillig bei, wie man das mit den Porträts seiner Vorfahren tut: zum Beispiel habe ich am Eingang der Ohrmuschel ein Knöchelchen, das zu nichts mehr nutze ist, denn schon eine ganze Weile brauche ich die Ohren nicht mehr aufzurichten; aber mir liegt sehr viel daran, und nicht um alles Gold der Welt würde ich es verkümmern lassen.

-10^6. Das hatten wir schon seit einiger Zeit eingesehen, meine Frau und ich, daß Gehen eine Lösung ist, auf allen vieren gehen aber nur eine halbe Lösung. Das ist doch klar: einer, der so groß ist wie ich und aufrecht steht, überschaut ein Gebiet im Umkreis von einem Dutzend Kilometern, das heißt, er beherrscht es gewissermaßen. Aber mehr noch: er hat die Hände frei. Ich habe sie schon frei, aber bisher hatte ich noch nicht daran gedacht, sie zu anderem zu verwenden, als um auf Bäume zu klettern; gut, jetzt habe ich bemerkt, daß sie mit ein paar kleinen Veränderungen zu verschiedenen anderen Arbeiten dienen könnten, die ich schon seit einiger Zeit auf dem Programm hatte.

Ich liebe die Bequemlichkeit und jede Art von Neuerungen. Da handelt es sich zum Beispiel darum, Zweige und Blätter abzureißen, um mir daraus ein Lager und ein Dach zu bauen; eine Muschel an einer Schieferplatte zu schleifen, mit der scharf geschliffenen Muschel einen Eschenzweig zu schälen und mit dem geschälten und zugespitzten Eschenzweig einen Elch zu erlegen; aus der Haut des Elches kann ich mir dann ein Gewand für den Winter machen und eine Decke für die Nacht; aus den Knochen einen Kamm für meine Frau, für mich eine Ahle und ein Amulett und für meinen Sohn einen kleinen Elch, so daß er damit spielt und jagen lernt: Auch habe ich bemerkt, daß mir beim Herstellen der Sachen dauernd neue Dinge einfallen: oft habe ich das Gefühl, ich denke mehr mit den Händen als mit dem Kopf.

Nicht, daß das leicht wäre, aber mit den Händen kann man auch ein Stück von einem Stein absplittern, den Splitter am Ende eines Stocks festbinden, sich also eine Axt machen; mit der Axt kann ich dann mein Territorium verteidigen oder es auch erweitern; mit anderen Worten, gewissen anderen »ichs« den Schädel einschlagen, wenn sie mir in die Quere kommen oder meiner Frau den Hof machen oder einfach bloß weißer oder schwärzer sind als ich, behaarter oder weniger behaart, oder mit einem anderen Akzent sprechen.

Und hier kann ich dieses Tagebuch auch schließen lassen. Mit diesen letzten Veränderungen und Erfindungen ist nunmehr das meiste getan: von da an ist mir nichts Wesentliches mehr passiert, und ich glaube auch nicht, daß das in Zukunft geschehen wird.

DER KNECHT

Im Getto gehören die Weisheit und die Klugheit zu den gängigen Tugenden. Sie sind so verbreitet, daß selbst der Schuster und der Gepäckträger sich ihrer rühmen könnten, aber das tun sie eben nicht: man empfindet sie schon fast nicht mehr als Tugenden, so wie es nicht als Tugend gilt, sich vor dem Essen die Hände zu waschen. Daher war der Rabbi Arie aus Prag, obwohl er klüger und weiser war als alle anderen, nicht wegen dieser Tugenden berühmt, sondern aufgrund einer anderen, selteneren Eigenschaft, und das war seine Kraft.

Er war so stark, wie ein Mann nur sein kann, im Geiste wie im Fleische. Man erzählt sich von ihm, er habe die Juden ohne Waffen, durch die bloße Kraft seiner großen Hände, gegen ein Pogrom verteidigt; weiter erzählt man sich, er sei viermal verheiratet gewesen, um viermal als Witwer zurückzubleiben, und er habe eine große Anzahl von Kindern gezeugt, wovon einer der Urahn von Karl Marx, Franz Kafka, Sigmund Freud und Albert Einstein werden sollte sowie all derer, die im Herzen des alten Europa auf der Suche nach der Wahrheit neue und kühne Wege beschritten. Er heiratete zum viertenmal mit siebzig Jahren; er war fünfundsiebzig und Rabbiner der heiligen Stadt Mikulov in Mähren, als er die Ernennung zum Rabbiner von Prag annahm; achtzig war er, als er sich mit eigener Hand das Grabmal meißelte und errichtete, das noch heute Ziel von Wallfahrten ist. Dieses Grabmal hat oben einen Schlitz: wer dort, ganz gleich ob Jude, Christ, Moslem oder Heide, einen Zettel mit einem Wunsch darauf hineinwirft, dem wird dieser Wunsch binnen Jahresfrist erfüllt. Der Rabbi Arie wurde im Vollbesitz seiner geistigen und körperlichen Kräfte einhundertundfünf Jahre alt, und er war neunzig, als er daranging, einen Golem zu erschaffen.

Einen Golem zu erschaffen ist an sich kein sonderlich schwieriges Unterfangen, und es haben sich schon viele daran versucht. In der Tat ist ein Golem wenig mehr als ein Nichts: eine Portion Materie, also Chaos, eingeschlossen in ein menschliches oder tierisches Äußeres, kurz, er ist ein Abbild und als solches zu nichts nütze; er ist ganz im Gegenteil etwas zutiefst Fragwürdiges, dem man sich besser fernhält, denn es steht geschrieben: »Du sollst dir kein Bildnis machen und keine Götzen anbeten.« Das Goldene Kalb war ein Golem, Adam war einer, und auch wir sind Golems.

Der Unterschied zwischen den Golems besteht in der Genauigkeit und Vollständigkeit der Vorschriften zu ihrer Herstellung. Wenn es nur heißt: »Man nehme zweihundertvierzig Pfund Lehm, forme sie nach Menschengestalt und lasse die Figur brennen, damit sie fest wird«, dann kommt ein Idol dabei heraus, wie es die Heiden bilden. Einen Menschen zu machen ist schwieriger, weil es dafür mehr Vorschriften gibt: unbegrenzt viele sind es aber auch nicht, denn sie sind in jedem einzelnen unserer Samen aufgezeichnet, und das wußte der Rabbi Arie, da er viele Söhne zur Welt kommen und heranwachsen hatte sehen und ihr Aussehen studiert hatte. Nun war aber Arie kein Gotteslästerer, und er hatte sich nicht vorgenommen, einen zweiten Adam zu erschaffen. Es lag nicht in seiner Absicht, einen Menschen zu bauen, sondern er wollte einen *po'el*, was auf hebräisch bedeutet: einen Arbeiter, einen treuen und starken Knecht ohne sonderliche Geistesgaben: kurz, das, was man in seiner böhmischen Muttersprache einen Robot nennt. Tatsächlich ist der Mensch in der Lage (und manchmal sogar gezwungen), sich abzumühen und zu kämpfen, aber das sind keine im eigentlichen Sinne menschlichen Werke. Zu solchen Diensten ist eben ein Roboter gut: etwas mehr und etwas besser als Glockenspielfiguren oder als die Holzpuppen, die beim Stundenschlag an der Fassade des Prager Rathauses erscheinen.

Ein Knecht also, aber so stark wie er selbst sollte er sein, Erbe seiner Kraft, und dem Volk Israel sollte er Beschützer und Helfer sein, wenn erst einmal seine eigene, Aries, Zeit gekommen wäre. Um dies zu bewerkstelligen, waren also komplexere Vorschriften erforderlich als die zur Herstellung eines Idols, das unbeweglich grinsend in seiner Nische steht, so komplex aber wiederum auch nicht wie diejenigen, die notwendig sind, um »zu sein wie Gott« und einen zweiten Adam zu erschaffen. Diese Vorschriften braucht man nicht in der Bewegung des gestirnten Himmels zu suchen und nicht in einer Kristallkugel und braucht sie auch nicht dem Gestammel des Geistes Pythons zu entnehmen: sie stehen bereits geschrieben, sind in den Gesetzesbüchern verborgen, daher genügt es auszuwählen, das heißt zu lesen und auszulegen. Kein Buchstabe, kein Zeichen in den Gesetzesrollen ist zufällig: wer darin zu lesen versteht, dem tritt alles deutlich vor Augen, jedes vergangene, gegenwärtige und zukünftige Ereignis, die Formel und das Geschick der Menschheit und jedes einzelnen Menschen, dein eigenes und das allen Fleisches bis hin zum blinden Wurm, der sich im Schlamm windet. Arie rechnete und fand die Formel für den Golem, so wie er ihn wollte, und sie überstieg nicht die Grenzen des Menschenmöglichen. Wenn man sie aufschrieb, fand sie auf neununddreißig Seiten Platz, so viele Seiten, wie er Kinder gehabt hatte: diese Übereinstimmung schien ihm ein günstiges Zeichen.

Blieb noch die Frage des Bilderverbots. Bekanntlich soll man »das Gesetz mit einer Hecke umgeben«, das heißt, es ist ratsam, Gebote und Verbote so streng wie möglich auszulegen, denn ein Fehler aus Übereifer bringt keinen Schaden, eine Überschreitung jedoch ist nicht wiedergutzumachen: es gibt keine Buße. Im Getto von Prag neigte man allerdings, vielleicht aufgrund des langen Zusammenlebens mit den Ungläubigen, zu einer milden Auslegung des Gesetzes. Du sollst dir kein Bildnis machen von Gott, weil Gott nicht abbildbar ist, aber warum solltest du dir kein Bildnis machen von der Welt ringsum? Warum sollte dich das Bildnis des Raben mehr zur Götzenverehrung verführen als der Rabe selbst draußen vor deinem Fenster, schwarz und frech inmitten des Schnees? Wenn du also Wolf heißt, sei dir gestattet, einen Wolf auf die Tür deines Hauses zu malen, und wenn du Baer heißt, einen Bären. Wenn du das Glück hast, Kohn zu heißen, also der Familie der Segenspender anzugehören, warum solltest du dann nicht zwei segnende Hände in deinen Türsturz und (so spät wie möglich) auf deinen Grabstein meißeln lassen? Wenn du hingegen irgendein gewöhnlicher Fischbaum bist, wirst du dich mit einem Fisch begnügen, vielleicht mit dem Kopf nach unten zwischen den Zweigen eines Baumes verfangen; oder mit einem Apfelbaum, an dem anstelle der Äpfel Heringe hängen. Bist du aber ein Arie, das heißt ein Löwe, dann ziemt sich ein Schild für dich mit einem zerzausten kleinen Löwen darauf, der gen Himmel springt, fast als wollte er ihn herausfordern, mit gefletschten Zähnen und gespreizten Klauen, genauso wie die unzähligen anderen Löwen, die sich die Ungläubigen, unter denen du lebst, zum Wappen wählen.

Der Rabbi Arie-Löw machte sich also frohen Mutes im Keller seines Hauses in der Breiten Straße ans Werk: der Lehm wurde ihm nachts von zweien seiner Schüler gebracht, zusammen mit dem Wasser von der Moldau und der Kohle zum Heizen des Ofens. Tag für Tag, genauer: Nacht für Nacht nahm hier der Golem Gestalt an, und er war fertig im Jahre 1579 der profanen Zeitrechnung, dem 5339. Jahr der Schöpfung; nun ist 5339 nicht gerade eine Primzahl, aber fast, und sie ist das Produkt aus neunzehn, der Zahl für die Sonne und das Gold, und zweihunderteinundachtzig, was die Zahl der Knochen ist, aus denen sich unser Körper zusammensetzt.

Er war ein Riese und hatte Menschengestalt nur vom Gürtel aufwärts. Auch dafür gibt es einen Grund: der Gürtel ist eine Scheidelinie, nur oberhalb dieser Linie ist der Mensch das Abbild Gottes, darunter ist er Tier; deshalb sollte ein weiser Mensch auch nie versäumen, sich zu gürten. Unterhalb der Gürtellinie war der Golem wirklich Golem, das heißt ein Stück Chaos: unter dem Kettenhemd, das ihm nach Art eines Schurzes bis zum Boden herabhing, sah man nichts als ein kräftiges Gestell aus Lehm, Metall und Glas. Seine Arme waren knotig und stark wie die Äste einer Eiche; die Hände sehnig und knochig, Arie hatte sie nach dem Vorbild der eigenen Hände geformt. Das Gesicht war nicht richtig menschlich, sondern löwenähnlich, weil ein Helfer Schrekken einflößen muß und Arie seine Autorschaft hatte kenntlich machen wollen.

Das war also die Gestalt des Golems, aber das meiste blieb noch zu tun, denn es fehlte ihm der Geist. Arie zögerte lange: sollte er ihm Blut verleihen und mit dem Blut alle tierischen und menschlichen Leidenschaften? Nein, da sein Knecht über die Maßen stark war, wäre es unvorsichtig gewesen, ihm die Gabe des Blutes zu verleihen. Arie wollte einen zuverlässigen Knecht, keinen Rebellen. Also enthielt er ihm das Blut vor und damit den Willen, die Neugier Evas, die Unternehmungslust; dafür aber verlieh er ihm andere Leidenschaften, und das fiel ihm nicht schwer, denn er brauchte sie nur aus sich selbst zu schöpfen. Er gab ihm den Zorn Moses und der Propheten, den Gehorsam Abrahams, den Hochmut Kains, den Mut Josuas und sogar ein bißchen vom Wahnsinn Ahabs; nicht aber die unschuldige List Jakobs, weder die Weisheit Salomons noch das Licht Jesajas, denn er wollte sich keinen Rivalen erschaffen.

Als es daher im entscheidenden Augenblick darum ging, dem Löwenschädel des Knechts die drei Prinzipien der Bewegung einzuhauchen, als da sind Nous, Epithymia und Thymos, zerstörte Arie die Buchstaben der ersten beiden und schrieb nur die des dritten Prinzips auf ein Blatt Pergament; darunter aber setzte er in großen flüssigen Lettern die Zeichen für den unaussprechlichen Namen Gottes, rollte das Pergament zusammen und verschloß es in einer Silberkapsel. So hatte der Golem keinen Geist, aber Mut und Kraft, und er konnte nur zum Leben erwachen, wenn man ihm die Kapsel mit dem *Namen* zwischen die Zähne steckte.

Als der Augenblick des ersten Versuchs gekommen war, zitterte Arie an allen Gliedern, wie er noch nie zuvor gezittert hatte. Er steckte den *Namen* an seinen Platz, und die Augen des Monstrums belebten sich und blickten ihn an. Arie erwartete, daß er ihn fragen würde: »Was befiehlst du, Herr?«, statt dessen hörte er eine andere Frage, die ihm vertraut war und die in zornigem Ton an sein Ohr drang: »Warum gedeiht der Frevel?« Da begriff er, daß der Golem sein Geschöpf war, und empfand Freude darüber, gleichzeitig aber fürchtete er sich vor dem Herrn; denn es steht geschrieben, die Freude des Juden ist stets mit einem Gran Schrecken gewürzt.

Arie war zufrieden mit seinem Knecht. Wenn er, des *Namens* beraubt, im Untergeschoß der Synagoge ruhte, war er völlig unbeweglich, ein unbeseelter Klumpen Lehm, und er brauchte weder Hafer noch Stroh; wenn der *Name* ihn zum Leben erweckte, bezog er seine ganze Kraft aus dem *Namen* selbst und aus der Luft, die ihn umgab: er benötigte weder Fleisch noch Brot, noch Wein. Er benötigte nicht einmal den Anblick und die Liebe seines Herrn, wovon Hund und Pferd zehren: er war weder traurig noch froh, aber in seiner tönernen, im Feuer gehärteten Brust glühte ruhig und beharrlich ein unterdrückter Zorn, derselbe Zorn, der in der Frage aufgeleuchtet hatte, die sein erstes Lebenszeichen gewesen war. Er unternahm nichts ohne Aries Befehl, aber er führte nicht alles aus, was Arie ihm auftrug; der Rabbi bemerkte das bald und war darüber zugleich froh und beunruhigt. Vergebens befahl man dem Golem, in den Wald zu gehen, um Holz zu hacken, oder an den Brunnen, um Wasser zu holen: wohl antwortete er: »Es wird geschehen, Herr«, drehte seine schweren Schultern herum und trabte los mit seinem Donnerschritt, kaum außer Sichtweite, kroch er jedoch in sein dunkles Lager zurück, spuckte den *Namen* aus und erstarrte zu felsenähnlicher Unbeweglichkeit. Mit einem freudigen Leuchten in den Augen nahm er hingegen all die Aufträge an, die Mut und Geschick verlangten, und führte sie mit der ihm eigenen finsteren Besessenheit aus.

Lange Jahre hindurch war er für die Prager Gemeinde ein wirksamer Schutz gegen Willkür und Gewalt. Man erzählt sich von mehreren seiner Unternehmungen: wie er ganz allein einem Trupp turkmenischer Krieger, die das Weiße Tor einrennen und das Getto plündern wollten, den Weg versperrt habe; wie er die Pläne für ein Blutbad vereitelt habe, indem er den wirklichen Täter eines Mordes fing, den die kaiserlichen Häscher als Ritualmord zu verschleiern trachteten; wie er, ebenfalls ganz allein, bei einem plötzlich auftretenden verheerenden Hochwasser der Moldau die Vorräte aus dem Getreidespeicher in Sicherheit gebracht habe.

Es steht geschrieben: »Der siebte Tag ist der Tag des Herrn: du sollst an ihm keinerlei Arbeit verrichten, weder du noch dein Sohn, weder dein Knecht noch dein Ochs und auch nicht der Fremde unter deinem Dach.« Der Rabbi Arie überlegte: der Golem war nicht eigentlich ein Knecht, sondern eher eine Maschine, die vom Geist des *Namens* bewegt wurde; in dieser Hinsicht war er den Windmühlen vergleichbar, die am Sabbat mahlen zu lassen erlaubt ist, oder den Segelschiffen, die auch am Sabbat fahren dürfen. Aber dann erinnerte er sich, daß man das Gesetz mit einer Hecke umgeben soll, und beschloß, ihm jeden Freitagabend bei Sonnenuntergang den *Namen* aus dem Mund zu nehmen, und so hielt er es viele Jahre hindurch.

Nun kam aber ein Tag (es war eben ein Freitag), an dem der Rabbi den Golem in seine Wohnung mitgenommen hatte, die sich in der Breiten Straße im zweiten Stock eines ehrwürdigen alten Gebäudes mit geschwärzter und von der Zeit stark angegriffener Fassade befand. Er wies ihm einen Stapel Holzscheite zu, die er kleinhacken sollte, hob den Arm des Golems in die Höhe und legte ihm die Axt in die Hand: den Arm mit der Axt unbeweglich auf halber Höhe, drehte ihm der Golem langsam seine fürchterliche, ausdruckslose Fratze zu und rührte sich nicht. »Los, hack das klein!« befahl ihm Arie, und tief in seinem Inneren hüpfte ihm das Herz im Leibe vor Lachen, was ihm jedoch nicht anzumerken war. Die Faulheit und der Ungehorsam des Monstrums schmeichelten ihm, denn es sind dies dem Menschen angeborene Eigenschaften; nicht er hatte sie ihm eingegeben, sondern der Koloß aus Lehm hatte sie von selbst entwickelt: er war menschlicher, als Arie beabsichtigt hatte. »Los, an die Arbeit!« wiederholte Arie.

Schwerfällig machte der Golem zwei Schritte auf den Holzstoß zu, wobei er die Axt mit ausgestrecktem Arm vor sich hertrug; er blieb stehen; dann ließ er die Axt fallen, die klirrend auf dem Granitfußboden aufschlug. Mit der Linken packte er ein erstes Scheit, stellte es senkrecht auf den Hackblock und ließ seine Rechte darauf herabfallen wie ein Beil: das Scheit zersplitterte in zwei Hälften. So machte er es mit dem zweiten, dem dritten und mit allen weiteren Scheiten: zwei Schritte vom Hackblock zum Stapel, halbe Drehung, zwei Schritte vom Stapel zum Hackblock, Hieb mit der bloßen rechten Hand aus Lehm, halbe Drehung. Fasziniert und beunruhigt beobachtete Arie dies wütende und mechanische Arbeiten seines Knechts. Warum weigerte er sich, die Axt zu benutzen? Lange sann er darüber nach; sein Geist war geschult in der Auslegung des Gesetzes und der Heiligen Schrift, die aus kühnen Fragen und scharfsinnigen, geistreichen Antworten besteht, und dennoch fand er mindestens eine halbe Stunde lang keine Lösung. Hartnäckig bemühte er sich, die wahre Ursache herauszufinden: der Golem war sein Werk, sein Sohn, und wenn wir bei unseren Kindern Meinungen und Vorstellungen entdekken, die von unseren eigenen abweichen, uns fremd und unzugänglich sind, so ist das stets ein schmerzlicher Stachel.

Das war's: der Golem war ein Knecht, wollte es aber nicht sein. Die Axt war für ihn ein Werkzeug der Sklaverei, ein Symbol der Knechtschaft, wie die Zügel für das Pferd und das Joch für den Ochsen; nicht so die Hand, die Teil des eigenen Körpers ist und in deren Linien unser Schicksal aufgezeichnet ist. Diese Antwort befriedigte ihn, er verweilte dabei, sie zu überdenken und mit der Schrift zu vergleichen, und war rundum zufrieden: sie war scharfsinnig, geistreich, einleuchtend und von geradezu heiliger Fröhlichkeit. So lange hielt er sich damit auf, daß er nicht bemerkte, was rings um ihn geschah, nein, schon geschehen war, draußen vor seinen Fenstern, über der Breiten Straße, am nebligen Prager Himmel: die Sonne war untergegangen, der Sabbat war angebrochen.

Als er es bemerkte, war es zu spät. Vergeblich versuchte er, seinen Knecht anzuhalten, um ihm den *Namen* aus dem Mund zu nehmen: der wich ihm aus, fegte ihn mit seinen harten Armen zur Seite, drehte ihm den Rücken zu. Der Rabbi, der ihn nie zuvor berührt hatte, spürte nun sein unmenschliches Gewicht und seine Härte, die der eines Felsens glich: wie ein Pendel bewegte sich der Golem in dem kleinen Zimmer hin und her und hackte ein Holzscheit nach dem anderen, daß die Splitter bis an die Deckenbalken flogen. Arie hoffte und betete, daß die Wut des Golems verrauchen möge, wenn der Stapel Holz zu Ende war; aber da bückte sich der Riese, daß es in allen seinen Fugen krachte, nahm die Axt vom Boden, und mit der Axt wütete er bis zum Morgengrauen, schlug alles um sich herum kurz und klein, die Möbel, die Vorhänge, die Fensterscheiben, die Trennwände, bis zum Schrank mit dem Silber und den Regalen mit den heiligen Büchern.

Arie flüchtete unter die Treppe, und hier hatte er Zeit und Gelegenheit, über eine schreckliche Wahrheit nachzudenken: nichts führte näher an den Wahnsinn heran als zwei in sich widersprüchliche Befehle. Im steinernen Hirn des Golems stand geschrieben: »Du sollst deinem Herrn treu und ergeben dienen: wie ein Kadaver sollst du ihm gehorchen«; gleichzeitig war dort aber auch das ganze Gesetz Moses aufgezeichnet, das mit jedem einzelnen Buchstaben der Botschaft, die ihn belebt hatte, in ihn eingegangen war, denn jeder einzelne Buchstabe des Gesetzes enthält das ganze Gesetz. Es stand also auch in ihm geschrieben: »Du sollst am Sabbat ruhen: du sollst an ihm keinerlei Werk verrichten.« Arie verstand nun, warum sein Knecht in Raserei geraten war, und er lobte Gott dafür, daß er verstanden hatte, denn wer verstanden hat, hat schon mehr als die Hälfte des Wegs zurückgelegt: er lobte Gott, obwohl sein Haus zugrunde gerichtet war, weil er sich eingestand, daß die Schuld ganz allein bei ihm lag, nicht bei Gott und auch nicht beim Golem.

Als am Sabbat das Morgengrauen durch die zertrümmerten Fensterscheiben drang und im Hause des Rabbis nichts mehr zu zerschlagen war, hielt der Golem wie erschöpft inne. Ängstlich trat Arie an ihn heran, streckte zögernd seine Hand aus und nahm ihm die Silberkapsel mit dem *Namen* darin aus dem Mund.

Dem Monstrum erloschen die Augen, und sie belebten sich auch nicht wieder. Als es Abend und der traurige Sabbat vorüber war, versuchte Arie vergeblich, ihn wieder zum Leben zu erwekken, weil er ihm mit seiner ehemals sinnvoll zu nutzenden Kraft helfen sollte, seine verwüstete Behausung wieder in Ordnung zu bringen. Der Golem blieb leblos und rührte sich nicht, nunmehr vollends einem verbotenen, verwerflichen Idol ähnlich, ein anstößiger Tiermensch aus rötlichem Lehm, hier und da von seiner eigenen Raserei zerkratzt. Arie berührte ihn mit einem Finger, und der Gigant fiel zur Erde und zerbrach. Der Rabbi sammelte die Scherben ein und verwahrte sie auf dem Speicher seines Hauses in der Breiten Straße zu Prag, das schon damals ziemlich baufällig war und wo sie sich, der Legende zufolge, befinden bis auf den heutigen Tag.

WUNDERBAR IST DAS WASSER

Boero führte in der Einsamkeit des Labors Selbstgespräche und kam zu keinem Schluß. Fast zwei Jahre lang hatte er nun hart gearbeitet und intensiv studiert, um sich diesen Platz zu ergattern: dabei hatte er auch Dinge getan, für die er sich ein bißchen schämte, hatte Curti hofiert, von dem er nicht das geringste hielt; und er hatte (aus Berechnung oder in aller Unschuld? Auch darüber konnte er sich nicht klarwerden) die Fähigkeiten und das Fachwissen zweier seiner Kollegen und Rivalen vor Curti in ein zweifelhaftes Licht gerückt.

Jetzt war er also angelangt, saß auf seinem Posten und war in Amt und Würden: er hatte sein eigenes Territorium, klein, aber sein, einen Hocker, einen Schreibtisch, eine Hälfte des Gläserschranks, einen Quadratmeter Arbeitsfläche, einen Kleiderbügel und einen Kittel. Er war angelangt, aber es war nicht wunderbar, wie er sich das erträumt hatte, es war auch nicht lustig, sondern er war vielmehr betrübt bei dem Gedanken, a) daß es nicht genügt, in einem Labor zu arbeiten, um sich als Vorkämpfer zu fühlen, im Einsatz an der Front der Wissenschaft; b) daß er sich nun mindestens ein Jahr lang einer idiotischen Fleißarbeit würde widmen müssen, eine Fleißarbeit, weil es eben eine Idiotenarbeit war, eine bloße Fleißaufgabe, eine Arbeit, die mindestens zehn andere vor ihm auch schon gemacht hatten, alle unbekannt, alle vermutlich schon tot und gestorben ohne einen weiteren Ehrentitel, übrig blieb nur ein Name, der sich irgendwo zwischen dreißigtausend anderen im schwindelerregend langen Autorenregister der Landolt-Tabellen verliert.

Heute zum Beispiel mußte er den Wert des Viskosität-Koeffizienten von Wasser bestimmen. Jawohl, ganz recht: von destilliertem Wasser. Kann man sich etwas Faderes vorstellen? Eine Aufgabe für einen Wäscher, nicht für einen jungen Physiker: zwanzigmal am Tag das Viskosimeter waschen. Arbeit für einen ... Buchhalter, für einen Pedanten, Insektenarbeit. Und damit nicht genug: Tatsache war, daß die Werte von heute mit denen von gestern nicht übereinstimmten; das kommt vor, aber niemand gibt das gerne zu. Eine kleine Abweichung, klein, aber unbestreitbar, hartnäckig, wie nur Tatsachen es sein können: außerdem kennt man das ja, das ist die Tücke der unbelebten Dinge. Also wäscht man die Apparatur noch einmal, destilliert das Wasser zum viertenmal, kontrolliert zum sechstenmal den Thermostaten, pfeift, um nicht zu fluchen, und führt noch einmal die Messungen durch.

Den ganzen Nachmittag brachte er damit zu, die Messungen noch einmal durchzuführen, stellte aber noch keine Berechnungen an, um sich den Abend nicht zu verderben. Er machte sie am folgenden Morgen, und, *sure enough*, die Abweichung blieb: nicht nur das, sie war sogar noch etwas größer gewesen. Nun muß man wissen, daß die Landolt-Tabellen unantastbar sind: sie sind die geoffenbarte Wahrheit. Der Auftrag, ihre Werte noch einmal nachzumessen, entsprang dem puren Sadismus, argwöhnte Boero: nur um den vierten und fünften signifikanten Wert zu bestätigen, wenn aber bereits der dritte nicht übereinstimmte, und das war bei ihm der Fall, was zum Teufel war davon zu halten? Man muß wissen, daß die Landolt-Tabellen in Zweifel ziehen zu wollen weit schlimmer ist, als wenn man das Evangelium anzweifeln wollte: hast du unrecht, dann machst du dich lächerlich und setzt die Karriere aufs Spiel, hast du aber recht (was unwahrscheinlich ist), so bringt dir das weder Ruhm noch Nutzen, allenfalls den Ruf eben eines Buchhalters, Pedanten, eines Insekts; und vielleicht die schäbige Freude, recht zu haben, wo ein anderer unrecht hat, die nicht länger als einen Vormittag lang anhält.

Er ging zu Curti, um die Sache mit ihm zu besprechen, und Curti, wie nicht anders zu erwarten, sprang an die Decke. Er sagte ihm, er solle die Messungen noch einmal machen, Boero erwiderte, er habe sie schon mehrere Male wiederholt und habe die Nase voll davon, worauf ihm Curti sagte, er solle den Beruf wechseln. Boero ging die Treppen hinunter, fest entschlossen, den Beruf zu wechseln, aber ernsthaft und radikal: sollte Curti sich doch einen anderen Sklaven suchen. Die ganze Woche hindurch ließ er sich im Institut nicht blicken.

Vor sich hin zu grübeln ist wenig christlich, ist schmerzlich, langweilig und führt im allgemeinen zu nichts. Das wußte er, und doch tat er seit vier Tagen nichts anderes: er spielte alle Varianten durch, ging alles, was er getan, gehört und gesagt hatte, wieder und wieder durch, stellte sich jene anderen Dinge vor, die er hätte sagen, hören oder tun können, untersuchte Ursachen und Wirkungen der einen wie der anderen Variante: er phantasierte und spekulierte. Er rauchte eine Zigarette nach der anderen, während er auf dem grauen Sand des Sangone lag, versuchte sich zu beruhigen und den Sinn für die Realität wiederzugewinnen. Er fragte sich, ob er nun tatsächlich sämtliche Brücken hinter sich abgerissen hatte, ob er wirklich den Beruf wechseln sollte, oder ob er nicht lieber zu Curti zurückkehren und sich mit ihm einigen sollte, oder ob es nicht überhaupt das Sinnvollste wäre, an seinen Platz zurückzukehren, der Waage einen kleinen Schubs zu versetzen und die Ergebnisse zu trimmen.

Dann lenkte ihn das Gezirpe der Zikaden ab, und er verlor sich in der Betrachtung der Wasserstrudel zu seinen Füßen. »Wunderbar ist das Wasser«, kam ihm in den Sinn: wer hatte das geschrieben? Pindar vielleicht oder sonst einer von den wackeren Herren, die man in der Schule liest. Bei näherer Betrachtung kam es ihm allerdings vor, als stimmte mit dem Wasser etwas nicht. Er kannte diesen Fluß seit Jahren, als Kind war er zum Spielen hierhergekommen und später, genau an diese Stelle, mit einem Mädchen und dann mit einem anderen: kurz und gut, das Wasser kam ihm seltsam vor. Er steckte einen Finger hinein und kostete es: es war kühl, klar und geschmacklos und verbreitete denselben leicht sumpfigen Geruch wie immer, und doch war es anders. Es machte den Eindruck, als wäre es weniger beweglich, weniger lebhaft: unterhalb der kleinen Wasserfälle bildeten sich keine Luftblasen, die Oberfläche war weniger gekräuselt als sonst, selbst das Rauschen schien irgendwie anders, war leiser, wie gedämpft. Er stieg zu einer tieferen Stelle im Fluß hinunter und warf einen Stein hinein: die kreisförmigen Wellen waren langsam und träge und verebbten, bevor sie das Ufer erreichten. Da fiel ihm ein, daß das Pumpwerk der Städtischen Wasserwerke nicht weit von dieser Stelle entfernt war, und mit einem Mal war seine ganze Unlust wie weggeblasen, er fühlte sich munter und listig wie eine Schlange. Er mußte eine Probe von diesem Wasser mitnehmen: vergeblich kramte er in seinen Taschen, dann kletterte er die Uferböschung hinauf bis dorthin, wo er sein Motorrad abgestellt hatte. In einer der beiden Seitentaschen fand er ein Stück Plastikfolie, das er manchmal benutzte, um den Sattel vor Regen zu schützen: er formte sie zu einem Säckchen, füllte es mit Wasser und verschnürte es gut, dann sauste er wie der Wirbelwind in Richtung Labor. Dieses Wasser war ungeheuerlich: 1,300 Zentipoise bei zwanzig Grad Celsius, dreißig Prozent mehr als der Normalwert.

Das Wasser des Sangone war von der Quelle bis zur Mündung in den Po viskos: das Wasser aller übrigen Flüsse und Bäche war normal. Boero hatte sich mit Curti ausgesöhnt, besser: Curti mit Boero, angesichts der dringlichen Umstände: in Windeseile verfaßten sie unter ihrer beider Namen einen Bericht, aber als der als Entwurf vorlag, mußten sie in noch größerer Eile einen zweiten schreiben, denn in der Zwischenzeit hatte auch das Wasser des Chisone und des Pellice begonnen, viskos zu werden, und das des Sangone hatte einen Wert von 1,45 erreicht. Die Wasserwerte veränderten sich weder durch Destillation noch durch Dialyse und blieben auch beim Durchlauf des Wassers durch Adsorptionsreihen unverändert; unterzog man das Wasser der Elektrolyse und stellte anschließend wieder die Verbindung des Wasserstoffs und des Sauerstoffs her, so erhielt man ein Wasser, das in allem völlig gleich war wie das Ausgangsprodukt, und bei langer Elektrolyse unter erhöhten Spannungen nahm die Viskosität nur noch weiter zu.

Das war im April, im Mai wurde auch das Wasser des Po anomal, zuerst in einigen seiner Abschnitte, dann in seinem ganzen Lauf bis zur Mündung. Die Viskosität des Wassers war mittlerweile auch für ein ungeübtes Auge erkennbar, das Wasser der Flüsse strömte ohne Rauschen still und träge dahin, so wie dickflüssiges Öl. In den Oberläufen der Flüsse staute sich das Wasser und drohte, über die Ufer zu treten, die Unterläufe hingegen waren halb vertrocknet, und im Paduaner und Mantuaner Gebiet versandeten die Nebenarme im Laufe weniger Wochen.

Die mitgeführten Schlammassen lagerten sich langsamer ab als gewöhnlich: Mitte Juni sah man vom Flugzeug aus rings um das Podelta einen gelblichen Hof von rund zwanzig Kilometern Durchmesser. Ende Juni regnete es in ganz Europa: in Norditalien, Österreich und Ungarn war der Regen viskos, das Wasser floß nur unter Schwierigkeiten ab und staute sich auf den Feldern, die versumpften. In sämtlichen Ebenen war die Ernte zerstört, während in den Gebieten mit auch nur leichtem Gefälle alles besser gedieh als sonst.

Die Anomalie breitete sich im Laufe des Sommers rasch aus und nahm dabei einen Verlauf, der jeden Versuch einer Erklärung vereitelte: viskoser Regen wurde in Montenegro, in Dänemark und Litauen beobachtet, während sich ein zweites Zentrum im Atlantik vor den Küsten Marokkos abzuzeichnen begann. Man brauchte keinerlei Instrumente, um diese Regenfälle von normalem Regen zu unterscheiden: die Tropfen waren dick und schwer, wie kleine Blasen sausten sie mit einem leichten Zischen durch die Luft und klatschten mit einem eigentümlichen Schnalzen auf den Boden. Es wurden Tropfen gefunden, die zwei, drei Gramm wogen; unter diesem Regen wurde der Asphalt so glitschig, daß es unmöglich war, mit gummibereiften Fahrzeugen die Straßen zu benutzen.

In den betroffenen Gebieten starben im Zeitraum von wenigen Monaten alle oder fast alle Bäume mit hohen Stämmen, und Unkraut und Strauchwerk breiteten sich aus: man führte die Tatsache darauf zurück, daß das viskose Wasser nur unter Schwierigkeiten durch die Kapillargefäße der Stämme aufsteigen konnte. In den Städten ging das zivile Leben ein paar Monate lang fast normal weiter: es wurde lediglich eine Verringerung der Wasserführung in sämtlichen Trinkwasserleitungen beobachtet, und außerdem lief das Wasser in Waschbecken und Badewannen langsamer ab als gewöhnlich. Die Waschmaschinen wurden unbrauchbar: kaum schaltete man sie ein, füllten sie sich mit Schaum, und die Motoren liefen heiß.

Anfänglich sah es so aus, als böte die Tierwelt eine wirksame Barriere gegen das Eindringen des viskosen Wassers in den menschlichen Organismus, aber diese Hoffnung erwies sich bald als nichtig.

Und so ist innerhalb von wenig mehr als einem Jahr die gegenwärtige Situation eingetreten. Die Abwehrmechanismen sind zusammengebrochen, noch um einiges früher, als man befürchtet hatte: wie das Wasser der Meere, Flüsse und Wolken, so sind auch alle unsere Körpersäfte eingedickt und entartet. Die Kranken sind gestorben, und jetzt sind wir alle krank: unsere Herzen, klägliche, für das Wasser von früher geschaffene Pumpen, mühen sich ab von früh bis spät, um das viskose Blut durch die Blutbahnen zu pressen; wir sterben mit dreißig, maximal vierzig Jahren an Ödemen, aus purer Erschöpfung durch die tagtägliche Überanstrengung, die gnadenlos und ununterbrochen vom Tag unserer

Geburt an auf uns lastet und uns jede schnellere oder über längere Zeit hindurch ausgeführte Bewegung unmöglich macht.

Wie die Flüsse sind auch wir träge geworden: die Nahrung, die wir zu uns nehmen, und das Wasser, das wir trinken, müssen stundenlang in unserem Organismus warten, bis sie assimiliert werden können, und das macht uns träge und schwerfällig. Wir weinen nicht: nutzlos liegt die Tränenflüssigkeit in unseren Augen, sie formt sich nicht tropfenweise zu Tränen, sondern fließt wie ein Serum ab, was unserem Weinen alle Würde nimmt und uns nicht erleichtert. So ist das nunmehr in ganz Europa, und das Übel hat uns unvorbereitet überfallen, noch bevor wir es verstehen konnten. Erst jetzt beginnt man in Amerika und anderswo, den Ursachen dieser Veränderung des Wassers auf die Spur zu kommen, aber man ist noch weit davon entfernt, Abhilfe schaffen zu können; einstweilen wurde jedenfalls gemeldet, daß der Wasserstand in den Großen Seen rasch steigt, daß ganz Amazonien versumpft, daß der Hudson River in seinem ganzen Oberlauf die Dämme durchbricht und über die Ufer tritt, daß die Flüsse und Seen Alaskas sich mit einer Eisschicht überziehen, die nicht zerbrechlich ist, sondern elastisch und widerstandsfähig wie Stahl. Das Karibische Meer hat keine Wellen mehr.

EIN GERUHSAMER STERN

Irgendwo im All, sehr weit weg von hier, lebte einmal ein geruhsamer Stern, der sich gemächlich durch die Tiefen des Raums fortbewegte, umgeben von einer Schar geruhsamer Planeten, über die es nichts weiter zu berichten gibt. Dieser Stern war sehr groß, sehr heiß, und sein Gewicht war enorm: und hier treten für uns als Berichterstatter schon die ersten Schwierigkeiten auf. Wir haben geschrieben »sehr weit weg«, »groß«, »heiß«, »enorm«: Australien ist sehr weit weg, ein Elefant ist groß und ein Haus noch größer, heute morgen habe ich ein heißes Bad genommen, der Everest ist enorm. Es liegt auf der Hand, daß da mit unserem Wortschatz etwas nicht stimmt.

Wenn diese Geschichte wirklich aufgeschrieben werden soll, dann muß man den Mut haben, sämtliche Adjektive, die Staunen hervorrufen wollen, wegzulassen: man würde mit ihnen nur den gegenteiligen Effekt erzielen, die Erzählung nämlich ärmer machen. Um über Sterne zu schreiben, ist unsere Sprache unangemessen, sie wirkt lächerlich, wie wenn man mit einer Feder pflügen wollte: diese Sprache ist mit uns entstanden, sie ist geeignet zur Beschreibung von Objekten, die ungefähr unsere Größe und Lebensdauer haben, sie besitzt unsere Dimensionen, sie ist menschlich. Sie reicht nicht über die Grenzen unserer Sinneswahrnehmung hinaus: bis vor zwei-, dreihundert Jahren galt die Krätzmilbe als klein, es gab nichts Kleineres und folglich auch kein Adjektiv zu seiner Kennzeichnung; groß, ja von der gleichen unermeßlichen Größe waren Himmel und Meer; heiß war das Feuer. Erst um 1700 trat das Bedürfnis auf, in die Alltagssprache einen Begriff einzuführen, der geeignet wäre, »sehr« zahlreiche Objekte zu zählen, und nicht eben phantasievoll prägte man den Begriff der Million; wenig später, und noch phantasieloser, erfand man dann die Billion, ohne sich auch nur die Mühe zu machen, seine genaue Bedeutung festzulegen, so daß der Begriff heute in verschiedenen Ländern verschiedene Größen bezeichnet.

Auch mit den Superlativen kommt man nicht weit: wievielmal ist ein Turm von höchster Höhe höher als ein hoher Turm? Auch helfen uns indirekte Superlative wie »immens, kolossal, außerordentlich« nicht weiter: um die Geschichte erzählen zu können, die wir hier erzählen wollen, sind diese Adjektive hoffnungslos unangemessen, denn der Stern, von dem wir ausgegangen waren, war zehnmal so groß wie unsere Sonne, und die Sonne ist »viele« Male größer und schwerer als unsere Erde, und schon deren Ausmaße können wir uns nur unter gewaltiger Anstrengung unserer Vorstellungskraft veranschaulichen, so sehr übersteigen sie unser eigenes Maß. Freilich gibt es die Sprache der Zahlen, elegant und flott, das Alphabet der Potenzen von zehn: aber das wäre kein Erzählen in dem Sinn, wie diese Geschichte erzählt sein will, als Märchen nämlich, das Widerhall findet und in jedem von uns Urbilder der eigenen und der menschheitsgeschichtlichen Erinnerung anspricht.

Dieser geruhsame Stern dürfte allerdings so geruhsam gar nicht gewesen sein. Vielleicht war er zu groß: in jenem uranfänglichen Akt, in dem alles erschaffen wurde, war ihm eine verhängnisvolle Erblast aufgebürdet worden. Vielleicht auch nistete in seinem Herzen eine Störung oder eine Infektion, wie es einigen von uns ergeht. Unter Sternen ist es Brauch, den Wasserstoff, aus dem sie bestehen, nach und nach aufzuzehren und dafür verschwenderisch Energie ins Nichts zu verströmen, bis sie sich auf ein vernünftiges Maß reduziert haben und ihre Laufbahn als bescheidene Weiße Zwerge beenden: der fragliche Stern hingegen, als seit seiner Geburt ein paar Milliarden Jahre vergangen waren und seine Vorräte anfingen, knapp zu werden, fügte sich nicht in sein Schicksal und begann, unruhig zu werden; er wurde es so sehr, daß seine Unruhe sogar für uns sichtbar wurde, die wir doch »sehr« weit weg und durch ein »sehr« kurzes Leben eingeschränkt sind.

Diese Unruhe war arabischen und chinesischen Astronomen aufgefallen. Den Europäern nicht: die Europäer jener Epoche, einer schweren Zeit, waren dermaßen davon überzeugt, daß der Sternenhimmel unwandelbar sei, ja geradezu das Paradigma und das Reich des Unwandelbaren darstellte, daß sie es für müßig und blasphemisch hielten, ihn nach Veränderungen ausforschen zu wollen: es konnte dort keine Veränderungen geben, es gab sie per definitionem nicht. Ein eifriger arabischer Beobachter jedoch, mit nichts weiter ausgestattet als mit einem Paar scharfer Augen, Geduld, Demut und beseelt von dem Wunsch, die Werke seines Gottes zu erforschen, hatte bemerkt, daß dieser Stern, den er liebgewonnen hatte, nicht unwandelbar war. Dreißig Jahre hindurch hatte er ihn beobachtet und dabei festgestellt, daß der Stern zwischen der vierten und der sechsten der insgesamt sechs Größenordnungen schwankte, wie sie viele Jahrhunderte zuvor von einem Griechen festgelegt worden waren, der ebenso eifrig gewesen war wie er selbst und der wie er davon überzeugt war, daß die Beobachtung der Sterne den Menschen auf dem Wege der Erkenntnis weit voranbringen könne. Der Araber empfand den Stern ein bißchen als sein Eigentum: er hatte ihm sein Siegel aufdrücken wollen, und in seinen Aufzeichnungen nannte er ihn daher »Al-Ludra«, was in seiner Sprache »Der Launische« bedeutet. Al-Ludra oszillierte, aber nicht regelmäßig: nicht wie ein Pendel, sondern wie jemand, der sich zwischen zwei Möglichkeiten nicht entscheiden kann. Er durchlief seinen Zyklus manchmal in einem Jahr, manchmal in zwei oder fünf Jahren, und nicht immer machte er in den Zeiten seines Verblassens bei der sechsten Größenordnung halt, welche die letzte für das menschliche Auge ohne Hilfsinstrumente noch erkennbare Größe ist: manchmal verschwand er ganz. Sieben Zyklen zählte der geduldige Araber, bevor er starb: sein Leben war lang gewesen, aber ein Menschenleben ist immer kläglich kurz im Vergleich zu dem eines Sterns, auch wenn dieser sich in einer Weise verhält, die Zweifel an seiner Ewigkeit aufkommen lassen kann. Nach dem Tod des Arabers erregte Al-Ludra, obwohl nun mit einem Namen versehen, kein besonderes Interesse mehr, weil es schließlich viele wandelbare Sterne gibt, aber auch, weil er seit 1750 zu einem selbst mit den besten Fernrohren der Zeit kaum mehr erkennbaren Pünktchen zusammengeschrumpft war. Im Jahre 1950 jedoch (und die Nachricht erhalten wir erst jetzt) hat sich die Krankheit, die ihn von innen her aufzehren mußte, zu einer Krise zugespitzt, und an diesem Punkt gerät auch unsere Erzählung erneut in eine Krise: diesmal sind es nicht die Adjektive, die unzulänglich sind, sondern die Tatsachen selbst. Wir wissen noch nicht viel über den konvulsivischen Vorgang von Tod und Wiederauferstehung der Sterne: wir wissen lediglich, daß, und zwar gar nicht so selten, etwas im atomaren Mechanismus im Kern der Sterne aus den Fugen gerät, daß der Stern dann explodiert und daß sich dieser Vorgang nicht mehr im Zeitraum von Jahrmillionen oder Jahrmilliarden abspielt, sondern innerhalb von Stunden und Minuten; wir wissen, daß diese Ereignisse zu den gewaltsamsten Vorgängen überhaupt gehören, die sich derzeit am Himmel beobachten lassen; aber wir verstehen nur annähernd das Wie, nicht das Warum. Begnügen wir uns also mit dem Wie.

Der Beobachter, der sich zu seinem Verhängnis am 19. Oktober jenes Jahres um zehn Uhr unserer Zeit auf einem der stillen Planeten von Al-Ludra befunden hätte, der hätte sehen können, daß sich seine lebenspendende Sonne »zusehends«, wie man so schön sagt, aufblähte, nicht ein bißchen, sondern »sehr«, und lange hätte er dem Schauspiel nicht beiwohnen können. Innerhalb einer Viertelstunde wäre er gezwungen gewesen, vergeblich nach einem Schutz vor der unerträglichen Hitze zu suchen: und das können wir ganz unabhängig von der mutmaßlichen Gestalt und Größe dieses Beobachters behaupten, wenn er nur, wie wir, aus Molekülen und Atomen zusammengesetzt war; und innerhalb einer halben Stunde hätten seine und jegliche Zeugenschaft sämtlicher Artgenossen von ihm ein Ende gefunden. Deshalb müssen wir uns, um diesen Bericht abzuschließen, auf andere Zeugnisse stützen, die Aufzeichnungen unserer irdischen Meßgeräte nämlich, die dieses Ereignis in seinem ganzen Grauen nur in »sehr« abgemilderter Form aufgezeichnet haben, noch dazu verzögert durch den langen Weg, den das Licht, das uns die Nachricht übermittelte, durch die Tiefen des Raums hatte zurücklegen müssen. Nach einer Stunde sind die Meere und Eiszonen (falls es solche gab) des nun nicht mehr stillen Planeten ins Kochen geraten; nach drei Stunden sind seine Felsen geschmolzen, seine Gebirge eingestürzt und in Form von Lava in die Täler geströmt; nach zehn Stunden war der ganze Planet in Dampf aufgegangen, mitsamt all den feinen und zerbrechlichen Werken, die vielleicht aus dem Zusammenspiel von Zufall und Notwendigkeit und durch eine Serie von unzähligen Versuchen und Fehlschlägen entstanden waren, und mitsamt all den Dichtern und Weisen, die vielleicht diesen Himmel beobachtet und sich gefragt hatten, wozu all dies Sternengefunkel gut sein solle, und keine Antwort gefunden hatten. Das war die Antwort.

Nach Ablauf eines Erdentages hatte die Oberfläche des Sterns die Umlaufbahn seiner entferntesten Planeten erreicht, er nahm nun den gesamten Himmel ein und schickte dabei in alle Richtungen, zusammen mit den Überbleibseln seines geruhsamen Daseins, einen Strom von Energie aus sowie die modulierte Nachricht von der Katastrophe.

Ramón Escojido war vierunddreißig Jahre alt und hatte zwei reizende Kinder. Mit seiner Frau verband ihn eine komplexe und spannungsreiche Beziehung: er war Peruaner, sie österreichischer Abstammung, er einzelgängerisch, anspruchslos und träge, sie ehrgeizig und begierig nach sozialen Kontakten: aber was für Kontakte kann man sich schon erhoffen, wenn man in einem Observatorium in zweitausendneunhundert Meter Höhe wohnt, eine Flugstunde von der nächstgelegenen Stadt entfernt und vier Kilometer von einem Indianerdorf, das im Sommer von Staub und im Winter von Eis bedeckt ist? Judith liebte und haßte ihren Mann an aufeinanderfolgenden Tagen, manchmal auch im gleichen Moment. Sie haßte sein Wissen und seine Muschelsammlung, sie liebte den Vater ihrer Kinder und den Mann, den sie morgens neben sich im Bett vorfand.

Auf den Wochenendausflügen fanden sie jeweils zu einer prekären Gemeinsamkeit. Es war Freitag abend, und sie waren gerade dabei, sich mit lärmender Freude auf den Ausflug am kommenden Tag vorzubereiten. Judith und die Kinder kümmerten sich um den Proviant, Ramón stieg ins Observatorium hinauf, um die Fotoplatten für die Nacht vorzubereiten. Am Morgen machte er sich nur mit Mühe von den Kindern los, die ihn mit erwartungsfrohen Fragen bestürmten: Wie weit war es zum See? Würde er noch zugefroren sein? Hatte er auch an das Schlauchboot gedacht? Er ging in die Dunkelkammer, um die Platte zu entwickeln, ließ sie trocknen und steckte sie zusammen mit der Platte, die er vor sieben Tagen aufgenommen hatte, in den *blink*. Er untersuchte beide unter dem Mikroskop: gut, sie waren identisch, er konnte also beruhigt wegfahren. Aber dann kamen ihm Zweifel, er sah genauer hin und bemerkte, daß da doch eine Neuigkeit war; nichts Besonderes, ein kaum erkennbares Pünktchen, aber auf der älteren Platte war es nicht. Wenn solche Sachen passieren, so ist das in neunundneunzig von hundert Fällen ein Staubkorn (man arbeitet nie sauber genug) oder ein mit bloßem Auge nicht erkennbarer Defekt der Entwicklerlösung; aber es besteht auch die verschwindend geringe Möglichkeit, daß es sich um eine Nova handelt, und sollte sich das bestätigen, so ist ein Bericht zu schreiben. Ausflug ade: er würde die Aufnahme in den nächsten beiden Nächten wiederholen müssen. Was würde er nur Judith und den Kindern sagen?

DIE GLADIATOREN

Nicola wäre viel lieber zu Hause und vielleicht bis um zehn Uhr im Bett liegengeblieben, aber Stefania kannte kein Pardon. Schon um acht Uhr war sie am Telefon und rief ihm in Erinnerung, daß es jetzt reichte mit seinen Ausreden, mal war es der Regen, mal paßte ihm das Programm nicht, mal mußte er zu irgendwelchen Sitzungen, dann wieder kam er mit seiner lächerlichen Humanitätsduselei daher; und als sie aus seiner Stimme eine Spur von Widerstand, vielleicht auch nur eine leise Regung von Unwillen heraushörte, erklärte sie ihm schließlich klipp und klar, daß man Versprechen zu halten habe. Stefania war ein Mädchen mit vielen Vorzügen, aber wenn sie sich etwas in den Kopf gesetzt hatte, dann war nichts zu machen. Eigentlich erinnerte sich Nicola nicht, ihr jemals ein regelrechtes Versprechen gegeben zu haben; er hatte ihr so ganz nebenbei gesagt, irgendwann würden sie schon mal hingehen, ins Stadion; schließlich gingen alle hin, seine und (leider) auch ihre Kollegen, jeden Freitag füllten sie die Wettscheine für das Totoglad aus; sie beide waren sich einig gewesen, daß sie sich schlecht abseits stellen konnten und Intellektuellenallüren besser vermieden; und daß das eine Erfahrung war, die man gemacht haben mußte, eine Neugierde, die man einmal im Leben befriedigen mußte, sonst wußte man ja nicht, in welcher Welt man lebte. Jetzt allerdings, da es ernst wurde, stellte er fest, daß er das alles nur unter Vorbehalt gesagt hatte und daß er im Grunde genommen nicht die geringste Lust hatte und bestimmt auch nie haben würde, die Gladiatoren zu sehen. Auf der anderen Seite: wie konnte er es Stefania abschlagen? Sie würde es ihn büßen lassen, das war ihm klar: mit Kratzbürstigkeit, Schmollen und Absagen, vielleicht sogar mit Schlimmerem, da war sein Cousin mit dem blonden Bart . . .

Er zog sich an, rasierte und wusch sich und ging aus dem Haus. Auf den Straßen war kein Mensch, aber am Kartenschalter von San Secondo stand schon eine Schlange. Er haßte Schlangestehen, stellte sich aber dennoch hinten an. An der Wand hing das Plakat in den üblichen grellen Farben. Sechs Runden waren vorgesehen;

die Namen der Gladiatoren sagten ihm nichts, außer dem von Turi Lorusso. Nicht daß er viel über seine Technik gewußt hätte; er wußte lediglich, daß er gut war, Unsummen verdiente, daß er mit einer Gräfin ins Bett ging und vielleicht auch mit dem dazugehörigen Grafen, daß er viel für wohltätige Zwecke spendete und Steuern hinterzog.

Während er langsam in der Schlange vorrückte, lauschte er den Gesprächen der Umstehenden: »Meiner Meinung nach sollte man nicht erlauben, daß einer über dreißig noch ... klar, die Reflexe, die Augen, das ist nicht mehr wie früher, aber dafür hat einer mehr Arenaerfahrung, die ... Aber haben Sie ihn damals gesehen, '91, gegen diesen wilden Kerl im Mercedes? Als er ihm aus zwanzig Meter Entfernung den Hammer entgegenschleuderte und ihn voll traf? Und erinnern Sie sich noch, wie er damals ausscheiden mußte wegen ...«

Er kaufte zwei Karten für Tribünenplätze, Geld sollte diesmal keine Rolle spielen. Er ging zurück nach Hause und rief Stefania an, er würde sie um zwei Uhr abholen.

Um drei Uhr war das Stadion schon voll besetzt. Die erste Runde war für drei Uhr angekündigt, aber um halb vier rührte sich noch immer nichts. Neben ihm saß ein älterer Herr mit weißen Haaren und braungebranntem Teint. Nicola fragte ihn, ob diese Verzögerung normal sei.

»Sie lassen immer auf sich warten. Es ist unglaublich: sofort spielen sie sich auf wie Primadonnen. Zu meiner Zeit, da war das anders, was glauben Sie. Anstelle von Stoßstangen aus Schaumgummi gab's damals noch die Rammsporne, ohne Scherz. Da mit heiler Haut davonzukommen war nicht leicht. Nur wer wirklich ein As war, schaffte es, wem der Kampf im Blut lag: Sie sind noch jung, Sie können nicht wissen, was für Champions da aus dem Stall von Pinerolo kamen, oder besser noch aus dem von Alpignano. Aber jetzt, was glauben Sie denn? Jetzt kommen sie aus der Erziehungsanstalt oder aus dem Gefängnis, einige auch aus den Irrenanstalten für Kriminelle: wenn sie annehmen, bekommen sie Straferlaß. Heutzutage ist das ja lächerlich, sie haben ihre Kranken- und Unfallversicherung, bezahlten Urlaub, und nach fünfzig Auftritten bekommen sie sogar Pension. Ja, ja: es gibt welche, die gehen mit vierzig in Pension.«

Ein Raunen lief durch die Ränge auf der Tribüne, und der erste Gladiator kam herein. Er war sehr jung und bemüht um ein sicheres Auftreten, aber man sah ihm an, daß er Angst hatte. Gleich darauf kam ein feuerroter Fiat 127 in die Arena; man hörte die drei zum Ritual gehörenden Hupsignale, Nicola spürte den nervösen Druck von Stefanias Hand auf seinem Arm, und das Auto fuhr auf den Jungen los, der leicht nach vorne geneigt, angespannt und mit gegrätschten Beinen dastand und den Hammer krampfhaft mit beiden Händen umklammert hielt. Plötzlich beschleunigte der Wagen, und hinter den Antriebsrädern wurden zwei Sandfontänen hochgeschleudert. Der Junge wich zur Seite und holte zum Schlag aus, aber zu spät: der Hammer traf den Wagen an der Seite und schrammte sie leicht. Besonders viel Einfallsreichtum bewies der Fahrer nicht, er nahm noch ein paarmal Anlauf, immer wieder in derselben Manier, dann ertönte der Gong, und die Runde war zu Ende, ohne daß etwas Entscheidendes passiert wäre.

Der zweite Gladiator (Nicola warf einen Blick auf das Programm) hieß Blitz und war ein bartloser, untersetzter Kerl. Es kam mehrmals zu einem Schlagabtausch mit dem Alfasud, der ihm durch das Los als Gegner zugeteilt worden war; der Mann war ziemlich geschickt, und zwei, drei Minuten lang konnte er ausweichen, dann aber rammte ihn der Wagen, zwar im ersten Gang, aber so brutal, daß er rund zehn Meter weit geschleudert wurde. Er blutete am Kopf, der Arzt kam, erklärte ihn für kampfunfähig, und unter den Buhrufen und Pfiffen des Publikums wurde er hinausgetragen. Nicolas Nachbar war empört, er sagte, dieser Blitz, der eigentlich Craveri hieß, sei ein Simulant, er lasse sich absichtlich verletzen, er sollte besser den Beruf wechseln, ach was, von Amts wegen sollte man ihn dazu zwingen, vom Verein aus: die Lizenz sollte man ihm entziehen und ihn wieder auf die Arbeitslosenliste setzen.

Beim dritten Gladiator, der auch gegen einen Kleinwagen antreten mußte, einen Renault 4, bemerkte sein Nachbar, daß diese wesentlich gefährlicher seien als die großen, schweren Wagen. »Wenn's nach mir ginge, ich würde nur Mini-Morris einsetzen: sie kommen schnell auf Touren und sind wendig. Mit den Schlitten von 1600 aufwärts passiert nie etwas: die sind gut für die Ausländer, alles bloß Augenwischerei.« Beim dritten Anlauf ließ der Gladiator den Wagen dicht an sich herankommen, im letzten Moment warf er sich flach auf den Boden, und der Wagen fuhr über ihn hinweg, ohne ihn zu berühren. Das Publikum brüllte vor

Begeisterung, viele Frauen warfen Blumen und Handtaschen in die Arena, eine sogar einen Schuh, aber Nicola erfuhr, daß dieses spektakuläre Manöver im Grunde nicht wirklich gefährlich sei. Man nannte es »Rodolfa«, weil ein Gladiator namens Rodolfo es erfunden hatte: er war später berühmt geworden, hatte in der Politik Karriere gemacht und war heute ein hohes Tier im Italienischen Olympischen Komitee.

Wie üblich folgte dann eine komische Einlage, ein Duell zwischen zwei Gabelstaplern. Sie waren beide vom selben Modell und hatten auch dieselbe Farbe, nur war auf dem einen rundherum ein roter, auf dem anderen ein grüner Streifen aufgemalt. Bei ihrem Gewicht waren sie nur mit Mühe manövrierfähig und versanken fast bis zur Radnabe im Sand. Vergeblich versuchten sie rückwärts zu fahren, vorne waren nämlich die Gabeln ineinander verhakt wie bei kämpfenden Hirschen; dann machte der Grüne sich plötzlich los, fuhr schnell rückwärts, schlug einen Haken und rammte mit seiner Hinterseite den Roten an der Seite. Der fuhr nun seinerseits rückwärts, legte dann aber schnell den Vorwärtsgang ein, und es gelang ihm, dem Grünen seine Gabeln unter den Bauch zu schieben. Die Gabeln gingen hoch, der Grüne schwankte und fiel schließlich auf eine Seite, wobei er schamlos seine Unterseite mit Differentialgetriebe und Auspuffrohr den Blicken preisgab. Das Publikum lachte und klatschte Beifall.

Der vierte Gladiator hatte einen völlig verbeulten Peugeot zum Gegner. Das Publikum fing gleich an »Camorra« zu brüllen: tatsächlich besaß der Fahrer die Frechheit, vor dem Abbiegen sogar zu blinken.

Die fünfte Runde war ein Spektakel. Der Gladiator war couragiert und hatte es ganz offenbar darauf abgesehen, nicht nur die Windschutzscheibe, sondern auch den Kopf des Fahrers zu zertrümmern, und nur um ein Haar verfehlte er sein Ziel. Präzise und mit lässiger Eleganz wich er drei Angriffen aus, ohne auch nur den Hammer zu erheben; beim vierten schnellte er knapp vor der Schnauze des Wagens in die Höhe, landete auf der Kühlerhaube und schlug mit zwei wuchtigen Hammerschlägen die Windschutzscheibe ein. Nicola hörte das Gebrüll der Menge, aus dem er einen unterdrückten Aufschrei Stefanias heraushörte, die sich an ihn geklammert hatte. Der Fahrer schien nichts mehr zu sehen: anstatt zu bremsen, gab er Gas und fuhr schräg gegen die Holzplanke, der Wagen kippte um und legte sich auf die Seite, wobei er einen Fuß des Gladiators unter sich im Sand begrub. Rasend vor Wut hämmerte dieser durch das Loch in der Windschutzscheibe weiter auf den Kopf des Fahrers ein, der seinerseits versuchte, nach oben durch die Wagentür zu entkommen. Schließlich sah man, wie er mit blutüberströmtem Gesicht aus dem Wagen kletterte, dem Gladiator den Hammer aus der Hand riß und ihm mit beiden Händen die Gurgel zudrückte. Das Publikum brüllte ein Wort, das Nicola nicht verstand, sein Nachbar aber war ruhig geblieben und erklärte ihm, daß sie den Schiedsrichter aufforderten, dem Gladiator das Leben zu schenken, was auch geschah. Rasch kam ein Abschleppwagen von der ACI-Pannenhilfe auf die Piste gefahren, im Handumdrehen war der Wagen wiederaufgestellt und wurde abgeschleppt. Unter allgemeinem Beifall schüttelten der Fahrer und der Gladiator sich die Hände, winkten dem Publikum zu und gingen in Richtung auf die Umkleideräume hinaus, aber nach ein paar Schritten taumelte der Gladiator und stürzte zu Boden, man wußte nicht, ob er tot oder nur ohnmächtig war. Man transportierte auch ihn mit dem Abschleppwagen ab.

Während der große Lorusso in die Arena kam, bemerkte Nicola, daß Stefania sehr bleich geworden war. Er empfand leichten Groll ihr gegenüber, und gerne wäre er noch länger geblieben, um es ihr heimzuzahlen: einzig aus diesem Grund, denn aus Lorusso machte er sich überhaupt nichts. Aus Prinzip wäre es ihm lieber gewesen, Stefania hätte ihn darum gebeten, wegzugehen, aber er kannte sie und wußte, daß sie nie nachgeben und ihn bitten würde; also sagte er ihr, er habe genug, und sie gingen. Stefania war übel, sie hatte Anfälle von Brechreiz, aber auf seine Fragen antwortete sie nur barsch, das sei die Wurst, die sie zu Mittag gegessen hatte. Sie weigerte sich, in einer Bar einen Magenbitter zu trinken, weigerte sich, den Abend mit ihm zu verbringen, und ging auf keines der Gesprächsthemen ein, die er ihr anbot: es mußte ihr wirklich schlechtgehen. Nicola begleitete sie nach Hause und merkte, daß auch er keinen sonderlichen Appetit hatte, und auch zur üblichen Runde Billard mit Renato hatte er keine Lust. Er trank zwei Kognaks und ging zu Bett.

DAS TIER IM TEMPEL

Vielleicht war das Trinkgeld, das ich ihm am Vorabend gegeben hatte, übertrieben gewesen, aber wir hatten noch keine Zeit gehabt, uns mit Wechselkurs und effektiver Kaufkraft der hiesigen Währung vertraut zu machen. Es war noch keine sieben Uhr, als Agustín an die Lamellentür unseres Zimmers klopfte: wir machten ihm auf, denn instinktiv hatten wir Vertrauen zu ihm. Unter all den Fremden, die sich bei unserer Ankunft mit lästigen Angeboten oder Bitten um uns geschart hatten, war Agustín durch seine Effizienz, seine Diskretion und durch die Klarheit, nein, die Eleganz seines Spanisch angenehm aufgefallen. Er war gekommen, um uns einen Vorschlag zu machen: wir sollten uns unauffällig von der Reisegruppe absetzen, er würde uns beide und noch ein anderes Paar zum Tempel der Trece Mártires bei Magaán führen. Wir hatten noch nie davon gehört? Ein schüchternes Lächeln huschte über sein Gesicht: Wir sollten uns ihm nur anvertrauen, wir würden diese Programmänderung nicht zu bereuen haben.

Wir berieten uns mit Herrn und Frau Torres, einem jungen Ehepaar aus derselben Stadt wie wir, und in wenigen Minuten waren wir uns einig, Agustíns Angebot anzunehmen. Die anderen Mitglieder unserer Reisegruppe waren laut und ordinär, ein Vormittag der Ruhe und der relativen Einsamkeit würde uns guttun. Agustín erklärte uns, daß es nicht weit sei zum Tempel: eine halbe Stunde mit dem Taxi (die Taxifahrer waren alle seine Freunde), zehn Minuten Überfahrt mit dem Ruderboot bis zu der kleinen Insel fast in der Mitte der Lagune von Gorontalo, dann noch eine halbe Stunde Aufstieg zu Fuß.

Spiegelglatt lag die Lagune da, darüber eine mehrere Meter dicke leuchtende Dunstschicht, die die Sonne zwar verschleierte, ihre Hitze aber nicht milderte. Die Luft war feucht und schwer, durchzogen von sumpfigen Gerüchen. An einem kleinen, mit Algen überwachsenen schlüpfrigen Brettersteg stiegen wir aus dem Boot und folgten Agustín auf einem Weg, der in Serpentinen steil den Hang hinaufführte. Die Hügel ringsum waren kahl und steinig, und überall taten sich Grotten darin auf; bei einigen davon, die näher am Weg lagen, waren Bretter oder Reisigbündel vor den Eingang geschoben, wahrscheinlich, weil die Grotten als Ställe genutzt worden waren, jetzt aber wirkten sie verlassen. Die gegenüberliegende Talseite war dicht bewachsen, und in dem Dickicht ließ sich nicht die Spur eines Weges ausmachen; von Zeit zu Zeit drang für einen Augenblick das schwache Gemeckere von Ziegen an unser Ohr.

Der Tempel erhob sich oben auf dem Hügel, entrückt wie eine Fata Morgana: massiv und formlos, wie er war, konnte man seine Entfernung nur schwer einschätzen. Erschöpft kamen wir oben an, geplagt von Insekten und schlapp von der absoluten Windstille. Es war ein hoher Bau aus behauenen, hellen Steinblöcken: er hatte den Umriß eines unregelmäßigen Sechsecks, und in den Mauern taten sich in unterschiedlicher Höhe ein paar kleine Öffnungen auf. Diese Mauern waren nicht gerade: einige waren deutlich konvex, andere konkav; die Blöcke, aus denen sie sich zusammensetzten, waren nur ungefähr in eine Linie gebracht, als hätten ihre einstigen Erbauer den Gebrauch von Senkblei und Schnur noch nicht gekannt. Ein paar Pferde hatten in den Schatten der Mauer Schutz vor der Sonne gesucht, mit schweißnassem Fell und keuchend vor Hitze standen sie reglos da.

Durch eine schmale Maueröffnung, die grob in den Stein gehauen oder wie mit einem Sturmbalken eingebrochen schien, traten wir in den Tempel: Türen im eigentlichen Sinne waren keine zu sehen. So massiv das Äußere des Bauwerks war, so strukturiert und gegliedert war sein Inneres: größere und kleinere Innenhöfe reihten sich aneinander, Terrassen, Treibhäuser, hängende Gärten, Springbrunnen und vertrocknete Wasserbecken; diese Elemente waren, wenn überhaupt, durch breitere oder schmälere Rampen, durch großzügige Treppenaufgänge oder steile Wendeltreppen miteinander verbunden. Alles befand sich in einem Zustand totaler Verwahrlosung. Viele Gebäudeteile waren eingestürzt, einige schon vor langer Zeit, nach den Pflanzen zu urteilen, die überall die Ruinen überwucherten; in sämtlichen Ritzen hatte sich Erdreich angesammelt, in dem wilde Kräuter und Dornengestrüpp Wurzeln geschlagen hatten, die ein intensives Aroma verströmten, daneben wuchsen Moose und zierliche Pilze. Sicherlich hätten selbst zehn Tage nicht ausgereicht, um das Gebäude in allen seinen Ecken und Winkeln zu erforschen. Agustín bestand darauf, uns zur Passage der Toten zu führen und durch diese in den innersten Hof, den er den Hof des Tieres nannte. Die Passage der Toten war ein langer, schmaler Streifen aus festgetretenem Erdreich, vielleicht achtzig auf zehn Meter: merkwürdigerweise wuchs hier kein einziger Grashalm. Agustín ermahnte uns, hintereinander am Rand entlangzugehen und die Grenzlinie nicht zu überschreiten, die durch eine Reihe kleiner Pfähle gekennzeichnet war. Er zeigte uns, daß hier überall, senkrecht oder schräg, Hunderte von spitzen, verrosteten Metallgegenständen aus dem Boden ragten: einige standen ein, zwei Handbreit heraus, andere waren kaum sichtbar; er erklärte uns, das seien Spitzen von Lanzen und Schwertern. Sein Land, so erzählte er, sei häufig von fremden Völkern überfallen worden: einige Jahrhunderte vor der Ankunft der Europäer sei aus dem Norden, aber niemand wußte so recht, von wo genau, eine Horde von Reitern eingefallen. Sie waren wild und grausam, aber nur wenige an der Zahl; seine Vorfahren (sie waren mutiger als wir, bemerkte er mit seinem verhaltenen Lächeln) hatten versucht, sie auf ihre Schiffe zurückzudrängen, aber vergeblich. Schließlich hatten sie sich hier oben im Tempel verschanzt und von hier aus ein paar Jahre lang das Land beherrscht, es mit Raub, Mord und Brand überzogen und bei ihren Umtrieben die Pest verbreitet. Die durch die Pest dahingerafften oder im Kampf gefallenen Reiter waren von ihren Kameraden nach ihrem barbarischen Brauch bestattet worden: jeder auf seinem Pferd sitzend, die Waffe in der Hand gegen den Himmel gerichtet.

Der Hof des Tieres war groß und von einem fast völlig intakten Gewölbe abgeschlossen: das einzige Licht, das hereinsickerte, stammte von den Sonnenstrahlen, die durch die Ritzen im Dach drangen. Unsere Augen brauchten eine Weile, bis sie sich an das Halbdunkel gewöhnt hatten. Dann sahen wir, daß wir uns am Rand einer überdachten Arena befanden, die annähernd die Form einer Ellipse hatte; ringsum waren anstelle von Rängen zahllose Logen mit vier oder fünf Reihen, gestützt und unterteilt durch einen Wald von Säulen aus Stein oder aus vergoldetem Holz. Die Säulen standen nur annäherungsweise senkrecht, und die Reihen verliefen nicht waagrecht, weshalb die Logen unterschiedlich groß waren: einige hoch und schmal, andere breit und niedrig (manche sogar so niedrig, daß ein Mensch nur auf dem Bauch kriechend hätte hineingelangen können. Gegenüber von uns hing ein ganzer Gebäudeteil stark nach vorne über, als hätte es eine geologische Verschiebung gegeben, oder als hätte man aus einer Bienenwabe ein Stück herausgebrochen und dann schief wieder eingesetzt.

Eine ganze Weile lang hielten wir uns auf bei dem Versuch, uns zu erklären, wie ein solches Gebäude nicht nur viele Jahrhunderte hatte überdauern können, sondern wie es überhaupt existieren könnte. In dem Halbdunkel, an das wir uns langsam gewöhnten, ließ sich an einigen der näher stehenden Säulen ein verwirrendes Phänomen beobachten, das mit Worten nur schwer zu beschreiben ist, und auch damals schon stießen wir auf die Schwierigkeit, uns gegenseitig zu erklären, was wir doch klar und deutlich vor Augen hatten. Mit Hilfe einer Zeichnung wäre es vielleicht leichter darzustellen; wir empfanden es wie Hohn, wie eine Herausforde-

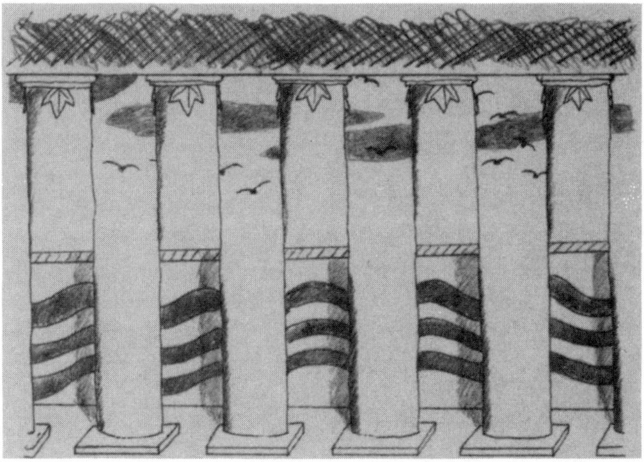

rung an unsere Vernunft: etwas, was allen Regeln der Vernunft zufolge nicht existieren konnte, das aber doch existierte. In ihrem unteren Teil sah man zwischen den Säulen im Hintergrund die Vorderwände der Logen, die mit ockergelben und schwarzen Girlanden verziert waren; ließ man aber den Blick an den Säulen entlang nach oben gleiten, so verkehrten die Umrisse ihre Funktion, die Zwischenräume wurden Säulen und die Säulen Zwischenräume, durch die man auf den verhangenen Himmel über der Lagune hinaussah. Umsonst strengten wir uns an, die Torres und wir, dieses absurde Phänomen zu verstehen; es verschwand, sobald man näher herantrat, behauptete sich jedoch mit der eigensinnigen Evidenz der konkreten Dinge, wenn man die Säulen aus einer Entfernung von zehn, zwanzig Metern betrachtete. Claudia machte ein paar Fotografien, allerdings ohne sich viel davon zu versprechen: es war dunkel.

Die Arena war von einer üppigen, niedrig wachsenden Vegetation bedeckt. Agustín hielt uns am Rand zurück und ließ uns auf einen Trümmerhaufen steigen; dann wies er uns, ohne zu sprechen, auf eine dunkle Figur hin, die sich durch das Dickicht fortbewegte. Es war ein massiges braunes Tier, ein bißchen größer und wuchtiger als ein Wasserbüffel; in der Stille vernahm man seinen schweren, rasselnden Atem und das Rascheln und Knakken der Sträucher, die es beim Weiden ausriß. Einer von uns, wahrscheinlich ich selbst, fragte verwirrt: »Was ist das?« Sofort gab uns Agustín ein Zeichen, daß wir still sein sollten, aber das Tier mußte doch etwas gehört haben, denn es hob den Kopf und schnaubte laut, worauf sich aus den Logen Schwärme aufgescheuchter Vögel erhoben. Das Tier brüllte, schüttelte sich und rannte geradewegs los, als griffe es einen unsichtbaren Gegner an, vielleicht die Sinnlosigkeit und Unwirklichkeit der Szenerie, worin es gefangen war. Wir sahen uns um: es gab mehrere Ausgänge am Rand der Arena, aber sie waren schmal und von Trümmern versperrt. Durch keinen von ihnen hätte das Tier hindurchgepaßt.

Es galoppierte immer heftiger und zertrampelte dabei die Sträucher und Zweige auf seinem Weg: der Boden dröhnte unter dem Dreierrhythmus seiner Hufe, und man hörte, wie sich von den Säulenkapitellen Stücke lösten und herunterfielen. Das Tier rannte auf einen der Ausgänge zu, den breitesten und am wenigsten von Trümmern versperrten. Es stieß gegen die Mauereinfassung, als hätte es sie, blind vor Wut, nicht gesehen; einen Moment lang blieb es darin stecken, brüllte vor Schmerz und machte sich dann wieder los; der steinerne Querbalken fiel, durch den Stoß erschüttert, herunter, und die Öffnung schien noch schmaler als zuvor, zugeschüttet bis auf halbe Höhe von dem abgebröckelten Gemäuer. Nervös packte mich Claudia am Arm: »Es ist sein eigener Gefangener. Nach und nach verschüttet es sich sämtliche Ausgänge ringsum.«

Wir traten ins Nachmittagslicht hinaus, das uns blendend hell erschien. Frau Torres wies uns darauf hin, daß in den Mauerritzen viele graubraune, schuppige Eidechsen nisteten; andere lagen reglos im diesigen Licht der Sonne wie winzige Bronzefiguren. Wenn man sie aufscheuchte, schlüpften sie blitzartig in ihre Verstecke zurück oder rollten sich zusammen wie Gürteltiere, und in dieser Stellung, zu kleinen, kompakten Scheiben zusammengeschrumpft, ließen sie sich ins Leere fallen.

Draußen vor dem Tempel hatte sich eine Schar abgemagerter Bettler versammelt, Männer und Frauen von bedrohlichem Aussehen. Einige hatten in der Nähe niedrige schwarze Zelte aufgeschlagen und hockten zum Schutz vor der Sonne in deren Öffnungen. Sie betrachteten uns mit eingehender und herausfordernder Neugier, richteten aber nicht das Wort an uns.

»Sie warten auf das Tier«, sagte Agustín, »sie warten darauf, daß es herauskommt. Jeden Abend kommen sie, schon seit jeher; sie bleiben die Nacht über hier, und in ihren Zelten haben sie die Messer. Sie warten, seitdem es den Tempel gibt. Wenn das Tier herauskommt, werden sie es schlachten und verzehren, und dann wird die Welt von allem Übel befreit sein; aber das Tier wird nie herauskommen.«

DISPHYLAXE

Amelia wußte wohl, daß man nicht zu allen Tageszeiten gleich gut lernen kann. Für sie waren die ersten Morgenstunden am besten, dann wieder die späten Nachmittagsstunden bis zum Abendessen: danach fühlte sie sich nicht mehr aufnahmefähig. Aber diese Prüfung war wichtig, es war die wichtigste in diesem Studienabschnitt, und sie wollte die Stunden am heutigen Vorabend nicht ungenutzt verstreichen lassen; sie würde versuchen, sie so sinnvoll wie möglich zu nutzen, indem sie eine kleine Wiederholungsübung mit einem guten Werk verband.

Großmutter Letizia ging mittlerweile nur noch selten aus dem Haus, sie hatte daher wenig Gelegenheit, sich zu unterhalten, und doch das Bedürfnis danach. Ihre Kontakte beschränkten sich auf die Geschäftsleute der Nachbarschaft, ungebildete Leute dubioser Herkunft: zu Hause machte sie nur selten den Mund auf, weil sie fürchtete, sich zu wiederholen, und sie wiederholte sich auch wirklich, die arme Alte, immer wieder fing sie von denselben Themen an, von der Welt ihrer Jugend und wie es darin so ruhig, wohlgeordnet und vernünftig zugegangen war. Gut, das waren genau die Themen, die Amelia interessierten: bestimmte Dinge standen eben nicht in den Lehrbüchern.

Die Großmutter hingegen würde froh sein, über ihre Lieblingsthemen sprechen zu können; alle alten Leute sind so, die Welt um sie herum interessiert sie kaum, stört sie eher, sie verstehen sie nicht und empfinden sie als feindlich, ihr Gedächtnis registriert sie deshalb nicht mehr. Daher erinnern sie sich auch an weit zurückliegende Ereignisse, nicht an die aus der jüngsten Zeit: das ist keine Frage der Verkalkung, sondern der Selbstverteidigung. Die wahre Welt ist für sie die Welt ihrer Jugendzeit, und die ist per definitionem gut, es ist »die gute alte Zeit«, auch wenn sie der Menschheit zwei Weltkriege beschert hat.

Amelia war vorwiegend menschlicher Abstammung, und mit Großmutter Letizia verstand sie sich gut. Nicht so mit der Großmutter väterlicherseits, die schon vor Jahren verstorben war: noch in der Erinnerung war sie ein Alptraum für sie. Großmutter

Giannas Mutter hatte in den ersten Zeiten der Disphylaxe, als die Kontrollen noch nicht so streng waren, auf einem Ausflug ins Lanzotal eine Unvorsichtigkeit begangen und war vom Samen einer Lärche befruchtet worden: so war Großmutter Gianna zur Welt gekommen. Die Ärmste, sie konnte ja nichts dafür, aber wie Amelia sich an sie erinnerte, war sie eine unangenehme Erscheinung gewesen.

Zum Glück hatte, wie in den meisten Fällen, das menschliche Erbgut überwogen, aber trotzdem sah jeder auf den ersten Blick, daß sie eine Disphylaktikerin war: ihre Haut war dunkel, rauh und rissig, die Haare grünlich, im Herbst verfärbten sie sich goldgelb, und im Winter fielen sie ihr aus, so daß sie eine Glatze bekam, auf der aber zum Glück in jedem Frühjahr die Haare schnell wieder nachwuchsen. Sie sprach mit tonloser Stimme, fast nur wie ein Hauch, und irritierend langsam. Es war unglaublich, daß sie einen Mann gefunden hatte: vielleicht nur aufgrund ihrer legendären hausfraulichen Qualitäten.

»Ja, ja, die Disphylaxe. Du, mein Kind, kannst ja denken, was du willst, aber ich habe es schon immer gesagt. Wenn einer sterben soll, so ist das Gottes Wille, und gegen seinen Ratschluß soll man nicht aufbegehren wollen. Diese Geschichte mit den Transplantationen, die hat mir nie gefallen, von Anfang an nicht: erst die Augen, dann die Nieren, dann die Leber ... und beim ersten Zeichen von Unverträglichkeit sofort dieses Zeug da schlucken, wie heißt das denn noch gleich, ich habe Namen noch nie gut behalten, aber an den erinnere ich mich nicht, weil ich ihn nicht im Gedächtnis behalten will.«

»Hyposthenon«, half Amelia nach.

»Ja, richtig, Hyposthenon: dadurch wurden sämtliche Transplantationen möglich. Man bekam es in jeder Apotheke, tausend Lire das Fläschchen. Sie verschleuderten es in Unmengen, auch an diejenigen, die sich falsche Zähne einsetzen ließen, oder an die Damen, die sich die Nase ändern ließen. Sie hatten es an Mäusen ausprobiert, es war unschädlich. Sicher, unschädlich, wie die Entlaubungsmittel, die in dem Land dort ... Unschädlich, aber diese neunmalklugen Herrschaften wußten nicht, was jeder Bauer weiß, daß die Natur wie eine kurze Decke ist, daß, wenn man an ihr von einer Seite zieht ...«

Nicht das war es, was Amelia interessierte: sie hätte anderes hören wollen, darüber, wie das Leben vorher gewesen war, als es in den Entbindungsstationen noch keine Überraschungen gab und alle Katzen noch vier Beine hatten: es fiel ihr schwer, sich diese Zeit vorzustellen. Geordnet ja, aber vielleicht auch ein bißchen fade, es war fast unmöglich, Vergleiche zu ziehen. Was die Sache mit dem Hyposthenon anging, das wußte mittlerweile schon jedes Kind: es war unzerstörbar, aber das hatte man zu spät bemerkt, mit den Exkrementen gelangte es in die Kanalisation und ins Meer, von dort in den Körper der Fische und Vögel; es flog durch die Luft, fiel mit dem Regen wieder herunter, gelangte in die Milch, ins Brot und in den Wein. Jetzt war die ganze Welt voll davon, und sämtliche Immunsysteme waren zusammengebrochen. Es war, als hätte die lebendige Natur jegliches Mißtrauen verloren: bei keiner einzigen Transplantation kam es mehr zu Abstoßungserscheinungen, dafür hatten aber auch sämtliche Impfstoffe und Seren ihre Wirksamkeit eingebüßt, und so alte Plagen wie Pocken, Tollwut und Cholera waren wiedergekehrt.

Ebenso waren die Immunsysteme, die früher die Kreuzung verschiedener Arten verhindert hatten, geschwächt oder völlig aufgehoben: nichts konnte einen Menschen daran hindern, sich Adleraugen, einen Straußenmagen oder gar die Kiemen eines Thunfischs einsetzen zu lassen, um auf Unterwasserjagd zu gehen, dafür hatte aber auch jeder Samen, ganz gleich ob tierischer, pflanzlicher oder menschlicher Art, der durch Wind, Wasser oder irgendeinen Zufall mit einer Eizelle in Berührung kam, die besten Aussichten, ein Zwitterwesen zu erzeugen. Alle Frauen im fruchtbaren Alter mußten daher äußerst vorsichtig sein. Es war eine alte Geschichte: Amelia war müde und wünschte der Großmutter eine gute Nacht, packte die Tasche für den folgenden Tag und ging ins Bett. Sie hatte einen guten Schlaf, und oft schon hatte sie gedacht, daß ihre Neigung zum vielen Schlafen vielleicht auf jenes Achtel Pflanzensaft in ihren Venen zurückzuführen sein könnte. Sie kam gerade noch dazu, Fabio im Geiste gute Nacht zu sagen, da atmete sie auch schon tief und regelmäßig.

Das hatte sie ihm, Fabio, nun wirklich schon oft genug gesagt, daß sie ihn nicht sehen wollte, wenn sie eine Prüfung abzulegen hatte: aber nein, da stand er einfach, frisch rasiert und strahlender Laune, in Beschützerpose.

»Ich wollte dir nur Hals- und Beinbruch wünschen, dann gehe ich gleich in die Bank.«

»Danke. Aber geh jetzt bitte. Ich bin schon nervös genug, und du weißt, daß du mich, auch wenn du das gar nicht willst ...«

»Ich weiß, ich weiß. Ich wollte dich bloß kurz sehen. Ciao, du wirst sehen, es klappt schon.«

Irgend jemand in der Bank hatte das Gerücht aufgebracht, Fabio habe ein Viertel Stichlingsblut. Diskret hatte Amelia auf dem Einwohnermeldeamt Nachforschungen angestellt, und es schien alles in bester Ordnung; aber man weiß ja, wie die Dinge gehandhabt werden auf dem Einwohnermeldeamt, und im übrigen hatte Amelia keine Vorurteile: Stichlinge sind treue Ehemänner und liebevolle Väter, und sie verteidigen ihr Territorium mit äußerster Hartnäckigkeit. Besser, ein bißchen was von einem Stichling als von gewissen anderen Tieren. Man hörte so viele Geschichten ... etwas Wahres konnte schon daran sein: wenn eine Frau nicht sehr reinlich war, und der Floh war ein Männchen, konnte die Falle schon zuschnappen. In diesen Dingen verstand die Restaurierte Kirche keinen Spaß: die Seele war heilig, und sie war überall, auch in ein Monat alten Embryos, um so mehr noch in Lebewesen, die auf die Welt gebracht worden waren, auch wenn sie nicht sonderlich viel Menschliches an sich hatten. Und da behaupteten noch welche, die Situation der Frauen habe sich gebessert!

Sie nahm all ihren Mut zusammen und betrat das Institut für Moderne Geschichte: nach dem strahlend hellen Sonnenschein draußen mußte sie sich an das Dunkel der Halle erst gewöhnen; noch bevor sie einzelne Gesichter unterscheiden konnte, erkannte sie die antiseptischen Gazemasken, die alle trugen, die Jungen weiße, die Mädchen solche in lebhaften Farben. Sie wurden in alphabetischer Reihenfolge aufgerufen: Amelia drängte sich in den Flur, um zu hören, was so geredet wurde. Ein Pedell kam und rief Fissore auf. Amelia hieß Forte: sie war also als nächste an der Reihe. Fissore kam kurz darauf schon wieder heraus, fröhlich und zufrieden: alles bestens, Mancuso war entgegenkommend und vernünftig, mit nur fünf Minuten Prüfung hatte Fissore eine Neunundzwanzig einheimsen können. Nein, keine Fangfragen, er war über die Ugandakriege geprüft worden, und der vor ihm über die Züchtigung als Erziehungsmethode. Der Pedell kam zurück und rief Amelia auf.

Mancuso war um die Vierzig, klein, nervös, hatte schwarze Augen und schwarzes Haar; schwarz war auch der Schnurrbart, schütter und steif. Er sprach so schnell, daß man ihn kaum verstand: oft mußte man sich seine Fragen wiederholen lassen. Er hatte ein hohes, kreischendes Stimmchen, das Amelia an die Stimmen auf Tonbändern erinnerte, die man zu schnell abspielt. Amelia setzte sich, und ein paar Sekunden lang musterte der Professor sie vom Scheitel bis zur Sohle, ruckartig bewegte er dabei Kopf, Augen und Hände, die mit einem Bleistift spielten; auch seine Nasenflügel bebten. Dann lehnte er sich zurück, rutschte kurz auf seinem Stuhl hin und her, um es sich bequemer zu machen, schenkte Amelia ein breites, herzliches Lächeln, das allerdings sogleich wieder verschwand, klappte ein paarmal mit den Augenlidern und sagte Amelia, sie solle über ein Thema ihrer Wahl sprechen. »Ich habe ihm Eindruck gemacht«, dachte sie ohne Begeisterung und kündigte an, sie werde über die Disphylaxe sprechen. Sie glaubte, einen Schatten der Mißbilligung über Mancusos Gesicht huschen zu sehen, aber sie begann dennoch mit ihren Darlegungen.

Das Thema lag ihr am Herzen, und zwar nicht nur aus persönlichen Gründen: schon immer hatte es sie empört, daß in den Schulen, gleich welcher Ausrichtung, so wenig darüber berichtet wurde, als ob es die Welt davor nie gegeben hätte. Wie sollten denn die jungen Leute von heute sich selbst verstehen, wenn sie nichts über ihre Herkunft wußten? Wie konnte man sich dem verschließen, was für sie offenkundig war? Normalerweise war sie bei Prüfungen schüchtern und gehemmt, aber heute kannte sie sich selbst kaum wieder: aufgeregt und erstaunt vernahm sie ihre eigene Stimme, die das phantastische Universum aus Samen, Keimen und Enzymen ausmalte, worin der Mensch lebt, ohne es zu bemerken, ein Gewimmel von Pollen und Sporen in der Luft, die wir mit jedem Atemzug in uns aufnehmen, von männlichen und weiblichen Kräften, die in den Gewässern der Flüsse und Meere wirken.

Sie spürte, wie sie sogar rot wurde, als sie vom Wind zu erzählen begann, der gesättigt mit zahllosen unsichtbaren Samen und Keimen durch die Wälder streicht, und in jedem einzelnen Keim liegt eine schicksalsschwangere Botschaft verzeichnet, er wurde hinausgeschleudert in die Weite von Himmel und Meer, auf der Suche nach seinem Gefährten, dem Träger der zweiten geheimnisvollen Botschaft, die nur vereint mit der ersten einen Sinn ergibt. Und so über Milliarden von Jahren hinweg, von den Schachtelhalmen der Steinkohlenzeit bis heute: nein, nicht bis heute, bis gestern, als jene eiserne Schranke zwischen den Arten gefallen war, und noch war nicht entschieden, ob zu unserem Nutzen oder Schaden.

Sie wagte sich an das schwierige Problem einer Betrachtung der Disphylaxe unter moralischem und religiösem Gesichtspunkt und stellte Nützlichkeitserwägungen an; sie war gerade im Begriff, einen persönlicheren Gedankengang auszuführen, einen Vergleich anzustellen zwischen den mosaischen Gesetzen, welche die Verwerflichkeit der Rassenmischung deklarierten, und den jüngsten, überaus strengen Gesetzen, die den wahllosen Einsatz der Anti-Abstoßungsmittel einschränken sollten, als sie bemerkte, daß Mancuso ihr gar nicht zuhörte. Er sah sie nicht einmal an: mit raschen, ruckartigen Kopfbewegungen drehte er sich um und kratzte sich an allen möglichen Stellen, wobei er die Finger schnell auf und ab bewegte, fast so wie bei einer Massage; dann holte er eine Nuß aus der Tasche, knackte sie schnell mit den Zähnen und begann sie mit den Schneidezähnen anzunagen. Amelia fühlte Wut in sich aufsteigen und verstummte.

Ohne das Knabbern an der Nuß zu unterbrechen, sah Mancuso sie fragend an: »Sind Sie fertig? Gut. Recht gut. Haben Sie heute abend Zeit? Nein? Schade. Bestanden mit Neunzehn. Bitte sehr, hier ist Ihr Studienbuch. Auf Wiedersehen.« Zum Sprechen hatte er die Nuß in eine Backentasche geschoben.

Amelia nahm das Studienbuch und ging grußlos hinaus. Sie mußte tatsächlich stimmen, diese Geschichte mit den Hamstern, von der man auf den Korridoren munkelte. Am Ausgang war sie einen Moment lang versucht umzukehren, in den Hörsaal zurückzugehen und die Note anzufechten, aber dann überlegte sie sich, daß die Dinge auch noch schlechter verlaufen konnten, wenn sie die Prüfung wiederholen mußte. Also nahm sie den Autobus, stieg an der Endstation aus und schlug einen Waldweg ein, den sie gut kannte: schließlich wurde sie zu Hause nicht vor dem Abendessen zurückerwartet. Mancuso war ein Esel, gar keine Frage. Vielleicht gab es mildernde Umstände, vielleicht stimmte die Geschichte mit dem Hamster, aber andererseits: wo käme man hin, wenn man alles rechtfertigen wollte? Wenn ein Zugführer einen Zug zum Entgleisen bringt, dann wird ihm der Prozeß gemacht, und er wird nicht verschont, selbst wenn sein Großvater ein Ziegenbock war. Wir sind keine Rassisten, aber offen auszusprechen, daß ein Esel ein Esel und ein Flegel ein Flegel ist, hat auch mit Rassismus nichts zu tun, verstanden?

Der Waldweg war eben, schattig und einsam, und beim Gehen beruhigte sich Amelia. Am Wegrand wuchsen Blumen, bescheiden, aber hübsch: Primeln, Vergißmeinnicht, hie und da die weißen Blüten der Erdbeeren, und Amelia fühlte sich zu ihnen hingezogen. Das ist nichts Besonderes, sich von Blumen angezogen zu fühlen, aber sie fühlte sich auf eine seltsame Weise von ihnen angezogen: Amelia kannte sich selbst gut genug, um zu wissen, daß dieses Gefühl irgendwie seltsam war. Auch wenn es von vielen, die nicht einmal alle Lärchenblut in den Adern hatten, geteilt wurde. Sie dachte darüber nach, während sie weiterging: ganz schön grau und eintönig mußte die gute alte Zeit gewesen sein, als die Männer sich nur von Frauen und die Frauen sich nur von Männern angezogen fühlten.

Jetzt erging es vielen wie ihr: nicht allen, sicher nicht, aber Blumen, Pflanzen, jede Art von Tieren entfachten in vielen jungen Leuten durch ihren bloßen Anblick, ihren Geruch, ihre Stimme oder einfach nur durch ihr Rauschen ein brennendes Verlangen. Wenige befriedigten dieses Verlangen dann auch (nun, das war ja auch nicht immer leicht zu bewerkstelligen), aber auch wenn es unbefriedigt blieb, bedeutete es durch seine Vielfalt, seine Lebendigkeit und Intensität eine Bereicherung und innere Erhebung für die jungen Leute. Es war dumm, sich bei der Oberfläche, bei dem puritanischen Moralismus aufzuhalten und die Disphylaxe als eine Katastrophe zu betrachten. Seit über einem Jahrhundert hatte die Menschheit in Untergangsvisionen geschwelgt: nun, der Atomtod war nicht eingetreten, die Energiekrise schien überwunden, das Bevölkerungswachstum war gestoppt, und zur Beschämung aller Propheten war es nun die Disphylaxe, die kein Futurologe vorhergesehen hatte, die die Welt von Grund auf veränderte.

Und es war merkwürdig, merkwürdig und wunderbar zugleich, daß die verwirrte Natur zu einer neuen Einheit gefunden hatte. Zusammen mit der nicht mehr auf die einzelnen Arten begrenzten Fruchtbarkeit hatte sich auch das Begehren eingestellt; manchmal grotesk und absurd, manchmal unerfüllbar, manchmal beglükkend. Wie in ihrem Fall oder in dem von Graziella, die für Möwen schwärmte. Freilich, da war das Geknabber von Mancuso (aber vielleicht war der auch bloß ein Flegel), dafür aber entstanden Jahr für Jahr, Tag für Tag neue Arten, schneller, als das Heer der Naturforscher einen Namen für sie finden konnte; einige abstoßend, andere reizend, andere wieder unerwartet nützlich, wie die

Milcheichen, die in der Gegend des Casentino wuchsen. Warum sich nicht das Beste erhoffen? Warum nicht auf einen neuen, sich über Jahrtausende erstreckenden Selektionsprozeß hoffen, durch den sich ein neuer Menschenschlag herausbilden würde, stark und schnell wie der Tiger, langlebig wie die Zeder, umsichtig wie die Ameise?

Vor einem blühenden Kirschbaum blieb sie stehen: sie streichelte den glatten Stamm, in dem sie den Pflanzensaft aufsteigen spürte, berührte die gummiartigen Knoten, dann blickte sie sich rasch um und umarmte ihn fest, und es kam ihr so vor, als ob ihr der Baum mit einem Blütenregen antwortete. Lachend schüttelte sie die Blüten ab: »Das wäre ja noch schöner, wenn es mir so erginge wie der Urgroßoma!« Na und, warum eigentlich nicht? Wer war besser, Fabio oder der Kirschbaum? Fabio natürlich, keine Frage, momentanen Impulsen sollte man nicht so leichtfertig nachgeben; gleichzeitig aber war Amelia sich ihres Verlangens bewußt, daß der Kirschbaum irgendwie in sie eindringen und in ihr Früchte tragen möge. Sie kam auf die Lichtung und streckte sich im Farnkraut aus, Farn unter Farnen auch sie, allein, leicht und biegsam im Wind.

DIE BRÜCKENBAUER

> »Wenn Boris früher mit ihr zusammen gewesen war, dann war ihm bisweilen die alte Ballade von des Riesen Tochter eingefallen, die einen Mann im Walde fand. Erstaunt und froh trägt sie ihn als Spielzeug nach Hause, aber der Riese sagt, sie solle ihn laufenlassen, sonst mache sie ihn nur entzwei.«
>
> Tania Blixen, *Sieben phantastische Geschichten*

Danuta war froh darum, daß sie gemacht war wie die Hirsche und Rehe. Ein bißchen leid tat es ihr um das Gras, die Blumen und Blätter, die sie fressen mußte, aber sie war glücklich darüber, leben zu können, ohne andere Lebewesen zu vernichten, wie es hingegen Bestimmung der Luchse oder der Wölfe ist. Sorgfältig achtete sie darauf, jeden Tag einen anderen Platz aufzusuchen, damit an den abgegrasten Stellen frisches Grün nachwachsen konnte. Beim Gehen wich sie Weidenbüschen, Haselnußsträuchern und Erlen aus, um sie nicht zu zertreten, und machte einen Bogen um Bäume mit hohem Stamm, um sie nicht versehentlich zu knicken. Auch ihr Vater Brokne hatte es immer so gehalten, an ihre Mutter konnte sie sich nicht erinnern.

Zum Trinken gingen sie immer an einen bestimmten Platz, einen tiefen Kolk im Fluß; bei Sonnenuntergang lag er im Schatten einer Reihe alter Eichen, die am rechten Ufer standen; das linke Ufer hingegen öffnete sich auf eine Lichtung, auf der sie beide bequem im Liegen Platz fanden, sei es auf dem Rücken zum Schlafen, sei es auf dem Bauch zum Trinken. Früher hatte es hier viele Baumstrünke gegeben, die einen im Liegen piksten, aber Brokne hatte sie einen nach dem anderen ausgerissen. Hierher kamen auch die Einhörner und die Minotauren zum Trinken, zaghaft wie Schatten, aber erst zu später Stunde, wenn die Dämmerung schon in die Nacht überging. Brokne und Danuta hatten keine Feinde, außer dem Donner und in strengen Wintern dem Frost.

Am liebsten weidete Danuta in einem tiefen, grünen Tal, in dem es reichlich Wasser gab und das Gras saftig war; durch das Tal floß ein Bach, und über diesen führte eine Steinbrücke. Stundenlang pflegte Danuta diese Brücke zu betrachten: auf ihrem gesamten Gebiet, das sich in einem Umkreis von mehr als hundert Meilen erstreckte, gab es nichts Ähnliches. Weder konnte das Wasser sie geformt haben, noch konnte sie so von den Bergen gefallen sein. Etwas oder jemand mußte sie gebaut haben, mit Geduld, Geschick und feineren Händen als den ihren: sie beugte sich hinunter, um sie von nahem zu betrachten, und wurde nicht müde, die Präzision zu bewundern, mit der die Steine behauen und zusammengefügt waren, so daß sie einen gleichmäßigen, eleganten Bogen bildeten, der Danuta an den Regenbogen erinnerte.

Sie mußte schon sehr alt sein, denn auf der von der Sonne beschienenen Seite waren die Steine von gelben und schwarzen Flechten bedeckt, auf der Schattenseite dicht bemoost. Danuta berührte sie leicht mit dem Finger, aber die Brücke hielt stand, sie schien tatsächlich aus Stein gemacht. Eines Tages trug sie einen Haufen Felsblöcke zusammen, die ihr die geeignete Form zu haben schienen, und versuchte eine Brücke zu bauen wie diese da, allerdings auf ihre Größe zugeschnitten; aber es war nichts zu machen, kaum hatte sie den dritten Felsblock aufgestellt und ließ ihn los, um den vierten zu packen, fiel ihr der dritte herunter, und ab und zu schürfte sie sich dabei die Hände auf. Sie hätte fünfzehn oder zwanzig Hände gebraucht, für jeden Felsblock eine.

Eines Tages fragte sie Brokne, wie, wann und von wem die Brücke gebaut worden sei, aber Brokne brummte nur mißmutig, die Welt sei voller Geheimnisse, und wenn einer alle ergründen wollte, dann käme er nicht einmal mehr zum Verdauen, könnte nicht mehr schlafen und würde wahrscheinlich verrückt. Die Brücke war schon immer dagewesen, sie war schön und merkwürdig, na und? Auch die Sterne und die Blumen sind schön und merkwürdig, wenn man sich aber zu viele Fragen stellt, dann merkt man zum Schluß gar nicht mehr, daß sie schön sind. Er ging zum Weiden in ein anderes Tal; für Brokne reichte Gras allein nicht, und ab und zu verschlang er rasch hinter Danutas Rücken eine junge Pappel oder eine Weide.

Gegen Ende des Sommers stieß Danuta eines Morgens auf eine umgestürzte Buche: der Blitz konnte es nicht gewesen sein, denn seit vielen Tagen schien die Sonne, und Danuta war sich sicher, daß auch sie selbst den Baum nicht versehentlich umgestoßen haben konnte. Sie trat näher und sah, daß er durch einen sauberen Schnitt gefällt worden war, man sah die weißliche Scheibe des

Strunks am Boden, so breit wie zwei ihrer Finger. Während sie dies bestaunte, hörte sie ein Rascheln und sah, wie auf der anderen Seite des Tals noch eine Buche zu Boden fiel und zwischen den umstehenden Bäumen verschwand. Sie stieg hinunter und auf der anderen Seite wieder hinauf und bemerkte ein Tierchen, das so schnell wie möglich in Richtung auf den Steilhang mit den Höhlen davonlief. Es lief aufrecht auf zwei Beinen, ließ ein glänzendes Ding zu Boden fallen, das es beim Laufen behinderte, und schlüpfte in die nächstgelegene Höhle.

Mit ausgestreckten Händen setzte Danuta sich daneben, aber das Tierchen machte keine Anstalten, wieder herauszukommen. Es war ihr niedlich vorgekommen, und es mußte auch geschickt sein, wenn es ihm gelungen war, ganz allein eine Buche umzustürzen; sofort stand für Danuta fest, daß dieses Tierchen der Erbauer der Brücke sein mußte, sie wollte Freundschaft mit ihm schließen, mit ihm plaudern, es sollte ihr nicht entkommen. Sie streckte einen Finger in den Höhleneingang, spürte aber einen Stich, und als sie ihn sogleich wieder herauszog, sah sie einen Blutstropfen an ihrer Fingerkuppe. Sie wartete, bis es dunkel wurde, dann ging sie weg, Brokne aber erzählte sie nichts von ihren Entdeckungen.

Der Kleine mußte ganz versessen sein auf Holz, denn in den folgenden Tagen stieß Danuta an verschiedenen Stellen des Tals auf seine Spuren. Er stürzte vorzüglich hohe Buchen um, und es war nicht klar, wie er es anstellen würde, sie wegzuschaffen. In einer der ersten kalten Nächte träumte Danuta, der Wald stünde in Flammen, und sie fuhr aus dem Schlaf hoch; es brannte nicht, aber Brandgeruch lag in der Luft, und auf der anderen Talseite sah Danuta einen roten, zuckenden Lichtschein wie von einem Stern. In den folgenden Tagen hörte Danuta, wenn sie die Ohren spitzte, ein leises, regelmäßiges Hämmern, wie wenn ein Specht eine Baumrinde aufhackt, nur langsamer. Sie versuchte, näher hinzugehen, um zu sehen, was das war, aber sobald sie sich bewegte, hörte das Geräusch auf.

Endlich kam ein Tag, an dem Danuta mehr Glück hatte. Der Kleine war nicht mehr so schüchtern, oder vielleicht hatte er sich an Danutas Gegenwart gewöhnt, jedenfalls ließ er sich hier und da zwischen den Bäumen blicken, sobald aber Danuta Anstalten machte, sich ihm zu nähern, rannte er schnell davon und versteckte sich zwischen Felsen oder im Dickicht des Waldes. Danuta sah also, wie er auf die Lichtung an der Tränke zuging; sie folgte ihm von weitem und versuchte, nicht zuviel Lärm zu machen, und als sie ihn ungeschützt auf die Lichtung treten sah, war sie mit zwei großen Schritten bei ihm und fing ihn in der Höhlung zwischen ihren Händen. Er war klein, aber wehrhaft: er hatte jenes glänzende Ding bei sich und schlug damit zwei-, dreimal in Danutas Handinnenfläche, bis es ihr gelang, ihn zwischen Daumen und Zeigefinger festzuhalten, ihm das Ding abzunehmen und es weit wegzuschleudern.

Jetzt, da sie ihn gefangen hatte, stellte Danuta fest, daß sie überhaupt nicht wußte, was sie mit ihm anfangen sollte. Sie hob ihn vom Boden auf, wobei sie ihn zwischen den Fingern festhielt: er kreischte, schlug um sich und versuchte, sie zu beißen; unsicher, was da zu tun sei, lachte Danuta nervös und versuchte ihn zu beschwichtigen, indem sie ihm mit dem Finger über den Kopf strich. Sie blickte sich um: im Fluß lag eine kleine Insel, nur wenige ihrer Schritte lang; sie beugte sich übers Ufer und setzte den Kleinen darauf ab, der aber, kaum war er frei, warf sich in den Fluß und wäre gewiß ertrunken, wenn Danuta ihn nicht schnell wieder herausgefischt hätte. Da brachte sie ihn zu Brokne.

Auch Brokne wußte nicht, was mit ihm anzufangen sei. Er brummte vor sich hin, sie sei doch wirklich ein überdrehtes Mädchen; das Tierchen biß, stach und war auch nicht zum Essen geeignet, Danuta sollte es doch laufenlassen, was anderes war da nicht zu machen. Im übrigen wurde es Nacht, und es war Zeit zum Schlafengehen. Aber davon wollte Danuta nichts hören, sie hatte ihn schließlich gefangen, er gehörte ihr, er war intelligent und niedlich, sie wollte ihn zum Spielen behalten, und dann war sie sich sicher, daß er zahm werden würde. Sie hielt ihm ein Grasbüschel hin, aber er drehte den Kopf weg.

Brokne spottete, von zahm könne nicht die Rede sein, und in Gefangenschaft würde er sterben; schon halb im Schlaf, streckte er sich auf dem Boden aus, aber Danuta ließ ihm keine Ruhe, so daß sie schließlich die ganze Nacht mit dem Kleinen in der Hand zubrachten, der eine hielt ihn, während der andere schlief; gegen Morgen aber war auch der Kleine eingeschlafen. Danuta nützte die Gelegenheit, ihn sich in aller Ruhe von nahem zu besehen, und er war wirklich entzückend: er hatte ein winziges Gesicht und winzige Hände und Füße, aber alles war wohlgeformt, und ein Kind konnte er nicht sein, denn er hatte einen kleinen Kopf und einen schlanken Körperbau. Danuta verging fast vor Verlangen, ihn an ihre Brust zu drücken.

Kaum war er erwacht, versuchte er zu fliehen, nach ein paar Tagen allerdings wurde er langsamer und träger. »Kein Wunder«, sagte Brokne, »er ißt ja nichts.« Tatsächlich wies der Kleine alles zurück, Gras, zarte Blätter, sogar Eicheln und Bucheckern. Aber das konnte nicht an seiner Scheuheit liegen, denn andererseits trank er gierig aus der hohlen Hand Danutas, die dabei vor Rührung lachte und zugleich weinte. Kurzum, im Laufe weniger Tage sah man, daß Brokne recht gehabt hatte: er war eines jener Tiere, die in Gefangenschaft die Nahrung verweigern. Auf der anderen Seite konnte das nicht so weitergehen, daß sie ihn Tag und Nacht in der Hand hielten, mal der eine, mal der andere. Brokne hatte versucht, einen Käfig für ihn zu bauen, weil Danuta sich geweigert hatte, ihn in der Grotte zu halten: sie wollte ihn nicht aus den Augen lassen und hatte Angst, er könnte in der Dunkelheit krank werden.

Sie hatte einen Versuch unternommen, aber der war fehlgeschlagen: Danuta hatte ein paar hohe, gerade gewachsene Eschen ausgerissen und im Kreis wieder in die Erde gerammt, hatte den Kleinen da hineingesetzt und die Baumwipfel wie Binsen zusammengebunden, aber ihre Finger waren zu dick und ungeschickt, und es war nichts Vernünftiges dabei herausgekommen. Obwohl er vom Hunger geschwächt sein mußte, war der Kleine blitzschnell an einem der Stämme hochgeklettert, hatte eine Lücke gefunden und war nach draußen auf den Boden hinuntergesprungen. Brokne meinte, es sei an der Zeit, ihn gehen zu lassen, wohin er wollte. Danuta brach in Tränen aus und weinte so heftig, daß die Tränen das Erdreich unter ihr aufweichten; der Kleine blickte zu ihr hoch, als hätte er verstanden, dann rannte er los und verschwand zwischen den Bäumen. Brokne sagte: »Es ist gut so. Du hättest ihn liebgewonnen, aber er war zu klein, und irgendwie hätte deine Liebe ihn umgebracht.«

Ein Monat verging, schon färbten sich die Laubkronen der Buchen purpurrot, und nachts überzog der Fluß die Felsen mit einer dünnen Eisschicht. Ein weiteres Mal fuhr Danuta verängstigt aus dem Schlaf hoch, weil sie Brandgeruch bemerkt hatte, und sogleich rüttelte sie auch Brokne wach, denn diesmal brannte es wirklich. Im hellen Mondschein sah man ringsum zahllose Rauchsäulen zum Himmel aufsteigen, kerzengerade in der reglosen, frostigen Luft: ja, wie die Gitterstäbe eines Käfigs sah es aus, aber diesmal waren sie es, die darin gefangen waren. Den ganzen Grat des Gebirgszugs entlang und auf beiden Seiten des Tals brannten Feuer, andere Feuer flackerten noch viel näher zwischen den Baumstrünken auf. Brokne erhob sich und grollte wie der Donner: da waren sie also am Werk, die Brückenbauer, kleine und emsige Geschöpfe. Er packte Danuta am Handgelenk und zog sie in Richtung auf den Talschluß, wo die Feuer spärlicher zu sein schienen, aber schon bald mußten sie hustend und mit tränenden Augen kehrtmachen, die Luft war zum Ersticken, und es war kein Durchkommen. In der Zwischenzeit hatte die Lichtung sich mit allen möglichen Tieren bevölkert, die keuchend und verschreckt hier Zuflucht suchten. Der Ring aus Feuer und Rauch wurde immer enger; Danuta und Brokne setzten sich auf den Boden und warteten.

Inhalt

aus *Storie naturali*

aus *Vizio di forma*

Primo Levi
im Carl Hanser Verlag

Wann, wenn nicht jetzt?
Roman. Aus dem Italienischen von Barbara Kleiner
1986. 384 Seiten

Das periodische System
Mit einem Nachwort von Natalia Ginzburg.
Aus dem Italienischen von Edith Plackmeyer
1987. 272 Seiten

Ist das ein Mensch? Die Atempause
Mit einem Nachwort von Cordelia Edvardson.
Aus dem Italienischen von Heinz Riedt,
Barbara und Robert Picht
1988. 373 Seiten

Defekt haben. Nun waren unsere Techniker der Ansicht, daß es am einfachsten war, die Maschinen mit den Namen aller ihrer Einzelteile zu füttern: so können sie im Falle eines Defekts gleich das richtige Ersatzteil anfordern. Tatsächlich besitzt der Reimwerker zwei Drahtbürsten, also zwei Brossen, die auf die Bandträgerspindel aufgesetzt sind.

DICHTER: Wirklich gut ausgedacht. *(lacht)* Hoffen wir, daß wir diese Fähigkeit des Apparates nie in Anspruch nehmen müssen!

SIMPSON: »Hoffen wir«, haben Sie gesagt? Darf ich daraus entnehmen ... daß Sie ... also, daß Sie einen guten Eindruck von ihm haben?

DICHTER *(plötzlich sehr reserviert)*: Ich habe mich noch nicht entschieden. Der Eindruck war gut und auch wieder nicht gut. Man kann ja darüber sprechen, aber ... nur anhand des Kostenvoranschlags.

SIMPSON: Wollen Sie vielleicht noch eine Probe machen? Ein wirklich anspruchsvolles Thema für eine bündige und brillante Verarbeitung? Das sind nämlich die überzeugendsten Testversuche, wissen Sie.

DICHTER: Warten Sie, lassen Sie mich überlegen. *(Pause)* Da wäre zum Beispiel ... Ja, Signorina, erinnern Sie sich noch an diese Anforderung ... ich glaube vom November: von einem gewissen Signor Capurro ...

SEKRETÄRIN: Capurro? Einen Augenblick bitte, ich sehe in der Kartei nach. Ja, Capurro, Cavalier Francesco, Genua. Er hat ein Sonett bestellt, »Herbst in Ligurien«.

DICHTER *(streng)*: Und die Angelegenheit blieb unerledigt?

SEKRETÄRIN: Nein, wir haben geantwortet und um Aufschub nachgesucht.

DICHTER: Und was dann?

SEKRETÄRIN: Dann ... Sie wissen ja, bei dem Betrieb zu den Feiertagen ...

DICHTER: Eben. Auf diese Weise verliert man seine Kundschaft.

SIMPSON: Sehen Sie! Die Nützlichkeit des Reimwerkers erweist sich von ganz allein. Stellen Sie sich vor: achtundzwanzig Sekunden für ein Sonett; das ist natürlich die Zeit, um es zu sprechen, denn die Zeit fürs Dichten ist nicht wahrnehmbar, sie beträgt ein paar Mikrosekunden.

DICHTER: Also, was habe ich gesagt ... Ach ja, »Herbst in Ligurien«, warum eigentlich nicht?